Du même auteur chez Nocturnal:

Embrasements
Effondrements
Le sachet de bonbons
Lucie Acamas et les spectres des songes
Lucie Acamas et les compagnons de l'ordre vert
Lucie Acamas et l'armée de Gaïus
Lucie Acamas et la Source des Rêves

Le sang de nos pères

LE SANG DE NOS PÈRES

Guy Morant

Nocturnal

Relecture par Rebecca Greenberg
Couverture réalisée par Betelgeuse
Portrait par Caroline Lemoine - www.images-de-soi.fr

Première édition publiée en 2020
ISBN : 979-10-9630-05-5
Imprimé par Kindle Direct Publishing
Dépôt légal : mai 2020

www.guymorant.com

Aux lanceurs d'alerte

Le SAC était donc devenu un État occulte dans l'État, un réseau de pouvoir étendu à l'ensemble du pays et traversant toutes les institutions : de la magistrature à la police, du milieu politique à la haute administration, des secteurs économiques aux médias. Une armée secrète d'individus qui, derrière le masque de leurs rôles exercés publiquement, dissimulaient leur double identité de militants secrets de l'organisation, intervenant parfois de façon chirurgicale sur la scène des crimes lorsqu'il fallait détourner les enquêtes pour protéger les commanditaires politiques de sales affaires.

Roberto Scarpinato, procureur général de Palerme
Postface du livre *Cher pays de notre enfance*, par Étienne Davodeau et Benoît Collombat

I

Mardi 12 mars 2019

C'est fini.

Les policiers viennent de partir, et je suis seule dans mon appartement, roulée en boule dans ce canapé où Vincent était assis avant-hier encore. La vie est une garce, elle vous piétine et ne vous laisse remonter que pour vous piétiner encore. Je pleure tellement que j'en ai la nausée. Je me dis que je vais peut-être mourir, moi aussi, mais ce serait trop simple. Comme les autres fois, je boirai ma ration de douleur jusqu'au bout.

7 h 35. J'ai rendez-vous à 8 h au bureau de Vincent, près du Champ-de-Mars. Je sors du métro, la rue Saint-Dominique est vide, les bistrots sont fermés, une voiture essaie de doubler une trottinette électrique. C'est étrange comme la mémoire conserve les moindres détails, dans ce genre de circonstances. Il fait encore noir, un froid humide traverse mon fin manteau de laine. Paris sent l'urine et les mégots.

Je rabâche une petite rancune envers celui qui m'oblige à me lever si tôt, moi qui ai toujours été un animal nocturne. Ça s'arrêtera quand je le verrai. Vincent est tout pour moi. Il m'a tirée de la détresse et m'a offert une deuxième vie, bien plus belle que la première. Sans lui, je serais peut-être avocate commise d'office en province ou juriste dans une boîte de banlieue.

Je ne prends pas la peine de sonner à la porte principale. Nathalie, l'hôtesse d'accueil, commence son service à 9 h, et je ne veux pas obliger Vincent à m'ouvrir. Son dos lui fait un mal de chien. J'évite même de le faire marcher, depuis qu'il m'a avoué devoir doubler ses médicaments à chaque retour d'une balade avec moi. Je le porterais si ça pouvait l'empêcher de souffrir.

J'utilise ma clé et je monte paresseusement l'escalier. J'arrive à l'étage de *République et Libertés*, le *think tank* libéral cofondé par Vincent Maréchal. Ici commence son domaine, son antre, le cœur du réacteur. Et dire que j'en fais partie. Je n'en reviens toujours pas. Chaque fois que j'entre ici, je me dis que je n'en suis pas digne, et qu'on finira par s'en apercevoir.

Un court palier de marbre donne accès à la seule porte de l'étage, battant unique en bois exotique, portant le monogramme de notre association gravé sur une plaque de cuivre. Je déverrouille la serrure et j'entre dans la salle d'accueil, petite pièce chaleureuse au parquet de hêtre. Le bureau du fond est ouvert. Le patron m'attend. J'espère qu'il va enfin accepter de se lancer dans la bataille des Européennes. Ses idées méritent d'être entendues dans ce parlement si souvent voué à la médiocrité.

Je parcours les quelques mètres qui me séparent de lui. Je me sens bien, je n'ai aucune intuition de ce que je vais découvrir. Le parfum du café me chatouille le nez. Je me verse une tasse dans le réduit qui nous sert de cuisine. J'ai besoin de toute mon acuité pour écouter Vincent, pour ne rien perdre de ses longs monologues inspirés. Je pousse la porte.

Je ne comprends pas ce que je vois, mais mon corps a déjà deviné. Je lâche ma tasse, dont le contenu éclabousse le bas de mon pantalon. Un frisson court le long de mon échine. Une boule obstrue ma gorge et mes jambes menacent de me laisser tomber. Vincent est affalé dans son fauteuil club. Ses jambes forment un angle peu confortable. Il a les yeux ouverts, mais ne réagit pas à ma présence. Sa peau, que j'ai toujours connue bronzée, a pris une teinte gris-bleu. Sa poitrine monte et descend irrégulièrement ; il respire encore.

Je ne sais pas quoi faire. J'ai la tête qui tourne et l'esprit vide. Je demeure immobile un instant. Je me sens totalement dépassée. J'ai mon brevet de secouriste, mais il ne me sert à rien. Le type que j'admire le plus au monde a besoin de moi, et je reste plantée là. Ça dure une seconde ou une minute, puis je me remets en mouvement. Je crie « Vincent ! », je prends sa main. Elle est froide et poisseuse. Ses yeux sans regard ont les pupilles réduites à deux points. Mon cri n'a eu aucun effet.

Je sors mon téléphone de mon sac. Maladroite, je le laisse tomber sur le parquet, et je manque de tomber moi aussi en le ramassant. Tout mon corps tremble. Je perds encore du temps à choisir le bon numéro d'urgence. Après plusieurs essais, j'entends enfin la sonnerie. Je réponds mécaniquement aux questions de l'agent de régulation. On me demande de ne pas toucher Vincent, sauf pour dégager ses voies respiratoires. Je me sens inutile. Je raccroche et je m'effondre sur une chaise, en larmes.

8 h 15. En attendant les secours, je ne perds pas Vincent de vue. Sa respiration est irrégulière. Pour la première fois, je me demande ce qui lui arrive vraiment. J'ai déjà assisté à une crise cardiaque et à un AVC, mais les symptômes que je vois ne ressemblent pas à mes souvenirs. Le médecin régulateur a réagi bizarrement quand je les lui ai décrits. Il m'a demandé si Vincent prenait des « toxiques », des médicaments, des drogues. Je lui ai parlé des antidouleurs qu'il utilisait pour son dos. Il n'a rien dit.

Je n'ai pas le temps de m'interroger davantage. On sonne à la porte d'entrée. Déjà. Je me précipite pour répondre au visiophone. Mais à la place des ambulanciers que je m'attends à voir, le visage glabre et le crâne rasé d'un policier en uniforme apparaissent sur l'écran, déformés par la caméra. D'une voix rauque où perce l'agressivité, il aboie « Police, ouvrez ! » Je ne comprends pas. Il y a certainement un malentendu. Le médecin du Samu a dû déduire de mes paroles que Vincent avait subi de la violence ou bien qu'il se droguait. Mais alors, pourquoi n'envoyer que la police ?

J'indique l'étage et j'appuie sur le bouton qui commande l'ouverture. Quelques secondes plus tard, le policier frappe violemment à la porte. Quand je lui ouvre, il surgit comme une furie et se rend directement dans le bureau de Vincent. Il est seul. Il ferme la porte pour m'empêcher d'entrer. Dans mon esprit défilent des scénarios angoissants. Il sort au bout de cinq minutes à peine. J'ai l'impression qu'il cache un objet sous ses vêtements. Je veux lui parler, mais il ne tient pas compte de moi. Il semble surtout pressé de repartir.

Au moment où il franchit la porte, la sonnette retentit pour la deuxième fois. Ce sont les ambulanciers que j'attendais. Dès que je les laisse entrer, j'entends leur course dans les escaliers. Je les accueille sur le seuil.

— Vous êtes bien la personne qui a appelé le Samu ?

— C'est moi, oui. Vous avez vu le policier ?

L'ambulancier interroge son collègue du regard.

— Non, on n'a vu personne.

Je les emmène auprès de Vincent. Pour autant que je puisse en juger, il respire toujours. Je suis rassurée. Ils sauront quoi faire. Ils s'activent autour de lui, le déposent sur le tapis, accomplissent les gestes de premiers secours que je n'ai pas su lui administrer. Je sais déjà que son état est grave.

Dans la pièce, quelque chose a changé. Je ferme les yeux pour me rappeler ce que j'ai vu avant le passage-éclair du policier. Il y avait un ordinateur sur le bureau. Le petit portable de Vincent. C'est cela que cet homme dissimulait sous son uniforme. J'aurais dû lui demander sa carte professionnelle. Tout s'est passé si vite.

Le médecin du Samu est entré sans que je m'en aperçoive. Il est penché sur Vincent, pendant qu'un ambulancier entame un massage cardiaque. Je suis envahie par une angoisse si puissante qu'elle m'oblige à m'appuyer contre un mur. Le pire est donc en train d'arriver. Les larmes que je retenais coulent maintenant à gros ruisseaux salés sur mon visage. Le deuxième ambulancier m'emmène délicatement à l'accueil. Il me fait asseoir sur le canapé et me tend un verre d'eau.

9 h 10. Les policiers arrivent. Les vrais, cette fois. Ils refusent que j'accompagne Vincent à l'hôpital. Ils ont quelques questions à me poser. L'un d'eux inspecte le bureau pendant que l'autre reste près de moi. J'essaie de lui parler de son faux collègue, mais il m'écoute à peine. Il est presque neuf heures. Nathalie introduit sa clé dans la serrure, mais elle s'aperçoit que la porte est ouverte. Quand elle me voit assise sous la garde du policier, elle couvre sa bouche d'une main. Je ne trouve rien à lui dire. Qu'elle imagine ce qu'elle veut à mon propos, cela n'a plus d'importance.

Me voilà donc de retour à mon appartement. Je n'irai pas travailler aujourd'hui. J'en suis incapable. Je devais enregistrer une émission sur la crise des Gilets Jaunes, mais elle attendra. Les policiers m'ont interrogée pendant une heure, me demandant avec insistance si Vincent ne se droguait pas. Quand ils m'ont laissée partir, ils m'ont appris qu'il était mort pendant le trajet vers l'hôpital.

2

Lundi 25 mars 2019

Patrick fut le premier à comprendre qu'il s'était passé quelque chose. Il traversait l'un de ces moments creux entre deux actes de procédure, qu'il utilisait généralement à voyager dans les espaces virtuels. Joseph, son coloc de bureau, avait préféré prendre une pause dans la salle de repos, le laissant seul devant son portable. Patrick avait d'abord navigué au sein des sources interlopes, *Dark Web* et sites hébergés dans les pays de l'Est. Il s'était ensuite plongé dans les messages de quelques groupes secrets de policiers sur la messagerie cryptée Telegram. Là, il avait enfin trouvé ce qu'il cherchait : le premier signe d'une affaire criminelle en éclosion.

Un collègue motard en chemin pour Élancourt était tombé sur un important barrage de gendarmerie. Alors qu'il empruntait la déviation installée quelques minutes plus tôt, il avait aperçu un hélicoptère survolant la zone. Une telle débauche de ressources pour une opération en pleine campagne l'avait intrigué, mais il n'avait pu obtenir aucune information de la part des gendarmes chargés de la circulation. Dans le groupe Telegram, un autre policier avait vu une dizaine de véhicules de la gendarmerie se diriger vers ce secteur, et parmi eux au moins un Fortress Intervention du GIGN.

Patrick essaya d'en savoir plus en consultant divers fils de presse, sources locales et sites spécialisés dans le partage d'informations sur le trafic routier. Grâce à Google Maps et à Géoportail, il parvint à définir le centre du périmètre sécurisé par les gendarmes, une vaste propriété à la limite des communes de Chevreuse et de Saint-Lambert.

Curieusement, la photo satellite avait été floutée à cet endroit, de même que les images de Google Street View. Aucun annuaire ne mentionnait le nom des propriétaires. Patrick fut tenté un instant d'interroger les fichiers de police, mais avec la nouvelle patronne de la brigade criminelle, il préférait éviter de sortir de la stricte légalité. Il se contenta donc de ce qu'il avait en main : quelqu'un d'important habitait à cet endroit, où avait eu lieu un événement assez grave pour mobiliser des moyens humains et matériels réservés aux grandes occasions.

Satisfait, il alla prendre un café à la salle de repos, afin de partager son histoire avec ceux qui voudraient bien l'écouter. En ces temps de calme, où la dernière affaire remontait à plusieurs semaines, il fallait bien se trouver une occupation. Joseph s'était volatilisé, mais Alaric, son chef de groupe, sirotait tranquillement le jus de chaussette qu'on préparait ici, juché sur son siège de bureau Roche Bobois, devant la table au pied de cuivre. Patrick se versa lui aussi un fond du breuvage amer dans un mug orné du portrait de la reine d'Angleterre.

— Tout va bien, chef ?

Alaric haussa un sourcil.

— T'as quelque chose à me demander, Patrick ?

— Euh, non, rien du tout. J'ai juste un truc, un début d'info. Une grosse opération de gendarmerie a démarré il y a une vingtaine de minutes du côté de Saint-Lambert.

— C'est leur territoire. On en entendra parler aux infos.

— Il y a un détail qui m'intrigue : sur Google, l'endroit est flouté comme un site militaire.

— C'est peut-être bien un site militaire. Ou la résidence d'un ambassadeur. Ou un lupanar réservé aux membres du gouvernement.

— Dix véhicules, dont un du GIGN, tu trouves pas ça ouf ?

— On est pas là pour résoudre toutes les affaires, Patrick. Il faut bien que les autres aient leur part.

Patrick sentit qu'il devait laisser tomber. Alaric n'avait jamais joué à un jeu vidéo de sa vie. Comme tous les réfractaires à la technologie, il ne pouvait se contenter de satisfactions numériques.

* *
*

Dix heures avaient sonné quand Camille Gouirand, la patronne, fit signe à Alaric depuis le couloir. Elle procédait toujours ainsi, avec une discrétion que la brigade criminelle n'avait jamais connue chez ses prédécesseurs. Alaric se leva et la suivit, sans que Clémentine, son adjointe, quitte des yeux le dossier qu'elle était en train d'éplucher. Gouirand traversa l'étage en silence et l'emmena dans son propre bureau. Comme elle l'exigeait toujours, il ferma la porte derrière lui.

— Écoutez, Autier, j'ai reçu une demande un peu particulière vous concernant. J'ai à l'accueil deux gendarmes qui aimeraient que vous les accompagniez.

Avec Camille Gouirand, il fallait lire entre les lignes. L'expression de son visage ou le langage de son corps complétaient souvent ses propos. Elle avait les bras croisés, les sourcils froncés et la tête inclinée vers la gauche. Alaric en déduisit que la démarche des gendarmes l'embarrassait et qu'elle ne se fiait pas totalement à lui.

— C'est une demande amicale, ou un ordre ?

Dans ses échanges avec elle, il évitait d'utiliser le « vous ». Quand on a tutoyé quelqu'un pendant vingt ans, on a du mal à l'appeler madame.

— Je l'ignore. Ils m'ont bien fait comprendre que leur requête était ultraconfidentielle, mais ils ont refusé de donner la moindre justification. Vous avez une idée de ce qu'ils cherchent ?

Il la connaissait assez pour deviner ses pensées contradictoires : elle s'inquiétait pour lui, mais elle n'excluait pas que son nom ait pu apparaître dans une enquête délicate.

— Aucune idée. J'ai tué personne récemment, et surtout pas en secteur gendarmerie.

— Votre plaisanterie est déplacée, Autier.

Elle avait du mal à cacher son manque d'assurance, son besoin de s'affirmer dans cette brigade qui avait été dirigée par des hommes depuis plus de quinze ans. Bien sûr, elle ne voulait pas qu'il fasse preuve de familiarité avec elle.

— Je suis comme ça, *Madame Gouirand*. Mauvais sujet, et pas seulement avec les collègues de longue date.

— Il faudra changer vos habitudes.

Il ne répondit pas à cette remarque. Il n'avait pas envie de l'obliger à montrer les dents.

— Je débriefeferai à mon retour, si *vous* voulez.

— Ils vous attendent en bas. J'ai l'impression qu'ils sont pressés. Ne dites rien à vos subordonnés.

Il ne comprit pas immédiatement qu'elle parlait de son groupe.

— Je pars tout de suite. Le temps de récupérer mes affaires.

Il sortit sans cérémonie. Il estima que ses réponses l'avaient satisfaite. Il revint à son bureau et ramassa son blouson avec un clin d'œil à Clémentine.

— Si on me cherche, je suis en mission secrète. Tu veux bien dire à Patrick qu'il avait raison ?

— T'as encore trouvé un truc pour échapper à la paperasse ?

— On va dire ça comme ça, mais motus.

— Tu sais que tu peux me faire confiance.

— Justement.

Habillés en civil, les gendarmes faisaient les cent pas devant l'accueil. Alaric connaissait l'un d'eux, l'adjudant-chef Peresse, de la section de recherche de Versailles, avec qui il avait travaillé quelques années plus tôt sur une affaire de règlement de compte à Trappes. Il choisit d'interpréter sa présence comme un signe positif. Il aborda Peresse avec un large sourire et une main tendue.

— Bonjour, Messieurs, vous me cherchez ?

Peresse regarda son collègue. Il paraissait mal à l'aise. Il prit la main d'Alaric à contrecœur.

— On vous expliquera sur place. Suivez-nous, s'il vous plaît, dit-il avec un léger accent du sud-ouest.

Alaric accompagna les deux hommes jusqu'à leur voiture, une Citroën CX banalisée garée devant la porte cochère de l'hôtel de police. Peresse tendit la main :

— Il me faut votre téléphone et votre arme de service.

— C'est une blague ?

— Ce sont les ordres.

— Écoutez, mon vieux, soit vous me mettez en GAV[1], soit vous m'expliquez où on va. Quand je connais pas les règles, je joue pas.

Peresse écarquilla les yeux. Alaric y lut de l'anxiété. Cela ne ressemblait pas au bonhomme.

— Ils ont besoin de vous pour une affaire. Tout ce que je peux dire, c'est que ça vient de très haut.

1. Garde à vue.

Alaric adopta l'expression de gravité d'un homme confronté à un dilemme. Il avait déjà pris sa décision, mais il préférait leur faire croire le contraire. En fait de motivation, la curiosité lui suffisait amplement. D'un geste lent, il tendit son téléphone au gendarme. Il souleva ensuite un pan de son blouson pour montrer son holster vide.

— J'ai pas mon arme de service. Je pensais naïvement que votre invitation était amicale.

Peresse prit son téléphone. Il ouvrit la portière de la CX, l'invita à monter à l'arrière et s'assit à côté de lui. Tandis que son collègue démarrait, il sortit de sa sacoche une cagoule en tissu noir.

— Je suis désolé, mais vous devez aussi mettre ça.

Cette précaution était ridicule, mais elle révélait l'importance de l'affaire aux yeux de la hiérarchie. Alaric se rappela ce qu'avait dit Patrick. Si sa supposition était bonne, les gendarmes l'emmenaient à Chevreuse.

— Si je vous connaissais pas, je dirais que vous êtes en train d'enlever un officier de la brigade criminelle.

— Nous rendez pas les choses plus difficiles, Autier.

— Je suppose que j'ai pas le choix.

Peresse lui enfila maladroitement la cagoule sur la tête. Alaric essaya d'imaginer ce qu'il allait trouver dans cette propriété floutée par Google pour satisfaire des intérêts privés ou publics.

Au pilotage irrégulier dans Versailles succéda une conduite plus fluide, probablement sur la nationale 12. La voiture emprunta une bretelle et reprit sa progression à travers une agglomération. Quand elle quitta la ville, elle poursuivit son trajet sur des routes rectilignes, à une vitesse modérée. Alaric remarqua que la radio avait été coupée, et que les deux hommes qui l'escortaient échangeaient seulement des monosyllabes.

La voiture s'arrêta. Peresse aida Alaric à sortir, sans pour autant lui retirer sa cagoule. L'air était humide et sentait le sous-bois. Un vacarme d'ordres hurlés à distance, de conversations et de moteurs évoquait l'ambiance d'un camp militaire. Resté dans la voiture, le collègue de Peresse ralluma l'émetteur radio et échangea quelques mots avec un correspondant inconnu, avant de sortir à son tour. Alaric supposa qu'il demandait à un supérieur ce qu'il devait faire du policier. En tout cas, Peresse le libéra du tissu noir qui l'empêchait de respirer.

Il se trouvait au milieu d'un bois traversé par une rivière. À deux cents mètres environ, un grand corps de bâtiment rectiligne s'étendait le long d'un étang. Les aménagements du lieu suggéraient qu'il s'agissait d'un moulin reconverti en habitation. Partout, des équipes de gendarmes s'activaient autour de la maison, dans le bois et aux alentours des étangs et de la rivière.

La plupart des véhicules étaient garés à l'écart de la zone de recherche, mais trois voitures officielles et trois cars de CRS ne respectaient pas le périmètre dessiné par les barrières de police, et s'étaient alignés à quelques mètres du bâtiment. Alors que les trois hommes marchaient vers la scène de crime, Alaric aperçut au loin un groupe de civils protégé par des CRS, qui revenaient vers les voitures. Parmi les personnalités publiques, il reconnut le ministre de l'Intérieur et son secrétaire d'État.

Il fallut s'écarter de l'allée pour laisser passer les grosses berlines et les cars de CRS. Alaric remarqua que le départ des officiels avait soulagé les deux gendarmes qui l'accompagnaient. Il les comprenait parfaitement : sécuriser une scène de crime de cette importance en présence d'un ministre et de plusieurs dizaines de policiers affectés à sa sécurité relevait de la mission impossible. À présent, les enquêteurs pourraient enfin travailler sans gêne ni pression.

Quand ils atteignirent les barrières, un groupe de gendarmes en civil et en uniforme vinrent à leur rencontre. Parmi eux, le lieutenant-colonel Boisnard, le patron de la section de recherche de Versailles, reconnaissable à sa moustache grise, prit tout de suite la parole :

— Merci d'être venu, Monsieur Autier. Nous avons quelques questions à vous poser. Mes hommes vous ramèneront à Versailles dès que vous nous aurez éclairés.

Alaric tenta une hypothèse :

— Vu le personnel présent, on a plusieurs homicides dans une famille en rapport avec le pouvoir.

— Vous en savez déjà trop. Si nous avons réussi à tenir les journalistes à bonne distance, nous n'allons pas vous laisser filer avec plus d'informations que nécessaire. Pour vous dire, on vient d'abattre un drone qui essayait de survoler le secteur.

Ces crétins de flics, ils ne peuvent pas s'empêcher de parler à la presse, c'est plus fort qu'eux.

— Je suis enquêteur. Je m'intéresse aux victimes, pas au bruit des médias. Mais si vous ne voulez pas que j'observe, vous n'avez qu'à me remettre la cagoule.

— Ne le prenez pas mal, Autier. On est comme vous, mais cette affaire est au niveau dix sur l'échelle des emmerdements. Vous avez vu qui sort d'ici, alors je vous fais pas de dessin.

Alaric décida de se contenter de ce signe de bonne volonté et d'enterrer la hache de guerre.

— Je vous comprends. Je ferai tout ce que je pourrai pour vous aider, et les journaleux n'en sauront rien.

Mais je débrieferai quand même avec la patronne, ça me fera gagner des points.

— Merci de votre collaboration. Je voulais juste que vous sachiez que cette maison est un secteur ultraconfidentiel.

Deux hommes écartèrent les barrières pour que les nouveaux venus puissent entrer.

— Je l'avais compris.

Le groupe se déplaça en direction, non de la maison, mais d'une petite construction isolée côté cour. Sur le chemin, Alaric aperçut quatre barrières entourant un chien mort. À en juger au nombre de techniciens de scène de crime qui travaillaient dans les parages, le cabanon devait au moins renfermer un cadavre.

Le lieutenant-colonel s'arrêta devant la porte, montrant une caisse déposée là. Alaric comprit qu'elle contenait les vêtements de protection. Il imita trois des gendarmes, enfilant une combinaison complète, gants, charlotte et protège-chaussures compris. Évidemment, il n'était pas question de prendre le moindre risque de contamination dans une telle affaire.

— J'espère que vous avez les tripes bien accrochées, dit Boisnard. Même moi, j'ai eu du mal.

— Je saurai me tenir.

Encadrant leur invité, les trois gendarmes pénétrèrent dans la construction, qui abritait déjà deux techniciens et un légiste. Dès qu'il eut passé le seuil, Alaric fut pris à la gorge par un mélange d'odeurs allant de l'hémoglobine aux excréments. La pièce unique devait faire une quinzaine de mètres carrés. Elle était meublée de deux congélateurs, d'un ancien billot de boucher et de trois chaises. Aux murs étaient accrochés de vieux trophées de chasse et une vitrine renfermant une collection complète de couteaux, haches, feuilles, scies et grattoirs.

Le sol était couvert de sang et de matière organique. Cette bouillie poisseuse collait aux pieds, et chaque pas projetait sur le bas des vêtements protecteurs des gouttelettes rouge sombre. Alaric lutta contre la nausée, mais il ne put y échapper qu'en se couvrant le nez avec son écharpe. Sur les instructions de Boisnard, le légiste recula, révélant les cadavres des victimes.

Le premier était étendu de côté sur le billot. Alaric n'avait jamais vu un être humain dans cet état. Seuls la tête et les membres demeuraient intacts. À la lumière des néons, le visage de cette femme blonde était figé dans l'expression béante d'un masque de cire. Son torse et son abdomen avaient été incisés de la gorge au bas du ventre, révélant un fouillis d'organes dans un lit de sang. L'intestin grêle se répandait sur le support de bois. Le tueur avait cisaillé le sternum et écarté les deux moitiés de la cage thoracique, de manière à rendre visibles les poumons et le cœur. Une partie du sang avait coulé, par une rigole du billot, dans un seau posé sur le sol.

C'était une torture ultime, un acte inventé par un esprit dément. Si la victime était consciente au début de son éviscération, elle avait vécu l'un des pires supplices qu'on pouvait infliger à un être vivant : la destruction minutieuse et systématique de son corps. Alaric tenta d'étouffer son imagination. Il ne voulait pas se représenter les derniers instants de cette femme disséquée vivante. Il n'avait pas besoin d'ajouter un cauchemar à ceux qui le hantaient déjà. Boisnard avait raison. Dans la triste litanie des meurtres qui avaient croisé son chemin, celui-ci se distinguait par son extrême barbarie.

C'est alors qu'il aperçut le second cadavre, un homme, assis sur une chaise à côté du billot, abattu d'une balle dans la tête. Un orifice d'entrée, le crâne explosé à l'arrière, des éclats de matière cérébrale et de sang sur les murs.

Le mari.

Un scénario d'horreur se dessinait : l'homme et la femme, sous la menace d'une arme, le premier obligé d'assister au dépeçage de la seconde. Tourment d'un corps et tourment d'un esprit, suivis d'une exécution sommaire.

Le visage de cet homme lui était familier, souvenir d'un journal télévisé ou d'une émission politique. Un député de la majorité. Le ministre ne se serait pas déplacé pour un simple particulier.

— Je le connais : Courville, Deville ?

— Jérôme Carville, dit Boisnard. Assassiné après sa femme. Les deux enfants du couple sont manquants.

— Enlevés ?

— On ne sait pas encore. On essaie de contacter les amis et les membres de la famille, en espérant que les enfants étaient de sortie hier soir. Tant qu'on n'aura pas la réponse, des équipes de plongeurs fouilleront les étangs. Mais j'en ai assez dit. On ne vous a pas fait venir pour ça. En réalité, nous avons retiré quelque chose à la scène de crime. Quelque chose qui se trouvait dans la bouche de madame Carville.

Il adressa un geste à Peresse, qui ramassa une barquette posée sur le sol et la présenta au policier. Conservée dans une pochette scellée, Alaric découvrit une coupure de journal chiffonnée et maculée de sang. Son titre lui était familier : « Affaire Marion Vallée : Gérard Vallée en garde à vue »[2]. Il provenait de *L'Écho Républicain* et avait été écrit par Éric Rincy, un journaliste qu'il connaissait bien. Deux ans plus tôt, dans une affaire de meurtre, le groupe Autier avait incriminé un politicien pour avoir violé sa propre fille.

— Étonnant, non ? dit Boisnard. Un article sur une de vos affaires les plus médiatisées, dans la bouche d'une victime. Le tueur a voulu nous dire quelque chose, mais quoi ? Vous avez une idée ?

— Je suppose que vous avez pensé à toutes les pistes faciles : lien politique ou amical entre Vallée et Carville, soupçons de pédophilie pour Carville, mode opératoire ?

— Rien ne matche. On est au point mort.

— Et vous avez le ministre aux fesses. Il vous faut une explication. Alors vous convoquez d'urgence le flic en charge de l'affaire citée.

— Tout juste.

— Gérard Vallée, c'était une affaire dans l'affaire. En cherchant le meurtrier de sa fille, on est tombé sur cette histoire d'inceste.

— Ça, on l'avait compris.

— Mais le meurtre de Marion Vallée n'avait aucun lien avec ce qu'elle avait subi étant enfant. Votre tueur essaie de vous parler d'un personnage qui s'est rendu coupable de faits similaires.

---

2. Voir *Effondrements*.

— Merci, Autier, mais vous ne nous aidez pas. Nous, on cherche des éléments concrets, des suspects que vous auriez relâchés, des individus soupçonnés, mais pas mis en cause.

— Vous pourriez fouiller du côté du réseau pédophile de Vallée. Il avait un ami qui partageait ses goûts, mais il est mort. Plusieurs fonctionnaires ont aussi couvert ses agissements, jusqu'à harceler un témoin.

— D'après nos informations, la pédophilie serait peu vraisemblable dans l'affaire qui nous occupe.

— Les deux enfants ont disparu. Ils parleront peut-être quand vous les retrouverez.

Ou bien leurs cadavres parleront.

— C'est tout ce que vous avez à nous dire ?

— Dans la procédure Marion Vallée, on a des escrocs, des imposteurs, des financiers véreux, mais pas de criminels capables d'infliger ça à un être humain. Je vous enverrai tout ce que j'ai, vous jugerez par vous-même.

Peresse murmura quelques mots à l'oreille de son supérieur. Boisnard hocha la tête.

— Nous avons pensé à une autre hypothèse, Monsieur Autier. Si le tueur n'a pas un rapport direct avec l'affaire Vallée, il en a peut-être un avec vous.

— Vous voulez dire quelqu'un que j'aurais interpellé dans le passé ?

— Par exemple, oui. Quelqu'un qui vous connaît, qui vous suit à la trace, qui collectionne des articles sur vous.

— Des fous, j'en ai rencontré quelques-uns. La plupart sortiront de prison quand je serai à la retraite.

— Si vous vous rappelez un nom, on serait contents de l'entendre.

— Je chercherai.

— Merci, Autier, dit Boisnard. Nous ne fermons aucune porte pour l'instant.

— J'aimerais pas être à votre place.

Mais juste après avoir exprimé cet avis, il s'aperçut qu'il ne correspondait pas à la réalité. Jetant un dernier coup d'œil au corps dévasté de la victime, il se surprit à rêver que l'affaire, par un heureux hasard, lui revienne.

Bizarrement, Peresse ne lui remit pas la cagoule en repartant. La voiture s'éloigna du domaine, traversant en chemin plusieurs filtres mis en place par la gendarmerie. Au moment où elle sortit du dispositif de sécurité, Alaric remarqua un attroupement sur la route, face aux barrières de police. Une dizaine de personnes, dont certaines portaient des appareils photo munis de téléobjectifs ou téléphonaient. Des journalistes. Il n'en reconnut qu'un seul, petit homme chauve au regard perçant. Comme toujours, son ami Éric Rincy se trouvait au cœur de l'action. Et cette fois, jusque dans la bouche d'un cadavre.

3

Jeudi 14 mars

Le réveil sonne. Je ne me rappelle pourtant pas l'avoir activé. Je viens de trouver le sommeil, après une nuit d'agitation. Je me sens brisée, écrasée par un poids que je ne peux pas soulever. La vision de Vincent sur son fauteuil refuse de s'en aller. Je n'ai pas su l'aider. Je ne sais pas si j'aurais pu l'empêcher de partir.

J'ai envie d'appeler Cléophée, de lui dire que je l'aime, de lui envoyer des cœurs sur Instagram. Elle m'accueillerait froidement, je le sais. Je laisse tomber et je me lève. Maman est forte, maman n'a pas besoin qu'on la console. Pourquoi la mort de Vincent la rendrait plus fragile ?

J'adore mon appartement, mon nid d'aigle au sommet de Montmartre. Ça aussi, je le dois à Vincent. Une de ses relations me le loue à un prix d'ami. Ici, tout me rappelle l'importance qu'il a eue dans ma vie. J'avale un café, puis je me mets à tourner comme une prisonnière dans les vastes pièces donnant sur les arbres nus. Je ne vais pas pouvoir rester ici. J'ai passé les dernières vingt-quatre heures à broyer du noir. J'ai besoin de sortir. Pourquoi je n'irais pas travailler ? J'appelle Denis, le patron du média en ligne qui m'emploie, cofondé par Vincent.

— Karine, c'est toi, ma chérie ? Tu tiens le coup ?

— Je vais pas me plaindre. C'est pas moi qui…

— Tu sais, on est tous choqués par ce qui s'est passé.

— Oui, oui, en fait…

— Je voulais te dire : prends ton temps, ne te presse pas pour revenir. Le deuil, c'est important. On trouvera des solutions.

— Justement, Denis, j'ai pas envie de m'enterrer. Sans le boulot, je vais devenir folle. Je viens bosser comme d'habitude.

— Tu es sûre ? Tu te surestimes un peu, non ? Il faut te ménager. Tu as pensé à aller voir quelqu'un ?

— Je résiste. C'est dur, mais je veux continuer. Au nom de Vincent. Il n'a jamais baissé les bras, même quand son meilleur ami est mort, tu te rappelles ?

— Comme tu voudras, ma belle, mais je dois te prévenir : j'ai pas envie que tu craques pendant le direct. C'est ma condition. Pour le reste, c'est à toi de voir, même si je pense que tu devrais faire une pause.

— Je ne craquerai pas, Denis.

— Réfléchis. Rien ne t'oblige à venir.

— J'ai réfléchi. Ça ira.

Je raccroche. Denis est généralement subtil, mais là, je l'ai trouvé lourd. Vincent, on l'a tous perdu. Je ne vois pas pourquoi je serais la seule à me faire arrêter. J'ai donc une réputation de petite chose fragile ? Rien que pour cette raison, il faut que j'aille travailler.

Me voilà donc dans le métro. Je suis debout. J'ai l'impression de voir Vincent dans le reflet des vitres. Le moment où je l'ai découvert repasse en boucle dans ma tête, comme une vidéo de Twitter. Puis, je repense à mon coup de fil au Samu, à l'intervention des ambulanciers, et surtout à ce faux policier sorti de nulle part et disparu sans laisser de traces.

Je l'avais oublié, celui-là, comme s'il n'avait été qu'une hallucination. Ce type est comme une autruche sur un terrain de foot : il n'a pas sa place dans le cadre. J'ai beau chercher une explication à sa présence, je n'en trouve aucune. Sur son PC, Vincent ne conservait que des documents destinés à la publication sur le site internet, des textes de conférences, des manuscrits de ses livres. Que quelqu'un monte une histoire de faux flic pour voler ces données est juste hallucinant. C'est pourtant ce qui s'est passé.

J'arrive au studio vers 10 h. Les locaux d'*Objections*, le média indépendant pour lequel je travaille, se trouvent dans un ancien atelier de la rue Saint-Antoine, auquel on accède par une belle cour pavée. On entre immédiatement sur la salle de rédaction, une sorte d'*open space* bourré de plantes et de bibliothèques. J'apprécie vraiment cet endroit. Au moment où je pousse la porte vitrée, une dizaine de regards se tournent vers moi. J'ai l'impression qu'ils ne sont pas contents de me voir, comme si j'apportais la mort de Vincent avec moi. Je demeure à l'entrée. Denis avait peut-être raison ; j'aurais dû rester à la maison.

C'est Patricia qui rompt le sortilège. Cette nana de cinquante ans, débordante d'énergie, passerait entre le mur et le papier peint. Vincent lui faisait la bise à chacune de ses visites dans nos locaux. Je la vois se diriger vers moi. Elle dépose ses dossiers sur une table et me serre très fort. Ne pas pleurer, ne pas craquer. Je ne veux pas donner raison à Denis. Je déglutis cinquante fois pendant qu'elle mouille mon chemisier. Elle est inconsolable. À l'intérieur, je suis en morceaux.

Les autres se lèvent, comme si elle leur en avait donné le signal. Plusieurs me prennent dans leurs bras. D'autres, maladroitement, me font la bise. Pour eux, je suis celle qui a vu l'agonie de Vincent, la rescapée d'un accident qui lui a coûté la vie. J'ai l'impression de jouer le rôle de la fille unique à qui les gens présentent leurs condoléances. On pleure beaucoup, dans un silence émouvant. Je laisse échapper quelques larmes.

Je remarque la présence de Denis. Il ne s'est pas joint à nous, mais il nous observe, adossé à une colonne. Il affiche une mine de circonstance, mais je ne le sens pas aussi triste que nous. Je comprends qu'il voulait précisément éviter cette scène. De temps à autre, il me lance un regard qui ne me laisse aucun doute sur sa désapprobation. Denis n'a jamais été très proche de Vincent. Ou de qui que ce soit, d'ailleurs. Sa vie, c'est ce boulot.

Chacun retourne à sa place. Je m'installe à mon bureau où je pose mon portable. Je consulte la grille pour la semaine, je prends connaissance du planning de la rédaction. On se réunit dans une heure pour préparer le direct de midi. Nos spectateurs, des cadres, des élus, des professions libérales, aiment regarder notre seule émission en temps réel pendant leur pause déjeuner. Question de prestige, sans doute ; ils veulent renvoyer l'image du professionnel toujours branché sur l'actualité économique.

Denis vient me voir. Ce n'est pas son habitude. Il a une idée derrière la tête, mais il ne la lâchera pas facilement.

— On a prévu de parler de l'Italie.

Il aurait pu me le dire tout à l'heure, en conférence de rédaction. Je sais qu'il m'envoie un message.

— Salvini, l'instabilité de l'Europe, le risque de contagion ?

— J'avais pensé à un angle plus budgétaire.

— Vincent avait écrit un papier sur le sujet.

Je ne voulais pas le provoquer, mais c'est fait. Ça y est, je suis fixée : vu son expression, il ne veut pas entendre parler du mort. Il veut que la vie continue, qu'on passe à autre chose.

— Tu sais ce que je pense, Karine : ici, tout le monde comprend ce que tu as vécu, mais on est là pour bosser.

— Je ne vois pas ce que tu veux dire.

— Tu es obsédée par lui. C'est normal, mais j'aimerais que tu en prennes conscience. Pour ton propre bien.

C'est ça, oui, prends-moi pour une courge.

— On va pas l'effacer comme ça, Denis. Il a quand même fondé *Objections*. La moindre des choses, c'est de lui rendre hommage. On a prévu un communiqué sur sa mort ?

Il soupire. Il sait qu'il est coincé.

— On a déjà annoncé son décès sur le site et dans les réseaux sociaux.

J'ai vu passer le post. Trois lignes, au plus.

— Laisse-moi en parler dans le direct. Je lirai un texte commun, si tu veux.

Encore un soupir.

— Ouais, c'est raisonnable. On lui doit bien ça. Trois minutes, pas plus. Il n'aurait pas aimé qu'on s'apitoie.

Toi, évidemment, tu ne cours pas ce risque.

— C'est d'accord.

Il s'éloigne. Il est contrarié. Moi, j'ai encore envie de pleurer. Je suis révoltée qu'on évacue Vincent comme ça. Après tout ce qu'il a fait pour nous, pour que ce média voie le jour et se fasse connaître. Il a mis son argent personnel dans l'aventure. Il possédait la moitié des parts d'*Objections*. On est des journalistes, bordel. On pourrait au moins lui dire au revoir, lui consacrer une émission spéciale. Je pense aussi au faux flic et au vol du portable. Puisque les vrais policiers ne veulent pas s'y intéresser, ce serait à nous de rendre l'information publique pour les faire bouger.

Comme d'habitude, on se réunit en cercle dans la grande pièce du fond, qui nous sert à la fois de salle de rédaction, de salle de réunion et de plateau d'enregistrement. Nous avons aussi un plateau modulable et une régie à l'étage, pour les émissions et les interviews, mais le direct est filmé ici, avec une régie mobile. Catherine ouvre la réunion, en rappelant ce qui était prévu. Elle est émue. Elle fait partie des collègues qui m'ont embrassée, tout à l'heure. On parle de l'Italie, du Mouvement 5 étoiles, de la dette publique. On définit une ligne et un ordre du jour. On choisit les intervenants, les vidéos à insérer, les infographies, les photos.

J'aborde la question du sujet consacré à Vincent. Louis prend la parole, sans lever le bras :

— Moi, je trouve que ça vient comme un cheveu sur la soupe. On évoque l'Italie et puis plouf, voilà que je te sers un communiqué sur Maréchal.

Il jette un œil à Denis. C'est discret, mais je m'en aperçois. Il essaie de marquer des points. Denis profite de l'occasion :

— On ne va pas soûler les gens avec nos condoléances. J'ai dit à Karine : trois minutes, c'est tout. Je crois qu'on pourrait même les réduire à deux.

Je dois réagir. J'ai été mise en cause. C'est moi qu'il accuse de soûler les gens. Heureusement, Victoire répond à ma place :

— On est pas un média de distraction, on est pas censés éviter les sujets ennuyeux. Si on peut détailler la dette italienne, on peut aussi parler de Vincent Maréchal.

Courageuse Victoire. Elle n'a pas peur de contredire, d'entrer en conflit. Maintenant, je suis sûre que Denis ne pourra pas me faire taire.

Après la conférence de rédaction, les techniciens installent le plateau et je pars me maquiller. Le direct commence dans un quart d'heure. Quand je m'assois sur le siège de la présentatrice, en face de la caméra frontale, Victoire m'envoie un petit clin d'œil. Louis et Marie-Claude prennent place. Dès que la lumière rouge s'allume, je présente le sommaire de l'émission, puis j'introduis le sujet. Je sens que je manque d'entrain. Je débite mon texte comme une fonctionnaire de l'ORTF. Je passe la main à Marie-Claude, puis à Louis.

Arrive enfin le moment que j'attendais. J'enchaîne :

— Pour terminer ce direct, une triste nouvelle : nous sommes au regret de vous annoncer le décès de Vincent Maréchal, l'un des fondateurs et des sociétaires d'*Objections*.

Ne pas pleurer, ne pas craquer. Je déglutis encore, et j'entame la biographie du grand homme. Je ne dévie pas d'une virgule du texte que nous avons rédigé en commun. Je sens le regard de Denis fixé sur moi. Une vague de colère menace de m'emporter. Son indifférence me révolte. Je voudrais en faire davantage. J'atteins la fin du texte quand je m'entends ajouter un paragraphe qui ne s'y trouve pas :

— Quelques minutes avant l'arrivée du Samu, une personne se disant policier s'est présentée à l'entrée de nos bureaux. Après une visite éclair, il semble que cette personne soit repartie en emportant l'ordinateur de Vincent Maréchal. J'en ai informé la police, mais nous ne possédons à ce jour aucun élément concernant l'identité de cet homme et ses motivations.

J'entends un mouvement à ma droite. Je devine que Denis me fait de grands gestes pour m'interrompre. Si je continue, il est capable de couper la transmission. Je n'en ai rien à foutre, j'ai envoyé mon message. Je termine par les formules habituelles, les annonces de nos prochains rendez-vous et les remerciements. La lumière rouge s'éteint.

Je sais ce que je risque. Denis marche vers moi à grands pas, comme s'il allait me frapper.

— Mais qu'est-ce qui t'a pris, putain ? T'es vraiment une connasse, t'en fais qu'à ta tête. T'es contente, là, t'as dit ce que tu voulais dire ? Tout le monde a vu ta parano. Tu t'es ridiculisée, et pire : tu *nous* as ridiculisés.

Il a des plaques rouges sur le visage et il hurle. Sa voix déraille par moments. Je reste assise, pour tenir bon face à cette violence. Victoire essaie de s'interposer :

— Tu peux pas lui parler comme ça, Denis. Après ce qu'elle a vécu.

Il tourne la tête dans sa direction. J'ai l'impression qu'il va la gifler.

— Toi, tiens-toi en dehors de ça. Si elle allait mal, elle avait qu'à rester chez elle, au lieu de nous emmerder.

J'en ai assez entendu. Je me lève. Je tiens à peine debout.

— Je suis fière de ce que j'ai fait.

— Quoi ? Comment oses-tu ?

— Oui, Denis, tu as raison, j'ai osé, et j'en suis fière. Il s'est passé quelque chose d'horrible, et tu fais comme si c'était jamais arrivé. Ce faux flic, je l'ai vu. Il a pris le portable de Vincent et il a disparu. Je ne comprends pas que tu puisses être à l'aise avec ça. C'est vrai, quoi, la seule chose que tu voulais, c'était que je ferme ma gueule.

— Eh ben oui, je veux que tu la boucles. Tu te prends pour une sorte de justicière, avec tes délires. Tu vois, j'aurais dû t'interdire de venir. D'ailleurs, c'est ce que je vais faire : à partir de maintenant et jusqu'à nouvel ordre, tu es mise à pied. Tu rentres chez toi immédiatement, et tu restes à la maison. Je te préviens : si tu lâches encore le moindre mot sur cette histoire, tu es virée.

Il ne crie plus. Ses mains tremblent. Il regarde autour de lui, comme pour décourager les autres à me défendre à nouveau. Je n'ai plus rien à faire ici. Je traverse le plateau dans un silence de mort, je récupère mes affaires et je quitte le bâtiment.

4

Lundi 25 mars

Alaric connaissait la Maison. Quand il possédait un atout, il ne le laissait pas filer sans annoncer le prix. C'était sans doute une des raisons de sa mauvaise réputation : contrairement à certains collègues, il ne devançait jamais les désirs de ses supérieurs, et ne livrait les informations qu'en échange d'une reconnaissance de dette morale. Si la nouvelle patronne voulait vraiment ce débriefing, il était disposé à le lui offrir, mais seulement quand elle le lui demanderait.

Cette fois, il ne dut pas attendre longtemps. À peine avait-il dépassé l'accueil de la crim' que la voix éraillée de Marlotte, la secrétaire, l'interrompit dans son élan :

— Pas si vite, beau jeune homme, la taulière veut te voir. Je sais pas ce que t'as fait pour mériter ça, mais à ta place, j'en profiterais pour demander une promotion.

Les messages de Gouirand passaient souvent par des femmes. Marlotte adorait sa nouvelle mission de porte-parole de la direction.

— Je me contenterai de finir la journée sans qu'on menace de me virer.

Marlotte avait été le témoin de quelques-unes de ses mésaventures[3]. Ancienne gardienne de la paix évincée à cause d'une affaire de corruption qui ne concernait que son ex-mari, elle savait combien la chute pouvait être facile.

— Tu dis ça à chaque fois, mais tu gagnes toujours à la fin.

---

3. Voir *Effondrements* et *Embrasements*.

Il sentit arriver un sourire de fierté. Il avait conscience que sa survie à la crim' tenait un peu du miracle. Il évitait de s'en vanter, mais il appréciait ce statut de survivant.

Gouiraud brassait des dossiers avec son adjointe Pauline Bonini. Elle avait étalé leur contenu sur toutes les surfaces disponibles. Bonini tâchait de garder son calme, mais Alaric savait que ce désordre l'épouvantait. Dès qu'il se présenta à l'entrée, la patronne interrompit son travail et congédia son adjointe de quelques mots à l'oreille.

Comme son bureau n'était pas utilisable, elle déplaça deux chaises et invita Alaric à s'installer sur la plus ordinaire. Elle s'assit à son tour, croisa les jambes et tira discrètement sur la jupe de son tailleur. Avant qu'elle devienne sa chef de service, Alaric ne l'avait jamais vue porter que le pantalon, civil ou d'uniforme.

— Alors ?

Elle essayait de sourire, mais ses yeux racontaient une autre histoire. Comment pouvait-elle éprouver une telle inquiétude, alors qu'elle ignorait encore pourquoi les gendarmes l'avaient convoqué ? Il décida de tirer cette question au clair.

— Tu... vous saviez ce que j'allais trouver là-bas, non ?

— Je n'ai pas envie de me livrer à cet exercice avec vous, Autier.

— J'ai l'impression d'être un pion. J'aimerais juste savoir dans quel jeu.

— Vous le saurez en temps utile.

En disant cela, sa voix s'était adoucie. Elle avait enregistré sa demande.

— Jérôme Carville, sa femme et peut-être ses enfants.

Elle soupira, croisa ses jambes dans l'autre sens. La tension venait de monter d'un cran.

— Pour l'instant, double homicide, avec actes de barbarie. La femme éventrée, sans doute sous les yeux de son mari, abattu ensuite d'une balle dans la tête. Très gore, tout ça.

Une pause, juste pour l'observer. Elle paraissait très affectée, comme si elle connaissait les victimes. Il continua :

— Les enfants sont introuvables. Les gendarmes espèrent qu'ils ont passé la nuit ailleurs.

— On connaît le mode opératoire ?

— Les corps se trouvaient dans un petit bâtiment séparé utilisé comme atelier de boucherie pour le gibier. À mon avis, le meurtrier a dû emmener le couple sous la menace d'une arme. À l'intérieur, il a probablement pris tout son temps.

En parlant, Alaric sentit que sa version n'expliquait pas les éléments qu'il avait observés. Aucune des deux victimes n'était attachée. Le tueur ne pouvait pas à la fois s'occuper de la femme et menacer l'homme avec une arme. S'il avait réellement voulu mettre en scène l'éventration de l'épouse en présence de son mari, il aurait commencé par les bâillonner et les saucissonner pour les empêcher de bouger.

— On a une idée de la façon dont le meurtrier est entré ?

— On ne m'a rien dit. Tout ce que j'ai vu, c'est un chien abattu d'une balle, à l'arrière de la maison.

Gouirand regarda en l'air, se tenant le menton. Elle cherchait à appréhender les circonstances de l'intrusion plus que celles des meurtres.

— Il avait un silencieux, forcément.

Pourquoi forcément ? Qui aurait pu entendre le coup de feu ? Alaric comprit :

— La propriété était gardée ?

Gouirand lui lança un regard triste.

— On savait qu'il était menacé. J'en avais été informée personnellement. Un appel direct de la place Beauvau. On a enquêté sur l'auteur des menaces, mais on n'a trouvé qu'un Gilet Jaune d'Étampes sans passé judiciaire. Il est en détention provisoire depuis vendredi.

Alaric se demanda quel groupe avait été saisi de l'affaire. En tout cas, elle n'avait pas été évoquée en briefing des chefs de groupes.

— Aïe. Remontage de bretelles en vue.

— Pas la peine d'enfoncer le couteau dans la plaie.

Elle ne méritait pas ça. Il chercha un argument pour arrondir les angles.

— Ce n'est pas un travail d'amateur. Un pro n'aurait pas annoncé ses intentions à l'avance. À mon avis, les menaces étaient une coïncidence.

— Carville était très exposé. Il détestait les Gilets Jaunes. On le voyait tout le temps sur les plateaux de télé, dans des débats où il insultait les gens.

— Ils auraient emmuré le portail de son domaine, ou tagué sa permanence. Là, on est plusieurs crans au-dessus.

— Ces gens sont des insurgés. Ils veulent tout détruire.

— Monsieur et madame tout le monde, plus quelques casseurs anticapitalistes. Du petit gibier.

— Ce n'est pas ce que pense le cabinet du ministre.

Cela ne servait à rien d'entrer dans une discussion politique. Alaric fut pris d'une inspiration soudaine.

— C'est Françoise qui a enquêté sur les menaces ?

Gouirand ne put dissimuler sa réaction de surprise. Comme elle était intelligente, elle ne nia pas l'évidence :

— Peu importe.

— La personne appréhendée a confirmé les faits ?

— Oui, et avec des détails. C'était le bon client, et il a agi seul.

— Alors on n'a rien à craindre. La section de recherche démontrera qu'on est sur une affaire différente.

Elle ne répondit pas. Elle savait qu'elle pouvait sauter à n'importe quel moment. Alaric se leva.

— Rien d'autre, dit-elle ? Des traces d'agression sexuelle ou de vol ?

— *A priori*, madame Carville était habillée, et je n'ai vu aucun signe d'effraction ni de désordre.

Elle hocha la tête. Il sortit du bureau en refermant la porte derrière lui. Il éprouvait une certaine sympathie pour cette femme. Elle avait choisi de monter dans la hiérarchie, sans posséder le cynisme et la dureté nécessaires. Jamais il n'aurait voulu se trouver à sa place.

Quand il arriva dans le couloir de son groupe, une surprise l'attendait. Dans trois des quatre bureaux, il ne trouva personne, et la salle de repos semblait vide. Des éclats de voix lui apprirent que ses six acolytes s'étaient tous engouffrés dans le local partagé par les deux rippeurs[4], une petite pièce dotée d'une fenêtre ouvrant sur un mur lépreux. Une seule explication était possible : Patrick, le *geek* du groupe, avait quelque chose à leur montrer. Alaric les rejoignit sans annoncer sa venue, et les trouva rassemblés devant le meilleur écran de la crim'. Jouant des coudes, il se rapprocha suffisamment pour voir l'image.

---

4. Derniers de groupe, généralement chargés de « ripper », c'est-à-dire d'accomplir les enquêtes de voisinage.

Il découvrit une vue aérienne d'une vaste maison entre les arbres, à côté d'un étang. Il mit du temps à reconnaître l'endroit, refusant d'abord d'admettre qu'il s'agissait bien de ce qu'il pensait. Boisnard avait parlé d'un drone. Après tout, l'engin s'était peut-être fait abattre *après* avoir filmé ces plans. En bas de l'écran, un bandeau bleu titrait : « Yvelines : le député Carville et sa femme assassinés », suivi de précisions sur fond blanc : « D'après la gendarmerie, les deux enfants du couple auraient été enlevés. »

La voix d'une présentatrice commenta les images :

— C'est au cours de la nuit dernière que les assassins ont fait irruption dans cette propriété des Yvelines pour exécuter Jérôme Carville et son épouse. Depuis plusieurs semaines, le député faisait l'objet de menaces suite à ses prises de position publiques. Il était protégé en permanence par quatre policiers. Des sources officielles attribuent ces meurtres à un commando lié à des groupuscules d'extrême gauche. Après ce flash, nous ferons un point sur les réactions politiques à cette épouvantable tuerie. Nous apprenons à l'instant que le ministre de l'Intérieur devrait s'exprimer en fin de matinée.

Après les vues aériennes défilèrent des images sans grand intérêt, montrant des barrages routiers, des gendarmes en faction derrière des barrières et un hélicoptère survolant la zone. Elles furent vite remplacées par celles d'un plateau réunissant la présentatrice et un ancien journaliste auteur de plusieurs ouvrages, qu'Alaric avait connu à ses débuts.

— Jean-Pierre Vacher, vous êtes un expert des groupuscules radicalisés, dit la présentatrice. Que vous inspire cette tragédie ?

— Je suis désolé de vous le dire, mais c'est quelque chose que j'avais vu venir.

— Vous voulez parler de cette violence dirigée vers les élus ?

— Depuis dix ans, je parle de cette radicalisation de certaines catégories de la population, qui refusent de s'adapter aux nouvelles réalités économiques et sociales. Je crois qu'on assiste là aux débuts d'une dérive ultraviolente, et que nous avons intérêt à réagir avec une fermeté extrême avant que cela débouche sur le chaos.

Alaric en avait assez entendu. Comme d'habitude, un « expert » autoproclamé commentait des faits dont il ignorait tout en les ramenant à ses obsessions personnelles. Le silence était infiniment préférable à ce bavardage inepte.

— Faites-le taire, dit le chef de groupe.

Tout le monde se retourna. Patrick se contenta de diminuer le son. Alaric comprenait son intérêt pour cette affaire, et ne cherchait pas à attirer l'attention.

— Je suis sûr que Patrick en sait déjà plus que ce type, ajouta-t-il.

— On t'a vu d'en haut, chef, dit Osmane, le troisième de groupe. J'ai reconnu ton blouson.

— Ils pensaient que c'était toi qui avais fait le coup ? dit Clémentine.

— Pas moi, un de nos admirateurs. Mais je suis pas censé vous en parler.

— Il a laissé une photo dédicacée de nous sur les cadavres ? dit Daniel, le quatrième de groupe.

— Une coupure de journal de l'affaire Vallée dans la bouche de la femme.

— Pourquoi ils ont pas dit ça à la télévision ? dit Osmane. On serait devenus célèbres.

— S'ils avaient été au courant de ce qui s'est vraiment passé, c'est un expert en boucherie qu'ils auraient invité pour nous l'expliquer.

Osmane baissa la tête. Il supportait les descriptions de cadavres presque aussi mal que les autopsies. Alaric raconta sa visite dans le cabanon en s'efforçant de fournir le minimum d'éléments concrets. Ce récit le replongea dans ces courts instants où on l'avait autorisé à regarder la scène de crime. Boisnard avait parlé d'un secteur ultraconfidentiel. À en juger à la recension que le flash d'information en avait livrée, les détails du massacre n'étaient pas encore parvenus aux médias. C'était sans doute mieux ainsi ; il n'avait lui-même passé que quelques minutes sur place, mais il suffisait qu'il ferme les yeux pour revivre l'horreur glacée du double meurtre.

L'appel arriva en début d'après-midi. Cela devait tenir aux délais de bouclage du journal. Une telle affaire chassait instantanément les autres sujets, et l'information devenait soudain plus précieuse que l'or. Le journaliste le plus calme et le plus respectueux se transformait alors en orpailleur sauvage, prêt à tout pour une pépite de deux millimètres.

— Éric ! Quelle surprise ! C'est gentil d'appeler.

Avec sa vue d'aigle, Éric Rincy avait réussi à le reconnaître, assis à l'arrière de la voiture qui sortait du secteur contrôlé par la gendarmerie. À l'autre bout de la ligne, Alaric l'entendit rire.

— Oui, ça fait longtemps que j'ai pas eu de tes nouvelles, alors je me suis dit : « Pourquoi j'appellerais pas mon vieux pote qui travaille dans les forces de l'ordre ? »

— Comme ça, par hasard ?

— *Of course*. L'amitié, c'est important.

Alaric se tut. Il avait envie de le laisser venir. Éric eut un rire nerveux, puis se jeta à l'eau :

— Tu sais que je t'ai vu, ce matin. J'étais en train de me demander comment je ferais pour entrer dans une zone *secret défense*, et qui je vois en sortir ? Mon grand ami pour la vie Alaric Autier *himself*. Ça m'a fait un choc. Ils pensaient que c'était toi qui avais fait le coup ?

— Tiens, on m'a justement posé la question tout à l'heure. J'aimerais bien te répondre, mais les secrets défense, c'est sacré.

— Oui, je comprends, t'es pas habilité, etc. D'un autre côté, il y a déjà des fuites un peu partout. Tout fout le camp, même le silence de la Grande Muette.

— J'ai promis, Éric.

— C'est toujours comme ça que les choses se passent, non ? On promet de se taire, puis on se met à table.

— C'est pas une affaire de police. On est en terre étrangère.

— Quelques mots seulement. Source anonyme, comme d'hab'. Tu sais que tu peux me faire confiance là-dessus.

Éric n'était que le troisième à demander qu'il trahisse sa promesse. Alaric décida de lâcher une ou deux informations.

— Tu poses tes questions, et je réponds par oui ou par non.

— C'est mieux que rien, mais je t'ai connu plus bavard.

— À prendre ou à laisser.

— Je prends. Première question : cette histoire de groupuscule d'extrême gauche, c'est du bidon ?

— Évidemment.

— Il y a des bruits qui courent. On dit qu'il y a eu des actes de torture. Vrai ?

— Oui.

— La femme ?

— Oui.

— Pas le député ?

— Non.

— Genre : je torture ta meuf pour obtenir tes infos ?
— Je crois pas.
— Je torture ta meuf pour le plaisir ?
— Non plus.
— Je torture ta meuf devant toi pour me venger ?
— Peut-être.
— Genre : le psychopathe ?
— Non.
— Le pro, alors, gants de latex et blouse de chirurgien ?
— Un pro, oui.
— Intéressant. Carville avait l'air *clean*.
— Il y a autre chose, mais je t'interdis de l'écrire.
— Vas-y, j'ai l'eau à la bouche.
— Justement, à propos de bouche, la femme avait un de tes articles dans la sienne.
— Sans déc' ?
— « Affaire Marion Vallée : Gérard Vallée en garde à vue ».
— Bon choix. Mon rédac' chef appréciera.
— Même pas en rêve.
— Je déconne.

Après l'appel d'Éric, la journée se déroula sans événement marquant. Pendant plusieurs heures, Alaric s'occupa des actes, des dossiers et des réquisitions, besogne indispensable, machinalement exécutée. Quand arriva l'heure où les collègues commencèrent à déserter les locaux, il eut le malheur d'indiquer à Clémentine à quoi il comptait consacrer sa soirée :
— Je t'abandonne. Ce soir, je cuisine.
Il assortit ces mots d'un petit sourire qui en disait trop. Il vit passer une étincelle de compréhension dans les yeux de son adjointe, mais elle eut l'élégance de ne rien montrer.
— Français, ou italien ?
— Franco-italien à la mode Autier. Bref, je ferai comme je pourrai.
Elle lui rendit un sourire, où il décela de la sympathie. Entre autres qualités, Clémentine se réjouissait du bonheur des autres, et s'attristait de leurs peines.
— Je te souhaite une belle soirée.

Il n'aimait pas cette substitution de « belle » à « bonne », mais elle pensait ce qu'elle disait. Malgré ses défenses, il fut touché. Elle faisait partie des rares personnes dont l'avis lui importait. Elle n'avait pas toujours approuvé les événements de sa vie personnelle.

— Embrasse Cassandre de ma part.

Il faillit ajouter « Elle a de la chance de t'avoir comme compagne », mais s'en abstint pour ne pas la gêner.

— Je le ferai, tu peux me croire.

5

Après avoir garé sa voiture sous le préau, Alaric n'entra pas immédiatement dans l'immeuble. Malgré le froid et l'absence de soleil, cette journée de printemps avait laissé dans le ciel l'héritage d'un crépuscule rougeoyant. Les bâtiments les plus ordinaires, comme l'ancien entrepôt transformé en logements dont il louait le deuxième étage, prenaient sous cette lumière une teinte flatteuse. Ce moment ne dura que quelques minutes, mais il racheta des heures de grisaille. Dès que le gris foncé succéda au rouge, Alaric tourna sa clé dans la serrure.

Après une journée de bureau, il lui restait assez d'énergie pour commencer sa deuxième vie, celle qu'on dit privée. Dans son ancien appartement, il se serait préparé un repas sommaire, salade en sachet ou plat surgelé, puis aurait achevé la soirée en regardant les informations ou en repassant dans son esprit les affaires courantes. Mais depuis qu'il avait emménagé dans ce loft, première habitation choisie sans contrainte depuis le début de sa vie adulte, le temps après le travail avait pris un autre sens. Il rentrait désormais chez lui animé d'une impatience nouvelle, comme si le seul fait de séjourner ici constituait déjà une occupation agréable.

Il devait le reconnaître, Cynthia n'était pas étrangère à cette transformation. Il l'avait rencontrée trois semaines après son déménagement, et sa présence suffisait à ensorceler ces murs industriels. Même s'il ne la voyait que quelques soirs par semaine, il anticipait ces instants avec une gourmandise particulière. Mais ses déboires amoureux des dernières années l'avaient rendu prudent, et il refusait désormais de se laisser aller à ce genre de lyrisme qui abêtit. Même en l'absence de son amie, il savourait sa musique, ses lectures, ses petits travaux et ses recettes de cuisine. Ce murmure des tâches ordinaires, c'était sa vie, comme elle se déroulait quand aucun événement ne venait la troubler ni l'embellir.

Le grand ascenseur de l'entrepôt avait été désactivé depuis la transformation des lieux. Comme tous les jours, Alaric emprunta l'escalier de service, cage de béton garnie de faux hublots et de rampes en grosse corde. Avant même d'ouvrir la porte de son étage, il sut que Cynthia se trouvait à la maison. Son parfum avait laissé dans l'air un soupçon de tubéreuse et de cacao. Il avait le sourire en entrant dans son appartement.

Elle l'attendait dans le hall. Elle lui sauta au cou dès qu'elle l'entendit, et lui offrit un long baiser de bienvenue. Alaric plongea dans le foisonnement de sa chevelure acajou. Une fois de plus, il fut frappé par ce mélange de ferveur amoureuse, de gourmandise et d'intransigeance qu'il sentait en elle. Il l'enlaça, glissant les mains sous son pull dans l'espoir illusoire d'atteindre la chair. Cynthia était extrêmement frileuse ; les multiples épaisseurs qu'elle portait protégeaient son corps de toute intrusion rafraîchissante. Il parvint pourtant à les traverser et à poser quelques doigts sur sa hanche. Mais au lieu du grain de sa peau, il découvrit le tracé torturé de sa cicatrice. Gêné, il retira la main, et elle fit semblant de ne pas s'en apercevoir.

Il aurait pu la soulever, l'emmener immédiatement dans la chambre et faire l'amour avec elle. Après tout, avec les limitations qu'elle lui imposait, leur relation était surtout fondée sur le sexe. Il disait souvent, plaisantant à moitié, qu'elle était sa « *sex friend* ». Elle ne le contredisait pas, même s'il avait l'espoir qu'elle voie en lui bien plus qu'un amant de quelques nuits. La soirée s'achèverait certainement sur une union physique, mais il n'avait pas envie de précipiter les choses. Cynthia méritait bien mieux que d'être traitée comme une simple compagne de lit. En retardant l'étreinte, Alaric profiterait aussi de sa conversation et de son amitié.

— Alors, comment vont tes cadavres ?

Cynthia n'éprouvait aucune émotion particulière lorsqu'il lui décrivait les victimes des affaires sur lesquelles il travaillait.

— Ils pourrissent tranquillement. La seule chose qui bouge, ce sont les asticots.

— Je suis contente que tu rentres tôt, je commençais à avoir faim. T'as prévu quoi ?

Peu de temps après leur rencontre, il lui avait prêté un jeu de clé de son appartement, mais elle ne s'était jamais donné la peine de faire cuire ne fût-ce qu'un œuf en son absence. Contraint de s'y atteler, Alaric se découvrait avec surprise meilleur cuisinier qu'il l'avait cru.

— Une pizza ?

— Bien essayé.

— Fricassée de cuisses de grenouilles de Nouvelle-Zélande au citron vert, avec en garniture un émincé de queues de cerises au champagne Ruinart ?

— Plus dans ce goût-là.

— Bon, je négocie : écrasée de pommes de terre à la ciboulette et l'huile d'olive avec du jambon.

— Moins classe.

— Mais plus réaliste.

— Va pour l'écrasée.

Il se débarrassa de son blouson et de son écharpe, mais conserva ses chaussures. Avec sa nouvelle amie, il ne se montrait jamais tout à fait au naturel, habillé des vêtements qui lui tombaient sous la main et chaussé de vieilles sandales. En nouant avec elle une relation sans engagement, il avait renoncé au laisser-aller que les hommes de sa génération se permettaient trop souvent en privé.

Le claquement de ses mocassins remplit l'espace, pendant qu'il se dirigeait vers la cuisine totalement ouverte, située sous la mezzanine de la chambre. Cynthia s'installa dans le canapé Chesterfield, les pieds enveloppés dans d'épaisses chaussettes et les jambes repliées contre sa poitrine. Sous ses yeux, il prépara le dîner, oubliant peu à peu qu'elle l'observait. Quand la cuisson des pommes de terre fut lancée, il laissa la cuisine pour servir du cidre dans des bols de grès. Cynthia n'aimait que les tout premiers degrés de l'ivresse, et ne digérait pas le vin. La boisson, dégustée en regardant la ligne de lampadaires visible à travers les hautes fenêtres donnant sur la rue, encouragea Alaric à lui confier ce qui occupait son esprit :

— T'as entendu parler du meurtre de Carville et de sa femme ?

— Le député ?

— J'étais sur place. C'est une enquête de gendarmerie, mais ils voulaient m'auditionner à propos d'un détail curieux.

Elle l'écoutait avec une attention soutenue. Elle travaillait pour *Public Justice*, une ONG qui se battait contre la corruption et les dysfonctionnements de la justice. Elle savait parfaitement qu'on n'assassine pas un député sans que cela cache une histoire louche.

— Bizarre ?

— Une coupure de journal sur l'affaire Vallée dans la bouche de la femme.

— Original.

— Tu sais quelque chose de ce type, Jérôme Carville ?

Elle détourna le regard. En raison des risques encourus par les lanceurs d'alerte, elle refusait souvent de lui révéler la moindre information sur les dossiers de son employeur. Il parvenait généralement à lui tirer les vers du nez en dévoilant en premier les détails confidentiels de ses affaires.

— L'affaire du Sictom des Boucles de Seine.

— Connais pas.

— Carville a fait partie de l'équipe de Dumarel, l'ancien maire de Poissy. Il a été impliqué dans la gestion de ce Sictom, qui finançait toutes sortes de voyages privés, de séminaires bidon, de séjours à l'hôtel et de meetings politiques. L'instruction est en cours, mais Carville n'a jamais été inquiété.

— Nos amis les politiques.

— Carville est le fils d'un petit baron du RPR. Pas besoin de te faire un dessin.

Elle le regardait fixement, avec un sourire à détourner un ermite de ses vœux. C'était peut-être sa façon d'échapper aux questions. Alaric interpréta sa dernière phrase sans tenir compte de ce qui précédait. Il lui toucha la joue, puis sa main descendit le long de la nuque, jusqu'à l'extrémité de sa cicatrice. Elle ferma les yeux. Il s'approcha d'elle et l'embrassa, tirant sur son pull pour commencer l'effeuillage. L'écrasée de pomme de terre attendrait.

6

Mardi 26 mars

Une tache sombre au milieu d'un trottoir. Un bruit de sirène dans le lointain. Deux barbus en grande conversation au coin de la rue de la Paroisse. Une vitrine fissurée, peut-être par un impact de balle. Même la vie tranquille de la cité des rois offrait assez d'indices pour amorcer quelques articles de faits divers. Le regard du journaliste, toujours à l'affût du grotesque ou du sordide, ne s'endormait jamais. Même coincé dans les embouteillages du centre-ville, Éric Rincy cherchait spontanément l'information autour de lui.

L'actualité lui fournissait pourtant une matière autrement plus pressante que les querelles de voisinage ou les incendies sans victime. Le meurtre du député avait remplacé à la *une* les derniers actes des Gilets Jaunes, le feuilleton Benalla et les risques d'effondrement boursier. En ce matin d'avril sans soleil, Éric se rendait à la caserne d'Anjou, dans l'espoir d'obtenir de son contact autant d'informations confidentielles qu'il était politiquement décent d'en laisser fuiter sur la tuerie et l'enlèvement des enfants.

Il était 8 h 15, et l'état du trafic lui donnait peu d'espoir d'arriver à son rendez-vous dans les temps. Sur l'avenue de Saint-Cloud, les feux verts se succédaient sans que la rivière automobile avance de plus d'un mètre à chaque fois. Il allait appeler le gendarme qui l'attendait, quand une scène inhabituelle harponna son regard.

Trois touristes asiatiques étaient attroupés devant un abribus, observant deux employés de la ville qui s'apprêtaient à décoller un affichage sauvage. Rien n'indiquait que l'affiche ait la moindre importance ni que les touristes soient à même d'en comprendre le message, mais le journaliste n'en éprouva pas moins les picotements de l'instinct. Il saisit son reflex posé sur le siège passager et prit quelques clichés. L'affiche fut arrachée sans retard, mais des coups de klaxon l'empêchèrent de photographier la fin de son sujet. Il ne put examiner ses images que quelques mètres plus loin. Sur la première, il lut la plus grande partie du texte :

> J'ai tué les Carville
> Je vais me rendre
> Venez assister
> à mon arrestation
> Aujourd'hui à 8 h 30
> au 19 aven...

Les têtes des touristes cachaient le bas de l'affiche. Illustrant le message, une croix de Lorraine tricolore figurait sur la droite.

Un esprit raisonnable aurait négligé cette déclaration écrite, manifestement issue d'un cerveau déséquilibré. Les tueurs ne se rendent pas, surtout quand ils ont la France entière aux trousses. Éric enferma soigneusement cette affiche dans la catégorie « élucubrations » de son fichier mental. D'un autre côté, dans une affaire aussi médiatisée, un cinglé cherchant à se faire passer pour le tueur avait des chances d'intéresser le public. Si *quelque chose* avait lieu aujourd'hui à Versailles, n'importe quel journaliste aurait l'idée d'y regarder de plus près.

Au carrefour de la rue Georges Clemenceau, où Éric essayait de s'engager, il repéra une deuxième affiche, collée de travers sur le mur de l'immeuble d'angle. Il la photographia également, et zooma pour lire la fin :

> au 19 avenue de Paris
> Venez nombreux

Il connaissait très bien cette adresse, celle de l'hôtel de police, du commissariat et du SRPJ. Celle où travaillait son ami Alaric Autier. La coïncidence était trop parfaite. Il n'eut pas le temps de poursuivre ses réflexions, car son téléphone sonnait. Il prit l'appel sur son autoradio.

— Rincy, t'es où ?

C'était la voix de *God himself*, celle du rédac' chef.

— Versailles, dans les bouchons.

— Alors c'est ton jour de chance. Tu arrêtes tout et tu files immédiatement au 19 avenue de Paris. On a reçu un coup de fil anonyme. C'est certainement du *fake*, mais je veux que tu te pointes là-bas. C'est à…

— 8 h 30. Un type qui dit être l'assassin des Carville va se rendre.

— Bien joué. Je sais pas quelle est ta source, mais elle est bonne.

Il regarda sa montre dès que son chef eut raccroché. 8 h 25. Il entrait à peine dans la rue Georges Clemenceau. Pas le temps d'attendre. Sans hésiter, il monta sur le trottoir avec sa Smart Fortwo Cabrio et se jeta dehors, le reflex à la main. Il se mit à courir comme un dément, filant entre les véhicules quand les piétons l'empêchaient de passer. 8 h 27. Avenue de Paris, il traversa au rouge, obligeant une voiture à freiner sec. 8 h 29. L'hôtel de police était en vue. Flics ou gendarmes en civil dans tous les coins, essayant de se cacher derrière leur petit doigt. Pas un seul journaliste. Pas de suspect non plus.

8 h 32. Il se tenait à l'écart, regardant les lieux sur l'écran de son appareil photo. Un taxi s'arrêta. Un homme en sortit. La soixantaine, propre et bien rasé. Mauvais profil. Éric lui consacra pourtant une rafale de photos, on ne sait jamais. Autour de lui, il sentit que tout le monde devenait un peu nerveux. Il allait interrompre sa prise de vue quand l'homme s'agenouilla lentement sur le trottoir, posant les mains sur sa nuque. Éric enclencha la fonction vidéo de son appareil. Sur l'écran, cinq faux passants se jetèrent sur le suspect. Arrestation en pleine rue, filmée par votre envoyé spécial Éric Rincy. L'explosion de joie fut si puissante qu'il dut réprimer un cri.

7

Léandre s'aperçut tout de suite que quelque chose n'allait pas. D'abord, il faisait froid, et sa veilleuse était éteinte. Léandre détestait se réveiller dans le noir. Il le dirait à maman dès qu'il serait levé. Et puis, il avait mal à la tête. Ça lui arrivait souvent, mais ce mal de tête là était bizarre. Et puis, il y avait les odeurs. Normalement, sa chambre, elle ne puait pas comme ça. Beurk. Ça sentait le pourri et le médicament. Et puis son lit, il était dur, et sa couette elle piquait, comme le pull que mamie avait tricoté pour lui quand il était petit.

À tâtons, il chercha sa tablette. Il aimait bien jouer à Mario Kart 8 avant de se lever, ça le calmait. Mais sa main toucha un truc sale, une espèce de bâton. C'était forcément Daphné qui lui avait fait ça. Elle savait qu'il détestait les trucs qu'elle ramassait dans la forêt, et elle avait volé sa tablette. La journée commençait très mal à cause d'elle. Et dire que maman lui donnait toujours raison, c'était trop injuste ! Il allait frapper sa sœur, elle le méritait. Elle irait se plaindre chez maman, et ce serait encore lui qu'on enverrait au coin.

Il se rendormit un peu. Il n'arrivait pas à bouger, tellement il était fatigué. Il fut réveillé par un bruit. Il reconnut la voix de Daphné. Elle venait encore l'embêter. Elle allait sauter sur son lit et arracher la couette. Léandre détestait qu'on arrache sa couette. Mais Daphné ne sauta pas sur son lit. Il avait l'impression qu'elle pleurait. Il écouta mieux. Oui, elle pleurait, et elle appelait : « Mamaaaan, mamaaaan. » Qu'est-ce qu'elle avait encore ? Bien fait pour elle si elle avait fait pipi dans son lit.

Mais la voix de sa sœur, elle n'était pas comme d'habitude. Elle lui donnait des frissons. Il se passait sûrement quelque chose de grave. Il pensa qu'elle était tombée et qu'elle saignait. À son école, un garçon s'était ouvert le menton, la peau pendait et on voyait l'os. Il n'avait pas envie de voir le sang de Daphné. C'était sale, le sang, et tout gluant. D'un autre côté, il n'avait pas envie qu'elle perde tout son sang et qu'elle tombe évanouie, comme maman quand elle faisait régime. Il ouvrit donc les yeux, et chercha sa sœur dans la pièce toute sombre.

Quand ses yeux commencèrent à s'habituer, il vit des lignes plus claires sur la fenêtre, comme si les volets étaient déchirés. Ça laissait entrer un peu de lumière, et Daphné se trouvait pile dedans. Elle n'avait pas l'air de saigner. Tout d'un coup, Léandre eut très peur quand il vit qu'il ne se trouvait pas dans sa chambre, mais par terre dans un endroit tout vide, sauf une cheminée un peu comme celle du salon. Un jour, ses parents l'avaient laissé dans la maison d'un ami de papa pendant qu'ils faisaient la fête, et il s'était réveillé comme ça, tout seul dans une chambre d'adultes. Le problème, c'était qu'il se rappelait que maman l'avait mis au lit dans sa propre chambre. Il l'avait même fait revenir parce qu'elle ne lui avait pas fait son bisou.

Il se leva d'un bond et décida de faire un câlin à Daphné. Il ne supportait pas qu'elle soit triste comme ça. Mais elle continua de pleurer et d'appeler maman. Normalement, une grande comme elle ne devait pas appeler sa maman, mais Léandre comprenait pourquoi elle avait peur. Il avait un peu peur lui-même. Il fallait vite trouver les parents et leur demander pourquoi ils les avaient mis là.

— Viens, on va voir où elle est, dit-il.

Elle se calma un peu et prit la main qu'il lui tendait. Il ne savait pas trop où il devait aller, mais il était sûr que maman se cachait quelque part. Il alla d'abord vers une porte fermée, entre les deux fenêtres qui donnaient de la lumière. Il appuya sur un interrupteur, mais aucune lampe ne s'alluma. Il appuya sur la poignée de porte, mais c'était fermé à clé. Il passa devant une deuxième porte ouverte, mais ce n'était qu'une sorte de cuisine démolie. Après, il partit vers la dernière porte de la pièce. Sur le chemin, il cria, parce qu'un truc lui avait piqué le pied. Daphné se remit à pleurer.

— Arrête ! cria-t-il.

Mais elle continua en faisant seulement moins de bruit. Léandre se dépêcha d'arriver à la troisième porte. Il tira dessus, et elle s'ouvrit tout de suite. C'était sûrement là que se trouvait maman, ou alors papa. Il entra, tirant sa sœur derrière lui, et attendit que ses yeux arrivent à voir dans le noir.

C'était encore un placard, vide, mais tout sale.

Il n'y avait pas d'autre sortie.

Léandre comprit alors qu'il était enfermé avec sa sœur dans un endroit horrible, froid et sale. Il imagina des toiles d'araignées partout, comme dans un grenier.

Il se mit à crier : « Maman ! ».

Et Daphné recommença à pleurer, si fort qu'elle lui faisait mal aux oreilles.

8

Vendredi 15 mars

Je n'ai pas activé le réveil, mais j'ai ouvert les yeux à la même heure que les autres jours. Mise à pied. Je ne savais pas que cela pouvait me tomber dessus. Couchée sur mon lit défait, je n'arrive pas à interrompre mon monologue intérieur. La petite fille en moi craint d'avoir tout gâché, mais l'adulte laisse la culpabilité à la porte.

Ce n'est pas juste. Je ne parle pas de moi, mais de Vincent. On n'évacue pas comme ça la mort d'un homme à qui *Objections* doit tout. Denis a manqué de courage. Il a préféré imposer le silence à la lanceuse d'alerte plutôt que d'affronter les difficultés. Je ne pouvais pas le laisser agir ainsi. J'ai fait ce que ma conscience me dictait.

Le balancier de mon humeur repart en sens inverse. Une petite voix me dit : « Tu rates tout. D'abord ton couple, ensuite ta vie de ménagère bobo, les relations avec ta fille, ton mariage, et maintenant le meilleur boulot que tu as jamais eu. » Sans ce job, je ne suis plus rien. Eudes est un connard, mais il a raison quand il dit que je ne sais pas ce que je veux.

Je n'ai plus du tout envie de rester au lit. Je me lève, me prépare un café. Je le trouve trop amer, puis trop sucré. Je finis par le jeter dans l'évier. Je marche de long en large, et je recommence à penser à ce qui s'est passé avant-hier. Je repasse chaque seconde de cette journée dans mon esprit, depuis mon lever jusqu'au moment où les policiers m'emmènent au commissariat. Je revois Vincent qui agonise, le faux flic, les ambulanciers. Tout est arrivé si vite. J'ai peut-être manqué un détail. Tiens, je me rappelle son uniforme, avec un brassard orange. Je n'en ai pas parlé aux enquêteurs. Ils m'avaient dit que si une information me revenait, je pouvais les contacter. Je décide de les prendre au mot. J'abandonne donc mes ruminations et j'enfile un gros manteau noir – couleur de deuil.

Je n'emprunte pas l'ascenseur. Je suis heureuse d'agir, de réaliser des efforts concrets pour libérer la tension. Dehors, la température est plutôt agréable. Bravant l'hiver qui s'achève, des jeunes barbus se promènent en tee-shirt dans les rues de Montmartre. Nous sommes vendredi. Pas d'acte des Gilets Jaunes pour aujourd'hui. Je prends le métro et j'arrive rue Fabert, tout près du quai d'Orsay.

Le commissariat central du septième arrondissement a tout du bunker semi-enterré. Depuis la rue, on le voit à peine. Je montre patte blanche au guichet d'entrée et je descends la longue rampe menant à la porte. Derrière une fenêtre, j'aperçois deux policiers en tenue de combat, portant ce que j'identifie comme des mitraillettes, ainsi que des grenades dans leurs poches ventrales.

Je pousse la porte. J'ai l'impression de pénétrer dans une prison de haute sécurité. À l'entrée, un policier de faction me demande d'ouvrir mon sac. Il mâche un chewing-gum. Il me toise de haut en bas, le sourire aux lèvres. Je sens qu'il pourrait me fouiller juste pour le plaisir. Heureusement, il me laisse passer. L'accueil est tenu par une femme, une blonde d'aspect fragile, qui exprime la peur et la tension nerveuse. Elle me regarde fixement.

— Bonjour, je suis venue ici mercredi pour le décès d'une personne. Je voudrais...

— Asseyez-vous, on va vous appeler.

Elle me montre des fauteuils sales autour d'une table basse. Un jeune type est affalé sur l'un d'eux. La capuche de son *sweat shirt* cache ses cheveux et le haut de son front. Il tremble et tape du pied. Je suis tentée de sortir ma carte de journaliste pour éviter d'attendre, mais je crains que cela ne rende les choses pires encore. Résignée, je m'assois, le plus loin possible du trembleur, qui dégage une forte odeur de cigarette.

L'attente dure près d'une heure. La policière appelle le jeune, lui donne l'ordre de découvrir sa tête, puis le renvoie à son fauteuil. Un autre policier la remplace, cheveux rasés, barbe taillée, ventre naissant. Il me fait venir au comptoir d'un geste sec. Avec moi, il a la même attitude froide et relâchée que le planton de l'entrée.

— Papiers d'identité.

Malgré moi, j'obéis avec l'empressement du simple citoyen mis en cause par l'Autorité. La semaine dernière encore, ce passage en commissariat m'aurait inspiré un billet sur le visage policier de la République. Aujourd'hui, j'ai seulement hâte de quitter cet endroit.

— J'ai été auditionnée mercredi par le lieutenant Munoz pour le décès de Vincent Maréchal.

Il m'écoute d'une oreille. Il doit se demander si je suis impliquée dans une procédure judiciaire. Sans me regarder, il sort de la salle, immédiatement relayé par sa collègue. À peine arrivée, elle m'aboie déjà dessus :

— Veuillez vous asseoir.

Je n'ai pas le temps de lui répondre ni de me diriger vers les fauteuils. Déjà de retour, le policier ventripotent me convoque d'un :

— Karine Duval, suivez-moi.

Traînant les pieds, il me conduit à destination. Je découvre la saleté des murs, les portes défoncées, une odeur d'urine dont je ne parviens pas à localiser l'origine. Avant-hier, on a dû m'emmener ici, mais je n'en garde aucun souvenir. Une porte s'ouvre. Je reconnais le petit bonhomme gris assis devant un bureau de métal rouillé. Il s'appelle Munoz. Il est habillé en civil, d'une chemise au col jauni. Il ne m'invite pas à prendre place en face de lui. Il compte peut-être me renvoyer en trois mots.

— Je me suis rappelé quelque chose...

— Quelle affaire ?

Vincent, transformé en une affaire, un dossier dans un fichier administratif. J'en ai la nausée.

— Monsieur Maréchal.

— Et vous êtes ?

— Karine Duval Coulange, sa collaboratrice.

Son visage gris se fend d'un sourire. Je sais ce que cela signifie. Dans le mot « collaboratrice », il entend d'autres types de relations.

— Oui, bon, qu'est-ce que vous voulez ?

Il regarde furtivement sa montre.

— Je vous avais parlé d'un policier qui est arrivé avant les secours. Je me suis souvenue de quelque chose. Il portait un brassard orange.

— Oui, un brassard « Police ». C'est tout ?

— Comment ça, c'est tout ? Un homme déguisé en policier s'enferme avec un mourant, lui vole son ordinateur et s'enfuit, et ça ne vous fait pas réagir ?

— Baissez d'un ton, madame Duval. D'après nos informations, l'ordinateur dont vous parlez est sorti de votre imagination.

— Mais c'est n'importe quoi ! Vincent écrivait toujours sur ce PC. Je suis sûre que la facture se trouve dans la comptabilité de *République et Libertés*.

— Calmez-vous, ou je vous colle un outrage à agent !

Je m'interromps. La perspective d'être punie sans autre raison que d'avoir déplu à cet homme me paralyse. Munoz enfonce le clou :

— Tiens, puisque vous êtes là, vous allez m'expliquer comment votre… patron a pu avaler trop de cachets. Vous l'avez peut-être aidé.

Cette affirmation m'assomme. Il suffit donc de déplaire à un enquêteur pour devenir une coupable potentielle ?

— Quels… quels cachets ?

Je devine la réponse. Vincent n'aimait pas les médicaments. Les seuls qu'il acceptait de prendre étaient ses antidouleurs.

— Des antalgiques. Vous devez forcément être au courant.

Je revois le flacon blanc dont il sortait parfois un comprimé, quand la souffrance devenait insupportable.

— Je l'ai vu en prendre, oui, mais seulement un ou deux par jour.

— Le rapport d'autopsie est formel : votre boss était accro aux opioïdes et il en est mort. Comme Prince.

— Mais c'est impossible. Monsieur Maréchal n'aurait jamais… Enfin, il savait suivre une ordonnance et lire une notice.

— Vous pensez que votre copain aurait pas pu devenir accro, c'est ça ? Un vieux monsieur très bien, ça a rien à voir avec un junkie. Eh ben, vous vous trompez. Nous, ici, on rencontre ça tous les jours. Maintenant, si vous avez des difficultés avec ça, on ne peut rien faire pour vous.

— Et le faux policier ? Vous allez enquêter, au moins ?

— Rentrez chez vous, madame, l'affaire sera classée sans suite. Et ça vaut peut-être mieux pour vous qu'on aille pas fouiller plus loin.

Encore des sous-entendus insultants. Je suppose que c'est une déformation de policier : voir le mal et la saleté partout. Je n'ai plus rien à faire ici. Je me lève et je me dirige vers la sortie.

Dans la rue, je m'appuie sur le rebord d'une vitrine. L'air frais remplace petit à petit les miasmes du commissariat. Je reprends vie.

Je sais maintenant que je ne recevrai aucune aide. « Affaire classée sans suite », a dit Munoz. Je passe en revue ses absurdités : l'overdose, la comparaison avec ce chanteur, les accusations gratuites, l'ordinateur qui n'existerait pas, le refus de s'intéresser au faux policier. J'ai déjà entendu parler d'affaires bâclées, mais cet enquêteur s'entête dans l'amateurisme et le mépris. Je suis certaine qu'il n'a même pas vérifié mon témoignage, allant au plus vite pour boucler le dossier avant l'heure de fermeture des bureaux. N'importe quel citoyen curieux et persévérant pourrait obtenir les preuves qu'il n'a pas voulu chercher.

Rien qu'en y pensant, je me pose plusieurs questions dont les réponses m'échappent. D'abord, je ne comprends pas comment l'homme en uniforme a pu arriver avant tout le monde, comme s'il avait anticipé les événements. Quant à sa disparition, elle n'est pas difficile à expliquer : entendant du bruit dans l'escalier, il s'est probablement caché à un étage supérieur, et n'est descendu qu'après le départ des pompiers. Peut-être a-t-il retiré son uniforme, afin de se fondre facilement dans la foule et de ne pas attirer l'attention.

Je connais un peu les méthodes des enquêteurs. C'est souvent grâce aux caméras de vidéosurveillance qu'on retrouve la trace des suspects. La rue Saint-Dominique est toute proche ; avec un peu de persuasion, je pourrai peut-être convaincre un commerçant ou une agence bancaire de me confier une copie de ses enregistrements vidéo. Ce ne serait pas la première fois qu'une journaliste obtiendrait un fichier confidentiel. Ma décision est prise : même s'il faut que je rende visite à toutes les boutiques du quartier, je trouverai des images de cet homme.

Je passe la fin de matinée à présenter ma demande aux boutiquières, aux serveurs, aux guichetiers. Au début, je n'écarte aucun lieu, et je bafouille une explication bancale. Généralement, on m'accueille avec plus de stupeur que d'hostilité. Une buraliste essaie de me vendre un téléphone mobile pour filmer la rue. Plusieurs fois, je suis dirigée vers la ville de Paris, dont quelques caméras ont pu immortaliser mon homme. Découragée, j'entre dans la première brasserie que je rencontre et je commande le menu du jour.

Je révise ma stratégie en attendant l'entrée. Dans un carnet que je conserve toujours sur moi, j'écris une phrase type, qui me permettra de gagner du temps. Je décide de reprendre toute la rue, de repérer les caméras dans les deux sens à partir de l'immeuble de *République et Libertés* et de me concentrer sur elles. La serveuse, une jeune femme blonde au bras gauche tatoué d'un crâne, m'offre un sourire spontané. Elle me rappelle Cléophée. Elle interprète mal mon regard insistant :

— Vous voulez autre chose ?

Je réponds sans réfléchir :

— Merci, j'ai tout ce qu'il me faut.

Je regarde l'œuf poché qu'elle vient de me servir. Les rouages de mon cerveau se mettent en mouvement. J'ai tout ce qu'il me faut. Les caméras. L'immeuble de *République et Libertés*. Depuis décembre, la copropriété a fait installer des caméras dans le hall, par peur des Gilets Jaunes et autres barbares. Elles sont deux, dissimulées dans des armoires techniques. Comment ai-je pu les oublier ?

Je laisse la moitié du plat et je ne touche pas à la crème caramel. Je règle l'addition en vitesse et je cours jusqu'aux locaux de *R et L*. La porte est verrouillée. J'utilise ma clé. Nathalie est absente. Je suppose qu'elle est partie déjeuner. Accoudée à son comptoir, je prends mon téléphone pour l'appeler. Un bruit me fait sursauter. Je me retourne et j'aperçois Nicolas Camy-Collah, l'associé de Vincent et le cofondateur du *think tank* et du média où je travaille. Il se précipite sur moi, comme si j'allais tomber.

— Karine, vous auriez dû me prévenir. Je suis totalement effondré, c'est horrible. Nathalie m'a dit que vous étiez présente quand...

Cette évocation de ce qui s'est passé me désarçonne. Les larmes coulent toutes seules, je ne peux pas les arrêter. Je crois qu'il veut me prendre dans ses bras, mais je garde mes distances. Il continue :

— On est tous dans le même état. Vincent, c'était notre roc. On n'aurait jamais cru que... Nathalie est venue ce matin, mais je l'ai renvoyée à la maison. Elle aussi n'arrêtait pas de pleurer.

Une question me brûle les lèvres. Je ne devrais pas la poser dans ces circonstances, mais c'est plus fort que moi :

— Nicolas, j'ai besoin d'être sûre de quelque chose : est-ce que Vincent écrivait bien sur un petit ordinateur, un ultraportable ?

Il s'arrête, hésite. Je ne comprends pas pourquoi. Tout le monde, ici, connaissait cet ordinateur, que Vincent était très fier d'utiliser. Il ne s'en séparait jamais, et le sortait à chaque réunion.

— Écoutez, non, ça ne me dit rien. Il se servait de plusieurs ordinateurs, mais je ne me rappelle pas un ultraportable, comme vous dites.

Cette expression hypocrite. Il ment et il le sait. Je vois perler la sueur à son front qui se dégarnit.

— Je suis sûre que je pourrais retrouver la facture dans nos archives.

Ses yeux s'écarquillent.

— Nathalie n'est pas là. On vérifiera à son retour.

Il faut que je mette la main sur ce document, mais j'ignore où Nathalie range ses cartons. Je me dis que même si j'arrivais à le récupérer, Nicolas pourrait toujours affirmer que ce PC n'avait pas été attribué à Vincent. Je préfère me concentrer d'abord sur un objectif plus urgent : obtenir les fichiers des caméras. Nicolas sait probablement à qui je pourrais m'adresser, mais j'évite de lui en parler. Il faut que j'appelle Nathalie.

— Ça n'a sans doute aucune importance. Je crois que je ferais mieux de rentrer chez moi.

Il s'empresse de m'encourager :

— C'est ça, vous avez bien raison. Cette affaire nous a tous chamboulés.

Je sens de l'émotion dans sa voix. Cette fois, il est sincère. Je prends congé et je descends au rez-de-chaussée. Je prends mon téléphone, mais je me ravise. Et si j'essayais d'ouvrir l'une des armoires des caméras ? Je monte sur un radiateur pour atteindre la porte, mais elle est fermée à clé. À l'aide d'une pince à épiler pliée au bout, je parviens à forcer la serrure. Je trouve facilement l'appareil, fixé derrière une grille d'aération. Dessous, une étiquette discrète indique le nom, adresse et le numéro de téléphone de l'entreprise de surveillance : *Rive Gauche Sécurité*, quai de Grenelle. Tant mieux : je n'aurai pas à informer Nathalie de ma démarche.

Beaugrenelle, dans les hauts immeubles, ces verrues qui insultent les bords du fleuve, entre Bir Hakeim et Javel. Je me trompe plusieurs fois d'entrée, d'ascenseur, d'étage. Labyrinthes en trois dimensions, qui semblent conçus pour susciter l'errance. Je finis par tomber sur les locaux de mon entreprise presque par hasard. J'entre dans une pièce poussiéreuse, qui sent le café froid. Du matériel informatique encombre toutes les surfaces, y compris le sol : écrans de dimensions diverses, câbles, unités centrales exposant leurs entrailles. La salle voisine, trois fois plus grande, contient plusieurs dizaines d'écrans alignés en cinq rangées inégales.

J'aperçois trois personnes seulement dans cette salle de surveillance. Je découvrirai bientôt la quatrième, un ingénieur accroupi devant une armoire bourrée de connecteurs et de voyants bleus clignotants. J'essaie d'attirer leur attention par de grands gestes, mais ces trois hommes et cette femme n'ont d'yeux que pour les machines. L'un d'entre eux vient vers moi, mais je doute qu'il m'ait vue. Il est presque obèse et ses vêtements légers sont imprégnés de sueur. Quand il ouvre la porte vitrée qui sépare les deux pièces, une bouffée d'air brûlant l'accompagne. Il constate enfin ma présence, avec une stupéfaction qui m'apprend que ma démarche sort de l'ordinaire. Je lui tends ma carte de visite de *République et Libertés*.

— Bonjour Monsieur, je m'appelle Karine Duval-Coulange. Je fais partie d'un cercle de réflexion dont l'immeuble, rue Saint-Dominique, est surveillé par votre société. Nous souhaitons récupérer des enregistrements vidéo de la matinée du 12 mars.

Le bonhomme ne me regarde pas et se détourne à moitié de moi. Je l'intimide.

— Z'êtes pas le client ?

— Le client, c'est le syndic. Et nous sommes les clients du syndic.

— Faut passer par le client.

Il me tourne presque le dos, à présent. Il ne bougera pas. Je dois changer de stratégie.

— Écoutez, c'est une affaire délicate. Nous avons eu un vol. Celui qui a fait le coup est probablement un employé qui travaille chez nous, déguisé en policier. Nous tenons à régler le problème en interne. Personne d'autre ne doit être au courant.

Je crois qu'il a compris. Il me regarde plus franchement, s'assoit à son bureau, écarte un tas de fils et de cartes électroniques.

— C'est cinq cents euros.

Je m'attendais à tout, sauf à ça. Logique, en réalité : dans ce genre de boulot, les demandes « discrètes » permettent probablement à des employés sous-payés d'arrondir leurs fins de mois.

— C'est d'accord.

Vincent vaut bien ça. Voilà ce que me coûte l'incompétence de la police. L'homme m'impose évidemment un règlement immédiat en liquide. Je suis obligée de redescendre au rez-de-chaussée de l'immeuble, en espérant retrouver mon chemin. Je remonte et fais don de la somme au gros type. Il m'emmène dans la salle au climat saharien et me confie aux bons soins de la femme, une chétive employée aux vêtements ternes. Avec elle, je visionne les enregistrements d'avant-hier.

Mon cœur bat plus vite quand on arrive à l'heure des événements. Je me vois monter l'escalier, endormie, mais souriante. Un long moment s'écoule sans que personne ne traverse le champ des deux caméras. La femme fait défiler les images à grande vitesse. Une ombre passe, à peine visible. On revient en arrière au ralenti. Le voilà, mon faux policier. Crâne et visage entièrement rasés, sourcils roux, une expression ironique à la bouche. Il semble connaître les lieux, car il n'hésite pas. Il se dirige vers l'escalier et disparaît du champ.

Nous passons encore quelques minutes à retrouver les prises de vue de son départ. Elles interviennent après l'arrivée des ambulanciers. Il n'a pas changé de vêtements. La femme montre un détail qui m'avait échappé : sur l'une des images, le reflet d'un objet brillant dépasse de son blouson. Il a bien emporté l'ordinateur de Vincent. Je n'ai plus qu'à demander une copie des fichiers.

9

Mardi 26 mars

Richard Peresse avait toutes les raisons de s'estimer satisfait. En une heure, il avait reçu la visite de Boisnard, le commandant de la section de recherche, et les félicitations téléphoniques du directeur des opérations. Assis devant son bureau, il répondait à quelques mails et enregistrait les premiers actes d'enquête concernant le suspect qui venait d'être appréhendé.

Tout avait commencé vers 8 h par un coup de fil anonyme, qu'il avait eu la chance de recevoir personnellement. La standardiste de la caserne d'Anjou avait jugé les affirmations de l'individu suffisamment sérieuses pour lui transmettre l'appel. L'homme avait prononcé trois phrases avant de raccrocher : « Je suis le meurtrier des Carville. C'est moi qui ai éviscéré la femme et tué le mari d'une balle dans la tête. Je vais me rendre ce matin à 8 h 30, devant le 19 avenue de Paris, à Versailles. »

Les détails qu'il fournissait n'avaient pas été divulgués dans la presse. Richard devait donc prendre ses déclarations au sérieux. En l'absence de Boisnard, il avait décidé de se rendre sur le lieu du rendez-vous avec quatre de ses hommes. L'arrestation s'était déroulée dans les règles de l'art et sans incident. Quelques touristes avaient pris en photo le travail exemplaire de la gendarmerie française. En ces temps difficiles où le public ne cessait de critiquer les interventions des forces de l'ordre, des réussites comme celle-ci étaient accueillies comme de l'eau fraîche dans le désert. Cerise sur le gâteau, l'arrestation avait eu lieu en face des locaux et sur le territoire du SRPJ, l'éternel rival. Tout un symbole.

Cette pensée lui ôta toute envie d'achever sa saisie de procès-verbaux. Le suspect se trouvait dans une cage de garde à vue, attendant sa première audition, surnommée l'« audition de chique[5] ». Richard avait envie de voir la bête avant que ses enquêteurs commencent à s'occuper de son cas. Avait-on affaire à un psychopathe, un individu instable et dangereux, un ultra-gauchiste fiévreux, ou un citoyen ordinaire ayant basculé dans la folie meurtrière ? Il était difficile de choisir entre ces hypothèses, car le suspect refusait obstinément de divulguer son identité, et ses empreintes ne figuraient pas au FAED[6].

Une ouverture dans la porte permettait d'observer les mis en cause sans être vu. Richard y appliqua un œil. Dans la petite pièce sans fenêtre aux murs de pierre couverts de graffitis, l'homme était assis sur une banquette, immobile, les yeux clos, le dos droit, les mains sur les cuisses. Il avait le visage dur et géométrique, le corps massif et dépourvu de graisse. Ses traits n'exprimaient aucune émotion, mais il en émanait une assurance tranquille. Il portait une chemisette en lin bleu ciel et un pantalon de toile beige. Il aurait pu passer pour un chef d'entreprise en fin de carrière ou un officier supérieur en civil.

L'homme ouvrit les yeux et tourna lentement la tête en direction de l'ouverture. Sans se départir de son calme, il observa l'œil qui l'observait. Son regard, d'un bleu tirant vers le gris, avait la froideur du métal. Au bout de quelques secondes, Richard rompit ce contact qui aurait pu durer longtemps. Il révisa sa première opinion : ni un psychopathe, ni un gauchiste, ni un citoyen sans histoire, mais un homme d'expérience, habitué à commander ou à gérer des situations difficiles. Étant donné l'importance de l'affaire, il décida d'assister à chacune de ses auditions.

Chadelaud ouvrit le bal. Sa grande taille impressionnait les suspects, et sa patience venait à bout de bien des crispations. Il fut secondé par Sascioda, la seule femme de la division Atteintes aux Personnes, une force de la nature qui traitait les hommes comme des enfants. Pour l'occasion, la salle que Richard avait choisie était une pièce munie de barreaux et d'une porte blindée. Sascioda installa sur un trépied une webcam reliée à une rallonge USB. De cette manière, Richard pourrait suivre les échanges dans la pièce voisine, sur l'écran de l'ordinateur qui enregistrait l'audition. Quand tout fut prêt, on envoya deux hommes chercher « l'Éventreur », surnom dont Ferrie avait affublé le suspect.

---

5. Du verbe « chiquer », qui signifie mentir ou nier dans le jargon policier.
6. Fichier automatisé des empreintes digitales.

Les yeux arrimés à l'écran, Richard assista à son entrée dans la salle. Il marchait lentement, sans opposer aucune résistance à son escorte. Il ne semblait ni tendu, ni accablé, ni rebelle. Son regard balayait les lieux en petits mouvements réguliers. Il s'arrêta sur la caméra numérique, fixant l'objectif comme s'il arrivait à voir celui qui l'espionnait. Un de ses gardiens voulut le forcer à s'asseoir, mais il ne put l'ébranler d'un centimètre. Sans perdre des yeux la webcam, le suspect prit place sur le siège et se laissa baguer[7] les deux mains dans le dos.

Chadelaud commença par les questions de « grande identité » :

— On vous a expliqué tout à l'heure les raisons de votre garde à vue. Vous savez que vous pouvez contacter une personne de votre choix, vous faire examiner par un médecin et demander l'assistance d'un avocat. Est-ce que vous confirmez que vous renoncez à exercer ces droits ?

— Je le confirme.

Richard avait déjà parlé avec cet homme, au téléphone et juste après son arrestation, mais il n'avait pas remarqué combien sa voix était calme et dépourvue d'émotion.

— Nous avons besoin de connaître votre identité : nom, prénom, âge, lieu de résidence, nom des parents.

— Je ne vous dirai rien.

Chadelaud s'attendait forcément à cette réponse. L'homme n'avait montré aucune pudeur en évoquant ses meurtres, mais il refusait depuis le début de révéler une information que le fichier des empreintes génétiques livrerait probablement dès le retour des analyses ADN.

— Vous devez être conscient que nous finirons par connaître votre identité. Vous pourriez au moins nous dire votre prénom, pour qu'on sache comment s'adresser à vous.

— Appelez-moi Charles.

— C'est votre vrai prénom ?

— Non.

— Nous reviendrons sur ces questions plus tard. Aujourd'hui, ce qui compte, c'est d'avancer. Parlons de vos aveux. Vous pouvez répéter ce que vous nous avez déclaré ce matin ?

7. Menotter.

— J'ai assassiné les époux Carville, en éviscérant la femme et en abattant le mari d'une balle dans la tête.

— Bien, on progresse.

Chadelaud prit une position plus décontractée. La réponse le satisfaisait. « Charles » s'en aperçut :

— Ça vous plaît, ça, un suspect qui passe à table sans difficulté.

Chadelaud se redressa.

— Si vous avez ces meurtres sur la conscience, je pense que c'est mieux pour vous d'avouer.

— Je n'ai pas de conscience.

Chadelaud regarda sa collègue pour lui donner la parole. Sascioda entra dans l'audition :

— Charles, vous avez parlé des meurtres de monsieur et madame Carville. On aimerait savoir ce que sont devenus les enfants.

— Je ne connais pas votre prénom. Pour savoir comment m'adresser à vous.

Sascioda regarda Chadelaud, qui eut du mal à ne pas sourire. Contrariée, elle lâcha :

— Cerise.

Elle avait subi tellement de moqueries à cause de son premier prénom qu'elle avait imposé l'usage du second : Anne. Richard se demanda pourquoi elle avait dit la vérité au suspect. En tout cas, « Charles » n'en rit pas.

— Cerise, d'accord. Et vous ?

— Kevin. Et nous, ce sont nos vrais prénoms.

— Et votre chef ?

— Il s'appelle Richard, dit Sasciosa.

« Charles » adressa un petit salut de la main à la caméra.

— Bonjour, Richard.

Ce jeu devenait ridicule. L'audition n'avançait pas. Chadelaud devait reprendre les choses en main, sinon Richard le remplacerait rapidement.

— Ma collègue vous a posé une question, Charles : que sont devenus les enfants ?

— Je ne sais pas.

Sasciosa retrouva le fil :

— On va laisser les enfants de côté dans un premier temps. J'aimerais que vous nous racontiez comment vous avez commis le double meurtre. Pour commencer, comment vous êtes entré dans la propriété des Carville ?

— Je ne dirai rien.

— Il faut que vous compreniez que pour l'instant, vous n'êtes qu'un suspect parmi d'autres. Vous vous êtes rendu, soit. Mais vous devez nous convaincre que vous êtes bien l'auteur des faits.

— Le couteau.

— Quoi ?

— Vous n'avez pas retrouvé le couteau qui a servi à découper la femme.

C'était vrai, mais Chadelaud l'ignorait. Richard eut envie d'intervenir, mais ce ne fut pas nécessaire.

— Vous avez des informations à nous fournir sur cet objet ?

— Je l'ai jeté dans un trou, à côté du grand chêne côté sud. Mes empreintes sont dessus.

Richard bondit sur sa chaise. L'information, si elle était confirmée, établirait sans ambiguïté qu'il tenait le coupable. Il ouvrit la porte et appela Ferrie dans le couloir. En l'attendant, il revint vers l'écran. Après l'avancée de Chadelaud, Sascioda tentait sa chance :

— C'est tout ce que vous avez à nous livrer, Charles ? Un couteau avec des empreintes ? Ce ne sera pas suffisant pour le juge d'instruction.

— Il devra bien s'en contenter, *Cerise*.

Elle sursauta. Il avait prononcé son prénom avec une douceur qui donnait le frisson.

À ce moment, Ferrie entra dans la pièce où se trouvait Richard. L'adjudant-chef lui transmit ses ordres sans quitter l'écran du regard :

— On a du nouveau. Le suspect nous a donné l'emplacement de l'arme du crime. Partez avec Ohanian. Elle est cachée dans un trou près d'un grand chêne au sud de la maison.

— Je fonce.

Il partit en claquant la porte. Ferrie était parfois brutal, mais on pouvait compter sur lui. Richard s'aperçut qu'il avait raté une question de Sascioda. Il n'entendit que la réponse du suspect :

— Cette audition est terminée. À l'avenir, je ne parlerai qu'à une seule personne.

— Qui ? demanda Chadelaud.

— Vous devriez avoir deviné. Le capitaine Alaric Autier, de la brigade criminelle de Versailles.

Peresse faillit s'étrangler. Comment osait-il poser des exigences ? C'était donc pour ça qu'il avait choisi l'hôtel de police pour se rendre. Sascioda exprima ce qu'il pensait :

— Ça ne va pas être possible.

— Alors vous devrez trouver les enfants tout seuls.

Il était plus de 18 h quand il reçut un appel du procureur, qui contrôlait l'enquête de flagrance avant la nomination d'un juge d'instruction.

— Bonjour, Adjudant-chef. Je crois que vous avez entendu le suspect appréhendé ce matin. Estimez-vous que ses affirmations doivent être prises au sérieux ?

Fallait-il lui parler de la demande de Charles ? Richard décida qu'il valait mieux ne pas précipiter les choses. Après une nuit en garde à vue, les suspects se montraient souvent beaucoup plus coopératifs.

— Nous avons de bonnes raisons de penser que cet individu est effectivement le meurtrier du député et de son épouse. Il nous a fourni des éléments matériels difficilement contestables.

— Et pour les enfants, vous en êtes où ?

— Nous les cherchons activement.

— Ce qui veut dire que votre suspect n'a pas encore avoué ce qu'il en a fait.

— Nous n'en sommes qu'à la première audition.

— Il faut que vous compreniez une chose, Peresse : l'opinion publique est *très* sensible au sort de ces deux petits. Ils sont notre priorité. Est-ce que c'est clair ?

— Très clair, Monsieur le Procureur.

Il raccrocha. Les enfants. Le pire, c'était que Boisnard lui tiendrait probablement le même discours.

10

Cette fois, les planètes étaient enfin alignées. Il avait réussi à la convaincre. Il ne s'attendait pas à ce que ce soit aussi difficile. D'habitude, c'était plutôt lui qui n'aimait pas sortir en ville. Sous divers prétextes, elle avait repoussé cinq propositions avant celle-ci. Il ne s'attendait pas à ce qu'elle dise oui pour le cirque Plume, mais elle avait cédé. Pas question de dîner avant, bien qu'ils en auraient eu le temps. Alaric s'estimait déjà heureux de la voir hors de chez lui.

Trois mois. Il l'avait rencontrée au réveillon du Nouvel An chez Céline, une amie policière. Elle et son mari avaient invité quatre personnes : un autre couple, Cynthia et lui. Le coup des deux célibataires, on le lui avait déjà fait. Il n'appréciait pas ce genre de traquenards, où les conventions sociales vous obligent à faire semblant de vous intéresser à celle qu'on vous a destinée.

La belle, d'ailleurs, ne paraissait pas déterminée à s'acquitter de sa part de travail. Tout habillée de noir, trop maquillée, les yeux embrumés par des lunettes de soleil à verres progressifs, elle diffusait dans la pièce un parfum de tubéreuse qui polluait les saveurs du chapon préparé par Céline. Elle parlait peu, et ne regardait jamais Alaric. Elle semblait bouder, s'isolait fréquemment, sortait parfois sur le balcon sans raison particulière.

Au cours de la soirée, il s'était retrouvé au salon avec elle, pendant que les deux couples s'activaient dans la cuisine autour du dessert. Par politesse, il lui avait demandé ce qu'elle faisait dans la vie. Elle avait répondu d'une voix étonnamment assurée, lui parlant de son travail à *Public Justice* avec la passion d'une missionnaire. À son tour, il lui avait décrit son métier, sans chercher à l'embellir ni à le rendre plus effrayant. Elle n'avait émis aucun commentaire.

Cynthia était une petite femme aux cheveux bruns coupés court. Céline la lui avait présentée comme la victime d'un terrible accident. Alaric avait immédiatement senti que le drame avait laissé des traces profondes, à la fois physiques et psychologiques. Sur sa joue droite, qu'elle éloignait soigneusement des regards, le maquillage peinait à faire disparaître le relief d'une cicatrice.

Ils auraient pu en rester là. Le dessert était arrivé, et les deux célibataires avaient été séparés par leurs amis. Il était plus de minuit ; la fatigue gagnait peu à peu les six quadragénaires. Les conversations portaient sur le travail, la cuisine et surtout les enfants. Les deux couples s'étaient débarrassés des leurs, mais ils continuaient à parler en parents. Cynthia observait un silence absolu sur ces sujets, et personne ne lui posait la moindre question pour l'encourager à participer aux débats.

Une ultime occasion s'était présentée. La soirée allait vers sa fin. Le couple invité venait de quitter l'appartement, et Céline commençait à desservir la table avec son mari. Comme les fauteuils étaient encombrés de divers objets, les deux autres s'étaient retrouvés assis côte à côte dans le canapé. Alaric se sentait embarrassé, mais il ignorait pourquoi. Il avait posé à Cynthia quelques questions polies sur les lanceurs d'alerte. Elle avait répondu le plus laconiquement possible.

Et elle avait posé la main sur son bras.

Un courant électrique avait parcouru son corps. Instantanément, il avait senti monter une puissante érection. Le reste de l'univers avait disparu, effacé par ce désir inattendu. Alaric n'avait jamais ressenti cela. C'était une sensation purement corporelle, un débordement sexuel intempestif au sein d'un échange banal entre deux inconnus. Plus gêné que jamais, il s'était efforcé de cacher ce qu'il éprouvait. Cynthia avait retiré sa main et s'était arrêtée de parler. L'explication n'était pas difficile à trouver : Alaric était seul depuis plusieurs mois, il avait un peu bu, et la situation lui désignait Cynthia comme une relation possible. Il s'en voulait de contrôler aussi peu sa sexualité, de la laisser s'exprimer hors de propos. La crise était passée, apparemment sans que Cynthia remarque l'émoi qu'elle avait provoqué.

Une ultime épreuve l'attendait encore. Céline lui avait demandé s'il pouvait ramener Cynthia à Saint-Germain-en-Laye. Il avait accepté. Il avait traversé la banlieue endormie avec sa passagère, qui n'avait pas prononcé plus de quelques mots depuis l'incident. Il s'était persuadé qu'il ne la reverrait plus. Il l'avait déposée devant chez elle. Elle avait tendu la joue (gauche) pour le bisou d'adieu.

Et tout avait recommencé. La décharge électrique, l'érection, les jambes molles, l'effacement de l'univers.

Elle n'avait pas fait semblant de ne pas le remarquer. Pour la première fois, elle avait souri.

— J'aimerais te revoir.

Dans son état, il aurait accepté n'importe quoi. Elle lui avait imposé le lieu et le moment : la forêt de Saint-Germain, le dimanche suivant à 10 h.

Il s'y était rendu, presque en courant. Il s'était promené avec elle, ébahi de retrouver intact son désir du réveillon chaque fois qu'ils se touchaient. La matinée s'était achevée sagement, sans l'étreinte furieuse dont il rêvait. Elle lui avait fixé un autre rendez-vous, dans le parc du château de Versailles, un samedi. Elle l'avait accompagné chez lui, dans cet appartement qu'il n'occupait que depuis quelques semaines. Ils avaient fait l'amour pendant le restant de la journée, avec une rage qu'Alaric n'avait connue qu'à l'adolescence. Elle lui avait imposé une condition : ne laisser dans la chambre qu'une faible lumière.

Contrairement à son habitude, le cirque Plume n'avait pas monté son chapiteau. Il était l'invité du théâtre de Saint-Quentin-en-Yvelines, pompeux établissement public de la ville nouvelle. Quelques années plus tôt, Alaric avait assisté à une représentation de ce cirque avec son ex-femme. Il en avait gardé un souvenir assez agréable pour lui donner envie d'y revenir en compagnie d'une autre.

Il gara sa voiture dans le parking souterrain de l'espace Saint-Quentin. Cynthia devait l'attendre sur la placette la plus proche, mais il ne la vit pas. Il supposa qu'elle avait du retard. Par acquit de conscience, il fit à pied le tour du rond-point. Quand il fut de retour à son point de départ, il aperçut une forme humaine sous l'un des arbres d'un massif ornemental. Dans la pénombre, il ne distinguait pas ses traits, mais la personne était adossée au tronc.

Elle le salua d'un geste de la main.

Il la rejoignit sans se poser de question. Il avait appris à ne pas s'inquiéter de ses excentricités. Elle l'embrassa timidement, sans s'éloigner du tronc.

— T'as besoin de te ressourcer au milieu de tout ce béton, c'est ça ?

Elle ne répondit pas. Bien qu'habillée d'un lourd manteau de laine à capuche, elle tremblait. À petits pas, elle quitta le massif et mit un pied sur le trottoir. Alaric vit de la honte dans ses yeux. C'était donc pour ça qu'elle avait tant hésité avant d'accepter sa proposition.

— Agoraphobie ? devina-t-il.

Elle hocha la tête. Elle était en pleine crise. Alaric avait connu une victime souffrant de cette phobie des lieux publics. Elle lui avait décrit l'enfer qu'elle vivait au quotidien. Cynthia présentait des signes similaires. Cela expliquait pourquoi elle n'avait accepté de le voir que dans des lieux naturels au début de leur relation.

— Je me fais aider, mais j'ai encore du chemin à faire. Avec toi, je croyais que j'y arriverais.

Elle avait toujours refusé de lui parler de son accident. Des *sex friends* ne parlent pas de ce genre de chose, n'est-ce pas ? On était ensemble pour les bons moments, pour les caresses et les dîners, pas pour raconter sa vie. Pendant quelques semaines, Alaric avait essayé de s'en convaincre, mais sa vraie nature avait repris le dessus. Désormais, il se sentait incapable de la voir souffrir sans s'efforcer de l'aider.

— On n'ira pas au cirque.

— Mais non, c'est idiot. Tu as payé les places, tu voulais sortir avec moi. Je vais faire un effort. Bien calée dans mon siège, ça devrait aller.

— Je me fous complètement de ces billets, Cynthia. Je ne peux pas regarder tranquillement ce spectacle pendant que tu trembles à côté de moi.

— C'est bien ce que je craignais : je te gâche la soirée. Tu aurais mieux fait de proposer cette sortie à quelqu'un d'autre.

— On est deux. Ton plaisir est aussi important que le mien. Comme quand on fait l'amour. Ton plaisir me fait plaisir.

Elle se détendit. Comme elle ne disait rien, il ignorait l'effet de ses paroles. Une proposition lui vint à l'esprit :

— Si tu veux, je t'emmène dans un parc près d'ici. Le temps d'aller chercher ma voiture, j'en ai pour dix minutes. Ça te dit ?

Elle hocha faiblement la tête. Il l'embrassa et prit congé. Il se précipita dans le parking, régla le stationnement et arriva sur le rond-point. Il n'avait pas encore atteint le haut de la rampe quand un texto fit vibrer son téléphone. Il s'arrêta pour le lire :

« J'ai pris un taxi. Ne t'occupe pas de moi. C'est trop dur. »

Ce message lui inspira une tristesse profonde. Qu'une femme qui apportait dans sa vie autant de bonheur et de jouissance endure de telles épreuves, il ne pouvait le supporter. S'il était vraiment son « *sex friend* », son ami sexuel, il devait au moins se comporter comme son ami tout court.

II

Mercredi 27 mars

Léandre n'avait pas beaucoup dormi. Son ventre gargouillait tout le temps, et Daphné n'arrêtait pas de le réveiller. Au moins, elle ne pleurait plus, c'était déjà bien. La veille, il avait trouvé plein de bouteilles d'eau à la fraise et une caisse avec des choses à manger dedans : du pain tout dur, des biscuits sans chocolat, de la compote de pommes et d'autres trucs. Daphné avait mangé trois pots de compote, et refusé de toucher au reste. Léandre avait essayé un biscuit. Maman disait toujours qu'on avait le droit de ne pas aimer, mais qu'il fallait goûter d'abord. Il avait goûté, et il n'avait pas aimé. Il avait mangé une tranche de pain, mais comme il n'y avait pas de confiture, il ne l'avait même pas terminée.

Sa sœur dormait contre lui. Il se dégagea en essayant de ne pas la réveiller. Comme il faisait toujours aussi froid, il enleva l'une des couvertures qu'il avait accumulées sur le matelas et l'enroula autour de lui. Il avait besoin de manger. C'était plus fort que tout. Avant de se plonger dans la caisse de nourriture, il se rendit dans la cuisine, où il fit pipi dans l'évier. C'était la seule façon qu'il avait trouvée de ne pas augmenter l'odeur. Les deux enfants avaient commencé par faire leurs besoins dans un vieux carton, mais le pipi avait coulé sur le parquet. Léandre avait dépensé une demi-bouteille d'eau pour faire partir le liquide dans un trou du sol.

Il retourna dans la grande pièce et fouilla la caisse en tremblant. Il engouffra plusieurs biscuits, manquant de s'étouffer parce qu'il ne les mâchait pas assez. Il les trouva délicieux. Il les fit descendre avec de l'eau, puis ouvrit un pot de compote, puis un deuxième. Il s'arrêta en entendant Daphné bouger dans son sommeil. Il éprouva de la honte. Il avait l'impression de voler à sa sœur la seule nourriture qui lui plaisait. Le pire, c'était que cette nourriture lui faisait du bien. Il avait cessé de trembler, et avait envie d'explorer le lieu dont il était prisonnier.

Il abandonna la réserve et regarda autour de lui. Les rayons lumineux traversaient toujours les planches des fenêtres. En réfléchissant, il trouva ça bizarre. À l'école, il avait appris que le soleil et la lune se déplaçaient dans le ciel. Avec les autres élèves, il avait même fabriqué un cadran solaire. Mais la lumière des fenêtres ne se déplaçait pas. Elle venait toujours du même endroit, sans aucune différence entre le jour et la nuit. Même si la maison se trouvait près d'un lampadaire, il aurait dû s'éteindre pendant la journée.

Le mur du fond, avec la cheminée et les deux portes, était toujours éclairé par les lignes blanches. En face, on voyait moins bien la troisième porte, car elle était fermée par des volets intérieurs. Léandre essaya d'ouvrir ces volets, mais ils ne bougèrent pas d'un millimètre. Il longea ensuite le mur, à la recherche d'un trou. Un jour, il avait réussi à défaire les briques du mur de la cour, en partant d'une petite crevasse. La directrice l'avait puni, mais il en avait gardé une petite fierté. C'était son superpouvoir à lui, un secret qu'il ne partageait qu'avec ses meilleurs copains.

Il fit le tour de la pièce, mais ne trouva rien. À certains endroits, le papier peint s'en allait, mais derrière c'était tout dur. Il décida donc de chercher dans le placard et la cuisine. Il s'arrêta longuement devant un grand extraterrestre vert peint sur un mur du placard. Il aurait bien aimé dessiner comme ça sur le papier peint de sa propre chambre, mais maman n'aurait jamais accepté. Il revint ensuite dans la cuisine, où il dut se boucher le nez pour ne pas sentir les odeurs.

Il ne lui restait plus qu'un seul côté, celui qu'on voyait le moins à cause du manque de lumière. Il le suivit avec la main, en espérant ne pas tomber sur des toiles d'araignées. Ses doigts s'arrêtèrent sur une sorte de fissure toute droite. En la suivant, il découvrit qu'elle formait un rectangle sur le mur, de la taille d'une petite porte. Le cœur battant, il chercha la poignée, mais il ne put dénicher qu'un rond de métal qui ne tournait pas. Il tira dessus dans tous les sens, sans arriver à le faire bouger. C'était comme la porte d'entrée. Inutile de continuer.

Il comprit alors qu'il avait trouvé un genre de verrou qu'on devait faire glisser pour ouvrir la porte. Tirer ne servait à rien. Il se mit donc à appuyer de toutes ses forces vers le milieu du battant pour le débloquer. Il lui fallut plusieurs minutes pour y arriver. Il utilisa tous les objets qui traînaient dans la cuisine : un morceau de bois, un clou rouillé, une fourchette. Le rond de métal commença lentement à bouger, et Léandre redoubla d'efforts. Le verrou céda d'un coup, avec un claquement qui résonna dans la pièce.

Il ouvrit la porte. Il se sentait tout excité, comme quand il était monté pour la première fois dans le grenier de sa maison. Il fit de son mieux pour empêcher les charnières de grincer. De l'autre côté, ça sentait le moisi. Il faisait aussi noir que dans la cuisine, mais un peu de lumière éclairait le haut d'un escalier. Léandre hésita, car il avait toujours peur de rencontrer des toiles d'araignées. Il revint dans la pièce principale et ramena une bouteille d'eau vide, qu'il agita devant lui pendant qu'il avançait dans l'obscurité.

Au moment où il atteignait les premières marches, il sentit un petit coup dans son dos. Paralysé par la peur, il poussa un petit cri et se remit à trembler.

— Je veux aller avec toi.

C'était Daphné, tête blonde au milieu d'une couverture. Elle pleurait sans bruit. Elle avait peur qu'il s'en aille sans elle. Léandre lui fit un câlin et les deux enfants montèrent ensemble l'escalier. Le bois était tellement pourri que les pieds s'enfonçaient un peu dans les marches. Au milieu de la montée, Daphné glissa et faillit tomber en arrière. Léandre parvint à la retenir.

Quand ils arrivèrent sur le palier, une surprise les attendait : à peine visible à côté d'une fenêtre qui ne laissait passer que des fils de lumière, un père Noël sans barbe, entouré de grandes lettres colorées sur le papier peint décollé, regardait droit devant lui en boudant. Ce dessin joyeux fit oublier un instant à Léandre ce qu'il vivait depuis deux jours. Daphné éclata de rire, comme si tout ça n'était qu'une grande blague. Elle montra le personnage du doigt en sautillant. Léandre s'aperçut alors qu'elle se tenait juste à côté d'un trou dans le parquet. Il la prit par la main et l'emmena plus loin.

Derrière une porte ouverte, la seule pièce de l'étage avait le haut des murs recourbés. Léandre comprit qu'elle se trouvait sous le toit. Le papier peint de ses murs se détachait presque partout. La seule fenêtre visible laissait entrer beaucoup plus de lumière que les autres. Léandre dut protéger ses yeux, tellement il avait perdu l'habitude. Lâchant la main de sa sœur, il marcha vers la fenêtre, espérant enfin voir l'extérieur de la maison.

Il était presque arrivé quand il sentit un petit objet grincer sous ses chaussettes. Il baissa les yeux et découvrit que le sol était couvert d'insectes morts. C'était dégoûtant, et ça faisait un peu peur. Maman disait toujours que les guêpes mortes ne pouvaient pas piquer, mais Léandre ne la croyait pas tout à fait. Sans même s'en rendre compte, il recula lentement vers le centre de la pièce.

Il n'eut pas le temps de comprendre ce qui lui arrivait.

Sous ses pieds, le sol s'ouvrit, le faisant descendre jusqu'à ce que le bas de son corps soit coincé dans le parquet. Une douleur terrible, comme il n'en avait jamais ressenti de sa vie, remonta de ses jambes, et la lumière s'éteignit.

12

Samedi 16 mars

Pour la première fois depuis l'adolescence, je prends mon petit déjeuner au lit. Si Eudes était là, j'aurais droit à une tempête de reproches et d'arguments bibliques. Sur un plateau, j'ai disposé un chocolat viennois, des muffins, du pain grillé, de la pâte à tartiner aux amandes, de la confiture de figues aux pignons et du chocolat que j'ai fait fondre au micro-ondes. J'éprouve à peine un soupçon de culpabilité, que les aliments sucrés effaceront vite. Pourquoi le plaisir doit-il être accompagné de sentiments négatifs ? Ce matin, je n'ai pas envie de répondre à la question. Je me vautre dans ces douceurs que j'ai toujours refusées à Cléophée. Si elle me voyait, je ne sais pas si elle me mépriserait ou si je lui ferais envie.

J'essaie de me convaincre que j'aurai besoin d'énergie pour ce que j'ai à faire. La vérité, c'est que les petits bonheurs que je m'offre m'aident à ne pas craquer. En des moments comme celui-ci, ces bonheurs ne proviennent pas de la lecture de la Constitution ou de la contemplation de mes diplômes d'Assas, mais d'un toast débordant de chocolat ou de la douceur de mon pyjama fuchsia. Eudes avait peut-être raison quand il disait que j'avais les manières d'une fille de communiste.

Il est 9 h. Le soleil inonde les pièces de mon appartement. Malgré la fraîcheur du matin, j'ouvre les fenêtres en grand, pour laisser entrer les premières senteurs du printemps qui vient. J'éprouve un petit pincement au cœur en pensant que je devrais être au boulot, à préparer les émissions de la fin de semaine. Je me demande qui présente le direct à ma place, mais je préfère ne pas vérifier. Je n'ai pas la prétention d'être irremplaçable.

Je ne fais pas ma toilette et je laisse le plateau et son contenu sur mon lit défait. Sur le bureau qui occupe un mur de ma chambre, j'installe tout ce dont j'aurai besoin aujourd'hui : mon Mac et mes deux téléphones, avec leurs chargeurs et une multiprise, mon carnet de notes, la clé USB qui contient le seul exemplaire de la vidéo montrant le policier dans le hall de l'immeuble. Ma première tâche sera d'en réaliser plusieurs copies, l'une sur mon ordinateur, l'autre sur un des deux téléphones.

Ma stratégie est bien rodée. Plusieurs fois, depuis que je suis entrée à *Objections*, j'ai mené des campagnes médiatiques pour défendre diverses causes – dont la principale a toujours été le financement de notre média. Comment aurais-je pu imaginer que cette expérience serait utile pour exiger une vraie enquête sur la mort de Vincent ?

Je commence par appeler Denis. Il ne me répond pas. Je téléphone au média et je tombe sur Catherine, qui dit ne pas pouvoir transmettre la communication au patron. Je rappelle toutes les cinq minutes, aussi bien sur le mobile de Denis que sur le standard. On finit par me passer mon directeur de rédaction.

— Karine, c'est toi ?

Il feint l'étonnement, mais j'entends surtout l'agacement dans sa voix.

— Tu es toujours en colère ?

— Écoute, non, je n'ai jamais été en colère. Je voulais juste te protéger de toi-même. Il faut que tu décompresses.

— J'ai trouvé une preuve.

— Voilà, c'est ce que je disais : tu ne devrais pas t'obstiner comme ça.

— J'ai une preuve, Denis, une vidéo du faux policier que j'ai vu. C'est important. Il faut qu'on la passe.

Il prend son temps pour répondre. Je sais déjà que je n'obtiendrai rien de lui.

— Bon, tu as une vidéo qui montre un policier, et tu crois que c'est une preuve. Des vidéos de policiers, on en trouve à la pelle sur les réseaux sociaux. Un policier passe, et dix personnes le filment avec leur portable. Ça ne prouve rien du tout.

Il joue au con, maintenant. On dirait une conférence de presse du ministre de l'Intérieur.

— Je suis un témoin, Denis. J'ai vu un faux policier voler l'ordi de Vincent, et je peux fournir une vidéo du type qui a fait le coup. Qu'est-ce que tu veux de plus ? Des aveux signés ?

— Tu es une émotive, Karine. C'est normal que tu sois perturbée. Je pense que tu devrais te faire aider.

La colère monte en une fois. Je savais déjà qu'on traitait de folles toutes les lanceuses d'alerte, mais je ne pensais pas que Denis jouerait à ce jeu-là. J'arrive à lui répondre calmement :

— Tu as raison, je vais chercher de l'aide. Mais au besoin, je peux aussi me débrouiller toute seule.

Je raccroche alors qu'il commence à formuler une repartie. Par vengeance, je contacte immédiatement Maïwenn Le Goff, qui dirige le service politique d'une télé en ligne proche de la nôtre. J'ai fait sa connaissance au cours d'un dîner d'anciens d'Assas.

— Maïwenn ? C'est Karine Duval-Coulanges, d'*Objections*.

— Oui ?

Elle lâche un soupir. Elle n'est pas contente de m'entendre.

— Je pensais à toi pour sortir une info.

— C'est au sujet de Maréchal ?

Les nouvelles se déplacent à la vitesse de la lumière, dans le petit milieu des médias de droite.

— Mon chef fait de l'obstruction, mais c'est du solide.

— Tu sais, ton direct de mercredi a fait causer dans le Landerneau.

— Raconte.

— Tu gênes des gens. J'en sais pas plus.

— On ne va quand même pas laisser passer ça.

— C'est pas moi qui décide, Karine. Et je te le dis franchement : j'ai pas envie qu'on me mette à pied.

— T'es au courant ?

— Tout le monde est au courant.

Je fais une pause après ces deux conversations. Ma main qui tient le téléphone tremble un peu. Cette histoire commence à me faire peur. Qui, à part le faux policier, pourrait être gêné par ma démarche ? Je me mets à échafauder des hypothèses dignes d'un roman d'espionnage : le policier serait un agent de la DGSI, il aurait volé le portable dans le but de connaître le réseau politique de Vincent ou de dissimuler le fait qu'il travaillait lui aussi pour les services secrets.

Je prépare un café. J'ajoute un litre de crème Chantilly. Je gêne quelqu'un, et alors ? Dans ce pays, la vérité dérange toujours. Si je m'arrête à ça, autant quitter le métier de journaliste. Il est temps de passer à la deuxième phase de mon plan. Je débarrasse le petit déjeuner, je me débarbouille en vitesse et je m'habille avec ce que je trouve.

Je me rassois ensuite devant mon ordinateur, et je me rends sur la page Twitter de *République et Libertés*. Les membres de notre club de réflexion ont la possibilité de publier des tweets en leur nom sur un compte spécifique, @rep&lib_opinions. J'ai l'intention de créer un « *thread*[8] » de dix tweets pour exposer la situation. La vidéo figurera dans le dixième.

J'essaie de me connecter au compte. Twitter ne reconnaît pas mon identifiant ou mon mot de passe. Pour me rassurer, je me dis que Nathalie a dû changer les mots de passe sans m'en informer. Je me rends sur Facebook, où je tape les informations de connexion du compte *République et Libertés – Opinions*. Là aussi, je n'obtiens pas satisfaction. Je me rappelle alors que Nathalie est en arrêt depuis mardi et que ma dernière connexion date de lundi soir.

Qu'à cela ne tienne ; je vais publier le *thread* sur mon propre compte Twitter. J'y accède sans encombre, et je commence à rédiger le premier tweet. J'ai créé pour l'occasion trois hashtags[9] : #VincentMarechal, #QuiEstCePolicier et #AffaireMarechal. Je les utilise avec parcimonie, espérant qu'ils seront repris par quelques-uns de mes 15 342 abonnés. Je bascule ensuite sur ma propre page Facebook, où je compose un bel article, illustré de la vidéo. J'ai presque 5 000 amis, qui partagent régulièrement mes posts.

Je m'autorise un moment de repos. Les réactions arriveront dans les minutes qui viennent. Les gens qui s'intéressent à mon travail appartiennent aux classes aisées de la population. Leurs réponses sont réfléchies, leurs commentaires polis. Leur niveau d'orthographe les distingue de l'internaute ordinaire. J'espère qu'ils m'apporteront leur soutien – même mesuré.

8. Littéralement : « fil », ensemble de plusieurs tweets formant un texte plus long que la limite de 144 caractères.

9. Mots-clés précédés du signe « # », notamment sur Twitter. Ces mots-clés permettent de trouver facilement tous les messages en rapport avec un sujet.

Je réchauffe un plat qui traînait dans mon congélateur. C'est plus fort que moi : je le mange en regardant l'écran. J'avale sans mastiquer des pâtes encore tièdes. Bientôt, les premiers tweets apparaissent, en réponse à l'un ou l'autre de ceux qui composent le *thread*. Je ne connais pas les comptes qui réagissent. Je déchiffre leurs messages, constitués en grande partie d'abréviations SMS et d'émoticônes, et je découvre des insultes, des menaces de mort ou de viol. Je ne comprends pas. J'ai déjà subi des tempêtes d'insanités de ce genre, mais jamais sur des tweets qui venaient d'être publiés, utilisant des hashtags de ma création.

Sur Facebook, un phénomène similaire est en cours. Les commentaires sont moins lapidaires et plus écrits, mais ils contiennent leur lot d'accusations sans fondement, de menaces et d'insultes. Tout y passe : on me traite de « suceuse de bites fasciste », de « salope islamophobe et homophobe », de « putain de Le Pen » et d'autres immondices de la même décharge. Les commentaires se multiplient à vue d'œil. La plupart n'ont aucun rapport avec ce que j'ai écrit. On dirait du copié-collé, ou du remplissage automatique. Je ne devrais pas m'en émouvoir, mais je suis écœurée. Face à ce torrent de boue, mes vrais « amis Facebook » ne se manifestent quasiment pas. Une femme que je connais personnellement s'attaque à un commentateur particulièrement virulent, mais il ne lui répond pas.

Heureusement, il reste la vidéo. Je clique dessus pour m'assurer qu'elle fonctionne. Mais Facebook ne la trouve pas : « Ce contenu n'est plus disponible. » Je tente diverses voies pour y accéder, aucune n'aboutit. Je sais ce que cela signifie : quelqu'un a signalé la vidéo comme un contenu inapproprié et Facebook l'a bloquée.

Je retourne sur Twitter. Les réponses injurieuses se poursuivent, et la vidéo a également disparu. J'ai la certitude qu'un groupe de personnes agit de manière coordonnée pour me harceler et m'empêcher de publier ce que je souhaite. Ce genre d'actions est fréquent sur les réseaux sociaux, mais je ne comprends pas ce qui a déclenché celle-ci. À moins de sombrer dans la paranoïa, je ne peux pas imaginer que plusieurs individus se soient donné le mot pour surveiller ma présence en ligne et s'en prendre à moi.

Je ferme mon ordinateur. Malgré la fraîcheur de l'air, j'ai le dos en sueur. Mon cœur bat vite et fort. Je me sens salie. Quand je suis entrée à *République et Libertés* et à *Objections*, je suis devenue une personnalité publique, et j'ai pris l'habitude de ne publier que des propos très modérés, compatibles avec les orientations politiques de ces deux organisations. Depuis la disparition de Vincent, tout se passe comme si je désobéissais à une consigne implicite : fermer les yeux sur les circonstances du décès et sur ce qui l'a suivi. Cette avalanche d'excréments sur les réseaux sociaux me punit de ma désobéissance à ces nouvelles règles non formulées.

Il est 9 h du soir. J'écris ces lignes avant de prendre une douche et de me coucher. Je suis anéantie. Non par les horreurs que j'ai lues sur les réseaux sociaux. Non par mon incapacité à diffuser la vidéo. Je viens de recevoir un courriel de Denis. Un courriel, même pas un appel. Quelques mots dans le flux incessant de messages électroniques :

« Bonsoir, Karine,

Étant donné ta faute lourde d'avant-hier et ton obstination à mettre en danger la réputation de notre média par des théories du complot, nous avons été obligés de prendre une décision difficile. Ta collaboration avec *Objections* a été marquée de beaux moments, mais elle s'arrête aujourd'hui. Tu recevras dans les prochains jours un courrier avec accusé de réception qui te fournira les détails. Sache seulement que tu bénéficies d'un préavis de trois mois, mais que tu es dispensée de travailler pour nous pendant cette période.

Nous espérons que tu reviendras à la raison et que tu retrouveras un emploi qui te corresponde. Il va de soi que tu n'as plus le droit de t'exprimer au nom de notre média, dont tu ne fais plus partie.

Sincères salutations.

Denis Maïer »

Dans mon esprit, les arguments tournent en boucle, sans personne pour y répondre. Je suis triste, amère, abrutie par les larmes. Je me sens plus seule que jamais. J'ai essayé de téléphoner à quelques amis, mais aucun n'est disponible. Je n'ai pas envie d'appeler Cléophée dans mon état présent. Je bois un verre de l'alcool le plus fort qui me reste, un infâme calvados qui traîne dans mon bar depuis des années. L'ivresse se refuse à moi. Je crois que je vomirai avant.

Je n'arrive pas à écrire davantage.

13

Mercredi 27 mars

Dès son arrivée, Richard voulut revoir le suspect. La veille, il avait passé une soirée arrosée avec des amis motards, et il avait besoin de reprendre contact avec la réalité. Sans quitter sa veste en cuir, il jeta un œil dans le judas des gardés à vue. Contrairement à l'autre client, un type soupçonné de viol sur mineure, Charles était réveillé. Sur la banquette, il avait adopté une position différente de la dernière fois : le dos droit contre le mur, les jambes en tailleur, les mains sur les genoux. Il n'ouvrit pas les yeux, mais Richard sentit qu'il était conscient de sa présence. En tout cas, la nuit ne semblait pas l'avoir affecté. Pour un homme de plus de soixante ans, il faisait preuve d'une robustesse surprenante.

La prochaine audition était programmée pour 9 h. Richard profita du temps qui lui restait pour relire le début de procédure. Un doute lui était venu en observant son client. Charles n'avait révélé aucun détail de son mode opératoire, mais certains éléments permettaient de reconstituer les faits. Le rang des victimes avait réduit les délais du labo et de l'Institut médico-légal ; on disposait donc des retours de la plupart des analyses demandées, en plus du rapport d'autopsie obtenu la veille.

Voilà ce qu'on savait de la soirée de la tuerie. Vers 20 h, le député Jérôme Carville s'était présenté au portail de sa propriété. Il avait échangé quelques mots avec les policiers de faction, avant de conduire sa voiture jusqu'au parking couvert réservé aux véhicules de la famille. La nounou des enfants avait quitté la maison une heure plus tôt. D'après ce témoin, madame Carville était revenue en retard d'une journée à Paris. Daphné et Léandre, les enfants, avaient déjà dîné. Ils jouaient dans la salle de jeu.

Après son arrivée, monsieur Carville avait passé un coup de téléphone à son attachée parlementaire. D'après elle, il se trouvait dans son bureau, où il travaillait à une proposition de loi visant à interdire les rassemblements sauvages sur des lieux publics tels que les ronds-points. Leur conversation avait duré jusqu'à 22 h, et le député avait fini par baisser la voix pour ne pas réveiller ses enfants.

La suite n'était connue qu'à travers les éléments matériels enregistrés lors des constatations. On savait que madame Carville s'était couchée, car son côté du lit conservait les traces de son passage. Son mari, par contre, n'avait pas quitté ses vêtements de jour. Quant aux enfants, on les avait manifestement tirés du lit, et la femme de ménage avait confirmé qu'aucune de leurs affaires ne manquait – à l'exception des pyjamas qu'ils portaient à leur coucher.

On n'avait relevé aucun indice de lutte, ni dans la maison ni dans l'atelier. Les traces papillaires et ADN analysées par le labo ne renvoyaient qu'aux occupants habituels de la maison. Pour autant qu'on puisse le déduire, la famille entière semblait s'être levée de son plein gré, pour suivre un tueur qui s'apprêtait à torturer, abattre et enlever ses membres.

À l'étage du bâtiment principal, on avait trouvé quelques éléments énigmatiques dans une chambre d'ami : chaises renversées, cordes éparpillées sur le sol et un matelas en partie consumé. Ces détails paraissaient à ce point déconnectés du double meurtre qu'ils pouvaient résulter de faits totalement distincts. Comme le reste, les chaises, les cordes et le matelas n'étaient marqués d'aucune trace qu'on pouvait attribuer à une personne extérieure à la maison.

Tout ça ne tenait pas la route. Un individu isolé, bravant la surveillance des policiers, emmenant le père et tirant les autres du lit, puis charcutant sans bruit l'épouse sous les yeux de son mari, avant d'abattre ce dernier et de s'en aller avec les enfants. Aucun tueur n'aurait pu accomplir seul tous ces actes. Qui se serait occupé des enfants pendant que leur mère était torturée ? Qui aurait menacé le député d'une arme pour l'empêcher de réagir ? Les coupables étaient au moins trois, plus peut-être un chauffeur qui les attendait dans la forêt.

Même en admettant cette hypothèse, d'autres questions subsistaient. Pourquoi l'homme s'était-il rendu ? Pourquoi refusait-il de donner son identité, tout en divulguant assez d'éléments matériels pour l'incriminer ? Pourquoi, surtout, exigeait-il d'être interrogé par Autier ? Tout cela sentait l'opération terroriste organisée, le complot à visée politique. Le ministre n'avait peut-être pas tort quand il accusait les Gilets Jaunes. Un petit groupe radicalisé avait parfaitement pu mettre en scène cette tuerie pour fragiliser le pouvoir et intimider les députés les moins laxistes.

L'heure de l'audition était venue. Richard se dépêcha pour arriver le premier dans la salle de réunion, mais Ohanian l'avait devancé. Ohanian adorait les auditions. Chez lui, l'interrogatoire était une forme d'art, un peu brutale et mal élevée, mais qui forçait le respect. Avec son physique de boxeur, il savait suggérer la violence sans jamais en user. Pour toutes ces raisons, on le réservait généralement aux clients difficiles, ceux qui résistaient aux traitements fondés sur la persuasion.

— J'espère qu'il a bien dormi, l'Éventreur, parce que je vais le réveiller, dit-il.

— Il t'attend, j'ai l'impression. Assis les yeux fermés, il se prépare au match.

Ohanian sourit. Quatre dents argentées apparurent aux coins de sa bouche. Ce fut le moment que choisit Ferrie pour entrer dans la pièce. Neuf heures précises, comme toujours. Ferrie, c'était un concentré d'intelligence et de nervosité dans un corps d'animal poilu. Tranchant comme un rasoir, efficace, expéditif. Il formait souvent un binôme avec Ohanian. Ils avaient mis au point un numéro, non de bons et de mauvais gendarmes, mais de jongleurs qui se passaient les balles.

— Je croquerais bien un éventreur au petit déjeuner, dit Ferrie.

— Tu m'en laisses la moitié, dit Ohanian.

Richard se rappela les mots du procureur. La veille, il avait refusé d'écouter le journal télévisé, pour échapper à la pression de l'opinion. Il avait lui-même lancé l'avis de recherche des enfants, et il savait que plusieurs unités de gendarmes fouillaient en ce moment même les étangs et les espaces boisés entourant la maison des Carville.

— Surtout, n'oubliez pas : on se concentre sur les enfants, dit-il. Dès qu'il se met à causer, vous lui tirez les vers du nez.

Pour la deuxième audition, Richard avait choisi un lieu plus ordinaire : le bureau principal de la division des Atteintes aux Personnes, parmi les tables encombrées de dossiers et les armoires métalliques. Ohanian et Ferrie partirent chercher eux-mêmes le suspect, n'hésitant pas à le bousculer et à l'humilier en chemin. Quand l'homme sans nom entra dans la pièce, Richard fut frappé par sa taille – 1 m 90 au moins – et par sa carrure encore très athlétique pour son âge. Comme Chadelaud la veille, Ohanian tenta de l'obliger à s'asseoir sur la chaise qui lui était destinée, mais l'individu résista sans peine à la contrainte physique avant de prendre place de sa propre initiative. Ohanian le menotta à un anneau serti dans le mur.

Une fois que Ferrie eut déclenché l'enregistrement numérique, l'audition put commencer. Ohanian retira son pull et releva ses manches de chemise dans un geste menaçant. Il s'approcha du suspect jusqu'à ce que leurs visages ne soient plus distants que de trois centimètres.

— Alors c'est toi, le fameux Charles ? dit-il. Tu crois que tu vas pouvoir nous gruger longtemps en nous cachant ton nom ? Moi, j'ai plutôt envie de t'appeler le monstre, parce que ce que tu as fait, éventrer la femme, abattre le mari et enlever des enfants innocents, c'est totalement monstrueux. Je suis sûr que si on te lâchait dans la foule, les gens, ils te feraient la peau tellement ce que tu as fait est horrible. Et si on t'envoie au ballon, ils feront du méchoui avec toi, parce que les tueurs d'enfants, ils aiment pas ça, les gros durs.

Ohanian avait peu à peu haussé le ton, finissant par hurler près des oreilles du suspect. L'Éventreur resta pourtant impassible. Ferrie prit la relève, tournant autour de lui comme un fauve :

— Tu t'es rendu de toi-même. Tu nous as donné des éléments qui t'incriminent. Rien qu'avec le couteau avec tes empreintes dessus, on peut t'envoyer au frais pour longtemps. Maintenant, il faut que tu nous dises tout. De toute façon, t'as plus rien à perdre. On m'a dit que t'avais pas de conscience, mais t'as peut-être envie de nous raconter ton histoire. Nous, on a tout notre temps. Les questions, on va te les poser jusqu'à ce qu'on ait des réponses. On a ces deux gamins à retrouver et on te lâchera pas avant de savoir ce qui leur est arrivé.

L'homme regarda tour à tour les trois personnes présentes dans la pièce. Pour la première fois de la journée, il parla.

Mais personne ne comprit les sons qui sortirent de sa bouche.

Utilisant une langue que Richard ne connaissait pas, il se lança dans un discours interminable, ponctué de gestes exécutés avec sa seule main libre. Pour autant que le gendarme pouvait en juger, le suspect s'exprimait sans accent français, et paraissait très à l'aise dans la langue concernée.

— Toi, tu te fous de notre gueule, dit Ohanian. Hier, tu causais français, et là, tu fais comme si tu venais de Ouagadougou. C'est quoi cette histoire ? Si tu crois que tu vas t'en tirer comme ça, tu te fourres le doigt dans l'œil.

Pourquoi le suspect adoptait-il cette tactique ? La loi lui donnait le droit de se taire, et il choisissait à la place de parler dans une langue inconnue. Richard ne trouvait à ce comportement qu'une seule explication : il essayait de leur faire perdre du temps, en les attirant sur un terrain qui ne leur était pas familier. Les gardés à vue avaient le droit de se faire assister par un interprète. Certaines populations d'origine étrangère abusaient de ce droit, mais il était difficile de le leur refuser. En parlant une langue exotique, l'Éventreur les obligeait à l'identifier et à dénicher une personne capable de la traduire.

— On va faire une pause, dit Richard.

Il appela ses hommes d'un signe et les emmena dans le couloir.

— On a un problème, leur dit-il. On ne peut pas lui refuser un interprète.

— Mais c'est des conneries ! dit Ferrie. Ohanian a raison : il se fout de nous.

— Je vais consulter Boisnard. Vous, vous continuez à lui poser des questions. On ne sait jamais : il est peut-être vraiment en train de nous dire les choses.

Richard n'aimait pas afficher ainsi sa faiblesse, mais cette affaire sortait très largement du cadre. Il laissa Ferrie et Ohanian, et fila dans le bureau de son supérieur. Il trouva le lieutenant-colonel engagé dans une conversation téléphonique, dont il dut attendre la fin. Les réponses de Boisnard ne laissaient aucun doute quant à l'objet de l'échange : le suspect appréhendé à Versailles. Il ne frappa à la porte qu'après que Boisnard eut raccroché.

— Alors Peresse, vous m'apportez de bonnes nouvelles ?

Richard avala sa salive.

— Pas tout à fait, Monsieur. Hier, le suspect a refusé de nous parler, aujourd'hui il nous parle, mais on ne comprend pas ce qu'il dit.

Il raconta en quelques mots le déroulement de l'audition. Boisnard fronça les sourcils, et sa moustache prit la forme d'un accent circonflexe.

— Pardonnez-moi l'expression, mais il nous fait chier, votre suspect. Soit on se tait, soit on parle, jamais les deux en même temps. J'espère que vous avez su vous montrer persuasif.

Dans son langage, cela signifiait : secouer le mis en cause pour en faire tomber les aveux.

— Ohanian et Ferrie s'occupent de lui.

— Bien.

— Il y a autre chose.

Boisnard haussa le ton :

— Quoi ?

— Il dit qu'il veut bien parler, mais seulement à une personne en particulier.

— Qui ?

— Vous l'avez rencontré : c'est ce policier, Alaric Autier.

— Encore un coup fourré. D'abord la coupure de journal, ensuite ça. Vous le connaissez, ce flic ?

— J'ai enquêté avec lui sur une ou deux affaires. Il traîne une réputation de franc-tireur, mais il travaille bien.

— Il est complice, à tous les coups.

Du Boisnard tout craché : simple, carré, hors sujet.

— Le suspect a peut-être connu Autier dans une affaire antérieure. Nous, en tout cas, on n'arrive pas à en tirer grand-chose.

Boisnard réfléchit. Ses sourcils retrouvèrent leur emplacement d'origine et sa moustache se lissa.

— Vous n'avez qu'à présenter le problème au procureur. Et proposez-lui d'enquêter discrètement sur Autier. Ce ne serait pas le premier policier ripou que nous enverrions en prison.

Richard acquiesça, mais la décision du lieutenant-colonel lui déplaisait. Une enquête sur un collègue policier risquait de relancer la guerre entre police et gendarmerie. Autier n'avait pas que des qualités, mais personne n'aurait pu l'accuser de malhonnêteté. Il était animé de la passion de résoudre les affaires et de serrer les coupables, même s'il utilisait des moyens parfois contestables. De plus, Richard détestait l'idée de traiter comme un suspect un enquêteur avec qui il pouvait être amené à travailler dans l'avenir.

En fin d'après-midi, il reçut une réponse de l'université : l'Éventreur avait parlé peul, citant de mémoire plusieurs passages de la convention de Genève sur les droits des prisonniers de guerre traduits dans cette langue. Autrement dit, la deuxième audition n'avait rien donné. Quelques minutes plus tard, le procureur appela.

— Concernant votre proposition, je trouve effectivement cette demande du mis en cause surprenante. S'il a été aidé par des complices, comme vous l'affirmez, nous devons explorer l'hypothèse que ce policier puisse en faire partie, même si j'en doute énormément. Je vous autorise donc à enquêter sur lui, mais j'attends de votre part une discrétion exemplaire.

— Bien entendu, Monsieur le Procureur.

La conversation résonna longtemps dans son esprit. Le procureur lui avait clairement fait comprendre que l'hypothèse émise par Boisnard ne le convainquait pas. Quelles que soient ses intentions, le suspect n'avait aucune raison de demander à se faire interroger par son complice. Ses liens avec le policier devaient être bien plus complexes que Richard l'avait imaginé. Absent des fichiers, il n'avait sans doute aucun passé judiciaire. Il ne faisait donc pas partie des anciens clients d'Autier.

14

Quand Léandre reprit connaissance, il crut d'abord que la douleur avait disparu. Dans son esprit embrouillé, le souvenir de sa chute se mélangeait à celui d'un accident qu'il avait vécu à la maternelle, en tombant du parcours. Tout son corps était raide, de la nuque au bas du dos. Il avait des fourmis dans le bras gauche. Il ne savait pas où il se trouvait. Cette pièce sombre ne lui rappelait rien. Au loin, il entendait une sorte de bourdonnement.

Il resta ainsi pendant de longues minutes. Où elle était, maman ? Une chose l'inquiétait : il ne sentait plus ses jambes, comme si elles avaient disparu. Il essaya de les toucher, mais sa main rencontra le parquet. Tout le bas de son corps n'existait plus ! Plus tard, la douleur se réveilla, en provenance de sa cuisse et de sa jambe droites. Elle augmenta peu à peu, comme si quelqu'un serrait ses jambes dans un casse-noix. Il tenta de bouger, mais la souffrance était trop forte. Une image lui revint : celle des insectes morts répandus sur le sol. Il les chercha du regard, et finit par les trouver, nappe sombre étalée à sa droite.

Enfin, il comprit ce qui lui était arrivé. Comme l'escalier, le parquet de l'étage était pourri. Il s'était effondré sous son poids, l'emprisonnant entre les planches.

Curieusement, sa première préoccupation, en découvrant son sort, fut de savoir ce qui était arrivé à sa sœur. Après tout, elle avait pu tomber dans un trou, elle aussi. Elle était si petite. Sans son frère, elle risquait de se faire très mal.

Il eut alors une révélation : le bourdonnement qu'il entendait depuis son réveil, c'était le bruit des sanglots de Daphné. Elle se trouvait certainement en bas, dans la pièce principale. Elle avait vu Léandre tomber, mais elle ne savait pas quoi faire.

Il essaya de l'appeler. Sa faible voix ressemblait à celle d'un monstre de jeu vidéo. Daphné ne répondit pas. Il se mit alors à taper sur le parquet, ce qui eut pour effet de faire cesser les pleurs. Il s'efforça de crier plus fort. Bientôt, il entendit des petits pieds qui montaient un escalier de bois. Il voulut dire à sa sœur de faire attention, mais il n'en trouva pas la force. Bientôt, une ombre apparut à sa gauche. Daphné courut vers lui et le serra dans ses bras. Au moins, elle n'avait rien.

— Dada, aide-moi à sortir du trou.

Dada, c'était le surnom qu'il lui donnait quand elle était bébé. Il ne l'avait pas appelée ainsi depuis longtemps.

— C'est trop dur.

Elle avait sans doute essayé de le faire pendant qu'il était encore évanoui.

— Mais non, on va y arriver. Moi, je pousse sur mes bras, et toi tu me tires comme quand on joue à la tortue.

Elle comprit tout de suite. Quand elle était chez les petits, il se mettait sur le tapis, bras et jambes repliés sous lui, et la laissait croire qu'elle avait la force de le retourner. Elle prit position, et Léandre se mit à pousser.

Il leur fallut longtemps pour le sortir du piège. Chaque fois qu'ils essayaient, sa douleur les obligeait à s'arrêter. Plusieurs fois, il pleura. Il ne put s'empêcher d'appeler ses parents, même s'il savait qu'ils l'avaient abandonné. Centimètre par centimètre, ses fesses s'élevèrent au-dessus du parquet, et il sentit ses jambes traverser en sens inverse les épaisseurs de bois pourri et de plâtre. Il faillit s'arrêter quand il comprit que le liquide gluant qui coulait sur le sol était son propre sang. Mais que pouvait-il faire, à part continuer ? En un ultime effort, il parvint à s'extraire du trou. Pour la première fois depuis sa chute, l'air frais caressa ses membres blessés. Épuisé par la lutte, il se coucha, et perdit conscience à nouveau.

15

Samedi 16 mars

Cette horrible journée n'est pas finie.

Je ne sais pas comment je tiens encore debout. Je ne sens plus ma fatigue. Les nerfs ont pris le dessus. Je tombe sans bouger, je tombe dans des abîmes personnels que je n'avais jamais explorés. C'est pire qu'un cauchemar, parce qu'on ne s'en réveille pas. J'ai l'impression de devenir folle, et ce n'est pas qu'une image. Mon esprit ressemble à une ville pulvérisée par les bombes.

Je prenais ma douche. En écrivant ceci, je pense à *Psychose*, de Hitchcock, et à toutes les scènes de films où la future victime prend innocemment une douche, sans se douter qu'un psychopathe s'apprête à lui ôter la vie. Je prenais donc ma douche, porte fermée sans raison particulière. J'aurais pu me trouver n'importe où dans mon appartement.

J'entends un bruit qui vient du séjour. Je ferme le robinet et je tends l'oreille. Un deuxième bruit retentit derrière la porte, beaucoup plus fort que le premier. Quelqu'un est entré chez moi. Affolée, je sors de la douche et je m'enveloppe dans mon peignoir de bain. J'entends glisser un meuble sur le parquet. Je devine que l'intrus déplace la commode de ma chambre. Elle finit sa course contre la porte de la salle de bain.

Je comprends son intention : il veut bloquer la poignée pour m'empêcher de sortir ; J'imagine aussitôt qu'il va mettre le feu à l'appartement et m'étouffer avec la fumée. La salle de bain ne possède pas de fenêtre, et je ne dispose d'aucun moyen d'appeler à l'aide. Mais cette idée me paraît absurde ; cette façon de se débarrasser de quelqu'un a très peu de chances d'aboutir. Je me dis que l'intrusion a forcément un rapport avec la mort de Vincent. Si on m'enferme ici, c'est pour fouiller tranquillement mon appartement pendant que toutes mes affaires sont présentes.

La vidéo.

Bloquée sur Facebook et Twitter, impossible à diffuser. Le cambrioleur est venu pour elle. Il s'apprête à voler mon ordinateur, mes téléphones, mes clés USB, mes disques durs externes. Toute une vie de travail, avec des projets de livres, la totalité de mes articles, ma collection de vidéos politiques et de livres numériques. Je ne peux pas le laisser faire.

J'actionne la poignée de porte. Elle ne bouge pas. Je hurle, comme si ça pouvait le faire fuir. Je tambourine sur la porte. Je casse un cintre métallique en essayant de le glisser entre la porte et le chambranle. Je me rappelle que la petite vis qui bloque l'axe de la poignée se trouve de mon côté. Je vide une trousse de manucure et je trouve un outil : une lime à ongles au bout presque plat. Je parviens à retirer la vis. Après plusieurs essais, je réussis à ouvrir la porte. Je pousse la commode et je pénètre dans ma chambre.

Le voleur est parti. Il a emporté tout ce qui se trouvait sur le bureau et dans les tiroirs. Toujours habillée de mon peignoir, je traverse l'appartement en courant et je me précipite dans l'escalier. J'entends la porte d'entrée de l'immeuble qui claque. Il est trop tard pour le poursuivre. Je rentre chez moi et je me penche à la fenêtre qui donne sur l'allée de ma résidence. Un homme s'éloigne d'un pas pressé. Il passe sous un luminaire et je reconnais ses vêtements.

Un uniforme de policier, bien sûr.

Je me rappelle alors que je n'avais pas laissé mon téléphone professionnel sur le bureau. Après le courriel de Denis, je l'avais rageusement jeté dans un carton, en même temps qu'un tas d'objets promotionnels d'*Objections* que je conserve chez moi.

C'est sur ce téléphone que j'avais sauvegardé une copie de la vidéo. C'est aussi celui où j'écris ces lignes.

16

Jeudi 28 mars

La nouvelle tomba quelques minutes après son arrivée : la garde à vue n'allait pas être prolongée au-delà des quarante-huit heures légales. Le procureur avait refusé d'envisager que le suspect fasse partie d'une bande organisée, et décidé qu'il serait écroué à huit heures précises. Richard l'apprit de la bouche de la juge d'instruction Laurence Cornil, qui avait déjà tenté de le joindre trois fois auparavant.

— Je déplore cette décision, Madame la Juge, répondit-il. Si Autier avait été présent, notre homme aurait peut-être accepté de parler.

— Ne vous encombrez pas l'esprit avec ça, Adjudant-chef. J'en fais mon affaire. Croyez-moi, j'ai des soucis plus importants que celui-là. Vous avez enquêté sur ce policier ?

— J'ai envoyé quelques réquisitions hier, mais...

— Allez-y, dites-moi ce que vous pensez.

— La démarche me gêne.

— Vous n'avez plus le choix, il faut aller jusqu'au bout. Je veux qu'on en soit débarrassés avant midi.

— L'enquête principale nous donne déjà beaucoup de travail.

— Avant midi. Il faut mettre le paquet, Peresse. Tout le monde nous regarde.

— Je n'aime pas travailler dans ces conditions.

— Depuis que j'ai été nommée sur cette affaire, mon téléphone sonne toutes les cinq minutes. Je reçois des mails directs du cabinet de la Garde des Sceaux. Les journalistes me harcèlent. Vous croyez que ça m'amuse ?

— Non, Madame. Je voulais juste que l'enquête soit menée dans les règles.

— À vous de vous débrouiller, Peresse.

Comme si cela ne suffisait pas, Boisnard pointa sa moustache au moment où Peresse s'apprêtait à sortir de son bureau.

— Alors Peresse, on en est où ?

— On collecte les morceaux du puzzle. On ne ferme aucune porte. Aujourd'hui, je compte enquêter sur les ennemis politiques de Carville, sur son entourage immédiat et sur le déroulé de la tuerie.

Boisnard secoua la tête.

— Trop lent, Peresse, trop lent.

— On a toujours enquêté à notre rythme, Mon Colonel. Vous disiez que c'était notre culture.

— Oui, oui, mais il y a des exceptions. N'oubliez pas que la vie de deux gamins est en jeu. Cette fois, il nous faut des avancées rapides.

Richard hocha la tête, mais ne répondit pas. Pour sa part, il conservait très peu d'espoir que ces deux enfants soient encore vivants. Il se prépara mentalement à subir une de ces journées sans fin, où l'acharnement n'apporte aucun bénéfice tangible.

11 h 35. Le printemps avait commencé, mais le soleil restait absent. Richard décida d'arrêter ses recherches. Ces heures passées à fouiller dans la vie d'un confrère policier lui avaient laissé un écœurement persistant. Jamais il n'avait autant éprouvé le sentiment de violer la vie privée de quelqu'un. Et dire qu'il allait probablement être amené à travailler avec lui dans l'avenir.

Il avait commencé par consulter les procédures qui portaient son nom. Depuis qu'Autier dirigeait un groupe au SRPJ de Versailles, il avait accumulé les belles affaires, avec un taux d'élucidation de presque 80 %. Les dossiers étaient solides et bien rédigés, on sentait le travail collectif de qualité. Certaines enquêtes avaient, en leur temps, souffert de l'attention des médias. Si Richard examinait ce travail à la lumière de sa propre expérience, il devait admettre que le policier sortait du lot.

Les réquisitions auprès des opérateurs téléphoniques avaient apporté leur lot d'indiscrétions. Au cours de ces dernières semaines, Autier avait communiqué avec ses collègues et, de façon prédominante, avec une certaine Cynthia Saquet. Son téléphone n'avait borné dans aucun des secteurs fréquentés par la famille Carville.

Derniers arrivés, les extraits bancaires n'avaient révélé qu'une vie de flic ordinaire, avec ses menus achats, ses rentrées d'argent régulières, quelques restaurants, un week-end en Normandie, un plein d'essence toutes les deux semaines, un coiffeur tous les mois. Sur chaque relevé de compte, des mensualités de cent euros étaient prélevées pour le remboursement d'un prêt à la consommation. Autier terminait souvent le mois à découvert, mais le trou ne dépassait jamais cinq cents euros.

Richard aurait pu consulter d'autres sources d'information, telle l'administration fiscale, mais il décida qu'il avait perdu bien assez de temps. Comme promis, il avait bouclé l'enquête avant midi et fermé définitivement cette porte. Il appela donc la juge.

— Ça y est, Madame la Juge, c'est terminé.

— Vous avez trouvé les petits ?

— Non, je veux dire : j'ai enquêté sur Autier, et il est *clean*. Un bon flic, honnête, train de vie sans signe de richesse, aucun lien avec notre affaire.

— Je n'en doutais pas vraiment.

Moi non plus, en fait.

— Qu'est-ce qui va se passer maintenant ?

— Je vous ai demandé de ne pas vous inquiéter pour ça. Les choses seront faites, c'est tout ce que je peux vous dire.

Richard ne connaissait aucun cadre légal permettant à Autier d'entendre le suspect. Leur rencontre devait forcément avoir lieu hors procédure. La pensée l'effleura que le policier allait peut-être enquêter tout seul, et récolter ensuite les lauriers de sa réussite.

— Je voudrais être sûr que la section de recherche ne sera pas mise sur la touche.

— Je comprends votre préoccupation, mais cette affaire dépasse de très loin notre champ d'action habituel. Selon son issue, nos carrières respectives pourraient toutes être impactées.

Richard comprit enfin pourquoi elle agissait ainsi. Si une magistrate du parquet pouvait être sanctionnée en cas d'échec, cela signifiait que la mort du député avait aboli toutes les règles de la procédure judiciaire. Laurence Cornil savait que l'objectif comptait plus que la méthode. Les craintes de l'enquêteur saisi du dossier n'avaient, dans ce jeu politique, absolument aucun poids.

— Je suis à votre service, Madame.

— Je ne vous écarterai pas, Adjudant-chef Peresse. J'ai besoin de tout le monde.

C'était tout ce qu'il voulait entendre.

* *
*

Avec le temps, Alaric avait développé un flair infaillible pour les coups de chien. C'était une question d'odeur : celle du mensonge et de la dissimulation, souffle rance des petits arrangements entre amis et des messes basses, parfum frelaté de l'hypocrisie. Cette sensibilité émergente, adaptation de l'homme au milieu dangereux de l'administration, l'avait sauvé de bien des situations où il valait mieux humer à l'avance qu'une nouvelle attaque se préparait.

Ce jour-là, une agitation suspecte apparut en début d'après-midi. Par sa porte ouverte, Alaric entendit Pauline Bonini appeler la patronne pour un coup de fil important. Il fut soudain pris d'une irrésistible envie de se dégourdir les jambes, et sa balade le conduisit jusqu'à la porte de la direction. Évitant de s'attarder pour ne pas créer de soupçons, il eut le temps de noter que Gouirand parlait très bas, comme si la porte fermée ne suffisait pas pour assurer la confidentialité de la communication. Satisfait, il fit demi-tour, et rendit visite à Osmane, son troisième de groupe.

— Quelque chose te turlupine, chef ?

Avec Osmane, pas besoin de mots.

— Je sais pas, je sens un truc. Je pourrais me planter, mais j'ai l'impression que c'est en rapport avec l'affaire Carville. Gouirand a reçu un appel.

— De qui ça pourrait venir ?

— De la hiérarchie, du parquet, du ministère...

— On va quand même pas mettre sa ligne sur écoute.

— J'en rêve souvent, mais je pensais à quelque chose de plus discret. Tu as toujours ton pote qui bosse au parquet ?

— Ouais, il finit son stage fin avril.

— Tu pourrais peut-être lui demander ce qui se murmure dans les couloirs autour de l'affaire Carville.

— Ça se paie, ce genre de services.

— Qu'est-ce qu'il aime ? Le champagne ? La drogue ? Les nanas ?

— Chef !

— Je plaisante. Mais j'ai rien contre une compensation.

— Je m'en occupe.

— T'es le meilleur, Osmane.

— Je l'ai toujours dit.

Retournant dans son propre bureau, Alaric réalisa que cette histoire le souciait bien plus qu'il se l'avouait. La coupure de journal dans la bouche de madame Carville ne devait rien au hasard. Si le tueur était bien l'homme arrêté deux jours plus tôt, cet inconnu dont les médias affirmaient qu'il restait muet sur les circonstances de ses meurtres, le seul message qu'il avait laissé s'adressait à lui.

Il voulut se remettre discrètement au travail, mais Clémentine le dévisagea :

— Quelque chose te tracasse.

— Il y a de l'orage en vue, mais je sais pas d'où ça vient.

— Tu fais dans les prémonitions, maintenant ?

— Ne me dis pas que cette histoire de député titille pas ton instinct de flic.

— Ce qui m'étonne, c'est que tu en fasses une affaire personnelle. On est tous un peu concernés.

— Je sais pas. Je deviens peut-être parano.

Osmane passa la tête dans la pièce.

— J'ai l'info.

— C'est pas un secret. Vas-y, fais-nous rire.

Le troisième de groupe regarda Clémentine avec l'expression d'un écolier qui cherche l'approbation de sa prof.

— Dans le mille, chef. Depuis le matin, ça arrête pas de bouger. La juge d'instruction est allée voir le doyen, y'avait des discussions à voix basse partout.

— Ton pote a rien entendu ?

— Attends, je t'ai pas tout dit : il paraîtrait qu'on aurait enquêté sur un flic. Tu devines lequel ?

— Votre serviteur.

— Dans le mille.

— Logique : on trouve mon blase dans la bouche d'une victime, alors on se pose des questions. Si ça se trouve, c'est moi le vrai tueur.

— Le pompier pyromane, hein ? dit Clémentine. Tu voulais une belle affaire, alors tu l'as encore fabriquée toi-même.

— Le chef aurait jamais laissé l'article dans la gueule de la fille, dit Osmane. Trop facile, y'a pas de plaisir.

— Tu me connais trop bien, Osmane, je l'ai toujours dit.

Le groupe Autier occupait un couloir sans issue. Cet isolement relatif apportait au moins un avantage : chaque fois qu'on entendait y résonner les pas d'une personne étrangère, on savait que le groupe avait de la visite. Ce jour-là, quand les mocassins du chef de section Lostanlen piétinèrent le silence assoupi de l'après-midi, Alaric et Clémentine échangèrent un sourire complice. Cette intrusion dans le territoire du groupe ne pouvait signifier qu'une chose : on allait enfin savoir ce qui se tramait en haut lieu.

Yves Lostanlen était affligé d'une taille excessive, qui l'obligeait à se pencher quand il passait la plupart des portes de l'étage. Il se tenait généralement voûté, les bras le long du corps pour éviter de renverser les objets à portée de sa grande carcasse. Contrairement à la patronne, il ne pratiquait pas spontanément la discrétion. Cette fois, pourtant, il parvint à se glisser sans bruit dans la pièce, s'appuyant sur le bureau du chef de groupe pour lui murmurer à l'oreille :

— Il faut que tu viennes tout de suite.

En temps ordinaire, Alaric n'appréciait pas ce genre d'ordres dépourvus d'explications. Il aurait pu résister, poser des questions, opposer au grand Yves des raisons de ne pas bouger, mais la curiosité lui en retirait toute envie. Il se leva donc comme un soldat et sortit à la suite du chef de section, sans oublier d'adresser à Clémentine un petit signe de la main.

Il croyait connaître la suite : une entrevue dans le bureau de Gouirand, seul à seul ou en présence de Bonini et de Lostanlen. Mais ce dernier passa devant le local de direction sans s'arrêter, quitta la brigade criminelle et descendit l'escalier. Alaric le suivit jusque dans la cour, où une Citroën C3 au moteur allumé les attendait. Lostanlen monta du côté du chauffeur et laissa son passager chercher en vain la ceinture de sécurité. Il démarra tout de suite. Cette urgence et ce luxe de précautions ne ressemblaient pas aux pratiques de la Maison.

— Tu ne me demandes pas où on va ? dit Lostanlen.

— Si c'est secret défense, tu me répondras pas. En plus, je suis pas sûr qu'on t'ait mis au parfum.

Cette dernière allusion était destinée à chatouiller son orgueil. La manœuvre fonctionna.

— On te convoque dans les hautes sphères. Ils ont l'air de penser que tu pourrais les aider.

— Ça se paie, ce genre de services.

Alaric sourit en s'apercevant qu'il venait de répéter une phrase d'Osmane.

— Je ne crois pas que tu sois en mesure d'imposer tes conditions.

— C'est ce qu'on verra.

Au premier carrefour, la voiture emprunta l'avenue de l'Europe. Deux cents mètres plus loin, Lostanlen la gara sur le trottoir, à l'entrée d'un garage souterrain. Alaric passait tous les jours devant ce triste bâtiment de béton. Il comprit immédiatement où il allait : cette issue secondaire menait dans les bureaux du tribunal de grande instance, où il entrait généralement par la porte principale. Lostanlen désigna un portail métallique en haut d'un petit escalier.

— On t'attend là. Ils ont envoyé quelqu'un.

Alaric faillit éclater de rire. Ces cachotteries devenaient ridicules. Il obéit pourtant, sortit de la voiture et se dirigea vers l'escalier. Le portail s'ouvrit avant qu'il arrive. Il s'attendait à être accueilli par un greffier, mais il reconnut un assistant de justice dont il avait fait la connaissance en février. Il voulut échanger quelques mots avec lui, mais le jeune homme ne semblait pas disposé à la conversation. Le policier se contenta donc de l'accompagner dans les entrailles du bâtiment.

Le luxe et les ornements se firent plus envahissants, les bruits du monde extérieur s'atténuèrent. Alaric était déjà venu dans ces couloirs, pour rencontrer les juges d'instruction des affaires dont il avait été saisi. Il entretenait le plus souvent d'excellentes relations avec eux, et se sentait un peu chez lui dans cet environnement si proche du SRPJ et si différent de lui. Ce jour-là, cependant, il se tenait sur ses gardes, car il savait que sa présence n'était justifiée par aucune procédure judiciaire.

L'assistant de justice frappa à une porte. Dès qu'il fut invité à entrer, il l'ouvrit et autorisa celui qu'il escortait à pénétrer dans la pièce. Alaric découvrit un endroit qui tenait plus de la chambre d'hôtel provinciale que du bureau, avec son lustre de laiton, ses lourdes tentures et ses murs tapissés de toile. La maîtresse des lieux, une grande femme aux cheveux d'un blond parfait et à la peau brûlée par l'excès de soleil, l'attendait debout au milieu de la pièce.

Alaric se contenta d'avancer d'un pas, restant volontairement sur le seuil. La magistrate l'examina des pieds à la tête, le visage figé en un sourire inoxydable.

— Caaapitaine Autier. Je suis Laurence Cornil. J'ai beaucoup entendu parler de vous.

Alaric savait de quelle façon elle s'était intéressée à lui, mais il se garda bien de le lui révéler. Il ne voulait pas que le flic chargé de cette basse besogne soit soupçonné d'avoir vendu la mèche.

— En bien, j'espère, Madame la Juge.

Comme son invité ne bougeait pas, elle n'eut pas d'autre choix que de se diriger vers lui pour lui serrer la main. Satisfait de son jeu, Alaric alla jusqu'à lui sourire en retour. Il s'attendait à jouer avec elle une partie d'échecs, mais il savait que son jeu l'avantageait dès l'ouverture. Elle dut le comprendre, car elle changea brusquement de discours :

— Assez de salamalecs, voulez-vous. Je ne vous ai pas fait venir pour ça. D'après mes confrères, vous êtes quelqu'un de direct. Ça tombe très bien, en ce qui me concerne. On perdra moins de temps. Vous vous demandez légitimement pourquoi vous êtes ici.

— Ça m'a effleuré l'esprit, oui.

— Je vous expose la situation : j'instruis l'affaire Carville. J'ai un suspect sans nom qui refuse de parler, sauf à un policier très précis. Vous devinez lequel.

Cette nouvelle confirmait ses craintes. En posant cette exigence, le mis en cause le désignait comme un possible complice, ou du moins comme une vieille connaissance.

— Je connais ce monsieur ?

— À vous de me le dire. Comme il ne s'est pas présenté, nous espérons au moins que vous pourrez l'identifier.

— J'ai vu les photos à la télévision. Son visage ne m'est pas familier.

— Nous finirons par obtenir son état civil. Pour l'instant, monsieur X me suffit. Ou bien Charles, comme il nous l'a proposé.

— Charles ?

— Peu importe. Vous découvrirez vite que le client est coriace. Nous l'aurions bien laissé au silence autorisé par la loi, mais il y a ces deux petits...

— Et là, vous avez un vrai problème.

— *Nous* avons un problème. L'affaire est une bombe qui peut blesser tout le monde.

— Pas moi.

Cornil soupira. Elle savait qu'il avait raison.

— D'accord. Je ne peux rien vous imposer. Dans un cas ordinaire, je pourrais passer par votre supérieure...

— Mais ici, on est hors des clous.

— Précisément.

— Je trouve cette situation gênante.

— Elle l'est. Vous allez vous exposer. Ce n'est pas un cadeau. Au vu de votre profil, je pensais que le *challenge* vous intéresserait.

— Ce n'est pas une compétition sportive.

— Bon, parlons franc : qu'est-ce que vous voulez en échange ? Je vous avoue que cette question a été soulevée avec le doyen.

— Je veux une cosaisine.

Sa bouche perdit son sourire.

— Eh bien vous, vous savez ce que vous voulez.

Tu veux de la franchise ? Écoute ça :

— Un tueur de député exige que je l'auditionne, comme si on avait aiguisé les couteaux ensemble. Il fourre des articles sur moi dans les bouches de ses victimes. Vous croyez que je vais laisser quelqu'un d'autre enquêter à ma place ?

Laurence Cornil ne souriait plus du tout.

— Nous n'avions pas du tout envisagé cette éventualité. Les gendarmes ont déjà fourni un énorme travail. Je crains que ce ne soit pas possible.

— Alors je m'en vais.

— Vous ne pouvez pas faire ça !

— Vous ne m'auriez pas fait venir si vous n'y étiez pas obligée. Vous savez très bien que cette démarche est irrégulière.

— Je ne peux pas vous promettre une telle chose avant que vous ayez entendu le suspect. S'il n'a rien à vous dire, je n'ai aucune raison de vous associer à cette affaire.

Alaric réfléchit. Il ne pouvait lui donner tort. S'il n'obtenait pas de révélation intéressante de la part du tueur, la saisine de son groupe n'aurait pas de sens et sa démarche serait considérée comme une tentative de s'accaparer l'enquête.

— Ça me va. Si l'audition fait avancer les choses, j'entre dans le jeu. Sinon, je disparais.

— Mais je vous préviens : je veux un rapport oral complet sur ce que vous échangerez avec cet homme. Vous ne gardez rien pour vous.

— Vous voulez dire que l'audition ne sera pas enregistrée ?

— Officiellement, il n'y aura pas d'audition. Le procureur ne veut aucune trace.

— Vous avez ma parole : je vous dirai tout.

— Alors vous avez la mienne : si vous obtenez des informations importantes, vous montez dans cette galère.

Elle lui tendit la main. Il la serra pour la deuxième fois, hors de tout protocole. Marché conclu. Ce n'est pas tous les jours qu'un policier marchande avec un juge.

17

Dimanche 17 mars

Je n'ai pas dormi. Je me suis barricadée chez moi, porte verrouillée, une table coincée devant, toutes les fenêtres fermées, les rideaux clos, mon dernier téléphone glissé sous mon oreiller. Je n'ai pas pris de somnifère. J'ai passé les heures qui restaient avant l'aube à tenter de ralentir ma respiration et les battements de mon cœur. Inutile de calmer mes pensées : le cambriolage m'a laissé l'esprit vacant.

Je me lève à la lumière du jour. Devant mon lit, j'aperçois le bureau, tiroirs ouverts, quelques objets jetés sur le sol. Le cambrioleur a peut-être laissé des empreintes. Je ne touche à rien, pour ne pas les effacer. Je prends le temps de vérifier sur internet que les policiers s'intéressent encore à ce genre de preuves. J'apprends un nouveau terme : « traces papillaires », les traces d'une main sur une surface. Ils ont un fichier informatisé regroupant toutes les empreintes, le FAED.

Je n'ai pas faim. Je déjeunerai plus tard. Ici, je ne me sens plus tout à fait chez moi. Cet homme a souillé mon intérieur de sa présence. Depuis son intrusion, je suis habitée par une tension permanente. Je m'assois sur le bout des chaises, prête à me relever. Je me retourne sans raison, comme si quelqu'un pouvait entrer sans que je m'en aperçoive. J'ai du mal à aligner deux pensées, passant du coq à l'âne.

Je m'habille pour sortir. Je place mon téléphone sous mes vêtements, dans une poche suspendue à mon cou. Je troque le noir de deuil contre une doudoune qui n'attire pas le regard. L'idée que je vais bientôt marcher dans la rue me rend anxieuse. Sans ce cambriolage, je me terrerais chez moi pendant plusieurs jours, me faisant livrer pour éviter tout contact avec le monde extérieur. Mais avec ce qui est arrivé, je ne peux pas me laisser aller à la tristesse et à la peur. Je me sens en danger, et je suis obligée d'agir.

Sur le palier, je vérifie deux fois que j'ai bien verrouillé la porte. Je descends, et à chaque étage j'ai l'impression qu'on me regarde à travers les judas. Je traverse le jardin où le cambrioleur a disparu, et je l'imagine tapi derrière un arbre. Dans la rue, les premiers touristes et les travailleurs qui descendent de Montmartre à vélo ne font pas attention à moi. Je retrouve mon calme, et je marche d'un pas rapide jusqu'au commissariat du XVIIIe arrondissement.

Rue de Clignancourt, le bâtiment ressemble à une tour de verre cylindrique insérée dans un cube de béton. Un chemin constitué de barrières de police, protégé par une tonnelle de jardin, canalise les visiteurs vers une guérite extérieure. Pour la troisième fois de la semaine, je présente ma carte d'identité. On me laisse entrer dans le hall d'accueil, qui me fait penser à celui d'une entreprise au bord de la faillite. Des odeurs de vieux plastique, de poussière et de sueur agressent mes narines.

Des policiers passent et repassent, parlent fort, trimballent leur équipement de protection. L'activité du commissariat me paraît excessive pour un dimanche matin. Je ne dois pas en chercher longtemps la raison : sur le comptoir, un vêtement jaune fluo est posé au sommet d'un tas d'objets, parmi lesquels je reconnais un masque de chirurgien et un panneau écrit au gros feutre. La mort de Vincent m'a déconnectée de l'actualité, et surtout de la crise des Gilets Jaunes. Comme dans tous les commissariats parisiens, celui-ci doit détenir en garde à vue des manifestants arrêtés sous des motifs plus ou moins contestables. Je remarque aussi que l'espace d'attente est vide. Au moins, je ne patienterai pas pendant des heures.

Je me tiens devant le comptoir d'accueil, mais personne ne fait attention à moi. Un gradé traverse la salle et s'indigne de ma présence. Il se dirige vers moi à grands pas, le front plissé par la colère. Quand il m'adresse la parole, sa voix claque comme un fouet :

— Asseyez-vous, on vous appellera.

Le grand policier ne supporte pas que la petite dame soit mal rangée. C'est qu'il en a jeté en prison pour moins que ça, le monsieur. J'obtempère, évidemment. L'attente doit faire partie de la procédure, rituel imposé aux suspects autant qu'aux victimes. Je finis par trouver un fauteuil qui ne cédera pas sous mon poids. Je plonge la main dans mon sac pour prendre mon téléphone, mais je me souviens qu'il ne me reste plus que celui du boulot. Je le garde contre moi comme un trésor.

J'entends un bruit. Je lève la tête. Un policier entre dans le commissariat. Il porte la tenue « robocop » que les événements récents ont rendue tristement célèbre : jambières, protections des bras, des épaules et du torse, cagoule et casque dont la visière est relevée. Il marche en direction d'un couloir du rez-de-chaussée. À mi-chemin, il s'aperçoit que je l'observe et me rend mon regard.

Ces yeux bleu sombre, ces sourcils roux, l'expression d'ironie figée sur sa bouche.

C'est lui, c'est l'homme qui a volé le portable de Vincent.

Un *vrai* policier.

Je m'immobilise, bouche ouverte. Je n'ai pas le temps d'avoir peur. Je lis de l'embarras dans ses yeux. Il tourne la tête, poursuit son chemin. Il ne va pas s'en prendre à moi. Pas tout de suite. Je suis totalement désemparée. J'ai l'impression d'avoir débarqué dans le quartier général d'une police parallèle, en espérant dénoncer un de ses membres. Je m'imagine disant : « Mon cambrioleur est un de vos collègues, celui qui vient de passer. » Même si je crois dans les institutions de la République, je ne me fais pas d'illusion sur mes chances de réussite.

L'homme a disparu depuis quelques minutes quand un jeune policier s'installe au comptoir. Il ne fait pas attention à moi, mais trie des papiers, passe un coup de fil, range la pancarte, le masque et le gilet. Je me lève. Il va peut-être me renvoyer à ma place, mais j'ai besoin de bouger. Je me plante devant lui. Il essaie de m'ignorer, mais je sens que ma présence le gêne.

— Je voudrais porter plainte. J'ai été cambriolée.

— Un instant, s'il vous plaît.

Au moins, il y met les formes. J'attends qu'il termine son rangement, qu'il aligne minutieusement le tas de feuilles devant lui. Il reprend :

— Il faudra repasser demain. On n'a personne pour enregistrer les mains courantes.

Les mains courantes, pas les plaintes. Une écriture dans un grand registre. Un délit de plus dont les statistiques ne tiendront pas compte.

— Je reviendrai.

Le policier m'a déjà oubliée. Il s'attaque à son pot à crayons. Je quitte l'endroit, soulagée d'être encore en liberté.

J'erre sans but le long du canal Saint-Martin. Je m'assois sur le bord, les pieds à portée des eaux noires. Autour de moi, quelques couples et groupes d'amis bravent le temps frais pour pique-niquer sur le ciment. Mon estomac gargouille, mais je n'ai pas envie de rentrer à mon appartement. Je me sens comme une étrangère dans ma propre ville, comme une indésirable dans ma propre vie. Tout ce que j'ai construit depuis que j'ai quitté Eudes s'est effondré à la manière d'un immeuble insalubre. L'idée de quitter la vie passe et s'en va. Cette fois, je ne trouve rien à me reprocher. Je ne suis qu'une victime collatérale dans une affaire qui m'échappe.

Un homme au teint sombre va de groupe en groupe. Il porte un énorme fagot de roses emballées, qu'il propose à toutes les femmes dans un français balbutiant. Il arrive à ma hauteur. Au lieu de me présenter sa marchandise, il me sourit de sa bouche édentée, comme on sourit à une enfant qui pleure. De honte, je détourne les yeux. Je déteste donner cette image de moi-même. Je ne me laisserai pas aller. J'ai encore des ressources. Vincent n'aurait pas toléré que je baisse les bras.

Je m'installe en terrasse au Valmy. Je garde ma doudoune pour dévorer un magret de canard, qui me rend peu à peu mes forces. Sur un morceau de papier, je m'efforce de ranger mes idées. Je croyais affronter l'inertie de la police, mais ce que je viens de voir change la donne. Si mon cambrioleur est un vrai policier, il peut agir seul ou sous les ordres de sa hiérarchie. Dans tous les cas, il sera protégé. Pour faire éclater le scandale, je dois battre des pieds dans la mare jusqu'à ce que les vagues éclaboussent assez de monde. Le problème, c'est que mes amis politiques ne voudront jamais mener un tel combat.

Un prénom me vient à l'esprit : David, un copain de lycée qui a créé un média proche de *La France insoumise*. Il me draguait un peu, à l'époque, et je l'ai revu au cours d'un débat sur l'avenir de la démocratie. Une caricature de gauchiste, militant de toutes les causes, mais il m'a paru honnête. Rien de tel qu'un gauchiste pour dénoncer les dérives de la police. De toute façon, je n'ai pas les moyens de faire la fine bouche. Je retrouve son numéro dans mes contacts professionnels. Trois sonneries plus tard, il décroche :

— Mon téléphone me dit que c'est Karine Duval qui m'appelle, mais je le crois pas.

— C'est elle.

— J'accepte ton invitation à dîner.

— Un autre jour, David. Là, j'ai besoin de toi pour quelque chose de sérieux.

— Parce que dîner avec moi, c'est pas sérieux ?

— Je ne voulais pas dire ça, David. Simplement, je m'adresse au journaliste.

— T'es journaliste aussi, à ce que je sache.

— Plus maintenant, j'ai été virée.

— Désolé, je l'ignorais. Tu cherches du boulot ?

— Je n'en suis pas encore là. Je n'ai pas envie de parler de tout ça au téléphone. On peut se voir ?

— Ouais, bien sûr. Si tu veux, passe au journal. C'est dans le vingtième, près du Père-Lachaise.

— J'ai l'adresse. Je suis là dans un quart d'heure.

— Oh là ! Faut que je me rase et que j'enfile une chemise, alors.

Je ne comprends pas l'ironie.

— Reste comme tu es, je ne veux pas déranger.

— Je blaguais, Karinette. Ici, on est tous plus ou moins sales et mal rasés, tu sais. C'est comme ça, chez les prolos.

Je n'apprécie pas du tout le cliché. En plus, j'ai horreur qu'il utilise mon surnom de lycée. Il n'a pas évolué en vingt ans. Je regrette déjà d'avoir fait appel à lui.

— À tout à l'heure, David.

— Madaaame.

Le vingtième est à deux pas d'ici. J'irai plus vite en marchant. Je règle l'addition et je trace ma route le long du quai de Valmy, puis boulevard de la République. Par deux fois, je croise des patrouilles de policiers. J'ai l'impression qu'ils me surveillent, qu'ils me suivent des yeux tandis que je m'éloigne d'un bon pas. Je me rappelle les discours de Vincent sur l'obsession des gens de gauche quant à la police et à ses violences. Je ne voudrais pas suivre cette pente.

Rue du Cher, je vérifie l'adresse, car rien n'indique que cet immeuble élégant, voisin du MK2 Gambetta, abrite le siège de *La Ligne Rouge*, le journal en ligne de David. Il n'y a pas d'erreur, pourtant. Je cherche une entrée dans la cour, mais une plaque me renvoie au troisième étage. J'ai un pincement au cœur en pensant aux locaux d'*Objections*.

Je monte à pied. J'arrive sur un palier dont toutes les portes sauf une ont été condamnées. Un puissant projecteur s'allume quand je m'engage dans le couloir unique. Deux objectifs de caméras sont pointés sur moi. La porte de *La Ligne Rouge* évoque celle d'une salle des coffres, conçue pour résister aux armes lourdes. Impressionnée, je ne sais comment m'annoncer. Je n'en ai pas besoin : un haut-parleur diffuse la voix de David et le battant d'acier s'entrouvre.

— Entre, madame Karine.

La porte se referme dès que j'ai passé le seuil. David m'attend de l'autre côté, barbu et souriant. Il a grossi et gagné en assurance. Sa présence me soulage plus que je l'envisageais. Voici cinq jours que je n'ai pas vu de visage accueillant. Je vis en vase clos depuis la mort de Vincent, barbotant dans mes propres pensées. Cette sortie me fait un bien fou.

La pièce où je me trouve est meublée d'une table basse en palettes, de fauteuils crapauds aux couleurs vives et de poufs. Un coin a été aménagé en kitchenette, avec un réfrigérateur à l'américaine et une machine à café rutilante. Un photomontage sur le thème de l'actualité couvre tout le mur du fond. Sur une cloison en plexiglas, le nom du journal est écrit en relief, dans un dégradé du rouge au rose. À *Objections*, on utilisait un dégradé de bleus. Tous les symboles finissent en clichés.

David me fait la bise. Il est raide et conserve les bras le long du corps. J'ignore ce qui le gêne : moi, ou ce que je représente.

— Salut, Karine.

— *Salut*, David.

J'ai toujours évité ce mot, même avec Cléophée. Je me sens ridicule en le prononçant.

Deux têtes apparaissent dans une ouverture sans porte : celle d'une jeune femme d'origine maghrébine et celle d'un grand Noir habillé d'une chemise à motifs africains. Je me souviens que David est d'origine polonaise. La France de la diversité en action. Je parie que l'équipe respecte aussi la parité homme-femme, et intègre une portion représentative de gays, lesbiennes et transsexuels.

— Je te présente Khadija et Baudoin. Ils se sont renseignés sur ce qui t'arrive. Ça t'embête s'ils assistent à notre discussion ?

Je n'hésite pas longtemps. Là où j'en suis, je veux que toute la planète soit au courant de ce que je subis.

— Ça me va.

On s'installe dans les crapauds. Khadija s'affale dans un pouf. Baudoin nous prépare des cafés. Le parfum d'un expresso de qualité remplit la salle. Un plateau de gâteaux se matérialise au milieu de la table basse. Nous dégustons sans bruit le mélange spécial qu'un torréfacteur a conçu pour *La Ligne Rouge*. Je prends mes aises sur le fauteuil, qui frôle le tapis de sisal.

À ma grande surprise, c'est Baudoin qui entame la conversation.

— Karine, on peut se tutoyer ?

Je hoche la tête, un peu intimidée. Je n'ai pas l'habitude d'être un sujet. Baudoin poursuit :

— On s'est mis à jour sur ta situation. On est au courant pour Vincent Maréchal, pour ton renvoi et pour tes dernières publications en ligne.

Il s'arrête et m'observe. Il faut que je trouve quelque chose à lui répondre.

— Super, ça simplifie les choses.

— Ici, on décide de tout démocratiquement, dit David. Après ton coup de fil, j'ai parlé de toi à l'équipe. Au début, les autres étaient réticents. *Objections*, pour nous, c'est un peu… idéologiquement trop marqué.

La démocratie. Ils n'ont que ce mot à la bouche, les gauchistes.

— David a réussi à nous convaincre, dit Khadija. On a lu quelques-uns de tes papiers, et on a rien trouvé à redire. C'est pas notre opinion, mais on respecte.

Elle a le regard chaleureux, le sourire sincère. Ça me suffit.

— Maintenant, si tu veux bien, raconte-nous ton histoire, dit David. Si tu as des sources solides, on est preneurs. On est obligés de faire gaffe, sinon on va se faire taper sur les doigts.

J'entame mon récit. Je m'aide des notes que j'ai prises sur mon téléphone. Je suis journaliste, je sais ce dont ces confrères ont besoin. Je montre la vidéo, je cite les adresses et les noms, je fournis les horaires et les détails. Mes interlocuteurs me laissent parler, ne m'interrompent que pour demander des éclaircissements. Plusieurs personnes traversent la salle sans perturber notre conversation. Je suis étonnée qu'elles travaillent un dimanche. J'apprécie l'écoute qui m'est offerte. Pour la première fois, on ne me traite pas comme une hystérique. Quand j'ai terminé, chacun exprime ses idées :

— Je crois que tu as eu affaire à un flic ripou, dit David. Il y a eu des histoires de drogue au commissariat du XVIIIe.

Je sais qu'il fait fausse route :

— Je ne vois pas le rapport avec Vincent.

— Tu dis que le flic a chouré le PC sur lequel Maréchal écrivait ses bouquins, dit Khadija. Tu sais sur quoi il travaillait au moment de sa mort ?

J'aurais dû me poser cette question. Vincent était un auteur prolifique. En cinq ans, je l'ai vu achever trois essais politiques. Depuis quelques mois, je le surprenais parfois à écrire, mais il refusait de me parler de son projet.

— Aucune idée, mais tu mets le doigt sur quelque chose. Il bossait sur un bouquin – un livre secret.

— Le flic en avait après les PC et les téléphones, dit David. Il savait ce qu'il cherchait. Ton Maréchal, il a forcément remué la merde quelque part, et l'odeur est montée jusqu'au nez de ce flic.

Les deux autres hochent gravement la tête. S'ils avaient connu Vincent, ils auraient su qu'un homme comme lui ne pouvait « remuer la merde ». Ses livres parlaient de philosophie politique, de principes juridiques, et surtout de son thème de prédilection, la Constitution. Je donne mon avis :

— Je n'y crois pas. Vincent Maréchal n'écrivait pas sur ce genre de sujets.

— Ouais, bien sûr, un grand monsieur comme ça, il se salit pas les mains, dit Khadija.

— Pas de cadavre dans le placard, dit Baudoin.

Je m'emporte :

— Vous ne comprenez rien !

David veut poser une main sur mon épaule. Je refuse le contact.

— T'énerve pas, Karinette. Nous, on veut juste t'aider. Il faut que tu acceptes qu'on fasse des hypothèses. On veut bien croire à ton histoire de flic, mais il nous faut un mobile.

Toujours cette culture du complot. L'État nous ment, les entreprises nous trompent, le vieux monsieur dissimule des secrets inavouables sous son apparente dignité.

— Je ne le connais pas. Vous n'avez qu'à lui demander.

— On le fera, on fera notre boulot. On interrogera toutes les personnes que tu mets en cause. Mais ça nous aurait aidés si tu nous avais donné un début d'explication.

— Vincent n'avait pas d'ennemis. C'était un super prof de droit, spécialiste de la Constitution. J'essayais de le convaincre de se présenter aux Européennes.

Baudoin change de sujet :

— Un truc me turlupine : ton prof décède, et le flic se pointe juste après. Il est mort de quoi ?

— Les policiers disent qu'il a fait une overdose d'antidouleurs.

— Mais tu n'y crois pas ?

— Il en prenait. Et ils n'ont pas pu falsifier l'autopsie.

— Terrain miné, dit David. On s'en tient aux faits qu'on a, sinon on tombe dans la théorie du complot. Écoute, Karine, je crois qu'on a l'essentiel. On a besoin de quelques heures pour vérifier tes infos et pour contacter les intéressés. Si tout va bien, le papier sortira demain, avec la vidéo dedans. Entre-temps, je te déconseille de rentrer chez toi. Tu vas dire que je suis parano, mais j'ai de bonnes raisons de me méfier. T'as un endroit pour te planquer une nuit ou deux ?

Je suis envahie d'un accès de panique. Je me sens comme une fugitive, une détenue en cavale. Rien ne m'interdit de dormir ailleurs que dans mon appartement, mais je le vis comme une fuite.

— Je ne sais pas... Je n'avais rien prévu...

— Tu peux dormir chez moi, dit Khadija. Mon fils est en voyage linguistique. Sa chambre est libre. Si les chaussettes sales et les câbles de Playstation te dérangent pas, tu seras peinarde.

L'offre est généreuse. Je sens chez Khadija une gentillesse authentique, une ouverture à l'autre qui me touche.

— C'est d'accord. Merci.

David approuve. Il se fait du souci pour moi. Lui aussi, je devrai le remercier quand les choses iront mieux. Peut-être qu'il l'aura, son dîner, en fin de compte.

Il est minuit. J'écris ces mots dans la chambre de Hamza, le fils de Khadija. Je viens de passer un coup de téléphone à Eudes sur le balcon :

— Karine. Tu sais qu'il est tard ?

Qu'est-ce que j'avais imaginé ? Qu'il me déroulerait le tapis rouge ?

— Excuse-moi, Eudes. J'ai eu une journée chargée.

— Qu'est-ce que tu veux ?

— J'ai des ennuis.

— J'ai entendu quelques échos. Tu veux que je compatisse, c'est ça ? Ou peut-être que je me sente coupable ?

— C'est sérieux, Eudes. On me harcèle parce que j'ai dénoncé un policier corrompu. Il a même cambriolé mon appartement.

— Va voir la police ou l'IGPN, je ne sais pas. C'est toi, la journaliste.

— Ils ne m'écoutent pas.

— Ils ont peut-être leurs raisons.

— Tu ne veux pas m'aider ?

— Apparemment, tu t'es mise dans les ennuis toute seule, comme d'habitude.

Toute cette rancœur qu'il ne m'avait jamais exprimée. Eudes est un homme lisse et poli, qui surveille chacune de ses paroles. Quand je lui ai annoncé que je le quittais, il n'a prononcé que deux mots : « D'accord. » Il avait donc besoin que je sois faible pour trouver le courage de me poignarder.

— D'accord.

Je raccroche sans lui laisser le temps de terminer la conversation dans le respect des bonnes manières. Je sais que rien ne le contrarie davantage. On peut lâcher son ex-femme au milieu de la pire situation, à condition d'y mettre les formes.

18

Pour transférer le suspect de la maison d'arrêt au bureau de Laurence Cornil, aucun détail ne fut négligé. Il est vrai que le tribunal gardait le souvenir de l'évasion d'un prévenu quelques années plus tôt, en pleine salle d'audience, que « Charles » n'avait aucune raison légale de se trouver là et que l'affaire intéressait de près les politiques et les journalistes. Trois gendarmes du GIGN avaient été mobilisés pour accompagner le meurtrier jusqu'à sa destination, et cinq autres étaient chargés d'assurer leur circulation dans les couloirs du tribunal. Cornil avait aussi demandé que toutes les issues du bâtiment soient surveillées, également par des membres du Groupement d'intervention de la gendarmerie nationale.

Alaric, pour sa part, attendait le signal de la juge dans un local technique. Assis sur une caisse d'archives, il entendit l'arrivée du suspect et de son escorte, troupe bruyante, mais qui n'échangeait aucun mot. Après qu'elle fut entrée dans le bureau, il perçut distinctement le cliquetis des menottes qu'on attachait à un objet métallique. Enfin, un des gendarmes lui adressa discrètement le signe convenu : un raclement de gorge à proximité de sa cachette.

La porte avait été laissée ouverte à son attention. Cornil était assise à son bureau de chêne, et le mis en cause se tenait sur un siège de cuir, un bras suspendu par ses menottes au tuyau d'un radiateur. Il se retourna dès qu'il entendit Alaric entrer, et l'accueillit en se levant. L'homme était de haute taille et de carrure imposante. Il avait la peau et les cheveux de son âge, mais son corps aurait pu passer pour celui d'un quadragénaire. Il dévisageait le policier avec une expression amusée.

— Voici le capitaine Autier, le policier à qui vous souhaitiez parler, dit Cornil. Je souligne que votre conversation n'a pas le statut d'une audition policière, et que vous êtes ici à votre demande. Pouvez-vous confirmer que c'est bien le cas ?

— Absolument, oui. Autier le héros. Je croyais que t'étais plus grand.

Alaric éprouva une sensation déroutante, à mi-chemin entre l'alarme et la familiarité. Des suspects, il en avait connu des centaines, et leur attitude couvrait toute la palette allant de la prostration à la rébellion. Il savait ajuster son comportement à celui de ses interlocuteurs, sans que cela lui demande une quelconque réflexion. Mais ce client-là relevait d'une catégorie qui lui était inconnue. Rien, dans la situation qu'il vivait, ne semblait l'impressionner. Alaric n'aurait pas été étonné de le voir se lever et quitter la pièce, sans que personne soit à même de l'arrêter.

— Ouais, les photos sont flatteuses.

— Capitaine Autier, je vous abandonne, dit la juge. Si vous avez besoin de moi, je serai dans le bureau d'en face.

— Ça risque de prendre du temps.

— Nous ne vous imposons aucune contrainte temporelle. Procédez comme vous en avez l'habitude. Et ne vous inquiétez pas pour vos collègues : ils ont déjà été prévenus.

S'il avait agi selon ses habitudes, il aurait interrogé le suspect dans ses propres locaux, en présence de Clémentine ou d'Osmane. Ici, il jouait seul en terre étrangère. « Charles » avait probablement compris que son interlocuteur ne disposait d'aucun atout particulier, et surtout pas la force, pour l'obliger à parler.

— Merci, Madame la Juge.

Il avait mis dans son remerciement une nuance impérieuse, qui aurait pu passer pour un manque de respect. Cornil eut l'intelligence de ne pas s'en indigner. Elle se leva de son confortable siège de cuir et sortit après l'avoir couvé d'un regard où il lut de l'inquiétude. Plutôt que de prendre sa place, Alaric déplaça un siège semblable à celui du suspect, pour s'asseoir près de lui, dans une position d'égalité.

— Je l'aime bien, dit Charles.

— Elle a du cran, mais je crois que vous lui faites peur.

L'homme éclata de rire.

— Moi ? Mais je lui ai rien fait, à cette dame.

— Vous, en tout cas, vous n'avez peur de rien, on dirait. Vous avez déjà vécu ce genre de situation ?

— J'ai vécu bien pire. En France, on est chez les Bisounours.

Alaric nota cette volonté d'impressionner. Elle pourrait lui servir plus tard.

— C'est pas faux. Tuer un député et sa femme, dans certains pays, on serait déjà en train de vous torturer. Nous, à la place, on vous fait venir dans un bureau bien chauffé.

Il avait réagi au mot « torturer ». Est-ce que ça lui était arrivé ? Alaric tenta une hypothèse :

— Vous avez travaillé pour les services secrets à l'étranger ?

L'homme rit de nouveau.

— Toi, il faut pas te répéter les choses deux fois.

— Pourquoi vous m'avez choisi ?

Il ne répondit pas tout de suite. Il ne souhaitait pas dévoiler ses raisons.

— Une longue histoire.

— Bon, je vous écoute. Si vous voulez avouer, je suis là.

— Pas comme ça, fiston.

Il adopta une position plus détendue sur son siège.

— Vous avez envie de jouer, c'est ça ? Vous m'avez fait venir pour jouer avec moi ?

— Non !

Il paraissait sincèrement désolé que le policier puisse penser cela de lui.

— Je prends le premier tour, avec une question simple : est-ce que vous avez tué Jérôme Carville et son épouse ?

— Oui. C'est marrant, personne se souvient du prénom de cette pauvre femme.

— À vous.

— Quoi ?

— C'est votre tour de jouer. Posez-moi une question.

Il sourit. Cette suggestion lui plaisait.

— D'accord. Disons… Comment va ta sœur ?

Alaric fit son possible pour ne pas montrer sa surprise. Ainsi, cet homme s'était renseigné sur sa famille. Vu ce qu'il avait fait à celle du député, cette perspective était plutôt effrayante.

— Matériellement, tout va bien pour elle.

— C'est déjà ça.

— Mon tour : et les gamins, vous les avez tués ?

— J'aurais préféré t'en parler plus tard dans le jeu.

— Les règles, c'est les règles.

Il balança la tête, tel un gamin capricieux. À ce moment, Alaric le trouva monstrueux, comme le tueur qu'il était.

— Oui et non.

— Oui pour un des deux et pas pour l'autre, c'est ça ?

— Mon tour.

— Vous bottez en touche. Si c'est ça vos réponses, ça m'intéresse pas.

— C'est à prendre ou à laisser. T'es un bon flic, ou pas ?

— J'ai besoin de matière pour bosser. Il faut un minimum.

— OK, ils sont vivants. Pour l'instant.

Ne pas creuser, attendre le bon moment.

— Vas-y, pose ta question maintenant.

— Laisse-moi réfléchir... Tiens, une gentille : t'es marié ?

— Divorcé. J'ai une copine.

— Ouais, la famille, c'est pas fait pour tout le monde.

Une douleur passa dans le bleu de ses yeux. Alaric sut quelle serait sa prochaine question.

— Mon tour : t'as perdu quelqu'un que t'aimais récemment, non ?

La douleur revint, si intense qu'elle figea ses traits.

— Ouais.

— À toi.

L'homme eut besoin de quelques secondes pour se recomposer une apparence.

— T'as déjà tué quelqu'un ?

— Oui. Deux fois. Légitime défense.

Il parut satisfait, comme si cela représentait une sorte de rite de passage pour entrer dans son monde. Alaric en profita pour pousser l'interrogatoire un peu plus loin.

— Ma question : est-ce que les gendarmes ont loupé quelque chose dans la propriété des Carville ?

L'homme sourit. Comment pouvait-on sourire en pensant à des meurtres aussi horribles ?

— Plein de choses. Par exemple, ils ont pas compris ce que j'ai fait avec les objets. Tout est là-bas.

Il s'exprimait comme un tueur en série. Ce massacre, c'était son œuvre. Alaric se demanda s'il ne parlait pas à un fou qui cachait bien son jeu.

— Une sorte d'énigme, hein ?

— Moi, maintenant : quand tu bosses sur une affaire qui plaît pas au pouvoir, t'es prêt à aller jusqu'où ?

Une fois de plus, Alaric fut étonné par la question. Elle ne ressemblait pas à ce qu'il attendait d'un psychopathe. Soudain, il fit le lien avec une autre information.

— Tu le sais déjà. Avec Gérard Vallée, je suis allé jusqu'au bout. Le mec est au ballon.

— Bien.

Il vit qu'il avait marqué un point. Mais pourquoi le suspect recherchait-il un flic possédant ce profil ?

— Ce que t'as fait avec les objets, ça indique l'endroit où sont cachés les enfants ?

— Oui, mais pas que.

— Quoi d'autre ? Ton mobile ?

— Une seule question, on a dit. C'est mon tour : tu traînes vraiment deux nanas dans ton groupe ?

Attention, piège ! Alaric n'avait envie ni d'entrer dans les préjugés du tueur ni de défendre sa position.

— Ouais, et encore, t'as rien entendu : une des deux est lesbienne. Mais souvent, c'est elles qui me traînent plutôt que l'inverse.

Cette réplique provoqua un ricanement.

— Putains de gonzesses, elles nous boufferont tous.

— Mon tour : les mômes, tu les as mis où ?

— Tu crois quand même pas que je vais te mâcher le boulot, fiston. Si je te le dis, le jeu est fini.

— D'accord, j'annule ma question. Une autre : pourquoi t'as fait ça ? Un contrat ? Une vengeance ? Envie de t'amuser ?

L'homme soupira.

— On va vers la fin, Capitaine. Tu connais le proverbe : celui qui vit par l'épée périra par l'épée.

— C'est ta réponse ?

— Faudra que tu t'en contentes. Au fait, fiston, t'as quel âge ?

— Ça compte pour une question.

— Ouais.
— Quarante-quatre.
— Putain, comme le temps passe.
— Qu'est-ce que tu veux dire ?
— Ça compte pour une question aussi.
— Au point où on en est.
— Déjà quarante ans. Je t'ai connu petit comme ça, tu sais ?
— Quoi ?
— On s'est déjà rencontrés, fiston. T'avais quatre ans. T'étais un bambin blond avec un coquard à l'œil droit. Une vraie terreur.

Alaric eut l'impression qu'on lui avait trituré l'esprit. Les souvenirs se bousculèrent dans sa tête, mais il ne put retrouver la scène dont parlait le suspect. Le coquard, en revanche, était resté légendaire dans la famille, comme un synonyme de son goût pour l'aventure. Si « Charles » disait la vérité, cela expliquait pourquoi il avait exigé d'être entendu par cet enfant devenu adulte.

— Qu'est-ce que tu foutais dans mon enfance ?
— L'audition est terminée, Capitaine. De toute façon, c'était mon tour.
— Tu peux pas me lâcher comme ça. T'avais promis des aveux. Avec ce que tu m'as donné, la juge d'instruction me saisira pas de l'affaire.

Le suspect étendit les jambes et les posa sur le bureau de la magistrate.

— T'as qu'à lui parler de la bouteille sur le bar. Je l'avais mise bien en évidence, entre les bouteilles d'alcool, mais ils l'ont pas vue. Y'a mes empreintes dessus.

L'homme ferma les yeux. Alaric comprit qu'il ne dirait plus rien.

* *
*

Daphné venait d'ajouter la dernière couverture disponible, mais Léandre tremblait toujours. Il se sentait faible et n'arrivait même pas à s'asseoir. Il avait l'impression que le froid sortait de l'intérieur de son corps, comme s'il avait avalé des glaçons. Heureusement, sa jambe avait arrêté de saigner. Il était temps : il avait utilisé tous les mouchoirs de la caisse pour éponger le sang. Le dernier morceau de papier absorbant était collé à la blessure. Il avait changé de couleur ; de rouge, il était devenu marron, avec des parties rose foncé et jaunes.

Daphné faisait n'importe quoi. Elle jouait avec les objets qui traînaient, chantait des comptines, montait sur les meubles de la cuisine, mangeait et buvait tout le temps. Léandre essayait de la calmer, mais elle ne l'écoutait plus. Il craignait surtout qu'elle se fasse mal. Heureusement, elle ne montait plus à l'étage. Elle commençait à sentir mauvais, et son pyjama avait totalement perdu sa couleur rose.

Léandre ne pleurait plus. Il ne réclamait plus sa maman. Il avait compris qu'elle ne viendrait pas. Normalement, les mamans arrivent quand leur bébé se fait mal. Il souffrait depuis des heures et la sienne n'était pas venue. Elle avait abandonné ses enfants. Pour la première fois, Léandre pensa à la mort. Enfermé avec sa sœur dans cette maison glacée, il ne pouvait imaginer que l'histoire se terminerait bien. Dans les livres et dans les films, il y a toujours quelqu'un qui libère les gens à la fin, mais il avait dû se perdre en chemin. Léandre ferma les yeux, espérant que tout s'arrêterait comme ça.

19

— Vous êtes vraiment sûr que vous ne connaissez pas cet homme ?

Alaric venait de raconter dans les détails son entretien avec le tueur, en taisant volontairement la partie qui le concernait. La question insistante de Cornil lui donnait des sueurs froides. Si la juge d'instruction avait, par un moyen quelconque, écouté l'audition, il pouvait dire adieu à sa saisine, et serait confirmé dans son statut de suspect. Il choisit de ne mentir que par omission :

— Lui me connaît peut-être, mais je n'ai pas la moindre idée de son identité, si c'est ce que vous voulez savoir.

— Je m'attendais à des révélations plus concrètes, mais le suspect a cité des éléments négligés par l'enquête. Je vais vous donner une commission rogatoire portant sur l'enlèvement des enfants. Je veux que vous vous mettiez immédiatement au travail. Avant l'audition de cet homme, vous avez montré votre détermination. Il est temps maintenant de me prouver que vous tenez à ce que l'enquête aboutisse.

Alaric s'efforça de mesurer les conséquences de cette saisine, qui lui attribuait la partie la plus sensible de l'enquête.

— Les enquêteurs de la section de recherche risquent de mal le prendre.

Cornil fronça les sourcils.

— D'abord, le suspect a été obligé de leur révéler l'emplacement d'une des armes du crime, et maintenant on découvre qu'ils sont passés à côté d'une bouteille et d'un déplacement d'objets. Je vais vous dire ce que je pense : ma priorité n'est pas de ménager la susceptibilité des enquêteurs, mais de faire avancer les choses.

Alaric savait ce que cachait cette décision : en opposant les services, la juge les mettait en concurrence, dans l'espoir que cela bénéficierait à l'enquête.

Il avait déjà vécu ce genre de situation, où deux groupes rivaux se battent pour sortir une affaire, n'hésitant pas à retenir des informations, à différer la rédaction des actes d'enquête ou à oublier de mentionner des auditions ou des perquisitions. Les conséquences étaient rarement positives.

— Je commence quand vous voulez.

— Les enfants ont été enlevés il y a trois jours. S'ils sont encore en vie, ils risquent de ne plus l'être longtemps. J'attends de vous une disponibilité totale. Commencez par passer la scène de crime au tamis. Je demanderai à la section de recherche d'organiser une réunion de travail avec votre groupe dès demain matin. Et attendez-vous à m'avoir au bout du fil plusieurs fois par jour. Je ne vous lâcherai pas.

— J'y compte bien.

— Vous voulez que j'appelle le SRPJ pour qu'on vienne vous chercher en voiture ?

Alaric se rappela le ridicule trajet que lui avait infligé Lostanlen.

— Ce ne sera pas la peine, Madame Cornil.

Il salua la magistrate et retrouva facilement son chemin dans les travaux de rénovation du palais de justice. Il n'eut besoin que de cinq minutes pour rentrer à la crim'. Cinq minutes de lumière en moins, dans un après-midi qui n'en comptait pas assez pour permettre de longues investigations. Plus que jamais, le temps se faisait rare, et le sort des enfants rendait toute sérénité impossible. Alaric prit pourtant la peine d'informer la patronne avant de partir en chasse. Il frappa à sa porte, et faillit entrer sans attendre la réponse. Il la trouva assise à sa table de réunion, devant des dizaines de dossiers éparpillés.

— Je suis de retour. On a la commission rogatoire sur l'enlèvement des enfants Carville.

— Je sais. La juge m'a appelée. Elle veut que vous commenciez tout de suite.

— Je pars avec mon groupe. Ne nous attendez pas pour dîner.

Elle sourit jaune. Quelque chose n'allait pas.

— On est sur la sellette. On ne peut pas se permettre un échec.

— Pourquoi ?

Il imaginait la vraie réponse : le « on », c'était elle.

— Des bruits qui courent. Le ministre nous tient à l'œil. Des têtes risquent de tomber.

— L'œil de Sauron, hein ? J'aimerais pas être à ta… à votre place.

Il le pensait vraiment. Il savait mieux que personne que la police méritait le surnom de Grande Broyeuse, tant elle excellait dans cette fonction.

— Merci.

— Je ferai de mon mieux.

Il eut l'impression qu'elle voulait parler. Il ne lui en laissa pas le temps. Puisqu'elle avait choisi de se conduire en supérieure hiérarchique, il refusait de lui accorder l'écoute d'un ami. Il ressortit comme il était entré, sans attendre qu'elle l'y autorise.

Il pensait trouver son groupe en plein travail de bureau. Quand il arriva dans son couloir, il vit que tout le monde s'était réuni dans la salle de repos, sans doute à l'initiative de Clémentine. Ce constat, qui aurait dû le réjouir, accrut la boule au ventre dont il avait refusé de prendre conscience jusque-là. Avant même d'entrer dans l'action, la pression de l'affaire l'affectait déjà. Comme le conflit, le stress améliorait rarement la qualité des investigations. Pour ne pas transmettre le sien aux autres, il prononça la première vanne qui lui venait à l'esprit :

— Vous vous êtes gourés : mon anniversaire, c'est en mai.

Quelques rires nerveux. Trop tard pour alléger l'atmosphère.

— Qu'est-ce que tu crois, chef ? dit Osmane. Quand t'es pas là, on passe la journée ici à s'enfiler des canons.

— J'ai eu raison de revenir, alors. Et puisque vous avez pas bougé de l'après-midi, tiens, je vous emmène en sortie.

— Chevreuse ? dit Patrick.

— On est saisis de la partie enlèvement. On va jouer un *remake* de *La guerre des polices*.

— Les journaleux vont aimer, dit Clémentine.

— On part tout de suite. Je vous expliquerai sur place. On aura une heure pour ratisser les extérieurs. Attendez-vous à rentrer tard.

— Pour moi, ce sera pas possible, dit Daniel. J'ai des engagements.

Il était assis sur une chaise, les bras croisés, sur la défensive. Toujours cette manie de se retirer du jeu pour préserver sa petite vie de célibataire.

— Fais comme tu veux, Daniel, mais j'ai besoin de tout le monde. Ce genre d'affaires, ça tombe pas dix fois dans l'année. Si tu viens pas, tu nous manqueras.

Il baissa la tête, bougonna en silence.

— Je vais voir ce que je peux faire.

— Moi, c'est le bébé qui me pose problème, dit Joseph. Si on vient pas le chercher avant 8 h, la nounou le noie.

— Alors rentre chez toi, reprends ta gamine et négocie une sortie nocturne quand ta nana sera de retour. À part toi, on est tous des billes en sciences.

— Je vous rejoins dès que je peux.

Alaric remarqua que Victoria ne s'exprimait pas. Deux mois plus tôt, son copain l'aurait attendue à la maison. Un jour, elle avait cessé d'en parler. Clémentine savait peut-être ce qui s'était passé. Il faudrait le lui demander à l'occasion.

— Je crois qu'on s'est tout dit. Aux dernières nouvelles, la propriété des Carville était toujours sous scellés, gardée par les gendarmes. On se retrouve devant les barrières. Osmane, tu appelles l'Identité judiciaire ?

— Plus on est de fous...

Tout le monde sortit de la salle. Il n'était pas nécessaire de rappeler l'urgence de la situation. Osmane resta en arrière, le temps de téléphoner à l'IJ[10]. Alaric accompagna Clémentine jusqu'à son bureau, pour qu'elle récupère ses affaires. Il attendit qu'elle exprime ce qu'elle pensait. Elle le fit pendant qu'ils sortaient du bâtiment et se dirigeaient vers les voitures :

— Pour toi, c'est une affaire perso, non ?

Dans sa bouche, l'expression était négative.

— J'ai été convoqué deux fois en quatre jours. C'est pas comme si je m'étais invité dans l'enquête. Si tu veux une vraie réponse, je confirme que le tueur en a après moi, mais on travaille sur les enfants, pas sur lui.

— Tu le connais, ce type ?

Deuxième fois qu'on lui posait la question.

— Apparemment, je l'ai rencontré quand j'avais quatre ans, mais j'avais pas encore des réflexes de flic. J'ai une place dans son plan, mais je sais pas laquelle. En tout cas, c'est à moi qu'il voulait causer.

— Un fantôme, alors ?

Cette réflexion fit germer une idée inconfortable dans l'esprit d'Alaric. Jusque-là, il estimait que le suspect avait agi pour se venger du député Carville. Mais son exigence d'être auditionné par un policier qu'il avait connu enfant ne pouvait être le fait du hasard. Et ce policier n'avait pas du tout envie de jouer un rôle dans un scénario que quelqu'un d'autre avait écrit pour lui.

---

10. Identité judiciaire.

— Les fantômes, ça enlève pas les mômes après avoir éventré leur mère.

Osmane arriva presque en courant. Il monta à l'arrière de la Golf du groupe, sur le siège défoncé, pendant qu'Alaric ouvrait la porte de droite et Clémentine celle du conducteur.

— Ils envoient une équipe, dit Osmane. Mais Hoddon est sûr qu'ils les laisseront pas entrer.

— C'est ce qu'on verra, dit Alaric.

20

Le trajet consomma trente précieuses minutes. Les voitures banalisées arrivèrent presque en même temps devant le chemin privé qui menait à la maison des Carville. Clémentine gara la Golf sur le bas-côté. Daniel, qui conduisait la Peugeot 308 du groupe, préféra manifestement rouler jusqu'à un dégagement où cette épave ne risquait pas de se casser en deux. À quelques mètres de l'entrée du chemin, deux gendarmes gardaient discrètement le passage. En tête de son groupe, Alaric se dirigea vers eux, sa carte professionnelle à la main.

— Bonsoir, Messieurs, nous agissons sur commission rogatoire pour l'enlèvement des deux enfants du député Carville.

Les gendarmes se regardèrent. Le plus âgé, cheveux ras et mâchoire carrée, prit la parole :

— Le domaine est sous scellés.

— Nous sommes autorisés à les lever.

— C'est ce que vous dites. Vous avez un document ?

— La saisine date d'aujourd'hui. Votre hiérarchie est forcément au courant. Appelez votre commandement, il vous le confirmera.

— On a pas d'ordres à recevoir de vous.

Alaric avait déjà vécu ce genre de situation. Il ne perdit pas de temps à essayer de convaincre le planton, mais appela immédiatement Cornil.

— Madame la Juge, je suis devant le chemin d'accès des Carville, et un gendarme de faction me refuse l'entrée.

Au bout de la ligne, la magistrate poussa un cri d'exaspération.

— Je ne veux pas de ce genre d'entraves. Passez-le-moi.

Il tendit le téléphone au gendarme. Dès qu'il l'eut dans sa main, le haut-parleur diffusa un torrent verbal aux accents de colère assourdissants. Alaric n'en comprit pas un mot, mais la réponse du gendarme le fit sourire :

— Je… Excusez-moi, Madame la Juge, je ne savais pas. Je…

Cornil ne le laissa pas parler. Quand elle eut achevé son discours, son interlocuteur était dans de meilleures dispositions. Il rendit à Alaric son smartphone et lâcha :

— C'est bon, vous pouvez y aller.

Obstacle levé. Plus qu'une heure de jour. Les six policiers se précipitèrent sur le chemin. Arrivé au domaine, Alaric trancha les scellés du portail d'un coup de canif. Avant d'entrer, il improvisa un court briefing sous les arbres :

— Comme vous le savez, les schtroumpfs[11] sont passés avant nous. Demain, ils nous diront ce qu'ils ont trouvé, ou pas. En tout cas, la juge veut un regard neuf sur l'affaire. On fait comme si on était les premiers. Osmane va coordonner les recherches. Vous commencez par les extérieurs, en espérant qu'on aura assez de temps pour tout fouiller. Prenez en photo le moindre brin d'herbe et appelez Osmane dès que vous trouvez quelque chose. Théoriquement, on n'a rien à faire sur la scène de crime proprement dite, mais je veux qu'on inspecte tout. La juge m'appellera dix fois dans la soirée. J'aimerais bien pouvoir lui donner quelques os à ronger.

— Je croyais que le tueur était passé à table, dit Clémentine.

— C'est compliqué. Le client est coriace. Il a livré seulement deux infos. Si tu veux bien, on commence par les vérifier à deux.

Tout le monde avait bien compris la situation. Osmane divisa rapidement le domaine en secteurs, et les policiers se séparèrent. Alaric et Clémentine prirent la direction de la maison, traversant un petit pont sur la rivière qui alimentait les étangs.

— Le tueur m'a parlé d'une bouteille sur le bar, dit Alaric. C'est notre premier objectif. Il a aussi affirmé que les enfants étaient en vie, et qu'il avait disposé des objets dans la maison pour nous indiquer l'endroit.

— C'est quoi cette histoire ? Qui ferait une chose pareille ? On n'est pas dans un *escape game*. Tu imagines un mec qui s'amuserait à semer des petits cailloux pour retrouver les mômes après avoir équarri leur maman ?

---

11. Surnom donné par les policiers aux gendarmes.

Elle avait raison. Alaric n'avait pas eu le temps d'y réfléchir, mais l'incohérence que mentionnait Clémentine était difficile à expliquer.

— Il savait que les gendarmes seraient saisis de l'affaire, mais l'article dans la gueule de la nana montrait qu'il voulait quelqu'un d'autre. Oublie pas qu'il s'est rendu.

— Tu veux dire qu'il joue avec toi ?

— C'est ça, oui. Pas un *escape game*, mais une partie de Cluedo.

— Un taré, quoi.

Alaric se rappela l'étrange échange qu'il avait eu avec « Charles ».

— Il essaie de me dire quelque chose.

Il n'osa pas ajouter : « Et cette chose a peut-être un rapport avec mon enfance. »

Sous un couvert d'arbres dénudés, la maison, long bâtiment de meulière au toit moussu, avait l'apparence d'un vaste pavillon de chasse ou d'une maison de campagne pour sénateur. Elle s'étalait le long d'un étang gris qui reflétait les nuages et les carreaux de ses fenêtres, flanquée d'un vieux chêne endormi. Les barrières de police avaient été remplacées par une guirlande de rubalise, dont une partie trempait dans l'étang.

Les deux policiers délaissèrent l'atelier où les gendarmes avaient amené Alaric et montèrent les marches menant à l'entrée principale. Après avoir brisé les scellés, Alaric trouva la porte déverrouillée. Il estima que le bâtiment devait compter plusieurs issues, et que le tueur avait pu entrer n'importe où. Il se promit de les passer en revue. Clémentine sortit son téléphone de son sac et se mit à prendre en photo les éléments intéressants. Au bord de l'eau, il aperçut une maison en plastique aux couleurs vives et une brouette pour enfant. Il attendit que son adjointe ait terminé avant d'ouvrir la porte.

— Comment un député de trente-cinq ans qui a jamais bossé ailleurs que dans la politique a pu se payer une baraque comme celle-là ? demanda-t-elle en entrant dans le hall.

Alaric la suivit. Il découvrit une pièce au sol de terre cuite cirée, meublé d'une armoire porte-manteau en bois précieux, d'un vieux coffre et d'une sphère armillaire.

— Papa était un ponte du PS. Je me suis renseigné hier : il est mort il y a trois ans. Carville fils a pu hériter.

— En tout cas, c'est sinistre. J'aurais jamais acheté un truc comme ça.

— Faut aimer le style « notable du sud Yvelines ».

— Tu disais que l'entrée du domaine était surveillée par des flics ?

— Gouirand en est malade.

— C'est entouré de bois. Si on avait voulu assurer la sécurité de cet endroit, on aurait dû placer les mecs près de la maison.

— Ils étaient à deux cents mètres, mais ils ont rien entendu. Aucun cri, aucun coup de feu.

— Pour les coups de feu, c'est facile. Pour les cris, par contre, une nana qui se fait charcuter tient rarement sa langue.

Alaric revit le cadavre de cette femme, étendu sur le billot. Quand les gendarmes l'avaient emmené sur place, il l'avait peu regardée, mais l'image s'était gravée dans son esprit. Il se rappela ce qu'en avait dit le tueur : « C'est marrant, personne se souvient du prénom de cette pauvre femme. » Depuis, sa mémoire avait fait remonter un nom, sans qu'il ait eu le temps de vérifier : Gladis. Pourquoi « Charles » avait-il tenu à afficher de la compassion à l'égard de sa victime ? Comment savait-il que son prénom était oublié ?

— On va au moins mettre des chaussons et des gants. T'en as toujours ?

Il désigna le sac de Clémentine, besace en cuir épais qu'elle emportait souvent sur le terrain.

— Heureusement que je pense à tout.

Elle sortit deux paires de protège-chaussures usagés et des gants. C'était une sorte de rituel policier : une fois les protections en place, on entrait dans un autre monde, celui des observations attentives et des précautions pour ne pas polluer les indices. Les techniciens de l'IRCGN[12] étaient déjà passés par là, mais il fallait se comporter comme si ces constatations étaient les premières.

Ainsi équipés, ils pénétrèrent dans le séjour, qui avait les dimensions d'un grand appartement trois-pièces, au plafond de poutres apparentes. Proche d'eux, la partie salle à manger se réduisait à un gros buffet de campagne, une table de bois massif et huit chaises sur un tapis d'Orient, en bas d'un escalier qui menait à l'étage. Au fond, le salon se composait d'un vaste canapé de cuir, d'une table basse et d'un encombrement de tableaux, abat-jour, sièges à dossier de cuir et meubles rustiques, le tout en face, non d'un téléviseur, mais d'une cheminée de pierre taillée.

— Bar à deux heures, dit Clémentine.

12. Institut de recherche criminelle de la Gendarmerie nationale.

Alaric regarda dans la direction indiquée. Voisines d'une fenêtre côté cour, deux demi-barriques de chêne, reliées par des charnières, accueillaient une collection d'alcools. Clémentine s'y rendit et se mit à renifler le breuvage contenu dans chacune des bouteilles. Alaric la laissa faire, parce qu'elle avait un bien meilleur odorat que lui. Pendant ce temps, il ouvrit chacun des meubles, sans y trouver autre chose que de la vaisselle, un peu de linge et des vieilles revues. Dans un coin, plusieurs paniers d'osier vomissaient leur cargaison de jouets pour enfants, jeux de société, consoles et jeux vidéo.

— Rien ici, dit la policière.

Ils abandonnèrent le salon pour explorer le reste du rez-de-chaussée. À gauche de la cheminée, une porte donnait accès à un couloir au sol pavé de tommettes classiques. La première pièce sur la droite était une vaste cuisine, elle aussi de style rustique. Aucun bar dans cette morne salle, pas plus que dans la suivante, une chambre d'amis qui ne devait pas servir souvent. Alaric résuma sobrement :

— On perd pas plus de temps en bas. J'ai l'impression que toute l'action s'est jouée à l'étage.

Ils montèrent l'escalier. Dès le palier du haut, l'empreinte des enfants devint plus forte, avec des dessins des bonhommes encadrés, un camion rose et des poupées éparpillées dans le couloir principal. Spontanément, Alaric et Clémentine se répartirent la tâche, prenant chacun une direction opposée. Le bâtiment paraissait encore chauffé, mais il laissait une impression d'abandon et de mort, comme s'il avait subi le même sort que ses propriétaires. Alaric savait tenir la bride à ses sentiments, le destin des enfants commençait pourtant à le hanter. Déjà orphelins, ils étaient enfermés quelque part, souffrant peut-être de la soif et de la faim, promis à la mort si on ne les retrouvait pas rapidement.

Chassant ces pensées, il se concentra sur son objectif principal. Le suspect avait parlé d'une bouteille sur un bar. Il semblait certain que les gendarmes ne s'étaient pas aperçus de sa présence. Elle devait donc se trouver dans un lieu secondaire, hors des chambres et du séjour. Dès lors, il ne s'intéressa pas aux deux portes à sa gauche et traversa le couloir jusqu'au bout. Il s'attendait à trouver un petit salon, un fumoir ou un bureau avec vue sur les arbres. Il dut se contenter d'une salle de billard glaciale, aux murs couverts de trophées de chasse et d'animaux empaillés. Le bar, un meuble de bistrot, se trouvait à l'entrée, entouré de chaises hautes. Son zinc disparaissait sous les spiritueux, les verres sales, les cendriers pleins et les documents.

Alaric n'eut pas besoin de chercher le bon liquide. Bien en évidence devant les vieux whiskies, les rhums arrangés et les autres alcools, une bouteille de Vittel à la fraise attirait immédiatement le regard. Il tendit le bras pour saisir l'objet, mais ne l'atteignit jamais. Derrière lui, quelqu'un commenta :

— Je sens que j'arrive au bon moment.

Alaric reconnut la voix de Stéphane Hoddon, une vieille connaissance de l'Identité judiciaire. Il se retourna et lui tendit la main, mais le technicien la lui refusa. Toujours professionnel, il préférait se montrer impoli plutôt que de risquer une pollution de prélèvement. Il était vêtu d'une tenue de protection intégrale, et portait autour du cou un gros reflex usé.

— J'allais me servir un verre.

Hoddon désigna la bouteille du menton.

— C'est quoi, l'arme du crime ?

— Non, c'est un ticket de loto gagnant.

— Tu veux que je vérifie les numéros, c'est ça ?

— T'es dans ton domaine. Tant que tu me laisses les autres bouteilles...

Hoddon commença par photographier le bar, avant d'attraper le récipient par le goulot. Il l'ouvrit sans plus de précautions et en renifla le contenu.

— Aucune odeur, mais je vois un petit dépôt au fond, dit Hoddon. Tu t'attends à quoi ?

— Un hypnotique, un somnifère, une drogue. Et des empreintes. Le suspect dit qu'il a laissé les siennes sur la bouteille.

— Tes clients te mâchent le boulot, maintenant ?

— C'est tout nouveau, et ça va pas durer.

— Je t'ai un peu maudit, tout à l'heure. Je devais passer une soirée en amoureux avec ma nana, sans les mômes. Mon boss m'a fait comprendre que si je faisais ça, j'étais quasiment mis à pied.

— On en est tous là.

Alaric remarqua la présence de Clémentine. Comme d'habitude, il ne l'avait pas entendue venir. Elle avait les yeux brillants de l'enquêtrice qui a trouvé une aiguille ensanglantée dans une botte de foin.

— Ton tueur a dit la vérité. Il a laissé au moins deux ensembles d'indices. J'ai jamais vu ça.

Elle tourna les talons. Les deux hommes la suivirent jusqu'à une chambre d'ami située à l'opposé de la salle de billard. Alaric comprit tout de suite ce qu'elle voulait dire. Le désordre qui régnait dans cette pièce n'avait rien de spontané. Au centre, un matelas avait entamé un début de combustion, apparemment provoqué par une bougie. Trois chaises renversées et des bouts de ficelle l'entouraient, disposés sur le sol sans raison évidente. Hoddon prit cet assemblage en photo, sans s'y intéresser davantage.

— Si L'IRCGN est déjà passé par là, on peut être sûrs qu'ils ont emporté tout ce qui pouvait conserver des traces papillaires ou ADN, dit-il.

— Tout ça ne cadre pas avec le mode opératoire du tueur, dit Alaric. J'étais sur la scène de crime le jour des constates ; l'incendie et la ficelle ne cadrent pas avec ce que j'ai vu. Les chaises renversées pourraient indiquer qu'il y a eu lutte, sauf que les deux cadavres n'en portent pas les signes.

— C'est une mise en scène, dit Clémentine. Le tueur s'est donné du mal pour que les choses ressemblent à ça. D'après moi, il fait allusion à quelque chose, comme une ancienne affaire ou des événements personnels.

Alaric chercha dans ses archives mentales un assemblage qui aurait matché avec celui-là. Il trouva un matelas carbonisé dans un incendie, des morceaux de corde coupés par les pompiers pour secourir une victime, mais rien qui réunisse les deux.

— Le suspect devait penser que ça titillerait notre mémoire, sauf que non, dit-il.

— Dans la chambre du garçon, le message est différent, dit Clémentine. Tu le vois pas si tu sais pas qu'il existe, mais quand tu regardes avec attention, tu découvres des trucs qui devraient pas être là.

Elle les emmena dans la pièce suivante. Alaric laissa l'atmosphère du lieu s'infuser en lui. Un garçon de huit ans vivait ici, parmi ces meubles d'enfant aux couleurs chaudes, ces albums et ces livres de classe. Les affiches soigneusement encadrées qui couvraient les murs verticaux suggéraient un goût pour les superhéros et la danse hip-hop. Les écrans tenaient une grande place, avec une autre console, un téléviseur et deux tablettes. Des vêtements sales étaient éparpillés dans les coins, attendant que maman ou la femme de ménage les ramasse.

Les indices dont avait parlé Clémentine apparurent peu à peu, anomalies dans le tissu rassurant d'une vie d'enfant. Une tête de sanglier empaillée abandonnée par terre. Une pince rouillée sous un radiateur. Sur le bureau, un peu de terre dans un petit cylindre métallique. D'autres objets pouvaient faire partie de l'énigme composée par le tueur, comme la paire de chaussures de marche boueuses qui couronnait une armoire ou le verre à pied en cristal sur le chevet. Alaric comprit que seule une personne qui connaissait l'état antérieur de la chambre était à même d'indiquer ce qui, précisément, avait changé depuis le soir de l'enlèvement.

— Tu vois, Stéphane, t'es pas venu pour rien, dit-il.

La sonnerie du téléphone d'Alaric empêcha Hoddon de répondre. Tout le monde se tut, devinant l'identité de celle qui appelait : Laurence Cornil, pour la première fois de la soirée.

— Autier.

— Allez-y.

— On a la bouteille.

— Une idée de ce que c'est ?

— Le produit n'a aucune odeur, mais il a laissé un dépôt. On aura besoin d'une analyse.

Hoddon murmura :

— Dis-lui que c'est peut-être un somnifère. Stilnox, par exemple.

— Le technicien de l'Identité judiciaire pense à un somnifère comme Stilnox, répéta Alaric.

— Et qui aurait consommé ce produit ? Les autopsies auraient dû révéler quelque chose, non ?

— Le Stilnox devient indétectable dans le sang au bout de quatre heures, chuchota Hoddon.

Alaric ne se contenta pas de jouer les doublures :

— L'eau était aromatisée à la fraise. Les enfants ont pu en boire. Et si c'est bien du Stilnox, il disparaît du système sanguin en quelques heures.

— Plausible. Vous avez trouvé autre chose ?

— Nous avons deux sites avec des objets apportés ou déplacés. Il faudra consulter un témoin pour savoir ce qui a changé.

— Vous pourrez auditionner le personnel de maison dès demain. On a aussi la maman d'une copine de la petite fille qui a visité la maison la semaine dernière.

— On le fera.

— Je vous laisse travailler. Vous me faites un compte-rendu dans une heure ?

Alaric ne put s'empêcher d'exprimer sa lassitude :

— J'essaierai, Madame.

— Je vous avais prévenu : vous m'aurez toujours sur le dos.

21

Après l'appel, Clémentine et Hoddon s'employèrent à photographier la pièce et les objets suspects sous tous les angles, puis Hoddon effectua divers prélèvements. La perquisition se poursuivit dans les lieux qu'Alaric n'avait pas encore visités, mais les deux autres chambres et le bureau de Jérôme Carville ne contenaient rien d'intéressant. Les policiers et le technicien descendaient l'escalier quand Osmane les rejoignit.

— On a trouvé des choses. Vous feriez mieux de venir tant qu'on y voit clair.

La troupe le suivit vers l'ouest, sur un chemin qui longeait l'étang. Victoria et un membre de l'équipe d'Hoddon les attendaient au pied d'une tour d'observation en bois destinée à la chasse. La construction semblait sur le point de s'écrouler, mais elle fournissait un point de vue sur la façade avant de la maison.

— Au début, je croyais que c'était juste un truc pourri, dit Victoria. Quand j'étais gamine, j'adorais monter en haut de ce genre de tours, alors j'ai regardé de près. D'abord, j'ai vu qu'on avait arraché du lierre pour dégager les marches. Ensuite, j'ai jeté un coup d'œil en dessous.

Elle éclaira l'escalier de bois à l'aide de la torche de son téléphone. Cachées sous les marches d'origine, des planches neuves vissées aux solives se substituaient aux entretoises.

— Je suis donc montée sans problème, poursuivit-elle, joignant l'acte à la parole. J'ai rien trouvé là-haut, mais je suis sûre que cette tour a servi à espionner la maison.

Alaric se rappela la grande taille et la carrure de « Charles ». Un tel homme ne pouvait courir le risque d'utiliser une construction branlante sans la solidifier.

— D'ici, je vois même Joseph et Patrick, ajouta la jeune femme. Ils ont trouvé le passage par lequel le tueur est entré et sorti du domaine.

Elle descendit et guida les autres vers le lieu qu'elle venait de décrire. Sous les arbres, on n'y voyait pas à plus de deux mètres. Chacun s'éclaira comme il put, utilisant téléphone, lampe-torche miniature et même briquet. Les techniciens de l'Identité judiciaire demeurèrent près de la tour afin de terminer leurs prélèvements.

Patrick et Joseph étaient accroupis autour de ce qui semblait être une flaque de boue, qu'éclairait un minuscule projecteur led monté sur un trépied. Ils se levèrent en voyant arriver le groupe.

— Les gendarmes avaient déjà trouvé le trou dans la clôture, dit Patrick. Traces de pneus de l'autre côté, traces de pas par ici. Il y a aussi un sillon qui correspond à une seule roue de cinq centimètres, sans doute une brouette. Du coup, on s'est dit que le tueur avait transporté les enfants avec ça. Et une brouette, quand on la pose quelque part, ses pieds laissent forcément deux trous. On sait donc que celle-ci s'est arrêtée là, dans les broussailles. Joseph a reconstitué le transport des enfants : d'abord la brouette, ensuite on les prend un par un pour les emmener dans un véhicule garé plus loin. Sur le chemin, on est tombés sur une empreinte de pas, pointure 44 ou 45. Et puis, on a vu ce machin dans la boue.

Il désigna une minuscule tige métallique rose au milieu du champ du projecteur. Hoddon se pencha et la retira doucement à l'aide d'une petite pince. Dans la lumière crue des leds, tout le monde identifia l'objet : une barrette *Reine des Neiges*, appartenant sans aucun doute à la petite fille. La découverte était belle, mais elle souffla un vent glacé sur les enquêteurs.

Daniel s'était séparé des autres pour explorer seul les alentours immédiats de la maison. Doué d'une excellente vision nocturne, il repéra le groupe bien avant d'être visible.

— Par ici, cria-t-il.

Il se trouvait à côté de la maison, près d'une petite porte noire. Il avait réussi à allumer une lampe extérieure à proximité du cabanon où les corps avaient été retrouvés, mais le bâtiment était tellement long que son autre extrémité restait dans l'obscurité.

— J'ai essayé de reconstituer le trajet du meurtrier de la clôture à la maison et de la maison à l'atelier, expliqua-t-il. Comme les fenêtres de la façade avant n'ont pas de volets, je me suis dit que le mec a forcément fait un grand tour pour pas être vu. La seule façon d'éviter la rivière, c'est de passer par le nord, alors c'est ce que j'ai essayé. On est obligé de contourner le mur du fond. Ensuite, on arrive facilement jusqu'ici en restant sous les arbres. J'ai vérifié : de l'intérieur, il faudrait vraiment regarder par cette fenêtre, là-haut, pour te voir venir.

— Et la porte mène où ? demanda Alaric.

— Dans une ancienne cave à charbon, qui devait servir de terrain de jeu aux mômes ; j'ai trouvé un doudou dans la poussière.

Il exhiba fièrement une sorte de tête de chien cousue au milieu d'un carré de velours.

— Un accès au reste de la maison ? demanda Clémentine.

— Suivez le guide.

Sans prendre la peine de chausser des protections, il s'engouffra dans la cave, menant dans sa suite ses collègues, Hoddon et un autre technicien de scène de crime. Alaric les laissa faire. Il avait conscience que l'expérience commune des lieux lui serait plus utile que les prélèvements. Dans une affaire où des enquêteurs de la gendarmerie étaient passés avant eux, les indices avaient tendance à se raréfier. Il entra donc dans le sous-sol après tout le monde, en essayant d'oublier que les enfants y avaient laissé leur marque.

Une ampoule nue éclairait cette salle vide au plafond bas. Niché entre deux murs de brique, un escalier aux marches usées montait au rez-de-chaussée. À son tour, Alaric poussa la porte du haut, et découvrit qu'elle conduisait à la cuisine. Il entendit la voix de Clémentine dans le couloir. Elle avait pris l'initiative d'emmener tout le monde dans la chambre d'ami du premier. Il suivit le mouvement, profitant de cet instant de solitude pour observer une dernière fois la disposition des lieux.

Dans cette grande maison, les objets et le décor renvoyaient souvent à la vie et aux activités politiques de monsieur Carville. En marchant, on trébuchait sur des jouets. Mais la présence de madame Carville ne semblait pas avoir laissé d'empreinte. Aucune présence féminine n'apparaissait dans ce bâtiment au style vieillot. Femme de tête ou maîtresse de maison à l'ancienne, Gladis ressemblait davantage à un fantôme qu'à une personne réelle. Sa matérialité n'était attestée que par ce corps supplicié sur un billot de boucher.

Il arriva au bout du couloir de gauche. La chambre était assez grande pour accueillir tous les visiteurs. Très pédagogique, Clémentine exposait les hypothèses qu'ils avaient élaborées ensemble. Daniel l'interrompit :

— Auriol.

— Quoi ? dit Clémentine.

— La tuerie d'Auriol. Vous connaissez pas ? Un classique, pourtant.

Comme tout le monde, Alaric avait entendu parler de ce massacre des années 80, mais il ne se rappelait pas les détails. Il savait seulement que les faits avaient eu lieu dans le Sud et qu'ils étaient liés au SAC, une organisation active qui avait accompagné les partis gaullistes pendant une trentaine d'années.

— Rafraîchis-nous la mémoire, dit-il.

— Des membres du SAC des Bouches-du-Rhône veulent refroidir un chef de section qui a l'intention de parler aux Rouges. Comme le gars n'est pas chez lui, ils massacrent sa famille, y compris un môme. Ils finissent par ratatiner leur cible, puis ils essaient de mettre le feu à la baraque, mais ils foirent le boulot. Quand les flics arrivent, ils trouvent des chaises renversées, des bouts de corde, des traces de feu, des masques de chirurgien et des bougies sous les rideaux pour les faire cramer.

— Et les victimes ?

— Les tueurs les ont planquées, mais on les a retrouvées dans une mine abandonnée.

— Ça collerait bien avec ce qu'on a ici.

Clémentine réagit :

— Là, il va falloir qu'on m'explique : c'est en rapport avec l'affaire, ou c'est juste un concours de testostérone entre le tueur et toi ?

Alaric hésita sur la réponse. Il se dit d'abord qu'il n'avait aucune justification à lui apporter, car il n'était pas à l'origine de ce qui s'était déroulé dans cette maison. Avant lundi, il n'avait jamais entendu parler du suspect ou du député Carville. Il ne pouvait être tenu responsable des délires d'un criminel, même s'il en faisait partie.

Mais il ne pouvait nier qu'il avait répondu à l'appel de cet homme, jusqu'à impliquer son groupe dans une affaire dont il n'aurait jamais dû être saisi. Après s'être livré, le tueur avait organisé l'enquête sur ses actes, choisissant un policier et lui offrant une énigme à résoudre. On n'en était pas encore au « concours de testostérone », mais Clémentine voyait juste : Alaric n'avait pas fait que suivre la piste tracée pour lui par « Charles ».

— On est ici parce qu'un psychopathe veut que j'enquête sur lui. Tu penses que j'aurais pu refuser l'invitation ?

— On est de la partie aussi, Alaric. Tout ce que je veux, c'est que tout le monde reste calme et professionnel.

— Si je sors des clous, je compte sur toi pour me le faire savoir.

Un temps pour l'autorité, un autre pour la discussion. Dans cette affaire dangereuse, Alaric ne voulait pas imposer le silence à son groupe. Il n'avait pas assez confiance dans sa propre infaillibilité pour se conduire en supérieur hiérarchique. Il faisait confiance à Clémentine pour ne pas en abuser.

— On est là pour ça. Les flics qui se font vampiriser par leurs clients, c'est bon pour le cinoche.

Cette réponse le rassura.

La plupart des autres étaient déjà partis. Il faisait nuit noire à présent, et l'éclairage chirurgical de l'atelier n'arrivait pas à dissiper l'obscurité tapie au cœur des choses. Quatre personnes se tenaient dans la pièce exiguë : Alaric, Clémentine, Joseph et Hoddon. La décomposition du sang avait saturé l'air d'une odeur de viande pourrie. Les traces au sol et sur le billot racontaient ce qui s'était passé là, mais Alaric éprouva le besoin de récapituler ses premières observations :

— Il y avait Jérôme Carville sur cette chaise, la tête renversée en arrière, un orifice d'entrée de 9 mm au front. Les traces sur le mur correspondent à la trajectoire de sortie de la balle. Donc, je dirais qu'il a été abattu ici. Gladis Carville était étendue sur le billot. Elle reposait sur son flanc gauche. Elle était ouverte comme une pièce de boucherie, de la gorge au nombril…

Il ne put continuer. L'image qu'il décrivait devenait trop réelle, et menaçait de l'envahir. Heureusement, Clémentine le relaya :

— On connaîtra les détails demain. De toute façon, c'est pas notre partie de l'affaire. Dis-nous juste ce que tu veux qu'on cherche.

— Le tueur a placé la bouteille sur le bar pour qu'on la trouve. Si cette bouteille contient bien un somnifère, on peut supposer que plusieurs personnes étaient endormies quand il est intervenu. Les enfants, probablement, mais peut-être aussi la femme du député. C'était une femme petite et menue. Un grand costaud comme lui a parfaitement pu la porter jusqu'ici. Ce que je veux, c'est une bonne hypothèse de travail sur la façon dont les choses se sont déroulées.

— Ce que tu nous dis, c'est que ton copain est venu jusqu'ici en portant cette femme d'une main et en menaçant le mari avec un flingue qu'il tenait dans l'autre ?

Alaric retrouva les doutes qu'il éprouvait depuis le début.

— Faites-moi des propositions de scénarios.

Il encouragea Joseph du regard. Le septième de groupe prit la parole :

— Si j'étais le tueur, j'aurais transporté la femme en premier. Assommée par un somnifère, elle ne risquait pas de lui poser problème. Ensuite, j'aurais emmené le mari sous la menace de mon arme.

— On sait que Carville a travaillé tard dans son bureau, dit Alaric. Je pense pas que le tueur aurait pu transporter sa femme sans que ça se sache.

— C'est marrant, ça me rappelle la devinette du loup, du mouton et du chou, dit Hoddon. En fait, il n'y a pas de réponse, on est obligé de tricher.

— Qu'est-ce que tu veux dire ?

— Mon boulot, c'est d'analyser des scènes de crime. J'en ai vu, des cadavres. Si cette pièce était vraiment dans l'état que tu as décrit, et que le meurtrier était seul, la femme n'a pas pu être emmenée ici pour être torturée devant son mari. Pour arriver à cette mise en scène, il a forcément dû frauder : déplacement de cadavre, liens enlevés après les deux exécutions, anesthésiants pour tout le monde…

— Les liens laissent des traces, les cadavres déplacés aussi. On peut pas tromper les gendarmes avec ce genre de trucs.

— Et si le député avait été abattu en premier ?

Joseph, qui venait de parler, s'était rapproché de la porte, qu'un gros caillou maintenait ouverte.

— S'il fallait forcément tricher, continua-t-il, c'était la solution la plus simple. De toute façon, la médecine légale n'arrive pas à donner une heure de décès précise à la minute près. En admettant que les autres membres de la famille soient endormis, le tueur a pu obliger le député à descendre dans l'atelier pour l'abattre. Ensuite, il avait tout le temps pour s'occuper de sa femme.

L'idée était prometteuse. Elle permettait de résoudre plusieurs problèmes, tout en tenant compte du point de vue et des préoccupations du tueur.

— Je prends, dit Alaric. Disons qu'on part de cette hypothèse. L'assassin veut donner l'impression que le député a assisté à la torture de sa femme. Pour des raisons pratiques, il est obligé d'organiser une mascarade. Comment je peux prouver ça ? Quels éléments je dois chercher ?

Joseph et Clémentine restèrent muets. Seul Stéphane Hoddon risqua une idée :

— Des projections de sang.

— Oui ?

— L'exécution à bout portant du député a projeté des gouttelettes de sang dans plusieurs directions. Le mur derrière lui en est couvert. Si la femme n'était pas encore sur le billot au moment où le coup a été tiré, on devrait trouver le sang de son mari sur le billot. Sinon, les traces auront atterri sur son corps. Je sais que c'est maigre, mais ça vaut la peine de regarder.

Il n'attendit pas la réponse des policiers pour examiner la surface de bois. Il n'eut besoin que de quelques secondes pour livrer une conclusion provisoire :

— Vous voyez cette éclaboussure, là ? Elle pourrait provenir du mari. Si ce qu'Alaric décrit est exact, le corps de la femme était allongé au moins jusque-là. Évidemment, ce que je vous dis devra être confirmé par les analyses. Si le tueur a couché la femme sur ces traces, on devrait aussi les trouver sur ses vêtements, du côté gauche.

— Merci, Stéphane, dit Alaric, je crois qu'on se contentera de ton idée. En théorie, on devrait même pas s'intéresser à ce double meurtre. On va tous sortir d'ici et prendre trois douches.

L'atelier se vida en un temps record. Tandis qu'il se dirigeait vers la voiture, Alaric sentit le vibreur de son téléphone. Il savait déjà ce qu'il allait dire à Laurence Cornil. Il avait accumulé suffisamment d'informations pour passer sous silence celles qui mettaient en cause le travail des gendarmes sur les meurtres. Pour la deuxième fois, il se prépara à mentir à la juge d'instruction.

22

Vendredi 29 mars

Ils s'étaient donné rendez-vous à 7 h 50, au carrefour de la rue d'Anjou et de la rue Saint-Médéric. Le seul fait que la réunion de travail commence à 8 h constituait déjà une sorte de provocation envers les policiers, car les gendarmes savaient parfaitement que le SRPJ ouvrait ses bureaux une heure plus tard seulement. Alaric avait prévenu son groupe : comme il ne tenait pas à se présenter en retard au portail, les retardataires seraient obligés de se débrouiller.

Quand il arriva, seuls manquaient Patrick et Osmane. Entre la tenue flamboyante de Clémentine, la combinaison de moto rose et noire de Victoria et les tenues décontractées – mais moins voyantes – des hommes, les vêtements des policiers contrastaient nettement avec les uniformes de leurs homologues gendarmes.

Osmane passa en voiture. Il était temps de se diriger ensemble vers le portail sans fioriture de la caserne, bâtiment d'un seul étage au toit d'ardoises. Les quelques conversations qui avaient subsisté jusque-là s'éteignirent spontanément. Alaric n'eut pas besoin d'informer les autres qu'on entrait en terrain ennemi. Cette confrontation, c'était lui qui l'avait provoquée, en demandant une cosaisine alors que l'enquête de gendarmerie avait déjà commencé. Son combat promettait d'être difficile, même s'il ne s'y engageait pas sans munitions.

Un agent sortit du poste de sécurité et marcha tranquillement vers la grille. Alaric le connaissait, mais il ne laissa entrer les policiers qu'après avoir vu toutes leurs cartes professionnelles. Au moment où il ouvrait le portail, un homme vint à leur rencontre. Il faisait partie de la division dirigée par Peresse.

Comme par hasard, cette fois il portait un uniforme, alors qu'il travaillait généralement en civil.

— Allez, on me suit, c'est par ici, dit-il.

Le ton était donné. Au moins, on ne pouvait pas dire que les gendarmes cachaient leur jeu. Derrière cet hôte qui tenait du garde-chiourme, les policiers traversèrent une cour encombrée de voitures vétustes, et pénétrèrent dans des locaux plus que spartiates. Il n'y eut aucun accueil, aucune explication. Sous les regards de plusieurs hommes également en uniformes, ils furent introduits dans une salle de réunion qui se limitait à quatre tables en fer à cheval face à un tableau blanc et des chaises métalliques à demi rouillées. Peresse se trouvait devant le tableau, à côté de son chef moustachu, le lieutenant-colonel Boisnard. Alaric regretta de ne pouvoir opposer à ce hiérarchique d'allure martiale une chef de service située au même échelon que lui.

Le groupe Autier s'assit d'un côté du fer à cheval. Les hommes et la femme de la division des Atteintes aux Personnes entrèrent et occupèrent la branche adverse. D'autres gendarmes, principalement des sous-officiers d'autres services, restèrent debout loin des policiers, là où il y avait de la place. Boisnard ouvrit la réunion :

— Nous sommes ici à la demande de la juge d'instruction Cornil. Voilà, on a le droit de dire que la réunion a eu lieu. On pourrait tous retourner travailler sans aller plus loin. Bonne idée, ça : c'est terminé, merci d'être venus.

Des rires gras fusèrent dans la salle. Le lieutenant-colonel avait son public. Peresse prit la parole. Il semblait gêné.

— On a appris hier que la brigade criminelle avait reçu la commission rogatoire de l'enlèvement des enfants Carville. On a été très surpris.

Des commentaires bruyants s'élevèrent pour confirmer ses affirmations. Boisnard sourit et compléta lourdement :

— Le suspect voulait parler à monsieur Autier. Il avait l'air de le connaître. Un copain, peut-être. Nous, on n'avait pas besoin d'aveux pour avancer, mais la juge en a décidé autrement. Je vais laisser l'adjudant-chef Peresse diriger cette réunion, mais je tiens à vous dire ce que j'en pense : pour nous, tout ça n'a pas de sens. On ne peut pas couper l'affaire en deux. Alors on va continuer d'enquêter, et qui sait, on trouvera peut-être les enfants avant vous.

De nombreux gendarmes hochèrent la tête. Boisnard se dirigea vers la sortie après avoir échangé avec Peresse un regard de connivence. Clémentine chuchota dans l'oreille d'Alaric :

— *Tu ne vas quand même pas le laisser dire une chose pareille ?*

Il lui répondit de la même façon :

— *J'ai un plan.*

Elle connaissait ses méthodes. Mieux que tout autre, elle savait qu'il ne parlait pas à la légère.

Bille en tête, Peresse se lança :

— Ce que le lieutenant-colonel ne vous a pas dit, c'est qu'on a aussi appris ce matin qu'un groupe de la criminelle a violé les scellés de notre scène de crime et souillé les lieux comme s'il était à la maison.

— Pas possible ! dit un homme.

— Les cochons ! dit un autre.

Comme Alaric ne réagissait toujours pas, il enchaîna :

— Je résume l'affaire pour nos visiteurs. Dans la nuit du dimanche 24 au lundi 25 mars, un homme est entré par effraction dans la propriété du député Carville. Nous ignorons encore s'il a bénéficié de l'assistance des policiers de faction. En tout cas, il avait un ou plusieurs complices. Avec eux, il a torturé madame Carville, puis abattu Jérôme Carville. Il a ensuite pris la fuite, en enlevant les enfants du couple. Pour des raisons que nous ignorons, il s'est livré mardi matin, mais il a refusé de parler. Un témoin qui a consulté un de nos communiqués a pu identifier cet homme comme un certain Philippe Audiberti, un homme d'affaires véreux qu'il avait rencontré au Mali.

Alaric décida qu'il était temps d'intervenir :

— Et les complices ? Vous avez des traces ADN ? Une description ? Un témoignage ?

Peresse ne se laissa pas démonter.

— Non. L'absence de preuve n'est pas la preuve d'une absence. On les retrouvera. C'est notre boulot.

— J'en déduis qu'ils sortent de votre imagination. Vous n'arrivez pas à expliquer les faits, alors vous inventez des exécutants supplémentaires. Pourquoi pas un commando, tant que vous y êtes ?

L'attaque était volontairement brutale. Connaissant Peresse, la moutarde allait forcément lui monter au nez. Cela ne tarda pas :

— Putain, vous êtes chiés, vous les flics ! Vous laissez entrer le tueur, puis il vous invite dans l'affaire et vous venez nous ôter le pain de la bouche. Je veux qu'une chose soit claire, Autier : on vous parle parce qu'on est obligés, mais on aurait plutôt envie de vous laisser vous démerder tout seuls. C'est ce que vous méritez.

Alaric se leva. La colère le prenait par surprise :

— On est de la criminelle, Adjudant-chef. Notre job, c'est pas de garder les propriétés des politicards. On est comme vous : des enquêteurs. Laurence Cornil sait ce qu'elle fait. Si elle nous a saisis, c'est parce qu'on lui en a donné des raisons. Alors vous pouvez botter en touche quand je vous pose des questions, ça résoudra pas l'affaire. Ce qu'on veut, c'est collaborer avec vous en bonne intelligence pour le bien de tous.

— Foutaises !

Les gendarmes se mirent à parler tous en même temps. La réunion menaçait de tourner au grand n'importe quoi. Alaric décida alors de jouer son atout. Quand le calme fut revenu, il traversa la salle et chuchota à Peresse :

— Je peux vous voir hors d'ici ?

Le visage de l'adjudant-chef exprima un étonnement sincère.

— Euh... Ouais.

Il s'adressa à l'assistance :

— On s'absente une minute. Tout le monde reste là.

Il emmena Alaric dans la pièce d'à côté, un bureau abandonné qui sentait la pierre humide. Le policier attendit que Peresse soit totalement à l'écoute, le dévisageant pendant un temps interminable.

— Qu'est-ce que vous voulez ? dit le gendarme.

— Je veux t'éviter un râteau, l'ami.

— Je ne suis pas votre ami. Si vous n'avez rien d'autre à me dire, on retourne à côté et on boucle cette putain de réunion.

— Ton groupe s'est planté, et pas qu'un peu.

Les deux hommes s'affrontaient du regard, dans ce genre de parades viriles qui remontaient aux hominidés.

— Des insultes, maintenant ?

— T'aurais préféré que je le dise devant tout le monde ?

— T'as rien, c'est du bluff.

— Ton histoire de complices, c'est des conneries. Le type, il a fait ça tout seul. Ton problème, c'est que tu comprends pas comment.

— J'ai entendu parler de la bouteille. Ça prouve rien du tout.

— On a son mode opératoire, Peresse. On sait par où il est passé et dans quel ordre il a fait les choses.

— Dans quel ordre ?

— Je suis pas un bleu, Peresse, je parle pas à quelqu'un qui refuse de me montrer toute sa procédure. C'est donnant-donnant. Je peux juste te dire une chose : tes hommes ont loupé un truc important qui explique tout.

— Je dois te faire confiance, c'est ça ?

— Tu veux un échantillon ? Allons-y : déjà, vous avez pas vu que le tueur avait renforcé la tour d'observation pour espionner tranquillement la famille. Vous avez pas trouvé la barrette de la gamine sur le chemin de la brouette utilisée pour transporter les enfants. Vous avez probablement vu que le tueur avait déplacé des objets, mais vous avez pas compris le message. Et ça continue comme ça sur des pages de PV. On est restés que quelques heures, et voilà la moisson.

Peresse avait changé d'attitude. Alaric comprenait ce qu'il ressentait. Le gendarme s'assit sur la seule table de la pièce.

— Tu vas raconter tout ça à la juge ?

— J'ai rien contre toi, Peresse. Je veux qu'on bosse à deux, pas l'un contre l'autre. On partage les infos, et on résout ce dossier.

— J'espère que tu prépares pas une entourloupe.

— On a déjà sorti plusieurs affaires ensemble, je te rappelle. J'ai toujours été réglo.

— Pourquoi tu fais ça ?

— Ton client, il m'a pas tout dit. Je veux savoir pourquoi il m'a fait venir dans cette affaire. C'est entre lui et moi. Comment tu agirais, à ma place ?

— Je crois que je bousculerais le gars jusqu'à ce qu'il crache sa valda.

— Tu vois.

Peresse hésitait. Alaric voyait bien qu'il voulait lui faire une demande. Il l'encouragea d'un geste de la main.

— C'est quoi, le bon ordre des choses ?

— Le mari abattu dans l'atelier, puis la femme.

Peresse secoua la tête.

— Ça n'a aucun sens. Pourquoi le tueur aurait torturé la nana, si le mec était déjà refroidi ? Pour lui arracher ses numéros de carte Gold ?

— Pour impressionner les gens. Pour leur faire croire le contraire.

— J'y crois pas.

— Notre technicien de l'IJ a détecté des projections du sang du député sur le billot, là où sa femme était censée se trouver. Je te laisse faire tes prélèvements. Ce qui compte, ce sont pas nos scénarios, ce sont les faits. À nous de nous démerder avec ce qu'on trouve.

— Et on aurait raté ça ?

— Ça, et la tuerie d'Auriol.

— Qu'est-ce que tu veux dire ?

— Plus tard. On a une réunion à boucler.

Quand ils revinrent dans la salle de réunion, l'atmosphère commençait à sentir le fauve. Peresse annonça :

— Désolé pour l'attente, les gars. On fait une pause d'un quart d'heure et on revient frais et dispo.

Les gendarmes sortirent en masse. Aucun n'eut la courtoisie d'indiquer aux policiers l'emplacement de la machine à café. Alaric trouva Clémentine en pleine indignation :

— Tu as entendu, il nous appelle « les gars ».

— J'ai réussi.

— On est quand même trois filles. C'est de la provocation.

— On va collaborer avec lui.

— Quoi ? Je croyais qu'ils voulaient nous saboter l'enquête.

— Tu verras.

Alaric observa le comportement de son groupe. Pétrifiés par le mauvais accueil qu'ils avaient reçu, la plupart restaient assis sur leur chaise dure et glacée. Seul Osmane s'était levé, pour regarder la cour par la fenêtre protégée par des barreaux extérieurs. Depuis quelques semaines, il se tenait à l'écart et s'enfonçait dans un mutisme de plus en plus profond. Tout le monde savait qu'il avait des ennuis personnels. Son couple allait mal, et il ne voyait pas d'issue à cette crise. De tous les membres du groupe, il était certainement le plus fragile. Alaric le rejoignit.

— Ça va, tu tiens le coup ?

— Je l'ai toujours dit : je préfère être flic que gendarme.

— Ils vont nous relâcher bientôt, et on ramènera des biscuits à la maison.

Un éclair de reconnaissance apparut dans les yeux du troisième de groupe.

— Tu lui as mis le nez dans son caca ?

— Je lui ai évité la honte.

— Tu crois qu'il va te dire merci ?

— J'espère bien !

La section de recherche réinvestit la salle. La pause était terminée. Alaric remarqua que certains gendarmes, dont celui qui les avait escortés jusqu'au lieu de réunion, arboraient une mine renfrognée. Il supposa que Peresse leur avait passé un savon pour les éléments qu'ils avaient manqués dans les constates et la perquise. Profitant de l'agitation, il glissa un mot à chacun des policiers, pour les informer des événements récents. Le silence revint, et Peresse put reprendre la parole :

— Après l'introduction de tout à l'heure, on va maintenant entrer dans les détails. Je voudrais préciser à toutes les personnes présentes que notre objectif est de résoudre cette double affaire le plus rapidement possible, dans une collaboration et une transparence parfaites. Nous sommes heureux d'accueillir le renfort de nos collègues policiers, et je suis persuadé que la conjonction de nos méthodes respectives donnera les meilleurs résultats. Monsieur Autier, est-ce que cette façon de travailler vous convient ?

— Parfaitement, Adjudant-chef Peresse.

Clémentine le secoua d'un coup de coude. Par jeu, il répondit d'une expression d'incompréhension. Sur sa droite, Osmane lui fit un clin d'œil. Se remémorant les coups de bluff qu'il avait enchaînés depuis la veille, Alaric sentit se relâcher la tension qu'il avait accumulée sur le chemin, et qui l'avait empêché de dormir. Elle avait enfin commencé, cette enquête qui n'aurait jamais dû être la sienne. Seule comptait à présent la vie de ces deux enfants, qui allait bientôt devenir son obsession.

23

Lundi 18 mars

Le lendemain, Khadija se réveille avant moi. Pour le petit déjeuner, elle me dit de me servir dans le réfrigérateur. Chez elle, tout semble fonctionner ainsi, à la bonne franquette. Elle mène une vie désordonnée, dans un intérieur saturé d'objets inutiles et de souvenirs. Elle essaie de me parler, mais je réponds gauchement. J'ai conscience de rater une occasion d'échanger avec elle. C'est plus fort que moi : je n'arrive pas à franchir le fossé qui nous sépare.

Je lave ma vaisselle dans un évier encombré d'assiettes et de couverts sales. Je sens qu'elle se lasse de chercher à obtenir de moi une conversation suivie. Elle me provoque :

— En fait, je crois que t'es pas une vraie bourjouille. Tu carottes.

Elle a lâché sa bombe comme ça, sans en avoir l'air, en enfilant son collant. Sa petite phrase me sape le moral, et je ne sais pas pourquoi. Comme si j'avais vraiment envie de passer pour une bourgeoise à ses yeux. J'ai beau me dire que les gauchistes adoptent un langage vulgaire pour qu'on ne les confonde pas avec leurs ennemis de classe, le mal est fait. Je prends le temps de réfléchir avant de répondre :

— Parce que tu penses que quelqu'un se définit encore comme bourgeois, au XXIe siècle ?

— Allez, tu vois bien ce que je veux dire, avec tes fringues Vicomte A et ton style pub pour maquillage nude. J'voulais juste exprimer qu'en fait, t'es moins courge que t'en as l'air.

— Je ne t'ai rien demandé, Khadija, et surtout pas ce genre de commentaires sur mes vêtements et mon apparence. En acceptant ta proposition, je ne savais pas que le prix serait des insultes.

— Ça va, ça va, fais ta mijaurée si ça te botte, moi je te dis plus rien. C'était un compliment, si tu veux savoir.

— Drôle de compliment. Chez nous, les bourgeois, on arrive au moins à faire semblant quand on n'aime pas quelqu'un.

— Ouais, ça, pour être faux culs, vous êtes faux culs, pas de doute.

Ce n'était pas ce que je voulais dire, évidemment. Je ne prolonge pas la discussion, qui pourrait durer des heures sans que notre position respective change. Il est déjà 8 h 43, et la rue du Cher est à une dizaine de stations de métro. Nous quittons l'immeuble de Khadija et nous voyageons jusqu'à celui de *La Ligne Rouge* sans échanger autre chose que des informations utilitaires.

Dans le couloir du journal, je n'arrive pas à retenir une question :

— Pourquoi votre porte est blindée comme celle d'une banque suisse ?

Elle me regarde, amusée.

— Putain, dans quel monde tu vis ? On est de gauche, anti-curés et anti-mollahs, on fait de l'humour et des caricatures, on critique le pouvoir et on publie des dossiers d'investigation. Toi, ton média, il peut faire porte ouverte, parce que vous dérangez personne, mais nous, on est menacés tous les jours par des cinglés. Tiens, regarde.

Elle me montre une inscription à la bombe, sur le mur en face de la porte, dans la clarté agressive du projecteur. Je lis : « Boufeur de keu de Mélanchon, on va tous vous niké ». Je ne peux pas m'empêcher de penser (sans le dire) : « Qui sème le feu récolte la tempête ». Je comprends immédiatement que je me trompe. Ce que je vis depuis une semaine prouve qu'une simple citoyenne peut subir le rejet et le harcèlement juste parce qu'elle dénonce une vérité, sans chercher à nuire à personne. Et je suis heureuse de pouvoir compter sur un journal comme celui-ci pour me défendre.

À l'intérieur, Khadija me fait asseoir au même endroit que la veille. Je n'aurai pas accès à la salle de rédaction. Recroquevillée sur mon fauteuil crapaud, j'assiste au réveil du journal. Ce grouillement créatif, ce travail collectif pour accoucher du numéro du jour, ça me rappelle tant de beaux souvenirs que j'en pleurerais. David ne cesse de se déplacer dans l'espace confiné de la salle. Il est si omniprésent qu'il donne l'impression d'avoir un jumeau. Au bout d'une demi-heure, il m'accorde une minute d'attention, cette fois sans oser me faire la bise.

— Salut, Karine. Je voulais te dire : ton sujet, on le sort. J'ai toujours pas réussi à convaincre tout le monde, mais la majorité l'a emporté. Ton histoire est solide, c'est ça l'argument principal. En plus, on a trouvé une référence au prochain livre de Maréchal dans *Livre Hebdo*. Il devait paraître chez Stock. Ça te dit quelque chose ?

— Il n'a jamais publié chez cet éditeur. Ses derniers livres sont parus chez Armand Colin.

— On a contacté Stock, mais personne ne veut nous répondre. En soi, c'est déjà une info. Aussi, on a probablement identifié ton flic. Il s'appelle Alain Wagner. C'est une vieille connaissance : il a été cité, mais jamais sanctionné, dans des affaires de drogue à Lyon au début des années 2000, il s'est distingué par sa violence au cours du mouvement Nuit Debout et on le retrouve à éborgner des gens dès les premiers actes des Gilets Jaunes. Pour nous, ce type est un salaud de compétition. Pour l'IGPN, il est innocent comme un agneau.

J'ai du mal à enregistrer ces infos débitées à toute vitesse, mais mon cœur s'épanouit dans ma poitrine. Je me sens pleine de gratitude envers David et son équipe. Ils vont enfin faire éclater le scandale, et je cesserai de passer pour une mythomane.

— L'article sortira quand ?

— On a pas d'heure de bouclage à *La Ligne*. Les articles et les vidéos paraissent au cours de la journée. La seule heure butoir, c'est 17 h 30, quand on envoie notre lettre d'info quotidienne à nos abonnés. Je crois que le papier principal qui parle de Maréchal sera mis en ligne d'ici une demi-heure. Je pensais aussi t'interviewer pour préparer la suite.

— Tu sais, je suis vraiment touchée que tu aies accepté de m'aider. Ce n'est pas évident pour moi de l'admettre, mais tu m'as offert un soutien que les médias libéraux m'ont refusé. C'est une sacrée claque pour moi.

Je repense à mon échange avec Khadija, ce matin. J'ai le sentiment d'avoir rejeté l'amitié de cette femme. J'en éprouve de la honte.

— On est un peu les spécialistes du combat. Quand une cause est juste, on ne demande pas à la victime d'être du même camp que nous.

— C'est tout à votre honneur.

J'attends la parution de « mon » sujet en faisant les cent pas dans la salle. Les gens ne me saluent plus, je fais partie des meubles. Baudoin me prépare gentiment mon quatrième café de la matinée. Khadija passe sans me regarder. Enfin, David revient me voir, un portable à la main. Il me présente fièrement la page d'accueil de *La Ligne Rouge*. Je m'aperçois que je n'ai jamais lu son journal. Il faudra que je me rattrape.

Le titre de l'article épinglé en tête me surprend : « Une journaliste de droite dénonce les exactions d'un policier ». Le contenu colle assez étroitement à mon récit, l'étayant de diverses précisions dont la source est mentionnée. L'angle choisi est très défavorable à la police, et trace un lien entre les méfaits d'un de ses membres et les dérives du maintien de l'ordre. La vidéo de mon cambrioleur figure dans le corps du texte. Plus loin, une image qui en est extraite figure à côté de deux photos du policier dont David m'a parlé. L'article interroge plus qu'il n'accuse, mais l'accumulation de preuves ne laissent guère de place au doute. Je commente :

— C'est un beau papier. Des faits solides, un respect de l'intelligence du lecteur, de la prudence dans les conclusions. C'est toi qui l'as écrit ?

— Chez nous, c'est pas comme ça que ça marche. J'ai écrit la première version, Baudoin a travaillé sur les preuves et les liens, et Khadija a peaufiné le style. D'ailleurs, tu ne verras pas de nom d'auteur.

J'étouffe les sarcasmes que m'inspire cette idéologie.

— Qu'est-ce qui va se passer maintenant ?

— Il faut attendre les publications automatiques sur les réseaux sociaux, les envois à nos sites partenaires et la lettre d'info de la journée. Comme on est lundi, l'actu est encore endormie. On devrait voir apparaître les premières réactions d'ici une trentaine de minutes, mais le plus gros arrivera l'après-midi. En attendant, tu peux déjà partager le lien.

— Avec les trolls[13] qui me sont tombés dessus ?

— Je te montrerai les nôtres, on comparera. Les réseaux sociaux fonctionnent comme ça, on n'y peut rien.

Il a raison, mais j'ai le sentiment que ce qui s'est passé hier, quand j'ai posté la vidéo, n'était pas normal.

— Je partagerai, alors.

Cette fois, la tempête ne me surprendra pas.

David m'abandonne. Je devine qu'il tient son journal à bout de bras. En plus de lui, j'ai compté cinq journalistes. Si chaque article demande la collaboration de trois personnes, la journée sera longue. Je me retrouve seule,

---

13. Personne qui ne commente les publications des réseaux sociaux que pour créer ou entretenir une polémique.

le portable sur mes genoux repliés. Je sens l'anxiété qui monte. Et si l'article passait inaperçu ? S'il ne déclenchait pas les effets attendus ? J'ai autant peur de l'obscurité que de la violence.

J'ouvre deux onglets, l'un pour Facebook, l'autre pour Twitter. Dès que je me suis identifiée, je reçois des notifications qui concernent mes tweets et mes posts antérieurs. Je ne les lis pas. Inutile de me faire du mal. Je copie le lien de David et je le colle dans la publication que je viens de créer. J'ajoute une ligne de présentation : « En mémoire de notre ami Vincent Maréchal, pour que la vérité soit rétablie. » J'agis de même sur Twitter, en ajoutant les hashtags de ma création.

Je m'apprête à fermer le portable. Je prévois de consulter les réactions avec David après le déjeuner. Mais un son répété attire mon attention. Il indique l'arrivée des premiers commentaires. S'ils apparaissent aussi vite, cela veut dire que leurs auteurs ont été informés de mes publications dès que j'ai appuyé sur le bouton « Publier ». Mes « amis Facebook » et mes abonnés sur Twitter le sont automatiquement. Les autres, ceux qui m'ont insultée avant-hier, par exemple, ne reçoivent pas de notification à chacun de mes posts ou de mes tweets. Je reprends donc l'ordinateur et je rafraîchis la page d'accueil de Facebook.

Parmi les commentateurs, je reconnais certains comptes aux noms fictifs, illustrés de photos de profil choisies au hasard. Pour une raison que j'ignore, ces gens surveillaient ma page. Leurs commentaires ressemblent aux précédents : insultes génériques, menaces de mort, affirmations sans fondement… Cinq ou six excréments de ce genre ont été jetés sous mon post.

Mais d'autres réactions ont aussi fait leur apparition. Elles proviennent de comptes bien identifiés, utilisant des patronymes et des portraits humains. Elles visent directement le contenu de l'article, ou bien ma propre personne : « Encore un fake pourri. », « Une théorie du complot sur la mort de Vincent Maréchal, un auteur de la fachosphère. », « La meuf, elle est parano elle croit que la police la cambriole. »

Mon post est partagé par un inconnu. Sur son fil de nouvelles, ses amis se déchaînent. Vincent et moi recevons tous les noms d'oiseaux imaginables. Je suis traitée de pute, de salope, de sous-Marine Le Pen, de sale facho, de potiche. *La Ligne Rouge* en prend également pour son grade. On affirme que le journal est devenu un faux-nez de l'extrême droite, qu'il fait du journalisme de caniveau, qu'il ne vérifie pas ses sources. Écœurée, je ferme le portable.

Je reste silencieuse pendant de longues minutes. Je ne comprends pas ce qui arrive. Ce déchaînement de haine et de calomnies me paralyse. Tant qu'il provenait d'anonymes, je pouvais imaginer que des ennemis politiques de Vincent profitaient de l'occasion pour déverser leur bile. Mais les nouveaux venus sont des utilisateurs ordinaires de Facebook, avec leurs listes d'amis, leurs photos de chats et leurs blagues douteuses.

David fait irruption dans la salle. Il est préoccupé. Il a les cheveux en bataille.

— Karine, on a un problème. Tu viens ?

Je le suis jusqu'au Saint des saints : la salle de rédaction, pièce de cinq mètres par cinq, occupée par des meubles légers et des mini-PC de bureau. Baudoin et Khadija observent un grand écran partagé entre plusieurs fenêtres. Sur l'une défilent des tweets, la deuxième est consacrée à Facebook, la troisième et la quatrième suivent des mots-clés définis. David explique :

— C'est notre écran de veille médiatique. On utilise plusieurs applications qui agrègent les flux de nouvelles et nous fournissent un aperçu des tendances en temps réel. Normalement, quand on publie un article, son audience augmente doucement dans la journée, pour atteindre le top en soirée ou le lendemain matin. Mais celui sur toi et Maréchal n'a pas attendu tout ce temps. En fait, il est en train de faire le buzz tout seul, mais un buzz très négatif. Tiens, regarde.

Il me montre la quatrième fenêtre, qui enregistre l'utilisation des mots-clés « Vincent Maréchal » et « Karine Duval ». Une dizaine de sources y figurent déjà, avec des billets ou articles aux titres parfaitement explicites : « Une journaliste proche des milieux d'extrême droite crie au complot policier », « La vidéo *deep fake* d'une ancienne présentatrice d'*Objections* », « Le profil étonnant de Karine Duval, lanceuse d'alerte autoproclamée. », « La deuxième mort de Vincent Maréchal ». Je réagis spontanément :

— Comment ils ont pu aller aussi vite ? C'est fou, on a l'impression qu'ils avaient écrit leurs billets à l'avance.

— On s'en fout, Karine, dit David. Tu es sur la sellette, c'est ce qui compte. Et nous aussi, du coup. Ils t'accusent d'avoir tout inventé, d'avoir fabriqué la vidéo, de chercher à te venger de ton licenciement. Ils ont ressorti ta bio entière : ton divorce, ta dépression, ta relation avec Maréchal, ton travail à *Objections*, tes prises de position, tes vieux tweets. Denis Maïer, ton ancien patron, te décrit quasiment comme une déséquilibrée. On a même une réponse de la place Beauvau : le flic que tu accuses n'existe pas.

— Mais tu sais que c'est faux !

— J'en sais rien, Karine. Tu nous as pas donné beaucoup de preuves, et tu as oublié certains détails. Que tu aies couché avec Maréchal, moi je m'en tape, mais j'aurais aimé le savoir avant de publier le papier.

— Je ne couchais pas avec lui !

— C'est pas moi que tu dois convaincre. Maintenant, ton nom est sur la place publique, et je peux te dire que les réseaux sociaux te taillent un super costard en ce moment.

— Mais tu ne peux pas me lâcher comme ça. Je suis de bonne foi, David.

Baudoin et Khadija baissent la tête. Ils ne me défendront pas.

— La confiance, ça se mérite, Karine. J'ai envie de dire : pas de fumée sans feu. On a déjà défendu des gens, mais là, on est perplexes. Tu nous as caché des choses.

Je suis toujours assise dans la salle aux crapauds. Baudoin m'a offert une part de pizza. Ce sera mon seul déjeuner. David m'a demandé de rester là, le temps de décider d'une stratégie de communication avec son équipe. Ça tombe bien : je ne sais pas où aller. Je n'arrive pas à ordonner mes pensées. J'ai l'impression que les années que je viens de vivre n'étaient qu'un rêve. Je ne suis jamais sortie de ma dépression, je suis enfermée dans un établissement psychiatrique et David est le médecin chargé de mon cas.

Il doit être environ 14 h quand je vois sortir de la salle de rédaction David, Baudoin et un homme qui ne m'a pas été présenté. Ils ont tous une tête d'enterrement. Je sens également de la gêne chez Baudoin.

— Regarde les infos, dit David.

J'ouvre le portable qui m'a été laissé. Je navigue vers l'accueil de Google News. L'information fait partie des premières : « Un policier mis en cause par un article de *La Ligne Rouge* se suicide ». Ce n'est pas possible. Je clique sur le lien. Je reconnais immédiatement l'homme sur la photo en tête de l'article du Monde. Rouquin, cheveux courts, yeux bleus, demi-sourire moqueur.

C'est lui.

Je n'arrive pas à lire. Mes yeux sont inondés de larmes. Il est question de harcèlement, on parle d'une ancienne journaliste qui se rend au commissariat pour accuser violemment un policier psychologiquement fragile. Karine

Duval, également connue pour sa campagne de dénigrement sur les réseaux sociaux. Je gémis :

— C'est pas vrai, c'est pas possible.

Les trois hommes se regardent.

— Tu nous as foutus dans un sacré merdier, dit David.

Je plaide, entre deux sanglots :

— Mais c'est toi qui m'as dit qui c'était. Tu disais qu'il était connu pour sa violence.

— Laisse tomber, Karine. Il va falloir que tu vives avec ça sur la conscience. Maintenant, tu vas t'en aller. On aura déjà assez à faire pour empêcher nos chers confrères de nous lyncher.

Je n'arrive plus à parler. J'imagine la foule rassemblée devant l'immeuble, réclamant ma tête. Je me lève, je chancelle, je me rattrape. Reprends-toi, Karine, tu es seule à présent. Je ramasse mon sac et je marche vers la porte blindée. Personne ne me dit au revoir. Je sors, et le projecteur éclaire le mur d'en face. Sous l'inscription que j'ai vue en arrivant, une autre a fait son apparition « Mort à celle qui pousse les policiers au suicide ».

24

Vendredi 29 mars

Quand le groupe au complet entra dans les locaux de la criminelle, on avait dépassé 9 h 30. Alaric ignora les journalistes rassemblés devant l'hôtel de police, attirés par l'annonce de la saisine au début de la matinée. Il y avait bien plus urgent que de répondre à des questions de profanes sur l'enquête qui venait de naître. Avec les constates de la veille et la collaboration des gendarmes, les policiers disposaient à peine de quelques munitions pour se lancer dans la course.

Alaric avait déjà travaillé sur des enlèvements d'enfants quand il faisait partie de la Brigade de protection des mineurs, mais celui-ci dépassait de très loin tout ce qu'il avait connu en la matière. Non seulement l'affaire était médiatisée, mais elle intéressait beaucoup le pouvoir, et le fait que le tueur se soit livré sans révéler le lieu où les enfants étaient tenus prisonniers rendait l'urgence particulièrement aiguë.

Dans l'escalier, il informa Clémentine :

— J'ai l'intention de travailler avec Gouirand.

Elle sourit.

— Alaric Autier qui collabore avec la direction ? C'est du jamais vu.

— C'est autant pour elle que pour nous.

— Tu l'aimes bien, non ?

Il réfléchit avant de répondre. Il n'avait aucun contentieux avec la patronne, mais il ne se fiait pas totalement à elle. En cas de coup dur, il n'était pas assuré de son soutien.

— Aujourd'hui, on a besoin l'un de l'autre. Demain, on verra.

À l'étage de la Brigade criminelle, dès qu'il poussa la porte, il aperçut Camille Gouirand, reconnaissable à ses cheveux d'un blond inoxydable. Elle attendait le groupe, en faisant semblant de discuter avec sa secrétaire et Lostanlen. Elle avait beau simuler une décontraction de circonstance, sa tension s'exprimait en mille gestes : soulèvement des épaules, mouvements involontaires des pieds, changements fréquents de position... Alaric se dirigea résolument vers elle.

— Vous êtes dispo pour un briefing ?

Elle parut étonnée par cette proposition. Elle devait se préparer à ce qu'il se dérobe.

— Euh... Oui.

— Chez vous, ou chez moi ?

Elle fut prise de court, et rougit du sous-entendu.

— Dans mon bureau.

Passant devant elle, le groupe entra dans la salle, suivi de Lostanlen. On s'installa sans cérémonie autour de la table pour la deuxième réunion de la journée, avec bien plus d'entrain qu'au fort d'Anjou. Si Alaric avait douté une seule seconde que son groupe le suivrait sur cette affaire épineuse, ce signe lui montrait que ce n'était pas le cas. Soulagé, il prit place devant le tableau à feuilles mobiles. Il attendit que la patronne soit assise, à l'écart comme d'habitude, avant d'ouvrir le bal :

— Je sais pas vous, mais moi, je me sens un peu comme si on avait une bombe sur la table avec le tic-tac du détonateur.

Alaric regarda Gouirand. La bombe semblait la menacer plus que n'importe qui. Elle hocha discrètement la tête. Il continua :

— Ce sera pas une enquête classique. En gros, on doit tous avoir une seule obsession : retrouver ces gamins, et on s'occupera des procès-verbaux plus tard. De toute façon, le suspect a avoué, et on a déjà suffisamment d'éléments pour l'instruction. L'idéal, ce serait qu'on atteigne notre objectif d'ici ce soir. Bombe désamorcée, félicitations de la hiérarchie, médias qui nous encensent, et je vous offre une tournée à O'Paris.

Comme il s'y attendait, cette offre suscita une vague de commentaires élogieux. Le groupe n'avait pas besoin de ce genre d'encouragements pour donner le meilleur, mais l'idée d'une tournée au pub voisin pouvait l'aider à mobiliser son énergie.

— Il faudra quand même travailler dans les règles, dit la patronne.

Alaric faillit lui répondre par l'ironie. Clémentine lui toucha le bras pour répondre à sa place.

— Ce que monsieur Autier veut dire, c'est que nous privilégierons dans un premier temps les recherches sur le terrain. Nous respecterons évidemment le code de procédure.

Toujours cette obligation de rassurer une hiérarchie frileuse. Non, le chef de groupe ne se prenait pas pour l'inspecteur Harry. Oui, on pouvait attendre de lui une belle procédure, qui passerait sans peine l'épreuve du procès aux assises. Alaric regrettait déjà d'avoir invité cette femme, alors qu'il aurait pu se contenter d'un briefing intime et sans souci. Il enchaîna sans tenir compte de ce qu'elle avait dit :

— Vous savez qu'on a la commission rogatoire sur l'enlèvement seulement. La section de recherche enquête sur le suspect et sur ses meurtres. En théorie, elle nous informera de ses progrès en temps réel. Il nous reste deux grandes orientations : les circonstances matérielles de l'enlèvement et de sa préparation, et la fameuse énigme laissée par le tueur. On se partagera le boulot sur ces deux axes, en sachant que le second sort un peu de nos habitudes.

Lostanlen l'interrompit :

— Est-ce que c'est bien raisonnable de consacrer de l'énergie à ce que tu appelles l'énigme ? Peut-être que le tueur a juste voulu nous faire perdre du temps.

Cette remarque méritait une réponse ferme et définitive :

— Je me mets à la place de ce type : je me rends, je veux parler à Alaric Autier, je lui révèle des détails que les gendarmes ont complètement ratés. Grâce à moi, la crim' est dans le coup, mais en fait, mon but secret, ce serait de faire tourner les flics en bourrique ? Ça tient pas la route. Le type que j'ai rencontré est un psychopathe qui cherche à ce qu'on s'intéresse à lui. Cette énigme, c'est son bébé, son œuvre. Il veut prouver au monde qu'il est très intelligent, et que personne est capable de déchiffrer le code…

— À part un policier d'élite qu'il a spécialement choisi pour ça, dit Gouirand.

Tout le monde la regarda. Alaric devait reconnaître que sa réflexion ne manquait pas de pertinence.

— On a tous rencontré des tueurs qui passaient aux aveux juste parce qu'ils trouvaient l'enquêteur sympa, dit Clémentine. Nous ne connaissons pas le mobile de ce type, mais il a manifestement envie qu'on joue avec lui. Quand on veut jouer, on se choisit un adversaire de qualité.

Alaric se souvint de son « audition » du suspect. Face à cet homme qui n'avait pas l'intention de mâcher le boulot aux policiers, il avait lui-même inventé un jeu de questions et réponses, dont « Audiberti » s'était immédiatement emparé.

— Le problème, quand on joue avec un psychopathe, c'est qu'on ne connaît pas les règles à l'avance, dit Gouirand. Vous pensez peut-être que vous êtes plus malin, mais vous ne serez jamais aussi tordu que lui.

Alaric ne put s'empêcher de la dévisager. Il avait l'impression d'entendre parler quelqu'un qu'il ne connaissait pas. Une chef de service dont les avis pouvaient apporter un point de vue intéressant. Il se promit de réfléchir à ce qu'elle avait dit.

— C'est bien possible. Avec ce genre d'individus, on est toujours sur le fil du rasoir. Je le dis à tout le monde : si je commence à délirer, arrêtez-moi.

— On sera là, dit Clémentine.

Elle était parfaite dans ce rôle, et il préférait que Gouirand ne soit pas mêlée à la gestion quotidienne de l'enquête.

— J'en doute pas. Maintenant que ma camisole de force est prête, on passe à la distribution des tâches ?

Ni Gouirand ni Lostanlen ne s'y opposèrent. Il était temps d'avancer. Rien de tel qu'une urgence pour écourter une réunion. Il attendit que l'attention générale soit tournée vers lui pour égrener sa liste :

— Grâce à nos amis les gendarmes, on a maintenant une identité pour le suspect. On va travailler avec eux pour établir son emploi du temps, pour trouver son véhicule, son domicile, son numéro de téléphone et le reste. Osmane, tu seras en lien permanent avec la section de recherche. Tu feras des points réguliers avec eux, au moins un par heure. Je veux aussi que tu t'occupes des réquisitions et des analyses, et que tu récupères au plus vite l'album de l'IJ.

— OK, boss.

— Clémentine, je voudrais que tu travailles sur l'identité d'Audiberti, à partir des fichiers et de toutes les sources de renseignement que tu pourras trouver. Il nous faut le profil le plus complet possible. Victoria et Joseph, vous travaillerez sur les déplacements du suspect et sur les lieux où il a pu aller dans la nuit de dimanche à lundi. Patrick, j'ai besoin de toi pour analyser les données de téléphonie et reconstituer l'emploi du temps du suspect. Daniel et Joseph, dans l'après-midi, vous bosserez sur la scène de crime et sur les objets touchés, déplacés ou apportés par le tueur. Jo, tu t'occuperas de la partie scientifique, Daniel de la partie documentaire, y compris sur les relations entre notre affaire et la tuerie d'Auriol.

— Et vous ? demanda Gouirand.

— Dans la procédure des gendarmes, il y a les auditions de deux personnes qui travaillaient régulièrement pour les Carville. Avec Clémentine, je vais les transporter sur la scène de crime pour qu'elles nous disent ce qui a changé.

— Bref, vous vous occupez de l'énigme.

— Et de tout ce que le tueur a fait pendant les heures qu'il a passées là-bas.

Manifestement, elle en doutait. Il n'essaya pas de la convaincre.

— On a deux compagnies de CRS à notre disposition pour mener les recherches. Je n'ai qu'un mot à dire.

— Joli cadeau. Totalement désintéressé, évidemment. On s'en servira dès qu'on aura des éléments concrets.

Il se leva, signifiant à son groupe la fin du briefing. Gouirand voulut ajouter quelque chose, mais elle y renonça quand elle vit la plupart des personnes présentes l'imiter. Un temps pour la discussion, un temps pour l'action, comme toujours.

25

Elles s'appelaient Aurore Dulin et Catherine Polachowski. Elles ne se ressemblaient pas. La première, cheveux gris attachés, legging et pull noir, marchait voûtée et la nuque raide, sans regarder personne dans les yeux. La seconde, cheveux teints en bataille, aussi grande et maigre que l'autre était petite et boulotte, ne cessait de parler et ne restait jamais en repos.

Dulin travaillait pour l'agence Shiva. Depuis dix ans, elle nettoyait la maison des Carville deux matinées par semaine, à des heures où personne ne l'occupait. Les propriétaires avaient mis un soin particulier à ne pas la rencontrer, allant jusqu'à changer plusieurs fois ses horaires hebdomadaires quand ils passaient chez eux à un moment où elle aurait dû s'y trouver.

Polachowski était une ancienne professeure de mathématiques en lycée, qui avait reçu la mission d'initier Léandre aux arcanes de sa discipline. Elle s'occupait du garçon deux soirs par semaine entre la sortie de l'école et le retour de la maman, ce qui permettait aux Carville de diminuer le salaire de la nounou.

Tout cela, Alaric l'avait appris en lisant les auditions de la section de recherche. Ni Shiva ni Superprof, le site qui vendait les cours de Polachowski, n'avaient opposé la moindre objection à révéler à la police les coordonnées des deux femmes. Pour gagner du temps, Alaric et Clémentine ne les avaient pas convoquées, mais s'étaient déplacés jusqu'à leur domicile respectif, à Saint-Rémy-lès-Chevreuse et à Orsay. Elles avaient fait connaissance sur la banquette arrière de la Golf du groupe, et il était apparu tout de suite que cette rencontre ne marquerait pas le début d'une grande amitié. Quand il regardait dans le rétroviseur, Alaric avait l'impression qu'elles avaient disparu, tant elles se tenaient loin l'une de l'autre.

Les gendarmes qui gardaient la propriété se montrèrent plus accueillants cette fois-ci. Alaric roula jusqu'à la maison, et se gara côté cour, près de l'entrée de la cave. À la suite des policiers, les deux témoins sortirent de la voiture comme on s'échappe d'une prison.

— Je ne comprends pas pourquoi vous m'avez convoquée, dit la prof. Je ne faisais pas partie du personnel de maison. Je suis une enseignante, pas une baby-sitter. Je ne sais pas si je pourrai apporter quelque chose à votre enquête. D'ailleurs, j'avais l'intention d'arrêter les cours. Léandre était un très mauvais élève, mal élevé, si vous voulez mon avis. Et puis madame Carville me prenait de haut, j'ai horreur de ça. C'est pas parce que je gagne moins qu'elle que je suis son inférieure. C'est triste, ce qui leur est arrivé, je ne dis pas. Mais si vous voulez mon avis, le député, il avait des affaires pas claires.

— On verra plus tard, dit Clémentine. Nous ne vous avons pas fait venir pour ça.

— Parce que c'est vrai, quoi, je ne sais pas combien gagne un député, mais monsieur Carville, il en avait, du pognon. C'est comme l'affaire Fillon. J'ai envie de dire : rendez l'argent. Si vous voulez mon avis, les politiques, c'est pourriture et compagnie.

Alaric en eut assez.

— Vous pouvez vous taire, s'il vous plaît ?

— Oui, bien sûr. Je suis quelqu'un de très discret. Pourtant, j'aurais pu en dire, des choses. Leur façon d'élever leurs enfants, par exemple…

Clémentine haussa le ton :

— Si vous êtes discrète, prouvez-le et taisez-vous.

— Bon, bon, d'accord. C'est vous qui donnez les ordres.

Aurore Dulin n'avait pas prononcé un mot depuis qu'elle était montée dans la voiture. Alaric s'adressa à elle :

— C'est vous que j'ai envie d'entendre, Madame Dulin. Vous êtes déjà entrée dans la cave ?

— Oui.

Il ouvrit la porte, montrant la pièce obscure.

— Est-ce que la porte restait déverrouillée ?

— Non.

— Il faudra nous en dire plus.

La femme de ménage se voûta plus encore. Elle avait peur.

— Je la fermais tout le temps, mais les enfants n'arrêtaient pas de la laisser ouverte.

Elle ne cessait de regarder la prof, comme si elle craignait sa réprobation. Alaric comprit qu'il n'obtiendrait rien d'elle en présence de Catherine Polachowski.

— Vous savez ce qu'on va faire ? dit-il. On va se séparer. Madame Polachowski, mon adjointe va vous faire entrer par la porte principale. En tant que professeure de Léandre, je suppose qu'on ne vous a jamais introduite par l'arrière. Pendant ce temps-là, madame Dulin et moi allons visiter les sous-sols.

Il n'attendit pas la réponse, mais glissa un mot dans l'oreille de Clémentine :

— *Balade-la dans la maison et laisse-la causer. L'idéal, ce serait qu'elle chique un peu.*

— *Compte sur moi pour l'asticoter*, répondit Clémentine.

Le groupe se divisa en deux, et Alaric laissa la femme de ménage pénétrer dans la cave devant lui. Sans hésiter, elle tendit le bras vers l'interrupteur peu visible et alluma l'ampoule. Alaric chercha une photo sur son téléphone et la montra à Aurore Dulin.

— On a trouvé ce doudou, dit-il.

Elle porta les deux mains à la bouche. Dans la pénombre, Alaric crut voir des larmes apparaître aux coins de ses yeux.

— C'est la licorne de Daphné. Elle dormait avec.

— Si j'ai bien compris, vous n'avez jamais vu la famille. Comment vous pouvez être aussi sûre de tout ça ?

— La dame, elle… un jour, elle était très fâchée, parce que Daphné, elle avait perdu son doudou et qu'elle pouvait pas dormir sans. Elle a téléphoné à ma chef. J'ai dû chercher le doudou. Il était sous le bureau de Léandre.

Si la gamine dormait avec son doudou, cela pouvait indiquer que le tueur avait transporté les enfants par la cave. Mais cette hypothèse posait une autre difficulté : pourquoi aurait-il emprunté ce chemin, plus long et plus difficile, alors que les parents étaient morts et qu'il avait laissé sa voiture de l'autre côté ?

Il nota ce détail dans son carnet et désigna l'escalier pour que Dulin le monte devant lui. Quand ils arrivèrent dans la cuisine, elle voulut déplacer une assiette posée sur le comptoir. Il arrêta doucement son geste.

— Nous voulons que tout reste comme ça pour le moment, Aurore. Nous avons justement besoin de vous pour savoir ce qui a changé depuis votre dernière visite. C'était quand, d'ailleurs ?

— Vendredi dernier. Je venais le mardi et le vendredi.

— On va passer dans toutes les pièces. Je veux que vous essayiez de vous rappeler précisément comment elles étaient il y a une semaine.

Des lignes de rides apparurent au front de l'employée de maison. Son émotivité risquait de tout envahir. Alaric décida de commencer par le premier étage. En tête, il traversa le gigantesque séjour et monta l'escalier. Il était temps : du hall d'entrée s'élevait déjà le monologue de la prof de math, mélange de généralisations sans intérêt, de plaintes et de reproches envers ses employeurs.

À l'étage, Aurore négligea le camion abandonné au milieu du palier et les poupées du couloir.

— Ces objets sont à leur place ? demanda Alaric.

— La dame, elle voulait que je remette les jouets au même endroit. Le camion, il est là depuis la semaine dernière.

Alaric choisit hâtivement l'ordre dans lequel ils visiteraient les pièces. Il commença par la salle de billard, mais se ravisa en chemin. La bouteille d'eau minérale avait été retirée du bar, et la pièce paraissait intouchée en dehors de ce détail. Il poussa donc le témoin dans la direction opposée, jusqu'à la chambre d'amis, où le matelas, la bougie, les chaises et les ficelles n'avaient pas bougé.

— Je vous laisse ici quelques minutes. Prenez votre temps pour observer cette pièce. Je veux savoir d'où viennent ces objets et comment ils sont arrivés ici.

Il la planta sur place et descendit au rez-de-chaussée. Il espérait mettre la main sur une bouteille d'eau minérale quelconque, pour remplacer celle qu'Hoddon avait emportée. Il croisa Clémentine et Polachowski, la première empêchant la seconde de poursuivre une tirade sur l'avidité des bourgeois. Il fila dans la cuisine, où il ouvrit tous les placards. Il ne trouva ce qu'il cherchait que dans le dernier, sous le plan de travail : un pack de Vittel à la fraise, dont il manquait une bouteille. Après avoir hésité un instant, il finit par enfiler un gant de latex pour empoigner une de celles qui restaient. On ne pouvait risquer d'effacer d'autres empreintes du tueur, qui s'était peut-être servi à cet endroit. Il repartit en sens inverse, courant presque pour placer la nouvelle bouteille à l'emplacement de l'originale et revenir dans la chambre d'amis. Aurore n'avait pas bougé d'un centimètre.

— Je ne sais pas qui a fait ça, dit-elle. La chambre était fermée à clé.

— D'où viennent ces chaises et ce matelas ?

— D'ici. J'avais empilé les chaises dans un coin pour passer la serpillière. Le matelas, il se trouvait au même endroit. La bougie et la ficelle viennent de la cuisine.

Alaric l'emmena à l'autre extrémité du bâtiment, dans la salle de billard enfin complète. Il s'arrêta sur la dernière marche du petit escalier de l'entrée. Dulin n'osa pas aller plus loin. Elle ne comprenait pas ce qu'il voulait.

— Et ici, quelque chose a changé ?

— Non, c'était comme ça.

— Vous êtes sûre ? Même dans le bar ?

Il marcha jusqu'au zinc. Elle regarda dans la même direction que lui, mais ne remarqua rien.

— Et là, tout est normal ? s'obstina-t-il.

— Le monsieur, il voulait pas que je range ses alcools. Je devais juste faire les poussières.

Alaric saisit la bouteille d'eau aromatisée.

— Et ça ?

Son visage s'assombrit. Elle était embarrassée.

— C'est pour madame et les enfants. Ils... buvaient ça tous les soirs.

— Qu'est-ce qu'il y avait là-dedans, Aurore ?

Elle se détourna de lui. Même après ce qui s'était passé, elle ne voulait pas révéler les secrets de la famille. Il insista :

— Je dois savoir. Vous n'êtes pas fautive.

— On m'a rien dit, mais je sais qu'elle mettait des médicaments dedans. Un jour, j'ai vu un cachet entier au fond d'une bouteille.

— Quel genre de médicaments ? Elle les conservait quelque part ?

La femme de ménage sortit de la salle et poussa l'une des portes du couloir. Quand Alaric entra à son tour dans la salle de bain, elle avait déjà ouvert un compartiment dissimulé dans la cloison.

— Ce médicament-là.

Plusieurs boîtes identiques, occupant un étage entier d'une armoire à pharmacie que deux perquisitions successives n'avaient pas réussi à mettre au jour. Le nom du produit, écrit en deux nuances de bleu, s'étalait sur toutes les boîtes : Stilnox ©. Le tueur n'avait pas endormi la famille à l'aide d'une bouteille d'eau bourrée de somnifère ; Gladis Carville s'en chargeait elle-même, assommant tous les soirs ses enfants avec un produit destiné aux adultes.

— Mais pourquoi ? Les enfants dorment tout seuls, ils n'ont pas besoin de somnifères.

Aurore Dulin se tut. Elle n'avait jamais parlé à ses patrons autrement que par téléphone. Alaric devina pourtant qu'elle en savait davantage. Il l'interrogea :

— Pour vous, madame Carville était quel genre de femme ?

Elle réfléchit longuement, cherchant sans doute ses mots pour ne pas mentir ni médire. Elle répondit à voix basse, en regardant le carrelage gris anthracite.

— Quelqu'un de triste. Regardez.

Elle désigna un autre étage de la pharmacie, d'autres boîtes identiques. Le nom écrit dessus, « Mirtazapine », ne lui disait rien, mais il comprit qu'il s'agissait d'un antidépresseur.

Au moment où ils sortaient de la salle de bain, ils aperçurent les deux autres, qui inspectaient la chambre d'amis. Clémentine semblait excédée et Polachowski ne parlait plus. Il était temps que l'épreuve s'interrompe. Alaric emmena Aurore Dulin dans la chambre de Léandre. Elle regarda la pièce avec étonnement, s'arrêtant successivement sur les éléments que Clémentine avait déjà repérés lors de la visite précédente.

— Pourquoi ils ont fait ça ? demanda-t-elle.

— Justement, c'est ce qu'on cherche. Dites-moi ce que vous voyez.

La femme de ménage tressaillit. Elle tourna la tête en tous sens, à la recherche de ce qui avait pu lui échapper.

— Les chaussures sales, normalement, elles étaient tout en bas. En haut, on portait des chaussons. Il y a la pince, elle devrait être rangée dans la trousse à outils du petit atelier, et la terre dans le tube était à madame. La tête de sanglier, elle vient du salon. Léandre, il aurait pas pu prendre ça, c'était trop haut. Je vois aussi le verre à pied. Les enfants, ils avaient pas le droit de toucher à ces verres.

Elle s'accroupit à côté du lit et montra un objet qui en dépassait à peine.

— Ce livre, c'est dans la bibliothèque du monsieur, dans son bureau, ajouta-t-elle.

Elle avait trouvé tous les éléments suspects, plus le livre sous le lit.

— C'est tout ? Vous ne voyez rien d'autre ?

— Rien du tout, non.

Dans le couloir, des bruits de voix approchaient. Clémentine et le deuxième témoin pénétrèrent à leur tour dans la chambre, sans que Polachowski interrompe un seul instant son monologue :

— Oui, parce que moi, je suis honnête, si vous voyez ce que je veux dire. Grappiller quelques centimes sur le salaire de quelqu'un, je trouve ça honteux.

Elle n'accorda aucune attention au livre, aux chaussures, au verre, ni au cylindre de métal. Traversant la pièce, elle se posta devant un tableau blanc soutenu par un trépied.

— Je lui avais écrit un devoir pour le cours suivant, et regardez ce qu'il a fait, ce petit con.

Alaric et Clémentine examinèrent le tableau. Du devoir, il ne restait que quelques traces sur les côtés. Au milieu du rectangle blanc, une main adulte avait écrit un E en capitale. Septième partie de l'énigme, probablement. Clémentine n'avait pas souffert pour rien : ultime aiguille dans une botte de foin verbale, la prof de math avait fini par apporter sa contribution à l'enquête.

26

Comme il le constatait toujours avec étonnement, Osmane aimait l'ambiance particulière de son bureau de procédurier. D'abord, il occupait seul un espace qui aurait dû être attribué à un binôme. La nature même de ses activités éloignait les intrus, par exemple quand il faisait sécher des vêtements imprégnés de sang ou qu'il couvrait sa table d'écouvillons de prélèvement. Mais il tenait aussi à son matériel de scène de crime, aux albums qu'il recevait de l'Identité judiciaire, à ses scellés et à la recension patiente et minutieuse des éléments qui conduiraient un jour à résoudre une enquête. Dans ce monde d'objets et de rapports d'analyses, il se sentait chez lui.

Les constates de la veille avaient apporté leur lot de trouvailles. La barrette exhumée et le doudou de la cave renvoyaient à Daphné, la petite fille enlevée. Osmane arrivait à tenir la bride à son imagination, l'empêchant de la lui représenter à l'état de cadavre. Il espérait lui rendre ces deux objets après l'avoir retrouvée. Pour le reste, la plupart des prélèvements étaient déjà partis au labo, et les résultats ne reviendraient qu'en fin d'après-midi ou dans les jours suivants.

Restait la procédure de la section de recherche, épaisse liasse de documents bien rangés, avec ses rapports techniques, ses albums et ses procès-verbaux. Ce corpus-là ne portait pas la marque de groupe Autier, ni même celle de la police. Il reflétait d'autres méthodes, d'autres façons de penser, une organisation plus militaire, dans laquelle Osmane se serait senti à l'étroit.

Alaric voulait qu'il maintienne un contact permanent avec les gendarmes. Osmane savait ce que cela signifiait : contrairement aux habitudes de la maison, le groupe allait jouer la collaboration honnête avec eux, en espérant qu'ils feraient de même de leur côté. Depuis l'explication qu'Alaric avait eue avec lui, l'adjudant-chef Peresse semblait aller dans le même sens, mais pouvait-on faire confiance à ses collègues et à ses supérieurs ? Entre les pieds-plats[14] et les schtroumpfs, la tradition était plutôt de se tirer la bourre.

Sur la grande table qui lui servait généralement à exposer les éléments saisis au cours des enquêtes, il étala les copies de documents qu'il avait reçues, classées par ordre chronologique d'entrée dans la procédure. Il découvrit les premiers procès-verbaux, relatant l'arrivée des gendarmes dans la propriété des Carville et leurs constatations initiales. Il suivit le rituel de l'enquête sur le terrain, avec le rapport médical et les diverses pièces en rapport avec les cadavres. Après une perquisition complète et des fouilles dans les étangs entourant la maison, l'enquête s'était peu à peu orientée vers des auditions de proches et de voisins, des réquisitions auprès d'opérateurs de téléphonie et des recherches dans les fichiers de gendarmerie.

Très vite, l'hypothèse d'une opération terroriste, menée par un commando bien entraîné, avait influencé les enquêteurs au point de les rendre aveugles à tout ce qui la contredisait. Ainsi, la mise en scène évoquant la tuerie d'Auriol, dans la chambre d'amis, avait été interprétée comme ce qui restait d'un épisode de séquestration et de torture psychologique du député. De même, les éléments déplacés dans la chambre de Léandre signifiaient, pour les gendarmes, que les meurtriers recherchaient un objet caché.

Il abandonna sa lecture pour passer un premier coup de fil à la section de recherche. Peresse avait donné à Alaric un numéro de téléphone à utiliser, sans indiquer le nom de la personne qui serait au bout du fil. Osmane se fixa comme premier objectif de cerner le profil de son interlocuteur et de l'identifier. Sur le téléphone fixe de son bureau, il forma les dix chiffres du numéro. Une voix forte et sans nuance lui répondit :

— Ferrie.

Osmane nota le nom.

— Euh… Bonjour, je suis Osmane Dahmaj, de la brigade criminelle de Versailles.

— Ouais, vous voulez quoi ?

— Mon chef de groupe souhaite qu'on reste en contact permanent pendant les deux enquêtes, alors je voulais me présenter et faire un premier point.

— Ouais, ben c'est fait.

---

14. Surnom donné par les gendarmes aux policiers.

Osmane chercha quelque chose à lui dire, une information qu'Alaric n'aurait pas divulguée à Peresse au cours de la réunion. Il n'en trouva aucune.

— Vous en êtes où ? Je veux dire : on pourrait peut-être… partager notre planning de la journée, histoire de s'accorder un peu.

— Ouais.

Osmane commençait à se sentir ridicule. Il avait pourtant entendu Peresse parler de collaboration et de transparence. Son interlocuteur, ce Ferrie, devait être dans la salle au moment où il avait tenu ce discours. Ferrie… Ce nom lui disait quelque chose. Il se rappela la réunion du matin, la façon dont le groupe avait été mal accueilli par les enquêteurs de la section de recherche. Un visage, peu à peu, émergea de sa mémoire : gros nez, cheveux très courts, des poils et des taches de beauté partout. Le gendarme qui les avait escortés jusqu'à la salle. Il comprit alors qu'il ne parviendrait pas à lui soutirer la moindre information.

— Bon, je crois que c'est inutile de continuer.

— Ouais.

Il raccrocha. Il n'arrivait même pas à éprouver de la colère envers cet homme. Il avait vécu tant de situations conflictuelles entre les policiers et les gendarmes, tant d'incompréhensions et de mesquineries que le revirement de Ferrie ne le surprenait pas. Peresse ne pouvait à lui seul modifier les comportements et les préjugés de ses collègues. De plus, le lieutenant-colonel Boisnard lui-même avait clairement exprimé son hostilité à l'égard des enquêteurs de la criminelle. Alaric pouvait s'estimer heureux d'avoir obtenu la procédure de Peresse. La conversation qu'Osmane venait d'avoir avec Ferrie montrait que la collaboration et la transparence n'iraient pas plus loin.

Après ce revers, il faillit abandonner son travail et se servir une gorgée du nectar qu'il cachait sous son armoire blindée. Après tout, il n'avait pas réussi à mener à bien la moitié des tâches que le chef lui avait assignées. Des pensées familières, tournant autour de sa propre nullité, se présentaient à l'horizon de sa conscience. La crise n'était pas loin.

Mais une idée se mit en travers de ce nouveau dérapage.

Après la réunion, Peresse avait demandé à un de ses hommes de photocopier le dossier de procédure.

Ferrie.

Évidemment, il avait peut-être exécuté l'ordre de son supérieur sans arrière-pensée, et surtout sans omettre aucun document. Mais connaissant l'individu, la probabilité d'une manipulation était élevée. Osmane n'avait aucun mal à imaginer ce qui pouvait manquer : des rapports d'analyse, certains procès-verbaux très spécifiques, toutes les pièces à la fois utiles et faciles à escamoter. À la place de Ferrie, il aurait bidonné un dossier vraisemblable, mais suffisamment incomplet pour que les policiers ne puissent en tirer profit.

Il reprit les pièces une à une. Un détail le frappa : il manquait à chaque fois la page de titre. Ferrie n'avait pas cherché à économiser du papier ou à faciliter la lecture des documents. Cette page contenait le numéro d'ordre de chaque procès-verbal, qui aurait rendu la fraude immédiatement visible. Ce n'était pas une preuve, mais un indice intéressant.

En tant que procédurier, Osmane connaissait parfaitement les techniques utilisées dans le classement des pièces. Diverses personnes étaient amenées à consulter le dossier, qui finissait par se transformer en un chaos de feuilles volantes. Le numéro du procès-verbal ne suffisait pas ; il fallait aussi numéroter les feuilles, au crayon pour que les modifications soient faciles. La photocopie rendait ces chiffres crayonnés peu visibles, mais on arrivait souvent à les deviner.

Il installa sur sa table la loupe qu'il utilisait pour examiner les objets saisis. L'objet était vétuste, mais son pied articulé, sa lampe et la qualité de son verre en faisaient un outil indispensable. Parmi les feuillets, il choisit le plus sombre, dont il inspecta tous les emplacements qui pouvaient accueillir une numérotation. Il trouva rapidement deux endroits, à droite de la page, au milieu et en bas. Le premier semblait être réservé à une classification administrative, et restait identique sur tout le procès-verbal. Le deuxième contenait deux nombres séparés par un trait d'union : sans doute un numéro de journée d'enquête et le numéro d'ordre du feuillet dans la journée.

Osmane mit une bonne demi-heure à recenser les pièces présentes et absentes. Il trouva trois lacunes dans les chiffres, qui pouvaient correspondre à trois documents ou davantage. Leur position dans la procédure permettait toutes les hypothèses. Mais à moins d'obtenir la preuve de leur absence, il était difficile d'accuser les gendarmes d'avoir volontairement transmis une procédure incomplète. Et cette preuve, une personne pouvait la fournir.

Delphine.

Delphine était une quinquagénaire à la chevelure flamboyante, qu'Osmane rencontrait parfois au pub O'Paris. Célibataire depuis qu'elle avait chassé son mari infidèle, elle s'ennuyait dans sa vie trop rangée, loin de ses enfants qui habitaient en province.

Elle occupait un poste de greffière au tribunal. Son nom figurait dans la commission rogatoire de la juge Cornil.

Pour l'appeler, Osmane utilisa son téléphone mobile. On n'est jamais trop prudent. Elle répondit au bout de dix sonneries.

— Bonjour, ma chérie, tu vas bien ?

— Osmane. Non, je vais pas bien. Je m'emmerde comme un rat mort. J'ai envie de démissionner et d'élever des chèvres dans le Larzac.

— Tu te ferais du mal. Ça pue, les chèvres. Et puis tu me manquerais.

— Mon cul, oui ! Tu dis ça parce que t'as un service à me demander.

— Je vais pas te mentir. Oui, j'ai un service à te demander, mais ça me fait quand même plaisir de te parler. Avec toi, j'ai pas l'impression de bosser.

— Bon, ça me va, comme compliment. Tu peux me demander ce que tu veux, sauf mon code de carte bleue.

— T'es fauchée, de toute façon.

— Pas faux.

— Je cherche une info sur une procédure.

— Pas Carville, quand même ?

— Pourquoi ?

— Je sais pas, c'est chaud, comme dossier.

— C'est Carville. Les meurtres. On a reçu une copie du dossier, mais j'ai l'impression qu'il y a des trucs qui manquent.

— Je pourrai rien t'envoyer, il faut que tu le saches.

— Juste les titres des pièces, alors.

— Dis-moi.

Il lut la liste des documents dont il disposait, et lui signala chacun des trous qu'il avait repérés.

— J'en ai peut-être manqué, ajouta-t-il.

— J'en ai deux de plus que ta liste. Le premier a pour objet « Véhicule du suspect » et l'autre « Perquisition au domicile du suspect ».

— C'est énorme.

— Laisse-moi deviner : on vous a pas mis au courant ?

— Non.

— Regarde la télé.

— La télé ?

— Ils ont tout laissé fuiter. T'auras même les images.

— Les cons.

— Ça fait longtemps que je le dis : le secret de l'instruction, c'est ringard.

Il échangea encore quelques banalités avec elle avant de raccrocher. Dès qu'il en eut terminé, il effectua une recherche sur Google Actualités, qui lui donna immédiatement les vidéos dont Évelyne avait parlé : une voiture calcinée sur un parking et une perquise à spectacle dans une ancienne boulangerie à Guyancourt. Deux procès-verbaux à obtenir. Seul restait un fantôme de quinze pages au début de la procédure, dont personne, même les journalistes, ne semblait avoir entendu parler.

27

Malgré le ciel gris, Victoria était ravie de sortir des bureaux. La réunion avec les gendarmes lui avait gâché la matinée. Être obligée de subir leurs mépris, alors qu'ils avaient torché leurs constates et zappé la moitié des indices, elle n'avait pas supporté. Elle leur aurait bien dit ce qu'elle pensait d'eux, à ces gros machos en uniformes, mais Alaric n'aurait pas aimé. Elle avait été très étonnée quand il avait réussi à retourner leur chef. Elle n'aurait jamais eu la patience de parlementer avec ce mec.

— Tu vas bien, Vic ? demanda Joseph.

C'était la troisième fois qu'il posait la question depuis qu'ils avaient quitté la rue de Paris. Ils se trouvaient dans la Peugeot 308 du groupe, avec Victoria au volant. Elle le regarda sans rien dire. Elle préférait se taire plutôt que de lui balancer sa mauvaise humeur. Jo, c'était un type cool, un collègue sans problème. Il ne méritait pas de trinquer pour d'autres. L'ennui, c'est qu'il risquait de continuer à l'interroger jusqu'à ce qu'il obtienne une réponse. Elle se fit donc violence :

— J'ai horreur qu'on me chie dessus.

— D'accord, c'est ça.

— Quoi ?

— Tu te mords la lèvre depuis tout à l'heure. Ma femme, quand elle se mord la lèvre, c'est qu'elle a quelque chose sur le cœur.

Et observateur, avec ça. Elle concentra son attention sur ses lèvres et court-circuita une nouvelle tentation de morsure.

— Tout ce qu'ils auraient mérité, c'est qu'on leur retire l'affaire. C'est vrai, quoi, ils se sont plantés en beauté.

— Ils ont l'impression qu'Alaric les a doublés, et on ne peut pas tout à fait leur donner tort.

— Eh ben bravo, tu les défends, maintenant.

— Mets-toi à leur place : un gendarme obtient une commission rogatoire sur une partie de l'affaire sur laquelle tu enquêtes. Tu réagis comment ?

— Je lui casse la gueule.

— Voilà.

Elle n'était pas totalement convaincue, mais ne voulait pas le montrer. Elle se concentra sur la route, en changeant constamment de voie pour gagner quelques places dans le trafic de la rue Royale. Au bout de plusieurs minutes de silence, Joseph essaya de relancer la conversation :

— Cette voiture, comment tu sais que c'est la bonne ? Elle ne se trouve nulle part dans la procédure.

— Elle était sur Facebook.

— T'es sérieuse ?

— Ça venait du *Parisien*. On voyait même Peresse, le chef des cruchots, sur la vidéo.

— Si c'est *Le Parisien* qui le dit, alors…

— De toute façon, j'ai pas confiance en eux. Les journalistes, au moins, ils essaient pas de nous baiser.

Joseph fit la grimace. Comme elle l'avait déjà remarqué, il n'aimait pas qu'elle utilise des gros mots. Elle l'avait fait intentionnellement pour le choquer. Elle procédait ainsi chaque fois qu'elle n'avait pas envie de l'écouter. Elle n'avait pas besoin que quelqu'un lui explique ce qu'elle devait faire. Une fois de plus, la manœuvre fonctionna, et il cessa de lui opposer ses arguments.

Guyancourt ne faisait pas partie des villes où Victoria aurait aimé vivre. Entre les meurtres, les fusillades à l'AK-47, les rodéos nocturnes et les attaques de commissariats au mortier, l'endroit ressemblait à un cauchemar de flic. Guidée par l'application GPS de son téléphone, elle comprit qu'elle se dirigeait vers le Pont du Routoir, un des pires quartiers du département. Quand elle était encore gardienne de la paix, elle avait failli partir en intervention dans ce secteur. Une heure plus tard, elle avait appris que les collègues qui l'avaient remplacée étaient tombés dans une embuscade, et que leur voiture avait été réduite à l'état d'épave. Ils s'en étaient tirés avec des blessures légères, et l'incident n'avait jamais été relaté dans la presse.

La voiture traversa le pont qui donnait son nom au quartier, puis emprunta la rue Youri Gagarine. Les immeubles de quatre étages n'avaient rien d'un ghetto, mais Victoria verrouilla les portières et se tint sur ses gardes. Pour une fois, le délabrement de la Peugeot banalisée constituait un avantage. Sur un parking, une carcasse rouillait entre les tacots rafistolés. Ailleurs, quatre hommes bricolaient une BMW sans pneus, posée sur des blocs de bois.

La voiture s'engagea dans la rue Neil Armstrong, qui décrivait un demi-cercle autour d'un ensemble d'immeubles plus élevés entourant un parc arboré. Malgré la végétation et la tranquillité de la rue, Victoria éprouva immédiatement un sentiment d'insécurité. Elle chercha autour d'elle ce qui pouvait le provoquer, mais elle ne vit que les habituels groupes de jeunes en bas des cages d'escalier et des amoncellements d'ordures vomis par les poubelles déposées à une dizaine de mètres des habitations.

— Quand j'étais au commissariat de Trappes, on a été appelés dans cette rue parce qu'un type marchait au milieu en insultant les gens, dit Joseph. Quand on est arrivés, on s'est fait attaquer par un groupe de jeunes, qui se sont mis à nous jeter des objets et à nous donner des coups de pied. On a été obligés d'appeler du renfort et nos agresseurs ont fini en GAV. La plupart avaient un casier pour vol, agression ou trafic de drogue.

Victoria comprit l'origine de sa tension. Avec ses arbres, ses angles morts et sa rue circulaire, le quartier ressemblait à un piège. Un surveillant posté sur un toit suffisait pour signaler l'arrivée d'un intrus. À moins d'y entrer en nombre, les policiers risquaient de subir un déferlement de violence impossible à anticiper. Victoria réfléchit tout haut :

— Je me demande pourquoi Audiberti a choisi cet endroit pour faire flamber sa voiture.

— Je viens de consulter les infos. Apparemment, sa planque était dans le coin.

— Elle était dans un autre secteur de Guyancourt. Il a volontairement déplacé son véhicule pour le détruire ici, au milieu des regards. Ça n'a pas de sens.

— Peut-être qu'il a choisi un quartier où on a l'habitude de voir des voitures flamber. Une de plus, une de moins : ici, ça attire moins l'attention.

— Oui, tu as sans doute raison. Il avait besoin d'effacer des indices, mais il ne voulait pas que ça rameute tout le monde.

Quelque chose la gênait pourtant dans cette hypothèse. Quand on veut se débarrasser d'un véhicule, il existe bien des lieux discrets où il ne sera pas découvert avant plusieurs semaines ou parfois des mois. La Seine, par exemple, contient des cimetières d'épaves, où certaines reposent depuis plus de dix ans. Dans ce genre de lieux, le suspect n'aurait pas eu besoin de prendre le moindre risque.

— Ou alors, c'est le contraire : ce qu'il voulait, c'était attirer l'attention. Il a quand même collé des affiches dans tout Versailles pour que les gens assistent à son arrestation.

L'idée était intéressante, même si elle n'expliquait pas pourquoi il avait choisi le public de cette rue plutôt que celui d'un lieu plus fréquenté.

Victoria ralentit. Son application GPS avait annoncé qu'elle se trouvait à cent mètres de sa destination. Sur la gauche, elle aperçut un petit parking à l'ombre de trois immeubles. Elle reconnut le site photographié par *Le Parisien*. Au moment où elle allait y pénétrer, un camion de remorquage se dirigea vers la sortie. Il transportait le squelette carbonisé d'une Range Rover. Victoria s'arrêta en travers de la route, pour lui bloquer le passage. Elle quitta sa voiture et marcha vers le conducteur, sa carte Police à la main. Sur le siège passager, elle reconnut une gendarme de la section de recherche, petite femme robuste aux cheveux coupés court, habillée en civil. La vitre s'ouvrit de son côté.

— Qu'est-ce que vous faites ? demanda la gendarme.

— Cette voiture concerne notre enquête autant que la vôtre. Vous auriez dû nous consulter avant de l'enlever.

— Je suppose que l'adjudant-chef va vous en informer plus tard.

Joseph venait de rejoindre Victoria. Il entra dans la conversation :

— Guyancourt est en secteur police, et il y a aussi une enquête de police en cours. C'est pas plus tard que vous devez nous informer, c'est avant. On veut voir le véhicule avant que vous partiez.

La femme avait son téléphone à l'oreille. Elle échangea quelques mots avec son correspondant, puis raccrocha.

— Quoi, vous voulez qu'on la redépose sur le parking ? C'est complètement ridicule. Ce qui est fait est fait. Soyez déjà contents qu'on bosse à votre place et qu'on vous envoie le PV.

Plusieurs personnes commençaient à sortir des immeubles pour observer la scène. Victoria comprit qu'elle n'arriverait à rien. Elle recula :

— Dans ce cas, on vous accompagne.

— On ne vous laissera pas entrer, ce n'est pas la procédure. Si vous voulez, vous pouvez toujours nous adresser une demande pour qu'on vous envoie la voiture quand on en aura fini.

— Dans trois semaines, c'est ça ? dit Joseph. On a une urgence, je vous rappelle. Si vous nous mettez des bâtons dans les roues, notre chef de groupe fera un rapport à la juge d'instruction.

— Eh bien, qu'il le fasse. Au départ, les enfants, c'était notre enquête. L'enlèvement de l'épave a été décidé hier. Si ça vous convient pas, c'est tant pis pour vous.

Le camion se rapprocha de la Peugeot. Les habitants devaient adorer le spectacle. Certains tenaient leur téléphone devant eux pour filmer. Police contre gendarmerie, en tournage devant chez vous. Victoria se mit à filmer la scène à son tour. *On ne sait jamais, ça peut servir.* Les éléments que renfermait un véhicule incendié ne pourraient être exploités qu'au terme d'une longue analyse. Joseph lui fit également remarquer un détail qui lui avait échappé :

— On a retiré les plaques et les insignes de marque.

Le cadavre de Range Rover était resté sur le parking pendant quatre jours au moins. Les riverains avaient largement eu le temps de se servir. Il n'y avait sans doute plus rien à tirer de ce tas de ferraille noirci par le feu. Victoria monta dans la Peugeot pour la retirer du chemin.

Après le départ de la dépanneuse, les deux policiers se contentèrent d'un examen superficiel du parking. L'incendie avait laissé sur le bitume des traces que Joseph attribua à un hydrocarbure. Son intensité avait été telle qu'il s'était étendu à une moto garée deux places plus loin. Toujours sous les objectifs des smartphones, Victoria reprit le volant et Joseph eut à peine le temps de monter avant qu'elle quitte les lieux.

Le voyage avait été un échec. Victoria en gardait le sentiment de s'être ridiculisée. Dans les minutes suivantes, les images de son différend avec la gendarme seraient partagées sur les réseaux sociaux, suscitant une avalanche de commentaires anti-flics.

Des vidéos.

Le parking était cerné par les habitations. Dans une cité où tout le monde surveillait tout le monde, où le moindre événement était filmé, quelqu'un avait forcément immortalisé la destruction par le feu de la Range Rover. Victoria se gara juste après le pont du Routoir et se mit à consulter fébrilement les réseaux sociaux.

— À ce niveau-là, c'est de la dépendance, dit Joseph.

— Aide-moi au lieu de critiquer. On cherche des vidéos de l'incendie. J'aurais dû y penser plus tôt.

— Mais oui, bien sûr ! J'ai pas le réflexe.

Bientôt, ils furent deux à fouiller Facebook, Twitter et Instagram, se servant de tous les *hashtags* et mots-clés qui leur venaient à l'esprit. Au bout d'un quart d'heure de recherches, ils n'avaient toujours rien. Victoria commençait à penser qu'ils auraient mieux fait d'attendre le retour à Versailles et de demander l'aide de Patrick. Elle allait en parler à Joseph, mais ce ne fut pas nécessaire :

— J'ai trouvé.

Il lui tendit son téléphone. Sur l'écran cinq pouces défilaient les images d'un feu, accompagnées d'une bande-son de hurlements hystériques.

— Après ça, n'ose plus dire que c'est moi qui suis la plus accro des deux.

— Attends, t'as pas vu le meilleur.

Il reprit le smartphone et balaya la surface de verre de l'index. La deuxième vidéo montrait un homme muni d'une torche, qui marchait vers… une Range Rover couleur bleu nuit. Victoria n'avait vu Audiberti qu'en photo, mais sa taille devait correspondre à celle de cet incendiaire. L'homme leva sa torche vers le ciel, puis la jeta sur la voiture, provoquant un embrasement immédiat.

— Et la plaque est visible. Pas besoin de mendier le PV de nos amis de la SR.

— On peut leur dire d'aller se faire canuler bien profond.

Et dire qu'il ne supportait pas qu'elle prononce le moindre gros mot.

28

Deux numéros manquants sur le PV. Soit celui qui les avait effacés le prenait pour un imbécile, soit il en était un lui-même. Après la réunion de travail qu'il venait de vivre, Patrick penchait pour la seconde hypothèse. Il n'avait eu besoin que de consulter la liste des numéros ayant borné près de la propriété des Carville dans la nuit de dimanche à lundi pour compléter celui qu'un gendarme avait maladroitement voulu cacher.

La cellule de téléphonie couvrant le secteur du double meurtre se trouvait à Milon-la-Chapelle et se limitait à un seul opérateur : Orange. Le téléphone d'Audiberti n'avait émis ni reçu aucun appel passant par ce relais au cours de la nuit. Patrick avait immédiatement envoyé à Orange les réquisitions nécessaires sur sa ligne, et la réponse était arrivée au bout d'une heure à peine. Il supposa que quelqu'un, dans les coulisses, faisait en sorte que les demandes concernant cette affaire soient aussitôt exaucées.

Satisfait, il ouvrit sur son écran double les fadettes et les listes qu'il venait de recevoir d'un côté, et de l'autre Google Maps en plein écran. Avec ce client âgé, ancien barbouze en Afrique, il prévoyait d'en avoir fini vers midi. Leçon numéro un : on ne laisse pas son téléphone allumé quand on commet un meurtre. Si le reste était à l'avenant, Patrick disposerait bientôt de sa liste de contacts et de son emploi du temps complets.

Sur sa droite, il choisit dans le panneau « Vos adresses » une carte qu'il avait créée, comportant tous les relais téléphoniques du département. Il passa sur MyMaps et la copia, lui attribuant le titre « Déplacements P. A. ». À l'aide des informations reçues d'Orange, il reconstitua le déplacement du téléphone de relais en relais, coloriant chaque borne en rouge pour la mettre en évidence.

Audiberti utilisait un téléphone jetable, acheté le 13 mars. Patrick connaissait la formule : une heure de communication gratuite, dont seulement 20 minutes sans identification. D'après la fadette, le tueur n'avait appelé qu'un seul numéro, 38 fois en tout. Chaque appel sortant durait quelques secondes, après quoi le correspondant rappelait systématiquement, et la conversation se poursuivait pendant une minute à une heure.

Pendant les premiers jours d'utilisation, le téléphone n'avait borné qu'au moment des appels. Audiberti devait l'éteindre le reste du temps, peut-être pour économiser la batterie. Quand Patrick identifia les relais correspondants, il s'aperçut avec surprise qu'ils couvraient presque tous des monuments célèbres du département : le château de Versailles, Grand Trianon, machine de Marly, tour Anne-de-Bretagne, château Monte-Cristo, aqueduc de Louveciennes... Deux seulement faisaient exception : celui du 13 avenue de Paris et celui du 17 rue Saint-Honoré à Versailles. Autrement dit, celles du SRPJ et celui de la caserne d'Anjou. Il fallait se rendre à l'évidence : le tueur savait parfaitement ce qu'il faisait, jusqu'à se moquer de ses futurs enquêteurs par le choix de ses relais.

Le dimanche 24 mars à 19 h, le téléphone avait borné à Guyancourt, puis il s'était déplacé jusqu'au relais couvrant la maison du député. Patrick espéra sans y croire que ce long déplacement lui donnerait une indication de l'endroit où les enfants étaient séquestrés. Juste après une heure du matin, le téléphone s'était remis en mouvement, bornant jusqu'à la sortie nord de Chevreuse, puis disparaissant d'un coup. Les quatre derniers enregistrements dataient du lundi après-midi et du mardi à 8 h. Ils avaient été effectués *via* la borne de la rue des Réservoirs, à Versailles.

Frustré, Patrick s'intéressa au correspondant unique d'Audiberti. Là aussi, il ne pouvait se défaire d'un mauvais pressentiment. Un banal annuaire inversé lui apprit que le numéro était attribué à la société Téléphrance, basée à Marseille. Téléphrance ne possédait aucun site internet, et son adresse, visitée par le biais de Google Street View, n'était qu'une boîte aux lettres dans une zone industrielle. Patrick utilisa le site Spoofmyphone.fr pour l'appeler en présentant le numéro du tueur à la place du sien. Une voix synthétique lui répondit :

— *Enter your number*[15].

Un instant désarçonné, il faillit raccrocher, mais il décida de tenter quelque chose. La voix demandait peut-être un numéro de téléphone. Il

15. Tapez votre numéro.

tapa les dix chiffres de celui la Brigade criminelle. L'automate raccrocha dès qu'il eut terminé. La manœuvre avait-elle réussi ? En l'absence du téléphone d'Audiberti, il était difficile d'en juger. Si, comme le supposait Patrick, Téléphrance n'existait que pour masquer le numéro de l'appelant tout en mettant ce dernier en relation avec son correspondant, le standard de la crim' allait recevoir un appel automatique dans les prochaines secondes.

Le policier sortit en coup de vent de son bureau et courut comme un dément jusqu'à l'accueil du service. Il arriva exactement au moment où la secrétaire raccrochait. Haletant, il lui demanda :

— C'é...tait qui ?

Marlotte le regarda avec suspicion.

— Toi, t'as fumé quelque chose.

— Non... j'ai... juste... couru.

— Alors tu manques d'entraînement. Normalement, un jeune flic comme toi devrait courir le 100 mètres sans se transformer en un vieillard asthmatique. Pour répondre à ta question, c'était personne.

— Comment personne ?

— Question bizarre. Personne, comme une sorte de bip, puis plus rien. C'est ce que tu veux savoir ?

— Oui... Merci.

Un bip. L'automate avait contacté simultanément les deux numéros pour les mettre en communication, mais un seul avait répondu. Il avait alors mis fin à l'appel. Patrick savait ce qu'il voulait. Audiberti s'était bien servi de cette technique pour échapper à la détection. Il ne restait plus qu'à envoyer les policiers de Marseille aux locaux de la société Téléphrance, en espérant qu'ils trouveraient autre chose qu'un ordinateur relié à un serveur ukrainien.

Il était midi quand il se rassit devant ses deux écrans. Il avait bien terminé, mais pas de la façon qu'il avait espérée.

29

Comment ces gens pouvaient-ils lui faire perdre son temps dans de telles circonstances ? En une heure à peine, Alaric avait dû répondre à deux appels de Laurence Cornil, raconter à Lostanlen la perquisition de la maison et refuser – poliment, mais fermement – de participer à une étude sur le thème « Police judiciaire et maintien de l'ordre » que lui proposait Bonini. Un huitième d'une journée de bureau, perdu dans des tâches sans intérêt pour l'enquête. Il ne lui restait plus qu'à s'acheter une pizza, en espérant que l'après-midi serait plus fructueux.

Il s'était à peine extirpé du bureau de la patronne que son téléphone sonna dans sa poche. C'en était trop. Il n'avait envie de parler à personne. Il décida d'éteindre l'appareil, mais eut la faiblesse de regarder qui l'appelait avant. Le nom d'Éric Rincy occupait le haut de l'écran. Alaric fut étonné par sa propre réaction. Plutôt que de rejeter cet ultime contretemps, il se sentit flatté que son ami journaliste le juge enfin digne de lui fournir des informations. Il fit glisser son doigt sur l'écran et accueillit Éric aussi sèchement qu'il le pouvait :

— Autier.

— Mes hommages, inspector Autirrr.

— Si vous souhaitez obtenir les horaires du SRPJ, tapez 1. Si vous souhaitez dénoncer des violences policières, tapez 2. Si vous souhaitez être mis en relation avec un conseiller, tapez 3.

— Trois.

— Nous n'avons pas compris votre demande. Veuillez répéter.

Un son de touche numérique lui revint.

— Merci, dit Alaric. Vous allez être mis en relation avec un conseiller. Bip, bip. Service régional de police judiciaire de Versailles, que désirez-vous ?

— Bonjour, Madame. Je suis journaliste. J'aimerais qu'un de vos excellents enquêteurs me parle de l'affaire Carville. Dites-lui que j'ai des photos de la planque du tueur.

— Ne me dis pas que Peresse t'a laissé entrer, je te croirais pas.

Un son annonça l'arrivée d'un texto. Alaric le consulta sans attendre. Le message se limitait à l'image d'une pièce sombre, meublée d'un lit de camp et de trois cantines bleues.

— Apparemment oui, dit Rincy.

— Attends, je devine : tu as d'autres doses comme celle-ci, mais pour les avoir, je dois payer.

— Tout a un coût, cher Monsieur. J'ai dû graisser la patte à trois plantons pour obtenir ce cliché. Respect pour le travail accompli, s'il vous plaît.

— J'ai pas beaucoup de temps, je te préviens.

— Je suis sur le trottoir.

— Vingt minutes, pas plus.

— *It's a deal*[16].

Après avoir raccroché, Alaric se souvint qu'il avait vu quelques journalistes dans les parages en revenant de Chevreuse. Il ne voulait surtout pas être vu avec Éric, encore moins photographié. Il le rappela :

— Rejoins-moi sur le palier du premier étage.

— Méfiance, méfiance.

Il descendit l'escalier et prit position dans un renfoncement du mur. Rincy connaissait la plupart des policiers de faction dans la guérite d'entrée, ils le laissaient passer sans opposer de résistance. Alaric reconnut son pas qui montait du hall d'entrée. Dès que son crâne luisant apparut dans l'escalier, il constata que le journaliste n'était pas seul. Peinant dans l'escalier, une jeune femme en doudoune à fourrure rose et legging panthère le suivait de près. Alaric sentit immédiatement qu'elle appartenait elle aussi à la corporation des pisse-copies. Éric s'efforça d'éteindre l'incendie :

— Je te présente Manon, ma stagiaire.

— Enchanté. Elle t'attendra dans la rue.

— Le prends pas comme ça, Alaric. Tout le monde doit débuter, dans la vie.

16. On est d'accord.

La porte d'entrée venait de s'ouvrir. Les gens qui montaient risquaient d'assister à la scène. Alaric chuchota :

— C'est bon, venez par ici.

Il emmena les deux journalistes dans l'ancien local du personnel d'entretien de l'immeuble, qui n'était plus occupé que par des araignées mélancoliques. La poussière et l'odeur de moisissure le firent éternuer. La fille s'esclaffa. Une perle.

— Selon nos sources, tu aurais recueilli les aveux du suspect, dit Rincy. Tu peux nous en dire plus ?

Il avait sorti ses plus belles phrases pour impressionner sa stagiaire. Alaric décida de lui donner une leçon :

— Nous ne pouvons nous exprimer sur les aspects confidentiels de cette affaire.

Éric tapota le bras de la fille pour l'encourager à intervenir. Quand elle ouvrit la bouche, sa voix perça les tympans pourtant peu fragiles du policier :

— Capitaine Henrick Autier, nous connaissons déjà les éléments principaux du dossier. Nous cherchons seulement à obtenir une confirmation que cet entretien a bien eu lieu. Nous ne vous citerons pas et vous bénéficierez de la protection des sources.

— Éric, tu peux expliquer à ta stagiaire que le premier imbécile venu saura qui a parlé ?

Il regarda sa montre. Quinze minutes s'étaient déjà écoulées. Manon revint à la charge :

— Nous avons un témoin qui dit avoir emmené le suspect dans le bureau de la juge. Vous ne ferez qu'ajouter des détails.

Alaric ne la rata pas :

— Vous venez de me livrer une de vos sources. C'est ça, votre protection ?

Le visage de Manon prit une teinte cerise. Éric dissimula son sourire derrière sa main. Alaric porta sa montre devant ses yeux d'un geste théâtral. Dix-huit minutes.

— Je crois qu'on ferait mieux d'y aller, dit le journaliste. De toute façon, on a déjà tous les éléments qu'il nous faut.

Alaric ouvrit la porte du local.

— Je suis impatient de lire votre article, dit-il.

Quand il fut enfin de retour dans le couloir du groupe, on avait dépassé midi et les bureaux étaient vides. Connaissant Clémentine, elle avait dû organiser un repas commun, pour que tout le monde partage son expérience du matin. Il en eut la confirmation quand il poussa la porte de la salle de repos. Clémentine, Daniel et Victoria à la table, Patrick et Joseph sur le vieux canapé, Osmane sur un fauteuil : chacun boulottait une combinaison choisie dans la carte du O'Tacos de la rue des États Généraux. Lui-même n'avait pas été oublié : devant son siège de chef, un repas entier attendait, protégé par son emballage. Il s'assit et déballa le tout, découvrant une double tortilla au poulet mariné, accompagnée de frites et d'une sauce fuego.

— Taille XL, dit-il. C'est fou ce que les emmerdements me filent la dalle.

— J'avais deviné, dit Clémentine. Une demi-heure de plus, et t'étais bon pour la taille XXL.

Il attaqua son taco en écoutant les conversations autour de lui. Aucune ne parlait du travail. Daniel expliquait à Osmane certaines subtilités du rugby à XV. Victoria parlait de musique avec Clémentine, sans arriver à lui faire comprendre la notion de *hardcore*. Patrick racontait à Joseph le spectacle de Blanche Gardin qu'il avait vu à Paris avec sa nouvelle copine. L'ambiance était enjouée, les rires tonnaient souvent et personne ne se tenait à l'écart. Doucement, il se laissa couler dans cette bonne humeur qui suspendait le temps et remettait le travail à sa juste place. Il alla même jusqu'à donner son avis sur la chanteuse Chris, que Victoria aimait beaucoup.

Patrick tourna sa tablette vers Joseph, probablement pour lui montrer une vidéo humoristique. Quand il la récupéra, il fit glisser son index sur l'écran, soudain très concentré.

— On parle de l'affaire Carville sur BFMTV, prononça-t-il d'une voix forte.

Il augmenta le son et posa la tablette sur la table, à un endroit où la plupart des personnes présentes pouvaient le voir. Osmane et Joseph se levèrent, et Victoria déplaça sa chaise pour leur permettre de regarder. Sur des images du domaine des Carville, une présentatrice résumait les faits :

« L'affaire Carville continue à provoquer de vives émotions dans la classe politique et le public. Après le meurtre du député Jérôme Carville et de son épouse, la nuit de dimanche à lundi à leur domicile de Chevreuse, les deux enfants du couple, Léandre, sept ans, et Daphné, cinq ans, ont disparu. Hier, en fin d'après-midi, la juge d'instruction Cornil a chargé la brigade criminelle de Versailles d'enquêter sur leur enlèvement. Le lieutenant-colonel Laurent Fagnou, porte-parole de la gendarmerie, a critiqué cette décision qui, selon lui, "rend plus incertaines les recherches engagées pour retrouver les enfants, en retirant l'enquête à des enquêteurs expérimentés qui connaissent bien le dossier." »

La présentatrice donna ensuite la parole à un collègue filmé devant un bâtiment délabré de Guyancourt. Armé d'un énorme micro, le journaliste évoqua l'opération en cours, une perquisition chez diverses personnes soupçonnées de complicité avec Audiberti, dont le propriétaire du bâtiment qui lui avait servi de planque. Citant « des sources proches de l'enquête », il affirma que la section de recherche travaillait sur la piste d'un groupe terroriste lié à l'extrême droite.

Alaric comprit tout de suite que ce coup de filet n'avait été organisé que pour donner aux médias du grain à moudre. Un individu tel qu'Audiberti ne se serait pas rendu en laissant derrière lui une piste large comme celle d'un aéroport, menant à ses éventuels complices. Un hiérarchique avait probablement jugé qu'un beau spectacle servirait les intérêts de la gendarmerie, en montrant qu'elle au moins se démenait pour résoudre l'affaire qui lui avait été confiée.

— C'est vraiment des enfoirés, ces mecs, dit Victoria. On y était, nous, à Guyancourt, et c'est pas les gendarmes qui nous ont rancardés. Ils étaient même en train d'évacuer la voiture du bonhomme quand on est arrivés. Heureusement qu'on a trouvé des vidéos de l'incendie, parce que sinon, on aurait rien pour bosser dessus.

Patrick rebondit sur ce qu'elle venait de dire :

— Ils avaient effacé deux chiffres du numéro de téléphone d'Audiberti sur le PV. Bon, ça m'a pas arrêté, mais c'était franchement mesquin.

Osmane avait aussi son avis sur la question :

— La procédure était incomplète. J'ai eu la confirmation par une greffière du tribunal. Ils ont volontairement saboté le boulot, et je crois savoir de qui ça vient. C'est ce type qui nous a fait entrer…

— Ferrie, dit Alaric. Un gros con et une brute. J'ai déjà eu affaire à lui dans le passé.

Le moment de détente était terminé. La tension n'était pas encore revenue, mais la colère atteignait la cote d'alerte. Il regarda Clémentine, espérant qu'elle lui soufflerait une autre idée que de se rendre rue d'Anjou et tuer tout le monde au SIG Sauer. Elle ne le déçut pas :

— Tu lui as tout donné, à Peresse ?

— À peu près, oui. Même si j'avais des éléments en réserve, j'aurais pas envie de les lui agiter devant le nez pour l'obliger à calmer ses troupes.

— Soit Ferrie a agi de sa propre initiative, soit il a reçu des ordres.

— J'appellerai Peresse pour qu'il sache qu'on sait. Après, si on collabore pas, ce sera la guerre.

— Est-ce qu'on a vraiment besoin d'eux ? dit Osmane.

Alaric réfléchit, le regard au plafond. Même avec une procédure incomplète, le groupe disposait des informations essentielles, et avait déjà comblé une partie de ce qui lui manquait.

— Ils ont de l'avance dans l'enquête sur Audiberti, mais ils foncent dans la mauvaise direction. Cette histoire de groupe terroriste, j'y crois pas une seconde, et Peresse aussi doit commencer à sentir que c'est du flan. D'un autre côté, ils détiennent des éléments matériels qu'on a pas.

— À toi de choisir, dit Clémentine : tu l'envoies chier ou tu lui fais des risettes.

— J'avoue que la première solution me tente, mais ce serait pas raisonnable.

Il ouvrit l'application de téléphonie de son smartphone, cliqua sur le numéro de Peresse, mit le haut-parleur et posa l'appareil sur la table. Le gendarme répondit au bout de six sonneries.

— Allô, Richard ? C'est Alaric Autier.

— Oui, Autier, qu'est-ce que vous voulez ?

Le ton n'était pas agressif, plutôt las.

— Je viens de voir une vidéo de votre opération à Guyancourt. C'était drôlement bien.

Il appuya l'index sur sa joue pour montrer à tout le monde qu'il n'en pensait rien. Joseph dut réprimer un rire.

— C'est encore en cours.

— J'appelais pas pour ça. Je voulais te dire qu'il y a des PV manquants dans la procédure que tu m'as transmise.

Osmane posa à côté du téléphone un papier sur lequel il venait d'écrire le titre des pièces absentes.

— Ah oui ?

— D'après mes infos, ce serait « Véhicule du suspect » et « Perquisition au domicile du suspect ». En plus, deux chiffres du numéro de téléphone d'Audiberti ont disparu à la photocopie.

— C'est con.

— Je te le fais pas dire.

Peresse laissa s'écouler de longues minutes. Alaric occupa le temps en illustrant la situation avec des gestes obscènes.

— Faudrait que je regarde ça.

— On en a besoin, Richard. Pour l'instant, j'en ai pas parlé à Cornil. Ni aux journalistes qui me harcèlent, d'ailleurs.

— Pas nécessaire.

— Non, bien sûr.

— Tu auras ce qui manque.

— Et le PV de votre rafle d'aujourd'hui. Et le rapport d'analyse de la bagnole quand vous l'aurez reçu.

— Oui, oui. Et réciproquement, quand tu auras du nouveau, n'hésite pas...

— Je te rappelle en fin d'après-midi.

— Si tu veux.

Alaric raccrocha. Daniel éclata de rire. Le coup de fil avait remis de la gaîté dans le groupe. Il était temps d'achever le déjeuner.

30

Selon le souhait d'Alaric, ils avaient installé les objets saisis à Chevreuse sur une table spécialement transportée dans leur bureau. Patrick avait plaidé pour sa méthode, principalement fondée sur divers protocoles de recherche sur internet, le chef en avait décidé autrement. En son absence, le geek du groupe aurait fini par convaincre Joseph d'utiliser des outils numériques, mais Osmane était aussi de la partie. De guerre lasse, Patrick avait donc accepté de se plier à la démarche qui lui était imposée par les deux autres.

Cette démarche tenait en une phrase : « Écrire tout ce qui vient à l'esprit sur chacun des éléments, puis fermer des portes jusqu'à ce qu'il reste cinq hypothèses au maximum. » Alaric avait ajouté : « Pour la deuxième étape, chacun se choisit un ou deux objets et fait comme il veut. » Pour sa part, Patrick savait parfaitement comment il comptait travailler.

Osmane, ce renard, ouvrit la séance à sa façon :

— On a un type qui commence par loger un pruneau dans le crâne de monsieur et éventrer madame, puis qui s'amuse à déplacer des trucs avant de kidnapper les enfants. D'après le boss, ces trucs, c'est comme une carte pour retrouver les petits. On est pas obligés de le croire, mais on est là pour comprendre pourquoi le tueur a joué les déménageurs. Si ça se trouve, il a juste voulu se foutre de notre gueule.

Patrick tourna autour de la table pour observer de près les objets déplacés. Ils étaient sept : une paire de chaussures pour enfant aux semelles pleines de boue séchée, une grosse pince multiprise rouillée, un tube en laiton de quelques centimètres contenant de la terre, un verre à pied très orné, une tête de sanglier empaillée montée en trophée de chasse, un vieux livre et la lettre E au milieu d'un tableau blanc pour enfant.

— Moi, je crois qu'il y a un message caché à l'intérieur d'un de ces machins, dit Joseph. Ça sert à rien de se casser la tête à chercher un message dans les objets eux-mêmes.

— Clémentine pensait ça aussi, dit Osmane. Elle a passé une demi-heure à chercher avec Daniel, mais macache. De toute façon, si on trouve pas, j'envoie tout ce bazar chez les Experts.

— On parle d'une espèce de code, c'est ça ? dit Patrick. Un peu comme une langue, quoi. Pour cracker ce code, je pense qu'on devrait réfléchir à tous les objets en même temps, et pas l'un après l'autre.

Osmane secoua la tête.

— On fait comme Alaric a demandé. Après, tu es libre de continuer tout seul avec ton idée.

Patrick comprit qu'il ne changerait pas d'avis. Osmane n'acceptait pas qu'un sixième de groupe mette son grain de sel dans le plan du chef.

— On commence par quoi ?

— Le verre, proposa Joseph.

Il exhiba la chose, évitant qu'Osmane prenne totalement la direction des opérations.

— Je prends note, dit Patrick.

Il prit le feutre posé sur le rebord du tableau de papier et écrivit « VERRE À PIED » en haut de la première feuille.

— On a un verre à vin en cristal de marque inconnue, avec le chiffre 14 en dessous, dit Joseph. Qu'est-ce que ça vous évoque ?

Les propositions fusèrent :

— Cristal de bohème, oxyde de plomb.

— Boire du vin, Bourgogne, Bordeaux.

— Dîner aux chandelles.

— Quatorze centilitres, c'est la contenance d'un verre à vin.

— Une cristallerie, comme Arques ou Baccarat.

— Quatorze degrés, des coordonnées géographiques.

— Magasin de vaisselle.

— Un endroit où il y a une vigne.

— Il y a quelque chose dans le vaisselier d'où vient le verre.

Patrick s'efforça d'enregistrer toutes les propositions. Même en écrivant petit, il ne put éviter de continuer sur une deuxième feuille.

— Vin. Le nombre 20.

— Ver de terre.

— Une usine de recyclage du verre.

L'imagination s'épuisait. Patrick avait envie d'arrêter.

— On passe à la suite ?

La suite, ce fut d'abord le trophée, présenté par Osmane, tête odorante et poussiéreuse d'un monstre que le taxidermiste avait affublé d'un sourire narquois. Sur le socle, une plaque de laiton indiquait l'origine de la bête : « Forêt d'Orléans – Les honneurs à Étienne Carville – 05-10-05 ». À elles seules, ces trois indications pouvaient donner lieu à des dizaines d'hypothèses. Comme Patrick l'avait prévu, le remue-méninges conduisait à une impasse. À nouveau, il plaida sa cause :

— On devrait plutôt faire la liste des informations qu'on peut tirer de chaque objet. Le grand déballage, ça sert à rien.

En bon gardien du temple, Osmane remit le dissident à sa place :

— Alaric nous a demandé quelque chose, on le fait.

Inutile de contester la parole sacrée. Patrick n'arrivait pas à lui en vouloir. Alaric était ce genre de chef qui n'exigeait aucune obéissance, mais qu'on aurait suivi jusqu'en enfer.

— Ouais, tu as raison. Je lui parlerai de mon idée quand il aura le temps de m'écouter.

Le remue-méninges se poursuivit. On passa rapidement sur l'inscription au milieu du tableau blanc. La pince, qui ne comportait ni lettre ni chiffre, ne stimula guère l'imagination des trois hommes. Le livre portait le titre « Journal de Marche et d'Opérations du 295e régiment d'Infanterie ». Il racontait, dans un style sobre et factuel, l'offensive subie par des fantassins en juin 1918 à Orvillers-Sorel, dans l'Oise. Il donna lieu à un flot de suggestions autour du site (les enfants s'y trouvaient peut-être), de la guerre (qui renvoyait peut-être au massacre des Carville) et des déplacements du régiment (qui préfiguraient peut-être ceux du tueur, cent un ans plus tard).

Avec les chaussures, on était en territoire familier. Joseph pratiquait la randonnée. Il connaissait la marque, le modèle et le prix – 150 €. La taille 28 correspondait aux pieds de la petite fille plus qu'à ceux du garçon, et leur couleur rose confirmait cette impression. Les semelles étaient chargées de boue séchée. D'après la femme de ménage, les chaussures de marche étaient rangées dans un couloir de l'étage inférieur, côté cour. Le tueur s'était contenté de monter celles-ci et de les poser en haut d'une armoire. Pour les policiers, elles n'évoquaient guère plus que la marche, les pieds, le cuir et les promenades en forêt.

Dernier élément de l'énigme, le tube de laiton apparut d'emblée comme un objet énigmatique. Joseph prit le temps d'en retirer la terre et de l'inspecter à la loupe. Il était attaché à un petit socle de bois par une vis que la terre dissimulait. Joseph la dévissa, faisant apparaître une base métallique plus large que le cylindre. Patrick reconnut immédiatement une douille Magtech, comme celles que son oncle remplissait à la main.

— Si ça se trouve, elle a servi à refroidir le sanglier, dit-il.

Les deux autres écarquillèrent les yeux. Il se moqua :

— Vous êtes vraiment des citadins, les gars. C'est une douille pour fusil de chasse, calibre 16.

— Calibre *16* ? dit Osmane.

— 16,8 mm. C'est passé de mode. Aujourd'hui, on utilise plutôt du calibre 12.

— Il y a une inscription gravée sur le côté, dit Joseph. « RG 812 ». Quelqu'un a une idée ?

— Renseignements généraux et un numéro de matricule.

— Roland-Garros avec un numéro de place.

— Richard Galliano et une date.

— En fait, c'est RG512, la marque de fringues.

— Le symbole chimique du Roentgenium et une masse atomique, façon *Breaking Bad*.

— Il y a aussi la terre, dit Osmane. Stéphane Hoddon a emporté un échantillon. On aura probablement les résultats demain.

— Ce que je comprends pas, c'est que la douille appartenait à madame, pas à monsieur, dit Joseph.

— Bien vu, dit Patrick. Le chasseur, c'était monsieur. Et son père, apparemment.

On en resta là. Si cet assemblage hétéroclite contenait bien les coordonnées du lieu de détention des enfants, il le cachait bien. Sur sept objets, cinq affichaient les possibles rudiments d'un code en chiffres ou lettres. Patrick lança diverses recherches à partir de ces données, mais il ne tomba que sur des résultats d'élection et de tournois de golf. Il se consacra ensuite à une chasse aux informations sur chaque objet individuel, sans en apprendre davantage. Quand il eut terminé, il décida de parler à Alaric.

31

Tout commença par un coup de fil. Alaric sortait de la salle de repos. Il n'avait qu'une idée en tête : récupérer les procès-verbaux que Peresse lui avait promis. Il lut le nom sur l'écran de son smartphone : Laurence Cornil. Encore. Il se jura de réduire l'appel au minimum syndical.

— Autier.

— Ne me rembarrez pas.

Elle avait deviné.

— Je n'ai rien dit.

— Vous allez aimer.

— Je vous écoute.

— Nos amis de la section de recherche organisent une reconstitution du double meurtre. Votre client sera de la partie.

Il faillit jurer. Cette ordure de Peresse venait de raccrocher, et il avait trouvé le moyen de lui cacher l'info du jour.

— Ce ne sont pas mes amis. Les amis ne vous transmettent pas une procédure volontairement tronquée et falsifiée.

— QUOI ?

Elle avait crié, mais sans arriver à prendre un accent de surprise. Alaric lui exposa sobrement les faits.

— Il y a des règles, répondit-elle. Je vous encourage à me présenter une requête officielle pour que cette manipulation soit signalée.

C'est ça, de la paperasse en trois exemplaires, avec classement vertical obligatoire.

— Je doute que le responsable soit sanctionné. Je n'ai pas de temps à perdre avec ce genre de démarches.

— Vous n'avez pas tort. Alors, vous serez des nôtres à Chevreuse ?

Il prit le temps de peser sa réponse. Il était déjà convaincu que les gendarmes prenaient la mauvaise direction. Ils allaient encore essayer de prouver qu'Audiberti n'avait pu agir seul. Une telle reconstitution n'apporterait rien. À moins que…

— Il a un avocat ?

— Audiberti ? Oui, un commis d'office que je ne connais pas.

— Il faudrait l'éloigner. J'aurais besoin de parler seul à seul avec le suspect encore une fois.

À l'autre extrémité de la ligne, Cornil émit un son rauque.

— Si je vous dis que c'est impossible, vous insisterez jusqu'à ce que je cède.

— Probablement.

— Vous réalisez que vous me demandez d'occuper l'avocat et de dissimuler aux gendarmes un entretien qui ne devrait pas avoir lieu ?

C'était un bon résumé.

— Je sais que vous en êtes capable, Madame la Juge d'instruction.

Un peu de cirage pour faire glisser la décision.

— Dans ma voiture, sous la garde de deux policiers en qui vous avez confiance. J'arrangerai la rencontre à 15 h 30, une demi-heure avant le début de la reconstitution. Et je m'occuperai de l'avocat.

— Vous êtes…

— Plus tard, les compliments.

— J'apprécie beaucoup, Madame Cornil.

— Nous savons pourquoi nous faisons ça, n'est-ce pas, Monsieur Autier ?

— Oui : les enfants.

— Cela fait quatre jours et une nuit. Nous devons garder espoir.

— Je fais tout ce qui est en mon pouvoir. Nous avons avancé.

Pour elle, seul comptait le résultat. Elle aurait pu forcer la section de recherche à travailler avec la PJ, mais elle préférait les laisser se tirer la bourre.

— 15 h 30. Je ne vous attendrai pas.

— J'y serai.

Dès qu'elle eut raccroché, il retourna dans son bureau pour préparer la deuxième audition du suspect. Clémentine s'y trouvait déjà. Il l'informa :

— Je pars à Chevreuse. La SR organise une reconstitution à 16 h.

— Sans nous ?

— Apparemment.

Il craignit un reproche, mais Clémentine s'en abstint.

— Ils ne t'ont pas écouté. Ils vont se vautrer.

— Oui.

— Mais alors, pourquoi tu y vas ? Tu veux parler à Audiberti ?

— Oui. Cornil organise un rancart une demi-heure avant.

— Tu crois qu'il t'en dira plus ?

— J'ai déjà quelques éléments à lui mettre sous le nez. Si le groupe en trouve d'autres, tu m'envoies un texto.

— Je te bipe en temps réel, c'est promis.

Il n'y avait plus assez de temps pour peaufiner une audition dans les règles. Alaric prit quelques notes à partir des actes d'enquête réalisés jusque-là, et glissa la feuille dans son blouson. D'un geste de la main, il prit congé de son adjointe. Il aurait préféré l'emmener avec lui, mais il ne pouvait se permettre de mobiliser une personne uniquement pour lui tenir compagnie. Pour la deuxième fois, il allait affronter le tueur sans témoin. Il réalisa que sa crainte portait plus sur ses propres réactions que sur le comportement d'Audiberti.

Marchant d'un pas rapide, il passa devant le bureau ouvert de la patronne. Elle ne le vit pas. Cela valait mieux ainsi. De toute façon, elle n'avait d'autre choix que de couvrir ses démarches. En cas d'échec, elle aurait toujours la possibilité d'ajouter des bémols et des reproches au tableau final. Il descendit d'un étage et se précipita dans le bureau de son vieux complice Michel Osso, chef de groupe à la BRI[17]. L'endroit était bourré de gilets pare-balles, béliers hydrauliques, tenues noires et armoires blindées contenant des armes à feu.

— Michel, j'ai une urgence. J'ai besoin de deux hommes et d'un véhicule.

Osso s'esclaffa :

— Ta chef de service veut te fumer ?

— Nan, c'est pour m'emmener à Chevreuse, en territoire gendarmerie.

— Une mission de commando, alors. Philippe et Pascal feront ça pour toi. T'as besoin d'un blindé ?

— On reste discrets, si tu veux bien.

Alaric le connaissait depuis quinze ans. Il l'avait rencontré à Paris, quand Osso travaillait aux stups. Depuis lors, le hasard les avait souvent réunis, jusqu'à ce qu'une mutation les rassemble au SRPJ de Versailles. Même s'ils ne se fréquentaient pas hors du travail, les deux hommes se vouaient une confiance totale, et les arrestations du groupe Autier étaient souvent signées Osso.

---

17. Brigade de recherche et d'intervention, dite également Antigang.

Tête rasée, muscles apparents sous le tee-shirt, Philippe et Pascal accoururent dès que leur chef les appela. Cornil avait parlé de policiers de confiance. Avec ces deux-là, Alaric se sentait de taille à faire face à tous les imprévus.

*   *
*

Après le départ d'Alaric, Clémentine pensa longtemps aux enfants. Pas ceux de Jérôme et Gladis Carville, non : ceux qu'elle n'avait pas eus avec Cassandre, sa compagne. Au début de leur relation, elles s'étaient demandé si elles avaient envie de se lancer dans cette aventure. Le travail de Cassandre lui aurait permis de porter un enfant et de poursuivre ses activités en l'élevant. Les conditions semblaient réunies.

L'idée était restée dans leurs esprits, mais on avait reporté son exécution à l'année suivante. Clémentine venait d'entrer au SRPJ, et son travail d'enquêtrice lui laissait peu de temps libre. Tous les soirs, elle racontait ses affaires à Cassandre, qui les dégustait comme des épisodes de séries. À cette époque, les meurtres de femmes et d'enfants dominaient l'actualité. Pour une policière de la crim', le monde était cela : un lieu où le sang des innocents coulait à flots.

Sans qu'aucune décision soit prise, le projet de famille avait quitté leurs conversations. Qui aurait voulu mettre au monde une future victime ? Cassandre n'avait jamais rien dit, mais Clémentine était persuadée qu'elle avait trop longtemps subi son influence sur ce sujet, au point de renoncer à devenir mère. Maintenant que la quarantaine approchait, il était peut-être temps de remettre le sujet sur le tapis.

Clémentine abandonna le sudoku qu'elle avait commencé une demi-heure plus tôt. Elle ne pouvait plus reculer ; il fallait à présent s'atteler à cette tâche impossible : enquêter sur un fantôme. Car Philippe Audiberti n'avait rien d'un être humain réel. Le seul témoignage de son existence provenait d'un ancien négociant en métaux précieux qui l'avait rencontré dans les années 90. Pour appuyer ses propos, il avait fourni la photo floue d'un repas au restaurant, où il était impossible de distinguer les traits du futur tueur.

Audiberti était totalement absent des fichiers de police, des archives de presse et de toute autre source d'information disponible. En l'absence d'un lieu et d'une date de naissance, on ne pouvait consulter l'état civil. Facebook comptait une seule personne de ce nom, qui n'avait partagé aucun détail de sa vie et dont le mur ne contenait qu'une poignée de posts. Sur internet, toute recherche à partir de ce nom renvoyait au bijoutier Philippe Audibert, dont le patronyme prenait un i sur des sites estoniens.

D'après Alaric, le client faisait peut-être partie des services secrets. Elle relut le rapport informel qu'il avait rédigé sur sa rencontre avec le meurtrier des Carville, et retrouva l'impression de jeu malsain qu'elle avait éprouvé en le découvrant pour la première fois. « Philippe Audiberti » était un coriace, qui prenait plaisir à brouiller les pistes. L'intuition d'Alaric ne se fondait que sur un seul détail, mais il ne fallait pas la négliger pour autant. Un agent français, se cachant sous une fausse identité pour accomplir des missions au Mali. Un homme bien entraîné, qui avait peut-être commis le même genre de meurtres au cours de sa carrière. Il semblait connaître les prisons de pays moins cléments que la France, ce qui suggérait qu'il avait déjà été arrêté pour de tels actes.

Évidemment, il n'était pas question qu'elle consulte elle-même la DGSE au sujet de cet individu. La requête devait forcément passer par la hiérarchie, avec des chances de réussite quasi nulles. À moins que les gendarmes disposent d'informations nouvelles, l'identification du suspect demeurait impossible pour l'instant.

Elle reprit son recueil de sudokus. Avec les grilles, au moins, elle avait une chance de gagner. Elle en acheva trois de niveau huit en un temps record, comme si les difficultés de l'enquête lui avaient fait gagner de nouveaux pouvoirs. La pause éloigna le fantôme, et Clémentine fut tentée de passer à autre chose.

Mais un mot traversa son esprit : « anagramme ».

Elle avait déjà solutionné des sudokus anagrammes, où les chiffres étaient replacés par les neuf lettres d'un mot. Jouer avec les lettres n'était pas plus difficile que manipuler des chiffres ou n'importe quel groupe de symboles. L'intérêt supplémentaire de ce genre de grilles était de découvrir, au terme de leur résolution, trois anagrammes ou plus utilisant les lettres imposées.

Si Philippe Audiberti ne se mettait pas à table, son anagramme serait peut-être plus bavarde.

Au vu de son âge, le suspect possédait certainement un prénom courant, comme Jacques, François ou Jean-Pierre. Clémentine commença par consulter sur Wikipédia la liste des prénoms les plus donnés en France. Entre 1959 et 1969, les bébés français s'appelaient majoritairement Philippe ou Jean, avec quelques Pascal dans des régions dissidentes. Comme son stock de lettres ne comportait ni « j » ni « s », Philippe restait le seul en lice. Elle conserva donc ce prénom et essaya toutes les combinaisons possibles, procédant par ordre en les inscrivant au crayon au dos d'une feuille de brouillon généreusement fournie par un cabinet d'avocats de Versailles.

Tibrideau, Tibireaud, Bridautie, Artibudie, Ibairduet : la première moisson fut décevante. Avec neuf lettres et neuf positions, Clémentine calcula qu'il existait 362 880 possibilités, dont la presque totalité ne correspondait à rien. Elle essaya plusieurs anagrammeurs en ligne destinés au jeu de scrabble, et obtint, après manipulation, quelques résultats encourageants, comme Tribaudie ou Buditeira. À partir de ces noms et du prénom Philippe, elle effectua quelques recherches, aussi stériles que les précédentes.

Elle se souvint alors que le suspect avait demandé à être appelé Charles. Elle reprit les anagrammes qu'elle avait trouvées, les fit précéder de ce prénom et soumit le tout aux fichiers de police.

Et le Traitement d'antécédents judiciaires lui répondit.

Un certain Charles Tibaudier, né à Paris en 1954, avait été tué par balles en juin 1995. À ce jour, son meurtrier demeurait inconnu.

Clémentine allait passer à un autre nom quand elle décida de creuser le sujet. L'homme avait le bon âge, et la description du cadavre attirait l'attention : « Le corps de la victime était dans un état de décomposition avancée. La tête était absente et n'a pu être retrouvée malgré les recherches. » Des affaires comme celle-là, on en rencontrait parfois, mais la disparition de la tête introduisait un doute.

Elle poursuivit donc ses investigations sur cet homme. Plutôt que de continuer à interroger les fichiers à sa disposition, elle choisit de s'adresser au Groupement d'intervention régional des Yvelines, un service spécialisé dans la lutte contre l'économie souterraine. Il lui fallut trois quarts d'heure pour obtenir ce qu'elle voulait : un extrait du Ficoba[18], quelques informations fiscales et la liste des véhicules immatriculés au nom de Tibaudier.

Logiquement, les enregistrements s'arrêtaient au mois de juin 1995. Mais l'individu avait vidé et clôturé ses comptes en avril de la même année. Autre donnée troublante : il avait possédé un bien immobilier à Guyancourt. Enfin, il avait été propriétaire d'une Range Rover bleu marine, ancêtre de

18. Fichier des comptes bancaires.

celle utilisée par le tueur. Cette voiture avait fini à la casse en 1994, mais la coïncidence était trop belle.

Clémentine aurait pu continuer ainsi pendant des heures, accumulant les preuves qu'un certain Charles Tibaudier, disparu en 1995 dans des circonstances suspectes, possédait plusieurs points communs avec le suspect de l'affaire Carville. À défaut de photos, d'empreintes digitales ou génétiques, l'identification définitive risquait de prendre plusieurs jours. Mais s'il existait une chance que cette improbable divination, fondée sur un jeu de lettres, ait révélé le vrai nom du tueur, Alaric devait être mis au courant.

L'horloge du bureau marquait 15 h 25. Sur son smartphone, elle composa frénétiquement un texto, qu'elle envoya sans l'avoir vérifié. Elle détestait travailler ainsi, mais rien, dans cette affaire, ne se passait de la manière habituelle. Après tout, le code de procédure ne disait pas comment sauver deux enfants d'une mort certaine.

32

Ils arrivèrent à Chevreuse aux environs de 15 h 20, sous un crachin qui rendait les bois dénudés et les étangs particulièrement sinistres. Une grosse Peugeot noire attendait en face du chemin qui conduisait au domaine des Carville. Philippe gara sa voiture juste derrière et Alaric partit à la rencontre de Cornil.

— Vous êtes à l'heure, dit la magistrate.

Comme les hommes d'Osso, elle était totalement habillée de noir.

— J'avais intérêt.

— J'ai repéré un journaliste en venant. Nous voulons éviter toute publicité. Vous allez m'écouter attentivement. D'abord, vos gars cachent leur véhicule. Ensuite, vous montez tous les trois à l'arrière. J'entre dans la propriété du député et vous sortez dès que nous serons hors de vue. Le fourgon de la maison d'arrêt ne tardera pas. Le suspect sera installé sur la banquette arrière de ma voiture. Vous prenez place à l'avant et vous l'interrogez, pendant que vos policiers montent la garde à l'extérieur. J'occupe l'avocat dès qu'il arrive. Quand vous aurez fini, on confie notre bébé aux gendarmes. Vous apparaissez à ce moment et vous assistez à la reconstitution.

Alaric siffla.

— Vous seriez parfaite pour diriger des actions de police.

— J'ai eu plusieurs vies. Je vous raconterai un jour. L'heure tourne, montez.

Alaric transmit ses instructions à Philippe et Pascal. Le second sortit de la voiture banalisée et entra dans celle de la juge. Alaric le suivit. Philippe n'eut besoin que de deux minutes pour faire disparaître son véhicule et monter à son tour. Les vitres arrière de la Peugeot étaient fumées. Cornil ouvrit la glace côté conducteur et roula jusqu'à l'entrée de la propriété. Les deux gendarmes la reconnurent et la laissèrent passer sans s'intéresser à ses passagers.

Tout fut exécuté selon le plan de la magistrate. Les policiers se cachèrent derrière le petit bâtiment où les Carville avaient été assassinés. Le fourgon arriva juste après, et les gardiens menottèrent Audiberti à l'intérieur de la Peugeot. Pascal et Philippe prirent le relais. Alaric s'apprêtait à ouvrir la portière avant quand un texto fit vibrer son téléphone. Se rappelant ce qu'il avait demandé à Clémentine, il prit le temps de le lire :

« Le tueur s apell peut etre charles tibaudier ne en 54 a pari »

L'orthographe piquait les yeux. Cela ne ressemblait pas à la Clém qu'il connaissait. Il glissa le téléphone dans sa poche et entra dans la voiture. Audiberti/Tibaudier se tenait au milieu de la banquette arrière, les quatre membres bagués, avec une paire de pinces supplémentaires attachant celles des pieds à l'armature du siège conducteur. Il était habillé d'un jean et d'un tee-shirt blanc troué. Même ainsi, il conservait son rayonnement de petit patron respectable. Il accueillit Alaric avec entrain :

— Alors c'est à toi que je dois la sortie, fiston ?

Alaric s'installa sur le siège de manière à faire face à son interlocuteur, qui le dévisageait de son regard bleu d'acier.

— Hélas, non. Les gendarmes voulaient tester leurs hypothèses sur le terrain, et je me suis invité.

— C'est toi qui vas gagner. Ils ont rien compris.

Pourquoi tenait-il à le flatter ? Alaric sentit qu'il devait rester sur ses gardes.

— Ils ont pas voulu m'écouter. Ils pensent que t'as pas pu faire le coup tout seul. Trop vieux, pas assez balaise, un peu idiot, un truc comme ça.

Le suspect éclata de rire.

— Vas-y, dis-moi ce que tu sais.

C'était un piège. Il ne devait pas abattre toutes ses cartes sans contrepartie.

— Moi, je pense que t'as eu besoin de personne. T'es un pro, pas vrai ?

Brève lueur de reconnaissance dans ses yeux. Alaric continua :

— Tu as préparé l'opération en les surveillant depuis la tour d'observation. Quand le moment est venu, tu as fait le tour de la maison pour entrer par la cave. T'es arrivé dans la cuisine et puis t'es monté à l'étage.

— Pas mal.

Il croisa les bras, autant que le lui permettaient ses menottes.

— Tout le monde était sous somnifère à part le député. Tu l'as braqué et tu l'as emmené dans le petit bâtiment. Tu lui as demandé de s'asseoir et tu lui as envoyé un pruneau dans le crâne. Ensuite, t'es allé chercher Gladis. Tu vois, je connais son prénom, maintenant. Tu l'as posée sur le billot et tu l'as charcutée. Quand tu as fini ton boulot, tu as enlevé les mômes, à deux dans une brouette que tu avais apportée. Après, il te restait plus qu'à déplacer les objets. Qu'est-ce que tu en dis ?

— 8 sur 10.

— Qu'est-ce que j'ai raté ?

— Ta ta ta.

— T'es dur avec moi. Je m'intéresse à ce que tu as fait. Donne-moi au moins un détail.

— Le chien.

— Quoi ? Il aboyait, alors tu l'as refroidi.

— Ta ta ta.

— Bon, je chercherai. On a aussi avancé sur ton énigme. On a les sept éléments, et on est en train de les analyser.

— Ça sert à rien.

— Pourquoi ?

— À toi de comprendre.

En articulant ces mots, il avait l'expression d'un enfant capricieux. Alaric ne le perdit pas de vue pendant qu'il abattait son atout.

— Au fait, on sait qui tu es. Tu es né à Paris en 1954. Charles est bien ton prénom, et ton nom commence par un T.

Le tueur ferma les yeux pendant un bref instant.

— Continue.

— Tibaudier.

Aucune réaction. Alaric essaya le bluff :

— Mon groupe est en train de reconstituer ta bio. C'est pas facile, mais on a quelques éléments.

Sur son smartphone, il relut le message de Clémentine, qui était à présent suivi d'un nouveau :

« Parle-lui de la chasse en 2005 avec Carville père et de RG 812 sur une douille calibre 16 »

— Tiens, ajouta-t-il, mon adjointe me parle d'une chasse en 2005. Ça te dit quelque chose ?

Charles Tibaudier eut un petit sourire pincé, qui pouvait signifier n'importe quoi.

— Souvenirs, souvenirs.

— Tu y étais, non ?

— Ça se peut.

— Tu nous as laissé une douille avec « RG 812 » gravé dessus. Ce sont des initiales ?

— Tu brûles.

— Écoute, j'en ai assez de tes mystères. Je suis de ton côté, j'essaie de comprendre pourquoi tu as fait tout ça. Je suis sûr que tu devais avoir de bonnes raisons. Mais là, le temps commence à manquer. Si je trouve pas les gamins, je perds l'affaire. Il faut que tu m'aides.

— Tu as tout ce qu'il faut dans tes mains.

— Tu me surestimes.

— Je parie que non.

L'audition roulait dans une impasse. Il fallait trouver une idée pour l'en sortir. Alaric se rappela qu'il n'avait pas encore parlé de la mise en scène de la chambre d'amis.

— Pourquoi la tuerie d'Auriol ?

— Ah ah !

Il réfléchit en parlant :

— J'ai pensé que Carville était un peu comme Massié : une sorte de repenti, qui menaçait de balancer ce qu'il savait.

Tibaudier secoua la tête.

— Tu refroidis.

— Ensuite, je me suis dit que tu voulais me parler du passé, et en particulier du SAC.

— Bien.

— Le Service d'action civique a été dissous en 1982. Le père de Jérôme Carville en faisait peut-être partie.

— Lui ? Jamais de la vie !

— Toi, alors.

Il ne répondit rien. Alaric enfonça le clou :

— Charles Tibaudier, ancien du SAC et agent français en Afrique. C'est comme ça qu'on doit te présenter aux journalistes ?

— C'est pas moi l'important.

— J'ai compris ton jeu. T'as un message à transmettre, mais tu veux que je le trouve moi-même. Carville père t'a peut-être fait quelque chose dans le passé. Au cours de cette partie de chasse de 2005, par exemple. Ou alors tu as perdu ta femme, et Carville fils y est pour quelque chose.

Tibaudier secoua lentement la tête.

— T'es plus con que je croyais.

Un bruit le fit sursauter. Philippe frappait à la vitre. Sa voix étouffée traversa le verre :

— Ils sont là. Il faut arrêter.

Le temps passait trop vite. Alaric fit une dernière tentative :

— Les enfants t'ont rien fait, Charles. Laisse-les en dehors de tout ça et dis-moi où ils sont. Tu gagneras rien à les laisser mourir.

— La vie, c'est comme ça, fiston. Parfois, les enfants paient les fautes de leurs pères. Parfois aussi, ils deviennent orphelins, avec une mère qui assure pas. Qu'est-ce qui est mieux, dis-moi ?

Cette remarque atteignit le policier en plein cœur. C'était de lui que Tibaudier venait de parler. Il n'avait pourtant jamais raconté cette partie de sa vie à personne. Il calcula que cet homme avait 24 ans au moment où son père s'était suicidé. Il pouvait parfaitement l'avoir fréquenté.

À l'arrière, les deux portières s'ouvrirent. Conformément aux instructions de Cornil, Pascal et Philippe détachèrent le tueur et le sortirent du véhicule. Quand Alaric se retourna, il vit à travers le pare-brise trois voitures banalisées de la section de recherche, qui venaient de se garer sur le parking des visiteurs. Cornil, pour sa part, tenait un discours animé à un jeune baveux qui semblait surtout s'inquiéter de la propreté de ses chaussures et de son pantalon de flanelle bien repassé.

Il sortit à son tour et se dirigea vers les gendarmes, pendant que Philippe et Pascal leur remettaient le suspect. Devant son groupe, Peresse choisit de fanfaronner :

— Alors, Autier, vous vous reconvertissez en maton ?

Encore affecté par ce qu'il venait d'entendre, Alaric répondit à peine :

— C'est un métier comme un autre.

Encadré par Ferrie et un type chauve au nez de boxeur, tous les deux vêtus d'un survêtement à capuche, Peresse avait l'allure d'un chef de bande plus que d'un militaire.

— Je suis un peu étonné de vous voir ici. Vous êtes pas censé chercher les mômes ? Vous croyez peut-être qu'ils sont planqués ici ?

Ses deux hommes s'amusaient comme des fous. Riposter ne servait à rien, mais Alaric ne pouvait laisser passer l'humiliation.

— Apparemment, si je veux obtenir des infos, je dois venir les chercher moi-même. L'avantage, c'est que je peux faire confiance à mon groupe pour bosser correctement pendant que je suis absent.

Ferrie détourna le regard. Peresse soupira. Il allait répondre quand Cornil arriva, suivie du jeune avocat.

— Je vois que vous avez déjà commencé le briefing, dit-elle. Je suis heureuse de vous voir collaborer en bonne intelligence. Cette affaire en a besoin.

Alaric l'avait assez fréquentée pour entendre l'ironie dans sa voix.

— Je suis impatient de découvrir les hypothèses de travail de la section de recherche, dit-il.

Cornil ébaucha un sourire de reconnaissance. Elle aussi savait entendre l'ironie.

— Allons-y sans tarder, dit-elle. Le temps est une denrée précieuse.

Alaric savait qu'il allait perdre le sien. Tout ce qu'il espérait, c'était glaner quelques détails que les gendarmes auraient oublié de communiquer à leurs confrères policiers.

* *
*

Vingt minutes après le texto de Clémentine, Patrick entra dans le bureau.

— Alaric est dans le coin ?

— Il est parti pour Chevreuse. Tu avais quelque chose à lui montrer ?

— Oui, mais ça attendra.

Elle ne se rappelait pas avoir eu une seule conversation complète avec Patrick depuis qu'il était entré dans le groupe. Le garçon préférait parler à son papa Alaric plutôt qu'à la dame. Il était temps qu'il ouvre ses horizons.

— Mauvaise idée, Patrick. Si tu as une info, il vaut mieux que je sois au courant.

Il dodelina de la tête, hésitant comme un collégien.

— Je ne suis pas sûr. On a enquêté sur les sept objets, comme Alaric nous l'a demandé, mais il y avait aussi cette histoire de chasse.

— Raconte.

Il se lança dans des explications un peu embrouillées sur un trophée, une douille de chasse et une inscription gravée.

— Si tu crois que ça pourrait être important, il faut qu'Alaric le sache. Je lui envoie un texto.

Il était 15 h 50. L'audition n'était pas encore achevée. Elle tapa le second texto et l'envoya. Quand elle eut terminé, elle fut surprise que Patrick ne soit pas encore retourné devant son ordinateur. Il alla même jusqu'à prendre une chaise et s'asseoir.

— Quelque chose me tracasse, dit-il. Je n'y avais pas pensé avant, mais en te parlant, je me suis aperçu qu'Audiberti était forcément déjà venu dans cette maison.

— Pourquoi ?

— Mets-toi à la place du mec. Tu veux buter un député et sa femme, puis enlever leurs gamins. Tu sais qu'il y a des flics qui gardent la propriété. Tu observes le couple et tu attends ton heure. Tu fais ton boulot, et il ne te reste plus qu'à transporter les mômes et à déplacer quelques objets. Dans quel ordre tu fais ça ?

— Je sais pas. D'abord les objets, ensuite les enfants, je suppose. Sinon, tu es obligé de laisser les enfants dans la voiture pendant que tu t'occupes des objets. En même temps, il aurait pas pu mettre le bazar dans la chambre du garçon avant de le kidnapper.

— C'est ça ! Il a peut-être bougé le garçon une première fois avant de s'occuper des objets, mais son temps était compté. Et là, le type se met à fouiller la maison pour fabriquer une énigme de derrière les fagots.

— Pas logique.

— Non. Il n'a pas choisi des trucs au hasard, il avait réfléchi avant. Il savait qu'il allait trouver tout ça dans la maison.

— Tu crois qu'il connaissait les Carville ?

Patrick secoua la tête.

— Pas Jérôme, Étienne, le père. À mon avis, la maison n'a pas dû changer beaucoup depuis sa mort.

— Intéressant. Tibaudier aurait été l'invité du père, par exemple à l'occasion d'une chasse en 2005. Tu pourrais peut-être faire des recherches sur cette chasse. Il doit y avoir une presse spécialisée dans ce genre d'événements.

Le visage de Patrick s'illumina.
— J'y vais tout de suite.
Elle se dit que le bonheur tenait parfois à peu de choses.

33

Quand tout fut achevé, Alaric n'aspirait qu'à rentrer à Versailles, à boucler le débriefing et à passer à la journée suivante. Philippe et Pascal étaient assis à l'avant. Ils discutaient à deux, sans lui adresser la parole. Il disposait de tout le temps nécessaire pour se remémorer les vingt-quatre heures qui venaient de s'écouler. Entre un suspect qui voulait lui parler, mais ne lâchait aucune information utile, et des gendarmes de la section de recherche aussi peu collaboratifs qu'on pouvait l'imaginer, l'enquête était désormais embourbée dans des investigations laborieuses, qui risquaient de n'aboutir qu'au bout d'une semaine ou deux.

L'image des enfants enfermés dans un lieu secret ne le quittait plus. Son imagination les lui dépeignait dans diverses situations, crevant à petit feu dans des cages, menottés à des anneaux sertis dans un mur, abandonnés dans un entrepôt sans issue, survivant en buvant leur urine ou l'eau croupie d'une flaque. Il n'essayait pas de s'arracher à cette torture mentale. Comparée à ce qu'ils vivaient, elle ne représentait rien.

La voiture quitta les quatre voies de l'avenue de Paris pour entrer dans l'hôtel de police. Elle dut traverser au ralenti une petite foule de journalistes, dont plusieurs s'empressèrent de photographier ou filmer le passager assis sur la banquette arrière. Alaric comprit qu'on avait parlé de lui dans les médias, et que sa photo avait acquis de la valeur sur le marché. Heureusement, il n'était pas obligé de forcer le barrage à pied, comme ça lui était déjà arrivé dans le passé. Il s'attendait à reconnaître parmi ces vautours son ami Éric, mais il n'en faisait pas partie cette fois. Nul doute qu'il ne tarderait pas à se manifester, usant de ses bonnes relations avec l'enquêteur principal pour alimenter sa feuille de chou.

Philippe et Pascal le déposèrent devant l'entrée du SRPJ. Il monta les marches quatre à quatre, non par hâte, mais pour éviter les rencontres. Il espérait encore se faufiler jusqu'à son bureau et achever le travail de la journée le plus tranquillement possible. Mais dès qu'il eut poussé la porte de son étage, il réalisa que cela ne se passerait pas ainsi. Dans le couloir, une dizaine de personnes étaient massées devant le bureau de Gouirand. Costumes ou tailleurs noirs, cravates sobres : probablement un hiérarchique accompagné de sa cour. Il rentra la tête dans les épaules, détourna le regard et contourna l'obstacle.

Mais une voix familière ruina son espoir de conserver son anonymat :

— Le voilà, justement, dit Lostanlen.

Tout le monde se tourna vers lui. Un passage s'ouvrit dans le groupe, et il reconnut, parmi les hommes et la femme qui formaient le cœur de cette agitation, Benoît Cure, le directeur du SRPJ en personne, un petit brun poilu, et Henri Courbet, le patron de la Direction centrale de la police judiciaire, un quinquagénaire aux cheveux gris. La présence de ces huiles entre les murs de la crim' ne pouvait annoncer que des ennuis, et la remarque de Lostanlen ne laissait aucun doute quant au sujet de leur conversation.

Gouirand se tenait à côté de son supérieur direct. Elle avait rétréci de dix bons centimètres. Elle avait le regard éteint et le dos voûté. Alaric la sentait paralysée par l'anxiété, petite chose à la merci des caprices de ses chefs. Il eut pitié d'elle. Il releva la tête et marcha d'un pas décidé vers les hiérarchiques.

— Monsieur Courbet, je vous présente le capitaine Autier, qui enquête sur l'enlèvement, dit la patronne de la crim'.

Courbet le toisa, puis se désintéressa de lui. Son visage était figé dans une expression de dégoût mondain. Alaric l'avait connu de loin quand il dirigeait la PJ de Paris. Cet homme n'avait jamais été un flic de terrain, mais devait sa carrière aux réseaux politiques qu'il servait.

— La juge d'instruction Laurence Cornil a souhaité diviser l'enquête en deux volets, et nous avons obtenu celui-ci, dit Cure.

Tout le monde attendait la réaction du grand patron. Courbet fit durer l'attente. Il pressa ses mains l'une contre l'autre, dans une pause qui se voulait sans doute méditative. Enfin, il parla, s'adressant au chef du SRPJ :

— Le ministre suit cette affaire de très près. Pour nous, il s'agit clairement d'un attentat visant le cœur de notre république. Nous avons été surpris que madame Cornil n'en prenne pas une juste mesure, et se contente d'une enquête de police ordinaire. Ce qui est fait est fait, mais je voudrais vous mettre en garde : nous exigeons que tout soit entrepris pour retrouver les enfants de Jérôme Carville. Nous ne tolérerons pas la moindre défaillance. C'est l'occasion pour nos services de montrer leur exemplarité. La France nous regarde. En cas d'échec, il y aura des conséquences.

Autour de lui, plusieurs courtisans, secrétaires et factotums hochèrent la tête. Gouirand baissa la sienne. Elle avait compris qu'elle serait la première à tomber si les enfants n'étaient pas retrouvés. Alaric s'étonna de n'éprouver aucune angoisse à l'idée de subir lui aussi la décapitation. Le sort de la patronne lui importait plus que son propre avenir dans la police. Contrairement à lui, elle croyait encore dans l'institution et dans sa carrière.

Courbet se détourna d'elle, comme s'il ne supportait plus de la voir. Cure guida le grand chef vers la salle d'état-major. Gouirand suivit le mouvement, soumise et meurtrie. Alaric se demanda quel était le véritable objet de cette visite. Cure ne se comportait pas comme un homme sur la sellette. Courbet agissait peut-être à la demande du ministère, ou bien cherchait à s'assurer que rien ne pouvait lui être reproché. Fichue politique, obsédée par l'image de la réalité dans les médias bien plus que par la réalité elle-même.

Alaric pouvait se permettre de s'éclipser sans qu'on le retienne. Il prit pourtant soin de ne pas attirer l'attention. Seul Lostanlen remarqua son départ. Quand il arriva dans le territoire de son groupe, il découvrit que Clémentine et Osmane écoutaient les échos de la visite, postés dans le couloir. Ils connaissaient assez la Maison pour savoir qu'un tel événement avait le pouvoir de chambouler leur avenir. Quand il fut à leur portée, ils l'interrogèrent du regard.

— C'est rien, dit-il. Juste un peigne-cul qui vient voir le travail des vrais flics.

— Le ministre ? demanda Osmane.

— Seulement le grand patron de la PJ.

— Quand même, dit Clémentine. Moi, c'est la première fois que je vois un ponte descendre sur le terrain pour une affaire de meurtre.

— D'enlèvement, surtout, dit Alaric. Deux enfants, ça remue les foules.

— Ils parlent de toi dans les journaux, dit Osmane.

— En bien, j'espère ?

Osmane lui répondit d'une grimace.

— Je propose qu'on débriefe tout de suite, décida Alaric. Gouirand nous demandera des comptes dès qu'ils en auront fini avec elle.

Alaric et Clémentine préparèrent les sièges dans leur bureau pendant qu'Osmane se chargeait de rassembler les troupes. Patrick fut le premier à arriver. Il s'assit sur la chaise la plus proche du chef de groupe. Daniel entra dans la pièce en sifflant. Son allure débonnaire montrait qu'il ne se sentait pas concerné par cette enquête. Marchant dans les pas d'Osmane, Victoria et Joseph fermaient le ban, tout absorbés par une discussion sur les déplacements du tueur. Quand le groupe fut installé, Alaric ouvrit la réunion :

— Je vais vous dire ce que je vois. Hier soir, nos amis de la section de recherche travaillaient sur l'hypothèse d'une sorte de groupe terroriste qui aurait enlevé les gamins pour des raisons politiques. On est arrivés, et on a complètement rectifié le scénario. J'ai rarement vu une enquête progresser autant en 24 heures.

— Ça, c'est le verre à moitié plein, dit Daniel.

Il avait raison, mais Alaric ne pouvait le laisser avoir le dernier mot sur cette question.

— Le verre continuera à se remplir. On est obligés de croire que les mômes peuvent encore être sauvés, même si on n'en sait rien. Tout ce qu'on peut faire, c'est aller le plus vite possible, en espérant que ça suffira. Je veux dire : tout ne dépend pas de nous.

Clémentine nuança ses propos :

— On sait tous que les journalistes et les politiques ont les yeux fixés sur nous. On est quand même obligés de faire le maximum, et surtout de prouver qu'on n'aurait pas pu faire mieux.

— Il faut pas oublier que sans nous, le suspect aurait refusé de parler, dit Alaric. Imaginez l'enquête sans ce qu'il m'a dit.

Victoria avait failli le couper. Elle s'agitait toute seule sur le siège métallique depuis qu'il avait commencé à parler :

— Les schtroumpfs se foutent de notre gueule. Moi, je pense qu'on devrait les laisser aller dans le mur.

— On en a tous très envie, Vic, dit Clémentine. On sera peut-être obligés de le faire, mais il vaudrait mieux pour tout le monde qu'on bosse la main dans la main avec eux.

— Oui, eh ben, c'est pas parti pour, dit Osmane.

Alaric recentra le débriefing :

— Pour l'instant, ils ne nous laissent pas le choix, ils ont choisi la concurrence. On va se battre avec ce qu'on a, et parlementer plus tard. Tiens, Victoria, on commence par toi. Tu en es où ?

Elle s'éclaircit la voix.

— Tout ce que j'ai appris, c'est que Tibaudier a loué la Range Rover à l'agence CarGo de Montigny-le-Bretonneux le vendredi 15 mars, en présentant un passeport au nom d'Henri Marot. J'ai aussi trouvé un PV pour excès de vitesse du côté de Houdan le samedi 23.

Affalé sur sa chaise, Daniel semblait sur le point de s'endormir. Alaric le réveilla :

— Daniel ?

Celui qu'il venait de nommer se redressa lentement, sans manifester d'embarras.

— Tu m'avais demandé de bosser sur la tuerie d'Auriol. J'ai fouillé un peu, mais je n'ai trouvé aucun lien avec l'affaire Carville. Autre monde, autre époque, autre contexte. Du coup, j'ai commencé à m'intéresser à Jérôme Carville lui-même. Ce type a trempé dans le scandale du Sictom des Boucles de Seine, alors j'ai cherché un partenaire financier qui aurait pu se venger. Pas de bol : les seuls à être floués, dans cette histoire, ce sont les contribuables. Comme il me restait encore du temps, je me suis penché sur le SAC.

Ce sigle fit taire les messes basses et concentra l'attention sur ce que Daniel avait à dire. Dans la police, le SAC demeurait une sorte de légende obscure, un passé qu'il valait mieux laisser dans les archives.

— Je me suis dit qu'en installant sa mise en scène dans la chambre d'amis, le tueur avait voulu envoyer le message : « Ce que je viens de faire, c'est un peu comme la tuerie d'Auriol. » Je ne sais pas à qui il s'adressait exactement, mais il tenait à dire que le meurtrier du député et de sa femme avait un rapport avec le SAC.

— Je crois que Tibaudier en faisait partie, dit Alaric.

Sans entrer dans les détails, il raconta la deuxième audition du suspect.

— Les documents que j'ai consultés confirment qu'Étienne Carville n'en était pas, dit Daniel. Mais il est cité dans une liste d'hommes politiques favorables à cette organisation. Il était gaulliste et proche de Foccard, le chef officieux du SAC.

— Alors quoi ? On a puni le fils pour les péchés du père ? dit Alaric.

— Peut-être, dit Daniel. En tout cas, on ne déterre pas le SAC sans raison.

— Je rappelle quand même que c'est pas notre enquête, mais celle de la section de recherche, dit Clémentine.

Alaric comprenait ce qu'elle voulait dire. Si le groupe avait été saisi de l'affaire Carville tout entière, il aurait pris l'enquête à la racine. L'obligation de laisser les gendarmes s'enfoncer dans une impasse faisait partie du contrat.

— On n'ira pas plus loin. Daniel, tu seras le seul à travailler sur cette piste. Je veux que tu cherches les lieux en rapport avec le SAC autour de Chevreuse.

Clémentine acquiesça. Alaric en profita pour lui demander de raconter ses recherches. Elle en exposa les grandes lignes. Il eut l'impression qu'elle passait sous silence une partie de sa démarche, mais le nom obtenu semblait tenir la route. Il se garda de lui indiquer que toute investigation poussée sur son profil sortait également du cadre de l'enquête de police.

— Espérons que cette info nous ouvrira des portes.

— Tout ce que j'ai réussi à trouver jusqu'ici, c'est une page Facebook à son nom, créée il y a une semaine. J'ai aussi appelé la DGSE sous couvert de Gouirand, mais elle ne m'a toujours pas répondu, dit Clémentine.

— Sans blague. À mon avis, on sera obligés de laisser fuiter l'info dans les journaux pour que le loup sorte du bois. Je m'en occuperai demain. Patrick, tu veux prendre la suite ?

— Au sujet du téléphone, ou des objets ?

— Raconte ta journée.

Il exposa les méthodes qu'il avait utilisées pour suivre les déplacements du tueur et pour comprendre comment il avait réussi à communiquer sans trace. Alaric comprit presque tout. Ensuite, il parla des objets :

— On a exploré deux grandes voies : l'analyse et les idées que ces trucs nous inspiraient. À mon avis, on n'est arrivés à rien.

Il regarda Osmane, qui n'osa pas répondre. Il poursuivit :

— Ces objets étaient dans la maison avant le soir du massacre. Même si le tueur les connaissait, il n'a pas eu le temps de les modifier. Il les a forcément utilisés comme une sorte de code.

— Explique.

Patrick se leva.

— Un code, c'est une série de symboles qui servent à enregistrer ou lire une information. Quand tu prends un symbole tout seul, il ne veut rien dire. Ici, on a un système à sept objets.

— Et tu penses que ce système, ce code, contient les coordonnées des enfants ?

— Si on part de cette hypothèse, il faut envisager toutes les façons de désigner un lieu, et les comparer avec ce qu'on a. Les chiffres et les lettres peuvent avoir de l'importance, mais ça pourrait être autre chose, comme une caractéristique de chaque élément.

— Tibaudier dit qu'on a tout ce qu'il faut dans nos mains.

— Je bosse dessus demain, si tu veux.

— D'accord, mais tu t'acharnes pas. Si tu patines, tu arrêtes immédiatement.

— Ce soir, je ferai des recherches sur la cryptographie.

Alaric se rappela qu'on était vendredi. Chacun, dans le groupe, était conscient qu'il reviendrait au bureau le lendemain, peut-être aussi dimanche.

— Te surmène pas tout de suite. On a le nez dans l'affaire depuis hier après-midi. On pourra pas continuer longtemps à ce rythme. Rentrez tous chez vous, passez une bonne soirée, et pointez-vous tout frais demain matin.

Cette remarque marqua la fin de la réunion et autorisa le retour des conversations privées. Le groupe avait besoin d'une pause. L'esprit fonctionnait ainsi : si on ne lui offrait aucun divertissement, ses performances diminuaient jusqu'à effacer les bénéfices de l'obstination.

34

Je perds le fil. Je dérive dans Paris. Je me retrouve place Stalingrad, suivie par un dealer qui veut me vendre sa marchandise. Je me trompe de chemin. Chaque fois que je croise une personne en uniforme, je me fige et je mets longtemps à calmer les battements de mon cœur. Au milieu de République, je perds mes forces. Je m'assois sur le rebord de la fontaine. Je ne peux pas continuer ainsi. Tout le monde me regarde ; ma photo doit apparaître en tête de tous les fils de nouvelles. J'ai le sentiment que cet homme chauve aux vêtements ordinaires me suit depuis quelques minutes. Il vient d'acheter un magazine, et il le lit adossé à un arbre. Dès que je me lèverai, il abandonnera sa lecture, j'en suis certaine.

Il faut que je m'éloigne d'ici. Ma ville est devenue un piège. Prisonnière de l'actualité, je n'arrive plus à réfléchir. Je doute de tout, même de mes souvenirs. Je pense à cet homme qui a mis fin à sa vie. En ce moment, les suicides de policiers, gendarmes ou militaires battent des records. L'idée que je pourrais avoir en partie provoqué celui-ci m'est insupportable. Je voudrais l'éloigner de moi, mais elle colle à ma peau. C'est peut-être ce qui attire le regard des passants : cette tache impossible à nettoyer, cette culpabilité que rien ne saurait effacer.

Ils vont m'arrêter. Je ne sais pas pourquoi je n'y ai pas réfléchi plus tôt. En ce moment, la moindre entrave au travail des forces de l'ordre suffit à vous jeter en garde à vue. Une journaliste « de la fachosphère » qui provoque le suicide d'un policier est une cible facile. Je pense à la prison, au casier judiciaire, à la descente en flèche qui me menace. Je sais que je suis innocente. Je dois me défendre, accumuler des preuves plus solides, solliciter des appuis. Il faut que je quitte Paris et que je disparaisse pour un temps indéfini. Si mon immeuble m'est encore accessible, je fourrerai quelques affaires dans un sac, je récupérerai ma voiture et je m'enfuirai.

Je ne prends pas le métro. L'espace confiné des souterrains et des rames me fait peur. Je remonte à pied tout le boulevard de Magenta jusqu'à Barbès. L'exercice me fait du bien. La marche brûle peu à peu l'adrénaline dont mes veines étaient saturées. À défaut de pouvoir me battre, j'ai au moins la possibilité de fuir. De temps en temps, je regarde derrière moi, mais je ne vois nulle part l'homme au magazine.

Ça y est, je suis chez moi. Personne ne m'attend devant l'immeuble. Je monte l'escalier dans le plus grand silence et je sursaute quand une porte s'ouvre à l'étage que je viens de quitter. Ma porte est verrouillée. Elle l'était déjà la nuit de mon cambriolage. Je remarque que la serrure ne porte aucune marque d'effraction. Je ne sais pas comment c'est possible. Un peu anxieuse, je tourne la clé.

L'appartement sommeille dans sa quiétude ordinaire. Tout semble à sa place. J'aperçois la cime des arbres nus et le ciel nuageux par les fenêtres. J'aimerais que tout soit fini, comme un cauchemar qui se dissipe avec le matin. J'essaie de me persuader que ma réaction est excessive, et que je n'ai pas besoin de m'en aller. Je consulte mon téléphone, espérant en vain que David m'aura laissé un message rassurant. J'entre chez moi, prenant soin de tourner le verrou dès que j'ai passé la porte. Sans réfléchir, je vais dans ma chambre. J'ai peut-être l'intention de m'allonger quelques minutes, ou de passer des vêtements frais. C'est alors que mes yeux se posent sur mon bureau.

Ma nuque se raidit, ma gorge ne laisse plus passer un souffle d'air.

Ce que je vois est impossible.

Les tiroirs sont fermés, rien ne traîne par terre, mais ce n'est pas le plus ahurissant.

Mon portable est de retour, le disque dur qui l'accompagne aussi.

Comme si le cambriolage n'avait jamais eu lieu.

Je sors de ma paralysie et j'ouvre les tiroirs, les arrachant presque. Mes clés USB et mon second disque dur sont aussi revenus. Seul mon téléphone personnel est manquant. Cela ressemble à un cliché de thriller : le logement remis en ordre pour convaincre la faible héroïne qu'elle devient folle. Je suis terrifiée, mais pas de perdre la raison. Je n'ai aucun doute sur la réalité de mes souvenirs ; je pense seulement que quelqu'un a ramené les objets volés pour me faire passer pour une mythomane.

Cette fois, l'hésitation n'est plus permise : il faut que je m'en aille. Je me précipite sur mon placard et je saisis au hasard les vêtements qui me tombent sous la main. En cinq minutes, je remplis mon sac de yoga avec tout ce qui me semble utile. J'emporte aussi mon matériel informatique. Un spécialiste pourra peut-être me dire s'il a été trafiqué.

J'approche du point où je ne serai plus capable de penser ni d'agir rationnellement. Je renverse une partie du contenu de mon sac, je bute contre mon lit, je cherche mon sac à main, au bord de la panique. Je me sens plus seule que jamais, face à cet enchaînement de catastrophes dont je n'arrive plus à cerner les contours. Je ne comprends pas comment je tiens sans craquer.

Je quitte l'appartement et j'emprunte l'ascenseur. Ma voiture dort dans le sous-sol ; j'espère que sa batterie est encore chargée. J'espère qu'elle n'a pas été visitée. J'espère que personne ne m'attend en bas. Au moment où j'entre dans le parking, une voisine en sort. Elle s'appelle Patricia et elle dirige un atelier de *fashion design*. Elle me fixe bizarrement. Je la salue de la tête et je regarde ailleurs.

Ma Toyota Aygo démarre. J'appuie sur le bouton de verrouillage. Les odeurs familières me tranquillisent. Le chauffage et le confort chassent une partie de la tension. J'arrête la radio. Je reste là quelques minutes, le moteur allumé. L'éclairage automatique du parking s'éteint. Je n'ai rien anticipé. Je ne sais pas où je vais aller, encore moins où je vais dormir. Je suppose que je trouverai un hôtel sur le chemin. Je pense à des amis qui pourraient m'héberger, mais ils habitent tous dans de petits appartements. Mes collègues de *République et Libertés* sont mieux lotis, mais je ne peux leur faire confiance.

J'appuie sur le bouton qui commande l'ouverture de la porte extérieure. Les lumières se rallument. J'avance vers la sortie. Je ne sais pas quand je reviendrai. Je ne sais pas si j'aurai les moyens de m'éloigner longtemps de Paris. J'ai un peu d'argent sur des comptes d'épargne. Cela devrait suffire pour deux ou trois mois. J'ai le vertige en pensant à ce que je m'apprête à faire. Je n'ai jamais pris de tels risques, mais je ne vois aucune alternative.

J'atteins facilement la rue Caulaincourt, puis la rue Custine, puis le boulevard Barbès. J'ai un pincement au cœur en quittant mon nid de Montmartre. Je me dirige vers la porte de Clignancourt. Après une demi-heure de bouchons, j'arrive au périphérique. J'hésite quant à la direction : est ou ouest ? Un souvenir de départ en vacances remonte à la surface. Je me rappelle la joie de me rendre à la mer avec ma famille, l'anticipation gourmande du sable et des vagues. Je choisis l'ouest.

Engluée dans le trafic, j'ai le temps d'improviser un plan pour ce soir et les jours suivants. J'irai à Caen, chez l'ancienne nounou de Cléophée. Quand elle s'est installée là-bas, je n'ai pas répondu à son invitation. Je ne sais pas si je retrouverai son numéro, enregistré sur mon téléphone personnel. Je ferai la route demain. Ce soir, je dormirai à l'hôtel, dans la première ville que je rencontrerai.

Après le périphérique et Neuilly, mon GPS me fait traverser Nanterre. Comme à chaque fois, l'urbanisme stalinien de cette ville m'inspire une insondable mélancolie, mais au moins je ne suis plus à Paris. Il y a deux ans, j'ai participé à un cycle de conférences sur les médias en ligne, organisé à La Défense. *Objections* m'avait payé une nuit dans l'hôtel le moins cher du secteur, l'Ibis budget de la place de la Boule. Je ne cherche pas plus loin ; c'est là que je descendrai.

Il est plus de 19 h. Le soleil se couche. J'ai faim depuis une bonne demi-heure. Il y a une *food court* tout près de l'hôtel. Je n'aime pas particulièrement l'endroit, mais j'y avais dîné et les tacos halal étaient délicieux. Je fais demi-tour sur le grand rond-point et je parviens par miracle à trouver une place à une centaine de mètres du restaurant. Je pousse la porte, et je me dirige vers la gauche, délaissant les comptoirs des burgers et des kebabs pour celui des tacos.

Je choisis une table isolée et je dévore mon repas. Le décor sombre et fonctionnel me convient. J'ai envie d'anonymat, dans un cadre sans style particulier. Des bouffées de ma vie me reviennent, fragments désordonnés dérivant de mes souvenirs de vacances. Je revisite mes douleurs et mes échecs : le divorce de mes parents, la mort de ma mère, la fuite de mon père dans l'alcoolisme, mon mariage, ma dépression, les premières difficultés de communication avec Cléophée, mon divorce…

Oppressée par ces mauvais moments qui se donnent la main, j'expédie mes tacos et je sors. Je n'ai plus qu'une envie : m'enfermer dans une chambre d'hôtel jusqu'à demain. Dehors, le crépuscule est déjà bien entamé. Je me dirige vers ma voiture. Derrière moi, j'entends des bruits de moteurs, qui ne font que s'ajouter au bourdonnement continu de l'avenue Georges Clemenceau. Je n'y prête aucune attention. J'accomplis encore quelques pas avant de remarquer une activité anormale. Je me retourne.

Je ne comprends pas tout de suite ce qui se passe. Des hommes, habillés pour la plupart de blousons, de *sweat shirts* à capuches, de casquettes et de gants, sortent précipitamment de trois voitures ordinaires, pendant qu'une autre, plus luxueuse, se gare sur le trottoir. Les hommes s'engouffrent dans la *food court*. Je crois d'abord être le témoin de l'attaque d'une bande. C'est alors que je remarque les bandes orange au bras des assaillants. Ce sont des policiers en civil. Je devine que leur rafle concerne un délinquant qui se trouvait sur les lieux en même temps que moi. Je ne peux m'empêcher de frémir en assistant à ce spectacle. Mon expérience récente des forces de l'ordre m'amène à les craindre davantage que les malfaiteurs que j'ai pu côtoyer.

Une femme voilée, une maman avec poussette, tient son téléphone devant elle. Elle filme l'intervention. Je me rappelle que je suis journaliste. Même si je n'ai jamais couvert d'événements de ce genre, il y a toujours une première fois. Je sors mon smartphone professionnel et je déclenche moi aussi l'enregistrement vidéo. Je m'approche, mais je reste à une dizaine de mètres du restaurant, en partie cachée par des poubelles qui encombrent le trottoir. Sur mon écran, j'assiste à toute l'opération. J'entends des cris de protestation qui proviennent de l'intérieur.

Deux policiers sortent, l'un tenant les bras d'un jeune Noir menotté. L'autre, probablement plus gradé, se dirige vers la voiture garée sur le trottoir. Un homme en costume assis à l'arrière s'extirpe difficilement de la grosse berline. Le policier de l'assaut le rejoint. Je l'entends dire : « On ne l'a pas trouvé. » Il s'avise alors de la présence de la maman qui enregistre la scène, sans doute pour la poster sur les réseaux sociaux. Il se dirige tranquillement vers elle, et lui arrache son téléphone, puis l'écrase sous sa chaussure. J'interromps la prise de vue et je commence à m'éloigner. Je tremble comme une feuille. La maman insulte le policier, l'empêchant de remarquer ma fuite. Je me retourne une dernière fois en arrivant à ma voiture. La maman est allongée sur le sol, les bras derrière le dos. Le policier lui passe les menottes.

Je reste dans le véhicule, incapable de démarrer. Je suis prisonnière d'une terreur qui ne me quitte pas. Et si ces policiers me cherchaient ? Et si je n'avais, par chance, échappé à la rafle, que pour filmer stupidement ces hommes qui voulaient m'interpeller ? J'essaie de me rassurer : je n'ai rien fait de mal, ils ne pouvaient pas savoir que je me trouvais ici, l'effectif utilisé ne correspondait pas à l'arrestation d'une femme inoffensive. Mais ce que j'ai vécu depuis une semaine a détruit mes repères et ma conviction de faire partie des citoyens honnêtes, ceux que la police n'inquiète pas.

Je me prépare à dormir dans ma voiture, garée sur un quai de l'île de Chatou. Je suis incapable de chercher un autre hôtel dans cet état. À l'étroit dans le petit habitacle, j'ai l'impression d'être en sécurité. J'essaie d'allumer mon téléphone pour consulter les informations, mais la batterie est déchargée. Demain, il faudra que je change de stratégie. Épuisée, je lutte contre le désespoir, tout en sombrant difficilement dans un sommeil agité.

35

Il aurait voulu que la journée, pour une fois, s'affranchisse de ses limites et s'étende à l'infini. Arrêter le temps, ou le ralentir assez pour abolir ses dommages. Il venait de franchir la porte cochère de l'hôtel de police, et ses pas le portaient vers le lieu où il avait garé sa voiture. Il aurait pu rester plus tard au bureau, reprendre chaque feuillet de la procédure naissante, explorer de nouvelles hypothèses jusqu'à ce que l'aube le surprenne. Mais le groupe avait quitté les lieux depuis une demi-heure, et Alaric savait qu'on n'enquête pas seul. Sans les autres, son esprit refusait de sortir de ses ornières et d'inventer des solutions nouvelles.

Léandre et Daphné l'accompagnaient, spectres façonnés à partir des photos qu'il avait reçues des gendarmes. Il ne pouvait regarder ailleurs. Il les surprenait dans un abribus, au milieu d'un groupe de touristes, ou assis sous un arbre, avenue du Général de Gaulle. Aucun exorcisme ne les ferait partir. Mieux que quiconque, il savait que ce genre d'obsession n'avait aucun bénéfice. Quand il travaillait à la Brigade de protection des mineurs, il avait appris à se prémunir contre tout excès de compassion, surtout envers les enfants. Mais cette affaire prenait ses sentiments au dépourvu. En lui parlant de sa propre enfance, l'assassin des Carville était parvenu à briser ses digues, et la tempête le menaçait.

Il entra dans sa voiture et la démarra sans y penser. Son corps accomplit les gestes nécessaires, mais son esprit s'égara dans le dédale du dossier. Il déposa sa besace sur le siège passager. Elle contenait la procédure de Peresse et celle de son propre groupe. Il les avait emportées « au cas où », comme si la seule idée de passer une soirée loin de l'affaire constituait une faute professionnelle. Il roula lentement, faillit rater sa sortie sur la nationale 12, affronta les bouchons sans impatience, arriva dans son quartier, gara sa voiture sous l'auvent.

Son téléphone émit la sonnerie annonçant l'arrivée d'un texto. Il se précipita dessus, mais ce qu'il lut le déçut :

« Sorry pour la stagiaire, G pas voulu ça »

Quel autre message attendait-il ? Personne, à part lui, ne se préoccupait du sort de ces gamins. Il quitta son véhicule et pénétra dans son immeuble. Cette fois, aucun sortilège n'annonça la présence de Cynthia. Il n'avait pas eu de ses nouvelles depuis leur sortie ratée de mardi. Trois jours. Jamais, depuis le début de leur rencontre, ils n'étaient restés aussi longtemps sans se voir. La faim qu'ils éprouvaient l'un pour l'autre abattait vite les obstacles qui les empêchaient de se toucher. Ce qui s'était passé à Montigny-le-Bretonneux avait peut-être distendu leur lien physique. Alaric se dit qu'il aurait peut-être dû l'appeler, mais sans se l'avouer totalement, il se réjouissait que l'absence de son amie libère sa soirée.

Dès qu'il fut entré, il glissa dans son lecteur de CD l'album *The Fat of the Land*, de Prodigy. Cynthia détestait cette musique, mais Alaric avait besoin de l'énergie qu'elle lui insufflait. Il poussa la table basse, constituée d'un touret en bois et d'un plateau de verre, et s'assit sur le tapis. Devant lui, il étala dans l'ordre chronologique les feuillets des deux procédures. Quelque chose lui avait peut-être échappé dans cet ensemble d'informations de sources disparates. Puisque les gendarmes ne semblaient pas intéressés par le travail de son groupe, lui seul était en mesure de miner les faits rassemblés pour en extraire des pépites de vérité.

Lisant les premiers actes d'enquête, il revécut la découverte du double meurtre, l'arrivée des gendarmes de la brigade de recherche, les constatations des primo-intervenants. Un procès-verbal citait ses propres réponses aux questions des gendarmes, qui l'avaient convoqué suite à la découverte de la coupure de journal. Les deux jours suivants n'avaient occasionné qu'une fine liasse de feuillets, consacrés à l'arrestation du suspect et à ses interrogatoires successifs. Un procès-verbal sur les réquisitions téléphoniques et un autre sur le véhicule de Tibaudier achevaient provisoirement la procédure des gendarmes. Peresse ne lui avait toujours pas envoyé les pièces décrivant la perquisition de sa planque à Guyancourt.

La procédure de son groupe, qui datait de jeudi soir, ne contenait que cinq documents, reflets fidèles de la perquisition du domaine et des paroles échangées au débriefing. L'enquête était neuve ; il manquait trop d'informations, de résultats d'analyses, d'extraits bancaires, de fadettes, d'auditions, d'enquêtes de voisinage et de vidéos pour que des recoupements soient seulement possibles. Le suspect, qu'on venait seulement d'identifier, ne parlait que pour entretenir son propre mystère. En vrai professionnel, il avait minutieusement préparé ses crimes, de manière à ne laisser qu'un seul indice exploitable : l'énigme.

Alaric ramassa les pages qu'il avait répandues sur le sol et les rangea dans leur dossier respectif. Quand la matière manquait, rien ne pouvait la remplacer. Voyant son tapis de sisal au milieu du salon, une autre idée lui vint. Il prit ses clés et descendit au rez-de-chaussée, où une salle de stockage avait été divisée en autant de caves qu'il y avait d'appartements. Dans la sienne, il se chargea de tous les cartons de déménagements repliés que ses bras pouvaient porter. Il remonta ainsi, laissant tomber une partie de son chargement en chemin.

La chambre de Léandre contenait six meubles. Alaric déplia une vingtaine de cartons et les empila pour figurer le lit, le chevet, le bureau, la commode, l'étagère, le tableau blanc et le coffre. Il s'aida des photos qu'il avait prises pour reproduire leur disposition exacte. Il envisagea un instant de créer des simulacres des objets secondaires, comme les radiateurs, le téléviseur, les vêtements sales ou les tablettes et la console, mais il décida que son imagination compenserait facilement leur absence. Quand tout fut installé, il s'occupa de l'énigme.

Copiant les images de son téléphone, il commença par dessiner maladroitement chaque objet au feutre noir sur des cartons. Quand il les eut découpés, il jugea ces répliques en deux dimensions très insuffisantes. Il remplaça donc les dessins du livre, du verre, de la pince et des chaussures par des objets similaires qui lui appartenaient, et construisit un modèle en volume du trophée et du cylindre à l'aide d'un rouleau de ruban adhésif qu'il conservait de son déménagement. Quand les copies furent à leur place, il s'assit sur une chaise et prit le temps de contempler son œuvre.

Une constatation le frappa d'emblée : contrairement à ce qu'il avait espéré, l'emplacement de chaque objet ne fournissait aucune information complémentaire. L'encombrement de la chambre ne laissait pas beaucoup de place pour y déposer les morceaux de l'énigme. À l'exception du lit, le tueur avait utilisé toutes les surfaces disponibles, sans se soucier d'aligner, de ranger, de hiérarchiser les choses. Alaric réalisa que ses efforts pour créer une réplique de la chambre n'avaient servi à rien.

Il se leva pour rassembler les objets sur sa table basse. Il venait de terminer quand il entendit un bruit métallique de l'autre côté de sa porte d'entrée.

Quelqu'un essayait de déverrouiller la serrure, sans réussir à y introduire la clé. Il arrêta la musique, se précipita vers le battant et tourna la poignée. Ce qu'il vit lui infligea un véritable choc.

Cynthia se tenait sur le palier, la clé à la main. Elle ne portait aucun parfum. Du maquillage coulait sur ses joues, rendant sa cicatrice aussi visible qu'un rocher à marée basse. Sa chevelure n'était plus qu'un chaos de mèches folles. Elle avait bu, son haleine le disait assez. Elle était habillée avec recherche : épaisse robe noire, manteau gris perle en laine et étole rose en cachemire. Mais ses vêtements étaient souillés de boue sur le flanc droit. Elle était tombée en chemin, sans doute dans la rue, où de nombreux culs-de-poule rendaient la marche dangereuse.

Elle essaya de sourire et se frotta les yeux, ce qui eut pour effet d'étaler un peu plus son mascara. Elle resta ainsi sans parler ni bouger, chancelante et transie. Alaric éprouvait pour elle une peine si profonde qu'il n'en comprenait pas l'origine. Jamais elle ne s'était montrée à lui dans un tel état de détresse. Son mutisme était un gouffre qui menaçait de tout aspirer.

Elle se jeta dans ses bras. Il claqua la porte avant de la laisser se blottir contre lui. Il se sentait totalement démuni. Avait-elle vécu un événement tragique, une catastrophe, un décès ? Comment consoler quelqu'un qui ne dit rien ? Elle resta dans cette position pendant de longues minutes, tremblante et glacée. La tubéreuse et le cacao avaient cédé la place aux relents de terre et d'alcool. Au-delà de la gêne et de la stupeur, il s'étonna de trouver en lui une tendresse que leur relation n'avait jamais suscitée auparavant.

Quand elle sortit de son silence, il savait ce qu'elle allait dire :

— Je suis désolée.

— Désolée de quoi ?

Elle osa le regarder. Elle avait dû pleurer, mais ses larmes s'étaient taries depuis longtemps. Ses yeux injectés de sang exprimaient la honte et la détresse.

— Je voulais... je voulais t'offrir une belle soirée, mais j'ai pas la force.

— C'est pas une obligation, Cynthia. Tu crois que tu me dois quelque chose ?

— C'est pas ça.

— C'est quoi, alors ?

Il avait parlé avec douceur, tout en lui caressant les cheveux. Ce geste lui avait rappelé toutes les fois où il avait recueilli la douleur d'une femme, dans son travail ou dans sa vie. Éternel retour de la souffrance et de la consolation, alors qu'il ne se connaissait aucun talent pour ce rôle.

— Sinon tu me laisseras, comme les autres.

Il chercha en lui une réponse honnête, loin de celles qu'on était censé formuler en de telles circonstances.

— J'ai jamais demandé ça, Cynthia. On a signé aucun contrat. J'aime que tu sois près de moi, et c'est tout ce qui compte.

— Je suis cassée, Alaric. Tu mérites mieux que moi. Si tu me connaissais vraiment, tu le saurais. J'essaie de te donner le meilleur, mais j'y arrive plus.

— Je comprends rien à ce que tu me dis. Peut-être que j'aime les femmes cassées. Peut-être que j'ai pas envie du meilleur. Ce que je connais de toi me suffit.

Elle le fixa d'un regard incrédule. Était-ce possible que personne, parmi les amants dont elle parlait, ne lui ait jamais tenu un tel discours ?

— Ici, c'est le monde réel, ajouta-t-il. La perfection, c'est hors de nos moyens. On vit avec ce qu'on a, on apprend à aimer la chair du fruit plutôt que la peau. Et tu vois, j'ai l'impression qu'on s'en sort plutôt bien. Pour moi, tu peux laisser tomber le maquillage et les concours de beauté ; je me fiche complètement des paquets-cadeaux.

— Je ne t'ai pas tout dit, Alaric.

— Tant mieux, j'ai encore des choses à apprendre sur toi.

— Tu n'as pas idée.

Elle se détendit. Elle passa une main dans ses cheveux pour y rétablir un semblant d'ordre. Alaric lui offrit un mouchoir en papier. Elle essuya son visage, éliminant une grande partie du blush, du fond de teint et du mascara.

— Tu as faim ?

Elle hocha la tête. Son sourire n'eut, cette fois, rien de forcé. Alaric lui prit la main et l'installa dans le canapé. Et dire qu'il la trouvait si belle et si désirable. Comment pouvait-on se tromper à ce point sur soi-même ? Il se dirigea vers la cuisine, mais elle l'arrêta.

— C'est quoi, tu déménages encore ?

— Ça fait partie de mon affaire. C'est une reconstitution.

En quelques phrases, il tenta de lui expliquer sa démarche. Plus il parlait, plus tout cela lui paraissait absurde et désespéré. Un adulte ne croit pas dans ce genre de fables. Un policier ne cherche pas le sens d'une « énigme » conçue par un tueur psychopathe.

— Je ne savais pas que la police travaillait de cette façon.

— Elle ne le fait pas, justement.

Il avait fait ce qu'il pouvait. Les spectres devaient s'en aller. Le verre d'alcool qu'il s'était refusé en rentrant chez lui serait maintenant le bienvenu. Les vivants avaient besoin de passer une soirée tranquille autour d'un bon repas.

36

Samedi 30 mars

Ils avaient fini par faire l'amour. N'était-elle pas venue pour cela ? Malgré le changement de scénario, le dénouement devait rester le même. Leur relation était à ce prix : tant qu'on se touche, on est ensemble. Ils avaient tous les deux besoin de sentir que l'animal bougeait encore. Ils s'étaient endormis enlacés, comme de vrais amoureux, mais Alaric avait conscience que leur avenir se perdait dans la brume. Ses mésaventures sentimentales des dernières années l'avaient converti à une forme de réalisme qu'il ne pratiquait pas naturellement. La crise de Cynthia lui était bien trop familière pour qu'il ignore l'avertissement.

Il fut réveillé par l'alarme de son téléphone. Cynthia ne se trouvait plus à côté de lui. Il avait dormi bien trop profondément pour savoir si elle avait passé la nuit à ses côtés. Les lampes du séjour dessinaient des lignes lumineuses sur les murs de la mezzanine. Tendant l'oreille, il entendit quelqu'un s'activer dans la cuisine. Au moins, elle n'était pas sortie sans lui dire au revoir. Il aurait la joie de passer quelques instants avec elle avant de partir au travail.

Il resta en caleçon. Quand elle séjournait chez lui, il poussait le chauffage au maximum, bien au-delà de ses propres besoins. Tandis qu'il descendait l'escalier à vis, il découvrit qu'elle avait dressé la petite table de la cuisine et préparé quelques aliments dans les bols qu'il avait achetés le mois précédent. Jamais auparavant elle ne s'était occupée d'un repas. Par cette initiative, elle essayait peut-être de faire oublier son état de la veille, mais Alaric l'accueillit avec plaisir.

Elle fit semblant de ne pas le voir, continuant à s'occuper du petit déjeuner. Il déposa un baiser dans son cou. De l'extérieur, on aurait dit un couple de cinéma. Alaric acceptait volontiers de jouer à ce nouveau jeu. Il empoigna le dossier d'une chaise, pour s'asseoir devant le set de table où Cynthia avait placé son assiette.

Il n'acheva pas son geste. Dans le salon, quelque chose avait changé. Les cartons se trouvaient là où il les avait posés, mais sur la table basse, Cynthia avait aligné et rangé les objets dans un ordre différent : du plus grand au plus petit. Ce classement n'avait rien de révolutionnaire, mais personne, dans le groupe, n'y avait pensé.

Chaque élément de l'énigme possédait une taille spécifique, depuis l'énorme tête de sanglier jusqu'à la douille de calibre 16, en passant par les chaussures, le livre, la pince et le verre à pied. La lettre sur le tableau ne faisait pas partie de l'agencement, mais on pouvait considérer ses dimensions comme inférieures à celles de tous les autres objets. Si le tueur avait bien cherché à coder des coordonnées au moyen de ce système, le plus logique était de désigner, par exemple, le pays grâce à la tête de sanglier, la région aux chaussures, le département au livre, et ainsi de suite jusqu'au lieu précis où les enfants étaient détenus.

Fasciné, Alaric abandonna le petit déjeuner pour observer de près cette solution nouvelle. Comme il avait manipulé chacun de ces éléments, il savait que la hiérarchie trouvée par Cynthia demeurait identique si on se fondait sur leur poids plutôt que sur leur taille ou leur volume. Ironiquement, un enfant aurait pu ranger ses jouets de cette façon, qui n'était pas venue à l'esprit de sept policiers adultes.

Totalement enthousiaste, il revint auprès de son amie et lui offrit un vrai baiser, qui faillit faire tomber la brique de jus de pomme posée à côté d'elle.

— Cynthia, tu es un génie !

Elle accueillit ce compliment avec un sourire ébahi.

— Tu m'en diras tant. À l'insu de mon plein gré, alors.

Il s'assit. La bonne nouvelle lui avait donné de l'appétit.

— La clarté au milieu des ténèbres.

Elle prit place à son tour, amusée par ces compliments.

— Tu prendras bien un croissant lumineux ?

Il éclata de rire.

Tout au long du trajet de Coignières à Versailles, il tritura son esprit pour trouver la meilleure correspondance entre les objets et les échelles géographiques. Il rencontra tout de suite une évidence : s'il était question quelque part d'un département, il ne pouvait être défini que par son nom ou par son numéro. Parmi les premiers éléments, seule la paire de chaussures pouvait désigner un département proche des Yvelines : l'Eure-et-Loir, le 28. Si cette théorie était la bonne, le trophée indiquait, non le pays, mais la région Centre-Val de Loire, dont faisait partie la ville d'Orléans, mentionnée par la plaque en laiton.

Après le département, le livre devait pointer vers la ville. Les faits militaires qu'il racontait se déroulaient sur le territoire d'Orvillers-Sorel, dans l'Oise. Il suffisait de vérifier s'il existait dans l'Eure-et-Loir une localité portant le nom d'Orvilliers ou de Sorel. Les quatre niveaux inférieurs auraient alors défini un quartier, une rue, un numéro de maison, un bâtiment… La ville suffisait déjà pour entreprendre des recherches sur le terrain, et chaque précision supplémentaire augmentait les chances de trouver les enfants rapidement.

Pour une fois, il gara sa voiture dans la cour de l'hôtel de police. Ce n'était pas autorisé, mais l'enjeu justifiait une petite transgression. Il se sentait à la fois euphorique et nerveux, comme un joueur qui s'apprête à abattre sa seule carte en espérant qu'elle sera gagnante. En cas d'erreur, il pouvait perdre une journée d'enquête, se rendre ridicule et subir les reproches de la hiérarchie, mais il était prêt à courir ces risques. Il se rassurait en considérant que Tibaudier ne l'avait pas fait entrer dans cette affaire seulement pour le mener en bateau.

Pendant qu'il se dirigeait vers l'entrée du bâtiment, il traça les grandes lignes de sa stratégie. D'abord, il fallait que le groupe examine son interprétation de l'énigme, à la fois pour la valider et pour en terminer le déchiffrement. Ensuite, on aurait besoin de moyens humains et matériels afin de mener les recherches, sécuriser le secteur et se préparer à une éventuelle urgence médicale. Pour cela, Alaric devrait informer Gouirand dès qu'il disposerait d'une position géographique assez précise. Idéalement, il aurait essayé de limiter les fuites en tenant cette position secrète, mais la direction n'allait pas s'engager sans la connaître.

Il ralentit le pas dans l'escalier et dans le hall d'entrée de la crim'. La patronne n'était pas encore dans les murs. Deux des trois chefs de section discutaient devant la salle d'état-major. Alaric eut l'impression qu'ils parlaient de l'affaire Carville, mais il préféra passer inaperçu plutôt que de les écouter et de risquer de subir leurs questions. Quand il atteignit le couloir de son groupe, il visita la salle de repos et les bureaux pour informer discrètement les premiers arrivés. Il ne trouva qu'une seule personne. Par chance, ce fut Patrick.

— Ça fait plaisir de te voir aussi tôt un samedi.

Le *geek* du groupe secoua la tête. Il était assis devant son PC de bureau, son portable, une tablette, son téléphone et quelques autres objets technologiques qu'Alaric ne put identifier. Il portait une chemise bleue bien repassée et un jean neuf. Chez lui, c'était aussi rare que d'arriver en avance. Il eut la politesse d'enlever son casque de *gamer* avant de répondre.

— C'est à cause d'Alice. Elle m'a réveillé à 5 h du mat'. Elle avait prévu un *chat* avec un type à Séoul. Ça hurlait des trucs en anglais. J'ai pas supporté.

Si Patrick connaissait cette fille depuis des années, elle n'était devenue sa copine en titre que deux mois plus tôt. Alaric ne l'avait pas encore rencontrée, mais il savait qu'elle avait créé son entreprise dans la sécurité des réseaux et qu'elle aimait les univers numériques au moins autant que son compagnon.

— Je la remercierai à l'occasion. Grâce à elle, on va pouvoir avancer tout de suite.

Alaric lui expliqua son hypothèse quant à l'énigme. Patrick ne cacha pas sa déception.

— C'est tout ? Tu veux dire que c'est juste une sorte de charade ?

— N'oublie pas que Tibaudier s'adressait à des flics ordinaires comme moi. Il pouvait pas imaginer qu'il y aurait un expert en cryptographie dans mon groupe.

— T'as pas besoin de moi, alors.

— Oh que si. Il faut encore que tu vérifies mon idée et que tu trouves le sens des objets plus petits que le livre. Vu l'intérêt qu'on porte à l'enquête en haut lieu, on a intérêt à savoir où on va. Dès qu'on bougera, on sera suivis d'une meute de hiérarchiques, de politicards et de journalistes.

— Évidemment, vu comme ça…

En parlant, Alaric avait réalisé qu'il craignait surtout de s'exposer et de perdre son anonymat, qui lui assurait une tranquillité relative. Les vrais risques se trouvaient dehors, dans ce marais politico-médiatique où toute erreur se payait le prix fort. Quand l'hystérie collective prenait pour cible un policier intègre, le gouvernement préférait souvent le donner en pâture à la foule, plutôt que le défendre et subir de nouvelles campagnes de dénigrement.

Il retourna dans son bureau et attendit l'arrivée des autres, en préparant l'opération à venir. Il fallait se placer dans la double perspective d'une réussite et d'un échec. Côté pile : l'énigme était bidon, ou son décryptage ne tenait pas la route. Côté face : on s'apprêtait réellement à retrouver les enfants. Les deux éventualités comportaient un risque : celui de passer pour des incompétents et celui de tomber sur une nouvelle tragédie. Pour se prémunir du premier, il fallait limiter les effectifs et jouer la discrétion. Pour éviter les conséquences du second, le secteur devait être bouclé par des forces nombreuses, afin d'empêcher les curieux d'assister à l'intervention. Le dilemme était total.

Clémentine fit irruption dans le bureau dix minutes avant 9 h. Avant même d'accrocher au portemanteau son manteau de laine bouillie violette, elle avait déjà compris ce qui se passait :

— On va quelque part ?

Alaric sourit. Avec elle, il n'avait peur de rien, il pouvait affronter la meute.

— J'hésitais entre une balade à la campagne avec deux bagnoles et les grandes manœuvres avec pompiers, ambulances et unités d'appui.

— Vu ton air réjoui, tu l'as craquée, ton énigme.

— *Yes.*

Elle s'assit en face de lui, sur le siège métallique habituellement réservé aux mis en cause.

— Sauf que t'es pas tout à fait sûr de ton coup, et qu'un flop ferait désordre.

— Continue.

— Les grandes manœuvres, c'est au cas où on décrocherait la timbale.

— Tu vois le problème.

Son regard partit sur le côté. Quand Clémentine réfléchissait, tous les espoirs étaient permis.

— Riposte graduée.

— On commence par une balade à la campagne, mais les grandes manœuvres attendent dans le bois.

— Simple, mais efficace.

Il eut envie de l'écouter. Elle n'était pas impliquée dans cette affaire au même titre que lui. Elle représentait la voix de la raison. En la laissant décider à sa place, il se délestait d'une partie de la pression qui lui voûtait le dos.

Il était près de 9 h. Osmane passa devant la porte en saluant Alaric et Clémentine d'un petit geste de la main. Joseph et Victoria ne se donnèrent pas cette peine. Tout à leur conversation, consacrée à des souvenirs d'école de police, ils traversèrent les quelques mètres qui les séparaient de leur bureau respectif, sans se soucier de ceux qui les entouraient. Précis comme une horloge atomique, Daniel arriva une minute exactement avant l'heure. Alaric devina qu'il était contrarié de passer son samedi à Versailles. Il venait de disparaître quand Patrick survint dans la pièce, l'œil vif et la chemise froissée.

— J'ai trouvé. Vous avez intérêt à venir, c'est du lourd.

Enfin. Jusque-là, Alaric pouvait penser que son interprétation de l'énigme relevait de l'imagination. Mais si elle avait conduit Patrick à dénicher quelque chose, elle prenait soudain une autre dimension.

— On se retrouve tous dans ton bureau.

Patrick retourna devant ses ordinateurs. Alaric et Clémentine se partagèrent la tâche de rassembler le groupe dans le petit local occupé par Patrick et Joseph. Bientôt, il n'y eut plus, entre les deux postes de travail, la moindre place pour circuler. Un peu intimidé, Patrick commença ses explications d'une voix étranglée, les illustrant en zoomant peu à peu sur une carte numérique de la France :

— T'avais raison : la tête de sanglier, c'était pour la région Centre-Val de Loire, les chaussures pour l'Eure-et-Loir et le livre pour la localité, Sorel-Moussel, au nord de Dreux. À partir de là, c'était assez facile. Je me suis dit que le tueur devait forcément fournir une route, puis un numéro de maison ou de lot. J'ai pris la liste des départementales et des rues qui traversent le village, et j'ai cherché ce qui pouvait correspondre. Avec l'ouverture maximale de la pince et le chiffre 13, j'ai trouvé la départementale 301.13, qui traverse Sorel. Il restait deux informations : 821 et la lettre E. Et c'est là que les choses deviennent intéressantes.

Il se retourna pour regarder son auditoire. Il avait gagné en confiance et ne doutait plus de l'intérêt de ses explications.

— Il faut savoir que Sorel-Moussel est la ville des papeteries Firmin-Didot. L'usine occupait une île entière sur l'Eure, l'île de Cythère. Aujourd'hui, le site est désaffecté, mais il se visite encore. J'ai fait quelques recherches, et j'ai découvert un truc étonnant : dans les années 90, une partie de l'île a accueilli plusieurs programmes d'entraînement du SPHP, si ça vous dit quelque chose.

— Service de protection des hautes personnalités, dit Osmane.

— Le numéro de parcelle cadastrale était le 812. Apparemment, ils ont construit quelques petits bâtiments sur ce terrain, mais les photos satellites récentes ne montrent que des arbres.

— Et le E ? demanda Alaric.

— Aucune idée.

— On verra sur place.

Il sentit que les choses lui échappaient. Le plan proposé par Clémentine ne lui paraissait plus aussi évident. Le groupe attendait ses indications, mais il n'arrivait pas à se décider. Il évita de regarder son adjointe. En partant immédiatement, on pouvait arriver là-bas dans moins d'une heure. À supposer que les enfants se trouvaient réellement sur cette île, le lieu pouvait receler des difficultés imprévisibles.

— On y va ? demanda Clémentine.

— D'accord pour la balade à la campagne.

Les autres avaient besoin d'une explication de texte. Il précisa sa pensée :

— Osmane, tu pourrais appeler les propriétaires des installations de l'île ? Il faudrait aussi prévenir le Samu, on risque d'avoir besoin d'eux. Clémentine, contacte Osso, au cas où les choses seraient plus compliquées que prévu. En attendant, j'informe nos amis de la section de recherche.

— Tu invites ces ordures ? réagit Victoria. Après ce qu'ils nous ont fait ?

— Oui, jeune fille, je les invite. Ils ont beau être des ordures, ils connaissent l'affaire mieux que nous. C'est mon moment de charité chrétienne, si tu préfères.

Elle secoua la tête, mais se retint d'exprimer ce qu'elle avait sur le cœur. Une fois de plus, il n'avait pas trouvé la bonne façon de lui parler. Entre eux, les malentendus s'accumulaient souvent jusqu'à ce qu'un événement se charge de vider le réservoir. Le fossé de l'âge et celui du genre se conjuguaient pour rendre la communication difficile. Plus que tout, il craignait d'être obligé de recourir un jour à l'autorité pure et simple pour imposer ses vues.

— Ils nous ont coincés, mais on les tient par les couilles, dit Clémentine. J'aime pas l'admettre, mais c'est un duo gagnant.

Avec une touche de vulgarité pour plaire à la jeunesse, Clémentine venait, à sa façon, de désamorcer le contentieux.

Alaric ne réussit à joindre Peresse qu'au bout de plusieurs tentatives.

— Ouais ?

Ton agressif et voix forte : il n'était pas tout seul.

— On a peut-être trouvé les enfants. Ça t'intéresse d'être sur la photo ? C'est à Sorel-Moussel, sur l'île de Cythère. On part dans quelques minutes.

En arrière-fond, quelqu'un demanda : « Qui c'est ? ». Peresse ne répondit pas directement.

— Merci de nous avertir, Capitaine Autier. Nous ne pourrons vous accompagner, hélas. Nos enquêteurs sont très occupés en ce moment.

Facile à deviner : il était avec le lieutenant-colonel, ce qui expliquait le vouvoiement et la langue de bois.

— Tu vas le regretter, Richard. J'aurais pu garder l'info pour moi, mais je tiens pas aux lauriers. Explique au patron que la gendarmerie nationale ne peut pas se tenir à l'écart de cette opération, que la brigade criminelle a demandé votre soutien, etc. Je suis sûr que tu sauras lui vendre tout ça.

— Je vous conseille de transmettre votre demande par le biais de votre hiérarchie. En l'état, nous ne pouvons nous associer à une opération dont nous ignorons la méthodologie.

Traduction : mon chef m'interdit de t'aider, et il espère que tu vas prendre une gamelle.

— Tu sais qu'il va y avoir des représailles ? C'est une affaire super sensible, et on pourra pas cacher éternellement à la presse que tu nous fais des coups de pute.

— Hélas, c'est une problématique que je ne maîtrise pas. Si vous voulez obtenir des éclaircissements, vous pouvez en référer à notre état-major.

Traduction : je n'y suis pour rien. Si ça ne tenait qu'à moi, je viendrais jouer avec vous, mais j'ai reçu des ordres.

— Laisse tomber, on se démerdera sans vous. T'as seulement raté une occasion de te racheter et d'être du bon côté de l'histoire.

— Nous sommes convaincus que vous trouverez l'aide dont vous avez besoin, dans l'intérêt de cette enquête.

Qu'avait-il voulu dire avec cette dernière phrase ? De quelle aide parlait-il ?

— C'est ça, oui. On se rappelle.

La défection des gendarmes le contrariait plus qu'il l'avait imaginé. Il détestait par-dessus tout être poussé à l'action sans disposer de toutes les informations nécessaires. Dans le noir, une balade à la campagne pouvait facilement virer au désastre.

37

Mardi 19 mars

Un bruit insistant m'arrache à mon demi-sommeil du matin. Je lutte pour atteindre la conscience. La peur me rattrape avant. Ils m'ont trouvée, ils vont m'arrêter et me jeter en prison. Étourdiment, je me perds dans des considérations accessoires : qui vais-je prévenir si on m'en laisse la possibilité, aurai-je mes vêtements ? Je commande à ma bouche ouverte de se fermer, à mes yeux fermés de s'ouvrir. Les deux m'obéissent avec peine. Dans le brouillard de ma vision endormie, je distingue un homme en uniforme. Il frappe à la vitre de ma portière. Je crois qu'il essaie de la briser, mais il y applique une force insuffisante. Il me tient des propos que je ne comprends pas.

Je le regarde. Il arrête de taper. Il voulait juste me réveiller. Il crie plus fort :

— Vous n'avez pas le droit de dormir ici.

Il ne porte pas un uniforme de la police nationale, mais de la municipale, reconnaissable à ses bandes horizontales bleues. Il n'a pas l'intention de m'arrêter. J'ouvre ma vitre.

— Je… suis… désolée… Je voulais juste… me reposer… sur mon chemin.

L'homme est jeune – vingt-cinq ans au plus. Visage anguleux et cheveux rasés de près. Il est inquiet.

— Il faut faire attention. Il y a des clochards qui dorment là-bas sous le pont. Vous auriez pu vous faire dépouiller.

Les clochards ne me font pas peur. Je suis un peu de leur côté, maintenant. Je me ravise aussitôt : bien sûr que je devrais avoir peur. Plus rien ne me protège, je suis devenue une proie facile.

— Vous avez raison. Je n'avais pas l'intention de… Ils disent qu'il faut s'arrêter toutes les deux heures.

— Si vous voulez vous reposer, allez dans un hôtel.

— J'ai compris, oui, dans un hôtel.

Il me laisse enfin. Il recule de deux pas. Je crois qu'il veut voir ce que je vais faire. Je l'ignore encore. Je n'ai pas envie de repartir tout de suite. Pas dans mon état. J'ai faim et j'ai besoin de me rafraîchir. Je m'étire autant que le permet ma petite voiture. Il faut que je me dégourdisse les jambes. Tant pis si le petit policier municipal me désapprouve, il faut que je sorte de cette caisse d'acier.

Je parviens à m'en extraire au prix d'une violente douleur aux cervicales. Je manque de glisser sur la chaussée humide. Au moins, l'air frais diminue mon mal de tête naissant. Je ne dois pas être jolie à voir dans mes vêtements défraîchis. Une odeur de sommeil flotte autour de moi. Je dois au moins changer de sous-vêtements et de tee-shirt. Je regarde ma montre : 8 h 20. Le soleil s'est levé il y a plus d'une heure, mais la lumière reste faible. On est mardi. Aucune fenêtre des installations d'EDF, bâtiments beige, blanc et ocre rouge, n'est encore illuminée, et le parking n'accueille qu'une seule voiture : la mienne.

J'ouvre mon coffre et je prends mon sac. J'ai fini par me décider : j'irai juste à côté, aux Rives de la Courtille, dès que ce sera ouvert. En attendant, je me dégourdirai les jambes en marchant jusqu'au parc des Impressionnistes. Le policier municipal a fini par comprendre. Il retourne à sa voiture, garée sur le trottoir, cent mètres plus loin. La faible femme prendra soin d'elle-même. Elle a déjà perdu son travail, subi un cambriolage et ruiné sa réputation numérique. Des vrais policiers sont peut-être à ses trousses.

Je marche droit devant moi. Il faut que je me réchauffe. Les vêtements que j'ai emportés ne sont pas adaptés à la température de la banlieue. Plutôt que de me diriger vers l'île fleurie, j'opte pour le parc des Impressionnistes. Je sais qu'il est encore fermé, mais j'ai envie de voyager dans le temps. Cette île, qui a peu changé depuis mon adolescence, se prête parfaitement à cet exercice. Je passe sous le pont qui relie Nanterre à Chatou, et je fais semblant de ne pas entendre cet homme qui m'appelle Mademoiselle et qui veut m'attirer à lui.

Je longe le gigantesque terrain sableux qui accueille chaque année la foire à la brocante et aux jambons. Ma famille ne ratait jamais une seule édition de cet événement, et une grande partie des meubles de notre maison d'Argenteuil avaient été achetés ici. Le reste de l'année, j'ai le souvenir d'avoir longé cette étendue désolée un nombre incalculable de fois. L'île des Impressionnistes était un peu notre second jardin. Nous y passions presque la moitié de nos dimanches.

C'était le souhait de ma mère, qui avait besoin de fuir la population de notre ville. Elle aurait voulu vivre dans un environnement tel que celui-ci, mais mon père s'y refusait fermement. Il disait que l'air parfumé des villes bourgeoises était un poison pour les enfants du peuple. Aujourd'hui, je crois comprendre ce qu'il voulait dire. Après son départ, ma mère s'est installée à Croissy-sur-Seine, où elle est morte un an après la retraite. À son enterrement, nous avons constaté qu'elle ne s'était fait aucun ami ici.

Le portail du parc est fermé, mais deux camions de jardiniers stationnent dans l'allée. Le printemps arrive, et avec lui les premiers travaux de fleurissement. Je regarde s'éloigner trois hommes en vêtements de travail, qui transportent leurs outils dans des brouettes. Je ne me sens plus à ma place ici, dans ce lieu que j'ai tant fréquenté. Y a-t-il seulement un endroit sur Terre où je sois réellement chez moi ? J'ai l'impression que ma vie est un effondrement perpétuel, suivi de tentatives maladroites pour me reconstruire. Un jour, je n'en aurai plus la force.

Mais ce moment n'est pas venu. J'ai encore envie de me battre. Il est 8 h 40. En faisant demi-tour maintenant, j'arriverai aux Rives de la Courtille à l'ouverture. J'ai des coups de fil à passer, je dois remettre de l'ordre dans ma vie. Je ne comprends toujours pas ce qui m'est arrivé, mais je vais rebondir. Je repars dans l'autre sens, repasse le long du terrain vide, puis sous le pont routier. Le SDF m'appelle encore, mais ça m'est égal.

J'arrive au restaurant-salon de thé par la petite rue du Bac. Je passe devant la Maison Fournaise, une ancienne guinguette que les impressionnistes ont rendue célèbre. Je monte à l'étage des Rives de la Courtille, mais les portes sont encore fermées. Deux personnes s'activent à l'intérieur : derrière le bar, un quinquagénaire d'allure débonnaire – sans doute le patron – et un serveur au teint mat, une armoire à glace de deux mètres. Je les regarde travailler, et leurs préparatifs me remplissent d'un étrange espoir, comme s'ils annonçaient le début d'une saison nouvelle.

À 9 h précises, le géant m'ouvre la porte et je m'installe sur la terrasse qui entoure l'étage. En conservant ma doudoune, je peux jouir de la vue sur la Seine, que les arbres nus ne dissimulent pas. Le serveur vient prendre ma commande :

— Qu'est-ce que je vous sers, m'dame ?

J'ai une faim de loup.

— Un café, deux croissants, un pain au chocolat et des toasts avec du beurre et de la confiture, si vous avez.

Ma demande l'amuse.

— On a tout ça, sauf le pain au chocolat. Il ne nous reste plus que des chocolatines.

Il rigole comme un enfant. Il est content de sa vanne.

— Va pour une chocolatine, alors. Est-ce que vous auriez une rallonge, s'il vous plaît ? C'est pour recharger mon téléphone.

— Je vous apporte tout ça.

Il s'en va, arpentant le plancher d'une démarche souple et pleine d'énergie. Une vieille dame très maquillée s'assoit au bout de la terrasse. Le serveur revient deux fois : la première pour la rallonge, la seconde pour la commande. Je me jette sur les croissants et la chocolatine, que je trempe goulûment dans mon café. Je me rappelle le petit déjeuner d'hier chez Khadija, et ma longue attente dans les locaux de *La ligne rouge*. Je n'en veux pas à ces gens. Eux au moins ont essayé de m'aider. Je passerai les voir quand tout ira mieux. Je m'étonne de mon propre optimisme.

J'allume mon téléphone. Ma messagerie contient trois messages : un de Denis, mon ancien patron, un d'Eudes, mon ancien mari, et un de Cléophée, ma fille de toujours. Je commence par le dernier : « Maman, j'ai lu des articles sur toi. Ils disent que tu as des ennuis. Tu peux me rappeler ? » Le deuxième est plus court : « Je te rappellerai. » J'écoute à peine le premier : « Écoute, Karine, je voulais te dire, au nom de la rédaction, que… » Je raccroche avant la fin. Ce type est un faux cul. Il a beau prendre un ton moralisateur, sa nature profonde transparaît dès le premier mot qu'il prononce.

Je choisis le numéro de Cléophée dans ma liste de contacts. Je tombe immédiatement sur son annonce : « C'est Cléo. Ça me fait plaisir que tu appelles. Tu peux enregistrer un message si tu veux. » Je laisse passer le signal annonçant l'enregistrement, mais je n'ai pas envie de laisser de trace. Je raccroche. Elle verra bien que j'ai essayé de la joindre.

J'enchaîne immédiatement avec un autre numéro : celui de Victoire, mon ancienne collègue. Entre autres responsabilités, Victoire est chargée d'une veille sur la police et les tribunaux. Denis lui promet un contrat à durée indéterminée depuis des mois, mais elle ne l'obtiendra jamais. Je ne sais pas si elle répondra à cette heure. Heureusement, la chance est avec moi.

— Karine ! C'est horrible, ce qui t'arrive.

— Oui, Victoire, c'est affreux, mais je ne t'appelle pas pour ça. J'ai besoin d'une info à mon sujet.

— Dis-moi tout, ma belle.

— C'est particulier. Je veux savoir s'il y a une enquête de police à mon sujet.

Victoire laisse un grand blanc dans la conversation. Je dois préciser les choses :

— J'ai rien fait de mal, rassure-toi. Des gens s'acharnent sur moi, c'est tout.

— Ce policier qui a volé le portable de Vincent ?

— Apparemment, il s'est suicidé. Une histoire de fou.

— Je ferai des recherches. Ça te va si je t'envoie un texto ?

— Ça marche.

— Tu tiens le coup ?

— Difficilement.

— S'il y a quoi que ce soit d'autre, n'hésite pas.

— Ces infos vont m'aider.

— Tu les auras. Le temps de passer quelques appels.

— Tu es un amour.

— Prends soin de toi.

Avant d'appeler mon troisième correspondant, je demande l'addition. Le grand serveur me tend le terminal de paiement avec un large sourire. J'envie sa décontraction. Le stress tend tous les muscles de mon corps. Dès qu'il est parti, je cherche les coordonnées de Christine. Chris, c'est la nounou de Cléophée. S'il y a bien une personne qui m'a aidée à sortir de ma dépression, c'est elle. Pour Cléophée, elle a été une seconde maman, souvent plus fiable que la première. Elle vit à Caen, où elle a rejoint sa sœur. Je la vois une fois par an, aux environs de Noël.

Elle décroche au bout de huit sonneries :

— Allô.

— Chris ?

Elle utilise un vieux téléphone à rabat. Elle ne regarde jamais qui l'appelle, mais elle a de bonnes oreilles.

— Ah, Karine.

Mon appel ne semble pas lui faire plaisir. J'entends dans sa voix une nuance que je n'ai jamais connue.

— Comment tu vas, Chris ?

— Mais je vais bien.

Cette précipitation... Elle semble tendue, à cran, peut-être méfiante.

— Qu'est-ce qui t'arrive ? Tu as des soucis ?

— Soucis ? Euh... non, pas de soucis.

Le ton qu'elle prend montre le contraire.

— Tu as entendu parler de ce qui m'arrive ?

— Quoi ?

— Ça ne va pas très fort, en ce moment.

— Oui, *ils* me l'ont dit.

Qui ça, *ils* ? Je résiste à la tentation de le lui demander. Je ne veux pas la mettre en difficulté.

— *Ils* t'ont dit que j'allais t'appeler ?

Elle grogne. Je la connais, ce son signifie qu'elle ne veut pas en parler.

— Et Cléophée, elle va comment ?

Elle change de conversation. Ce n'est pas son habitude.

— On ne vit pas ensemble, tu sais. Aux dernières nouvelles, tout allait pour le mieux.

— Bon.

— Je vais te laisser, Chris. J'ai été contente d'avoir de tes nouvelles.

— Moi aussi, Karine. Au revoir.

Elle raccroche. Cette brusquerie non plus ne lui ressemble pas. Elle aime tant discuter au téléphone qu'on a souvent du mal à écourter les appels. Cette conversation me laisse un goût amer. Qu'est-ce qui a bien pu se passer pour que ma Christine réagisse ainsi ? Aurait-elle reçu la visite de la police ?

Le texto de Victoire arrive alors que j'essaie encore de comprendre les mots de Chris. Je m'attends à recevoir la confirmation de ce que je soupçonne : l'ouverture d'une instruction judiciaire sur le harcèlement dont le policier suicidé aurait pu être la victime. Le message tient en une ligne :

« Je n'ai rien trouvé. Tu es inconnue des services de police. »

Cette réponse à la fois me rassure et m'inquiète. Si les renseignements obtenus par Victoire sont exacts et si la police se désintéresse de moi, d'où me vient cette impression d'étau qui se resserre ? Que visait la descente des policiers à Nanterre ? Qui a rendu visite à Chris ? Et surtout, qui a remis mon appartement en état et restitué mon matériel ?

Depuis que je me suis assise, la terrasse a gagné trois clientes. En plus de la vieille dame, deux copines aux cheveux très travaillés profitent du paysage en dégustant à petites gorgées des chocolats viennois. À l'intérieur, la salle de restaurant est vide. Le grand serveur et une jeune femme très fine installent les couverts. Tandis que je les regarde, un homme entre par la porte principale, du côté du quai Watier. Je le reconnais tout de suite. C'est le policier qui dirigeait l'attaque de la *food court*. Il me cherche, c'est maintenant une certitude. J'ignore comment il a réussi à me retrouver. Je me demande un instant si le policier municipal n'a pas signalé ma présence sur l'île. Je ne le saurai probablement jamais.

J'essaie de me cacher en me laissant glisser sur mon siège. L'inconvénient, c'est que je ne vois plus la salle. Mon cœur bat comme une grosse caisse. Malgré le froid, j'ai le dos couvert de sueur. J'ai le sentiment que je joue ma vie. Des milliers de pensées traversent mon esprit. Aucune ne me donne un moyen de m'échapper. J'envisage seulement de me diriger à quatre pattes vers le bout de la terrasse, en espérant que le policier ne me verra pas fuir. Je n'ai même pas le temps d'étudier le chemin sous les tables. Une main empoigne mon bras. Je lève les yeux. L'homme n'a eu besoin que de quelques secondes pour traverser le restaurant et m'attraper.

38

La préparation de l'opération avait pris une demi-heure de plus que prévu. À son grand regret, Alaric avait été obligé d'informer la direction. La promenade dans la campagne eurélienne s'était peu à peu transformée en une expédition supervisée par Lostanlen, avec l'appui potentiel de la BRI, d'un SMUR et de l'Identité judiciaire. Gouirand avait été très claire : dans cette affaire, il ne fallait négliger aucune précaution, autant pour le bien des enfants que pour l'image de la brigade criminelle et la carrière de sa patronne.

Deux véhicules roulaient en direction de l'île de Cythère, à Sorel-Moussel. Alaric avait pris le volant de la Golf du groupe. Il transportait Clémentine, Patrick et Joseph. Contrairement à l'habitude, on ne plaisantait pas, et les rares échanges concernaient l'opération à venir. Patrick exprimait une nervosité particulière, perceptible aux coups de genou qu'il assénait au siège d'Alaric. Clémentine paraissait sereine, mais les notes qu'elle prenait dans son carnet montraient qu'elle se préparait à des moments difficiles. Quant à Joseph, il abrutissait Patrick de questions sur Sorel-Moussel, sur la papeterie Firmin-Didot, sur le Service de protection des hautes personnalités.

— Pourquoi là-bas ? demanda-t-il. Je veux dire, il y a des dizaines de lieux abandonnés qui auraient fait l'affaire dans les Yvelines. Pourquoi cacher les enfants à une heure de route, alors qu'il a laissé une énigme pour les retrouver ?

— Changement de département, dit Alaric.

— Je ne comprends pas.

— Tu enlèves les enfants d'un député. Tu sais que tu auras tout le monde à tes trousses dès qu'on le saura. Tous les flics et les gendarmes des Yvelines recevront le signalement des mômes, et tu risques de te faire repérer très vite. Mais si tu passes la frontière du département, tu entres dans un territoire nouveau. Le SRPJ compétent est celui d'Orléans, et c'est pareil pour la gendarmerie. Ici, personne a entendu parler des faits.

Après un trajet au milieu des champs, la voiture venait de dépasser la plaque de Sorel-Moussel. L'entrée du village exhibait l'étalement ordinaire de maisons blanches au milieu de parcelles bordées de haies bien taillées. Plus loin, quelques constructions plus traditionnelles, toutes proches de la route, signalèrent la proximité du centre. Le bourg ne brillait pas par sa prospérité et rien, si ce n'est l'application GPS qui guidait Alaric, ne laissait deviner son passé glorieux.

Les premières constructions industrielles apparurent : des entrepôts modernes, au parement de tôle ondulée ponctué de graffitis. La route bifurqua vers la droite, et le pont sur l'Eure lui succéda, perspective balisée par des garde-corps métalliques, révélant sur la gauche la silhouette ocrée de la papeterie, sur la droite les arbres de la partie sauvage de l'île. Un bâtiment se détachait particulièrement des autres, une usine en brique évoquant la nef d'une église, avec un alignement de fenêtres cintrées autour de la partie supérieure.

— La papeterie a été reconvertie en locaux pour associations et petites entreprises, dit Patrick. L'office de tourisme local organise de temps en temps des visites guidées des anciennes installations.

À gauche de l'entrée du site, un petit édifice en demi-cercle, tout en baies vitrées, abritait un salon de coiffure. Alaric gara la Golf à proximité, contre le garde-corps. Osmane, qui suivait dans la Peugeot, procéda pareillement. Le terrain où s'entraînait autrefois le Service de protection des hautes personnalités se situait de l'autre côté de la route, derrière des hangars occupés par une entreprise en redressement judiciaire. Un rideau d'arbres le dissimulait entièrement.

— On va briefer ici, dit Alaric. J'aurais préféré un endroit plus discret, mais on fera avec ce qu'on a.

Les quatre policiers sortirent en même temps de la voiture. Ils formèrent un cercle, auquel se joignirent les trois autres. Alaric décela de l'anxiété sur plusieurs visages. Ce n'était pas une opération ordinaire. Il y avait les enfants, bien sûr, mais aussi la nature du terrain. Personne ne pouvait prévoir ce que le groupe trouverait au bout de cette île. À cet instant, il pensa qu'il avait eu tort de ne pas envoyer Osso et son groupe en éclaireurs.

— Je veux qu'on s'entende bien : on est pas là pour jouer aux héros, dit-il. On est des enquêteurs, pas le RAID. Si on tombe sur un truc qui a l'air dangereux ou menaçant, on se retire et on laisse faire les gros bras.

Joseph, Victoria et Daniel hochèrent la tête.

— En même temps, on n'est pas à Mossoul, et le suspect est au ballon, dit Clémentine. Tu parles de quel genre de dangers ?

— J'en ai aucune idée, Clém. Ce matin, en me levant, je savais pas que j'allais me retrouver ici. Ça va trop vite pour moi.

— Tu es le seul qui ait rencontré Tibaudier. Tu dois savoir de quoi il est capable, je suppose.

— Non, justement, j'en sais rien, et c'est ce qui m'inquiète. Alors voilà le plan d'attaque que je vous propose : on commence par aller voir la direction de l'entreprise en dépôt de bilan. Il y aura peut-être des vidéos, ou quelqu'un qui pourra nous renseigner sur ce qui se trouve à l'arrière. Ensuite, deux équipes explorent le terrain, en essayant de piétiner le moins possible les indices. Joseph, toi qui aimes bien photographier, tu mitrailles tout ce que tu vois. Je serai avec Clémentine, et Osmane avec Victoria. Daniel et Joseph, vous vous occupez des vidéos et du voisinage.

En tant que quatrième de groupe, Daniel n'aurait pas dû s'occuper de l'enquête de voisinage, mais Alaric savait que cette tâche lui convenait parfaitement. Il allait donner le signal de l'action quand une Renault d'un bleu délavé se gara de l'autre côté de la route. Usée, mais sans signe distinctif : un véhicule banalisé. Alaric connaissait toutes les voitures du SRPJ, et celle-ci n'en faisait pas partie. Tous les regards convergèrent dans sa direction. Si le conducteur comptait passer inaperçu, c'était raté. La portière s'ouvrit, et un homme de taille moyenne à la carrure de déménageur en sortit. Cheveux bruns ébouriffés, survêtement noir à capuche et dégaine de voyou ; quand il se retourna, les policiers reconnurent le gendarme qui les avait « accueillis » la veille, rue d'Anjou : Arthur Ferrie, un des hommes de Peresse.

Il traversa la route et se dirigea tranquillement vers eux, en roulant des mécaniques comme un mauvais acteur. Alaric devina qu'il essayait de se donner une contenance face au groupe. Dès qu'il fut à portée de voix, Ferrie tenta de rompre la glace en lançant d'une voix rauque un « Salut à tous » embarrassé. Osmane et Victoria ne lui répondirent pas.

— Je… On va dire que je passais par là, dit-il. Ça vous va, comme version ?

C'était donc ce que Peresse voulait dire quand il parlait de trouver de l'aide. Puisque sa hiérarchie refusait qu'il collabore avec les policiers, il avait envoyé en secret l'un des siens pour transgresser les ordres qu'il avait reçus. C'était un geste courageux, qui pouvait lui coûter cher.

— On est très contents de te voir, dit Alaric.

— On aura quelques questions à te poser, dit Osmane.

— Ouais, ça tombe bien, dit Victoria.

Alaric les fusilla du regard.

— Sympa, le comité d'accueil, dit Ferrie.

— On garde les reproches pour un autre jour, dit Alaric. Ferrie est pas censé se trouver là. Comme preuve de bonne volonté, moi ça me suffit.

Osmane et Victoria se turent. Le premier avait déjà compris, mais il fallait garder à l'œil la seconde.

— En tout cas, on a intérêt à se manier le cul, dit Ferrie. En arrivant, j'ai vu un camion de la télé qui attend près d'ici. Je sais pas vous, mais moi, j'ai pas envie de passer au JT de ce soir.

— On y va tout de suite, alors, dit Alaric. Toi, il faut que tu restes dans l'ombre. C'est quoi, ton excuse pour pas être à la caserne ?

Ferrie fit la grimace.

— Je suis en arrêt maladie, vous vous rendez compte ? Ça m'était jamais arrivé de toute ma carrière.

Le groupe prit la direction des hangars, en face de la papeterie. On n'en voyait qu'un petit mur encadré de deux thuyas, mais les photos aériennes montraient des bâtiments qui longeaient l'Eure sur plus de cent mètres. Alaric ouvrit le portail et s'engagea sur une cour spacieuse, au sol défoncé par endroits. Les locaux de l'entreprise se composaient d'un entrepôt tout en longueur et d'un petit immeuble de bureaux, dans un écrin d'arbres qui dissimulait la rivière. Rien n'indiquait que le site soit encore en activité, à l'exception d'une voiture stationnée tout au fond de la cour.

Un homme sortit de l'immeuble et vint à leur rencontre. Il ne cessait de répéter une phrase qui ne devint audible qu'à la fin de son trajet :

— C'est privé, vous ne pouvez pas entrer !

— On est de la police, cria Alaric.

L'homme était engoncé dans une parka vert pomme à la fois trop grande pour lui et trop chaude pour la saison. Il fronça les sourcils et posa sa main sur le bonnet rouge qui couvrait son crâne chauve.

— C'est vous qui avez appelé, alors ?

— Nous voulons visiter le bout de l'île. L'administrateur de l'entreprise nous a dit que ça ne posait pas de problème.

— L'entreprise, elle est fermée. On n'entre pas.

Ferrie montrait déjà des signes d'agacement, Osmane avait le sourire.

— Vous êtes le gardien, c'est ça ? Vous êtes monsieur...

— Ducros, comme les épices.

Patrick se détourna pour cacher un début de fou rire.

— Monsieur Ducros, la police va où elle veut. Vous, par contre, vous risquez de visiter le commissariat si vous nous empêchez de nous décarcasser.

— Ah, vous êtes de la police ? Mon neveu aussi est de la police. Vous pouvez entrer, alors.

Daniel et Patrick prirent le relais, entraînant Ducros à l'intérieur, pendant que le reste du groupe se préparait à parcourir la parcelle 812. La pause souriante avait allégé l'atmosphère. Même le sérieux Joseph, si difficile à dérider, participait à l'hilarité générale, ricanant pendant qu'il vérifiait le niveau de batterie de son téléphone. Alaric rappela les consignes et divisa la troupe en deux équipes de trois. Lui-même partirait en tête avec Clémentine et Ferrie. Les trois autres suivraient jusqu'à la première construction. Ensuite, chaque équipe irait son propre chemin.

Au-delà de l'usine, l'île de Cythère était couverte d'une végétation que personne n'entretenait. Parmi les arbres attendant la remontée de sève du printemps, des troncs morts pourrissaient dans un fouillis de ronces et de fougères. Plus loin, dans le prolongement de l'usine, on devinait la silhouette d'une construction délabrée. Les deux équipes se mirent en marche. Devant la première, des oiseaux ne cessaient de s'envoler à mesure qu'elle progressait sur le terrain, en utilisant un sentier fraîchement piétiné.

Dans sa plus grande largeur, l'île mesurait à peine une trentaine de mètres. Le passage suivi par les policiers les obligeait à marcher en file indienne, et parfois à quatre pattes. Tibaudier ne pouvait l'avoir emprunté les bras chargés d'un ou deux enfants. Alaric essaya d'imaginer les alternatives. À sa connaissance, il n'existait aucune passerelle entre cette partie de l'île et les berges. L'Eure était empruntée régulièrement par des canoës et des barques. Ce moyen de transport aurait été idéal pour se rendre sur Cythère sans attirer l'attention. Clémentine eut la même réaction :

— Il n'est pas passé par ici avec les gamins. Il aurait eu besoin d'un vrai chemin.

— Je crois qu'il est passé par l'eau.

Elle sourit en hochant la tête. L'idée l'avait traversée, elle aussi. Empruntant des chemins différents, ils arrivaient souvent à la même conclusion. Il avait l'assurance de toujours pouvoir compter sur elle pour anticiper ou accompagner sa propre démarche d'enquêteur.

Alaric contourna la construction visible depuis la lisière du bois. Il découvrit avec surprise la réplique, vermoulue et délavée, d'une petite mairie-école comme on en rencontrait partout dans les petites villes de France. Dans les trous de sa façade en planches de coffrage à peine peintes, on apercevait les poutres et les solives de sa structure, ainsi que les quatre poteaux goudronnés enfoncés dans le sol comme des pilotis. Des jeunes arbres avaient poussé entre les murs de bois. Il n'était pas difficile d'imaginer l'usage qu'en faisait le SPHP. Si ce lieu servait effectivement de terrain d'entraînement pour les policiers affectés à la protection des politiciens, la visite d'une mairie de campagne représentait l'une des situations qu'ils rencontraient dans la vraie vie.

Devant la fausse mairie, un autre vestige pourrissait à l'ombre des arbres : le simulacre maladroit d'un monument aux morts construit en plâtre sur une petite butte que les fougères avaient depuis longtemps colonisée. Dès qu'Alaric l'eut dépassé, les autres ouvrages du site apparurent, collection hétéroclite comprenant une scène défoncée sous un chapiteau dont il ne restait que le pilier central, une terrasse grossièrement dallée et surtout, exactement au cœur de cette partie de l'île, la copie assez réussie d'une église, avec son clocher à demi effondré, son portail et sa nef. Au milieu d'une rosace, la trace d'une énorme lettre E peinte en noir restait visible.

— Moi, si j'étais le tueur, je sais où je planquerais les mouflets, dit Ferrie.

Dès que Joseph découvrit à son tour cet ensemble de simulacres, il se mit à le photographier sous tous les angles, se déplaçant fréquemment pour ne rater aucun détail. Ce fut lui qui remarqua le premier les caméras. Il revint auprès du groupe et désigna un point sur la rive :

— Souriez, vous êtes filmés.

Alaric et Ferrie s'approchèrent de l'eau à quatre pattes, en se cachant derrière des buissons. De l'autre côté de l'eau, un présentateur parlait dos à l'île et face à un cameraman et un perchiste.

— T'avais raison, pour le JT, dit Alaric. C'est le moment de relever ta capuche et de sortir la fausse barbe.

— Si on avait mené l'opération, ce serait pas arrivé.

Alaric ne pouvait lui donner tort, même si les policiers auraient pu boucler le secteur aussi bien que des gendarmes. La présence des journalistes n'allait pas faciliter leur travail. Pourquoi fallait-il forcément que les informations confidentielles finissent toujours par fuiter dans la presse ?

Les deux hommes revinrent auprès des autres. Pendant leur absence, le groupe n'avait pas chômé.

— On a exploré toutes les constructions à part l'église sans rien trouver, dit Clémentine. Au fait, j'ai compris pourquoi c'était le seul bâtiment à peu près intact : elle s'appuie sur un pavillon en dur. On le voit à travers les planches manquantes.

— J'ai repéré un endroit où le tueur a pu accoster sur l'île, dit Victoria. C'est presque à la pointe, et il y a un large chemin qui va jusqu'à l'église.

— Je crois qu'on a fait le tour de la question, dit Alaric. On se concentre sur l'église. Osmane, tu recueilles les indices autour de la cible avec Victoria. Joseph, tu continues à prendre des photos. Clémentine et Ferrie, on va regarder ça de près.

Chacun se mit à l'œuvre. Alaric avança vers le faux édifice religieux. La boule au ventre était revenue. Il tenta de distinguer l'équipe de télévision à travers les massifs de fougères et d'arbustes, mais il en fut incapable. Il avait l'impression d'être un candidat dans une édition récente de Koh Lanta, avec des vrais enfants prisonniers et une vraie menace sur leur vie.

— C'est là, dit Clémentine.

À droite de l'angle de l'église qu'elle montrait, un trou révélait le chaînage d'angle d'un bâtiment de brique aux dimensions plus modestes. Alaric se pencha pour regarder à l'intérieur. Une lumière inattendue éclairait l'espace entre ses murs et la cloison qui les recouvrait.

— Il faut qu'on sache d'où vient l'électricité, dit-il.

Ferrie entreprit de faire le tour de l'église. Il revint plus vite que prévu.

— Si vous voulez voir les enfants, c'est par là, dit-il.

Clémentine fut la première à atteindre l'endroit, situé sur le flanc gauche. Montant sur une grosse pierre que le gendarme avait déplacée à cet effet, elle put mettre un œil dans une crevasse à deux mètres de hauteur. Elle poussa un cri.

— Ils sont vivants ! Je vois la fille…

Elle se tourna vers son chef de groupe. Elle était bouleversée. Alaric ne s'était pas aperçu que cette affaire lui tenait tant à cœur. Lui-même, à vrai dire, cherchait à ne pas perdre le contrôle de ses émotions, mais ses facultés de raisonnement montraient déjà des signes de faiblesse. C'est pourquoi il choisit de ne pas regarder dans la crevasse, et d'examiner plutôt le portail de l'église. Tandis qu'il approchait, il remarqua au milieu de la porte d'entrée un boîtier rectangulaire d'aspect neuf. Il se garda bien d'y toucher.

Mais quand il atteignit la porte, le boîtier s'alluma.

Sur le petit écran à cristaux liquides, quatre chiffres apparurent, de part et d'autre de deux points clignotants :

« 10:00 », puis « 09:59 », puis « 09:58 »

Il venait de déclencher un compte à rebours.

39

— Veuillez me suivre, s'il vous plaît.

Il parle à voix basse. Il ne cesse de guetter les réactions des clients autour de lui. Il cherche la discrétion. Il me pince le bras, pour me communiquer le message de façon plus brutale. Je le regarde dans les yeux. Il est déterminé, mais la démarche le gêne. Je me débats, sans arriver à lui faire lâcher prise. Je crie :

— Pourquoi je devrais vous suivre ? Vous êtes qui, d'abord ? La police ? Montrez-moi votre carte.

Il répète son injonction, les dents serrées :

— Veuillez me suivre, s'il vous plaît. On vous informera plus tard.

— Je suis juriste. Je sais que vous n'avez pas le droit d'arrêter les gens comme ça, sans leur expliquer pourquoi. C'est une arrestation arbitraire.

Il ne discute plus, mais se dirige vers l'intérieur du restaurant en me tirant par le bras. J'ai à peine le temps d'agripper mon sac. Je résiste en attrapant ce qui me tombe sous la main. Je renverse une table, avec un grand fracas de vaisselle cassée. J'arrive à saisir la rambarde. Mon agresseur est déséquilibré. Il laisse glisser mon bras, puis parvient à me retenir par une manche de mon manteau.

Il me traîne dans la salle. À l'entrée du restaurant côté rue, je reconnais un de ses collègues d'hier qui vient lui prêter main-forte. Je ne pourrai bientôt plus leur échapper. La table à ma droite a été dressée pour le déjeuner. Je m'empare d'un couteau et je frappe le bras du policier. En l'absence de pointe, l'attaque ne lui inflige aucune blessure, mais il me lâche pour se protéger.

C'est l'occasion que j'attendais. Je cours en direction de l'escalier par où je suis entrée, au bout de la terrasse. L'homme me suit, repoussant les tables et faisant tomber deux clientes qui allaient s'asseoir. Je n'ai aucune chance de le battre à la course. J'atteins le plancher de la terrasse, et j'entends une grosse voix derrière moi :

— Vous allez arrêter tout de suite.

Je me retourne. Le jeune serveur avec qui j'ai discuté tout à l'heure vient de s'interposer entre le policier et moi. Il le domine d'une tête et l'empêche de passer.

— Laissez-moi tranquille, dit le policier.

— Vous avez entendu la dame : si vous êtes policier, y'a des règles, faut faire les choses correctement. On renverse pas les clients comme ça. Vous avez une carte, un mandat ou ce genre de trucs ?

Je me suis arrêtée. J'hésite quant à la conduite à suivre. Le collègue du policier reste immobile, lui aussi. Depuis la terrasse, les deux copines filment la scène avec leur téléphone. Le policier lance au serveur un regard de haine. Il n'a plus le choix, il doit dévoiler son identité. Mais ce n'est pas ainsi qu'il procède. Remballant son agressivité, il se détourne du serveur et prend la direction de la sortie. Il rejoint son acolyte, et tous deux quittent le restaurant. Je suis stupéfaite. Si ces deux-là agissaient dans un cadre légal, ils n'auraient aucune raison d'abandonner ainsi la poursuite. Pourtant, la rafle d'hier ressemblait à une opération de police ordinaire.

Le serveur passe la porte.

— Ça va, m'dame ?

— Oui, ça va. Je m'en tirerai avec des bleus.

— Vous les connaissez, ces mecs ?

— Je les ai vus hier à Nanterre. Ils ont attaqué le restaurant où je venais de dîner. Ils avaient l'air de vrais flics.

— Moi, les flics, je peux pas les blairer. Mon frère, il est Gilet Jaune. Il a reçu un flashball dans la tête il y a un mois. Il a fait deux semaines de coma. Les médecins, ils disent qu'il aura des séquelles.

Ma propre réponse me surprend :

— Ce sont des procédés de dictature. Ces gens-là sont hors des clous.

Je suis en train de basculer dans la paranoïa et les théories du complot. Avec ce que j'ai vécu, cela n'a rien de surprenant, mais je sais que ce genre d'opinions m'exclurait définitivement de certains cercles.

— Il faut pas se laisser faire. Moi, ils peuvent me mettre en garde à vue, je m'en balec.

— Faites attention à vous. S'ils vous inscrivent dans leurs fichiers, vous aurez la vie beaucoup plus difficile.

Je sais de quoi je parle. Depuis quelques jours, j'ai l'impression d'être une fichée S à mon insu.

— Mon frère, il a rien fait à personne. Il a fait juste que manifester. Et maintenant oui, il a une vie difficile.

Pendant qu'il parle, je comprends comment ces deux policiers sont arrivés jusqu'à moi. Comme hier, je me suis servi de mon téléphone et de ma carte bleue ce matin. J'en déduis que la police m'a mise sous écoute, même si je ne suis citée dans aucune enquête. Cette idée m'ébranle. Si de vrais policiers peuvent s'en prendre à moi sans commission rogatoire ni faits constatés, en utilisant les moyens à leur disposition, n'importe quoi peut arriver.

— Vous vous appelez comment ?

— Karim, m'dame.

— Ça vous embêterait de me rendre un dernier service, Karim ? J'ai besoin de retourner à ma voiture, et j'ai peur que ces deux hommes en profitent pour m'enlever.

— Pas d'souci, m'dame. Je demande à mon chef, et je viens avec vous.

Tant qu'il sera là, je me dis que les policiers ne tenteront rien. Karim va voir son patron, qui hoche la tête à sa demande. Nous descendons ensemble l'escalier de bois, et je m'efforce de suivre les pas démesurés de mon garde du corps. J'aperçois une voiture mal garée sous le pont. Ils sont là, j'en suis sûre. Avec ma petite Aygo, je me demande comment je vais leur échapper.

Quand on arrive au parking, Karim s'agenouille et glisse la tête sous le châssis de ma voiture. Il tripatouille dans les recoins et ramène une petite boîte rectangulaire avec deux pastilles métalliques sur le haut.

— C'est un traceur GPS. J'ai vu ça dans une série. Avec ce truc, ils ont pas besoin de vous filocher. Vous avez qu'à partir avec et le jeter par la fenêtre quand ils verront pas.

Je ne sais pas quoi dire. Karim en connaît plus que moi sur ces choses. Je me fais l'effet d'une oie blanche qui découvre le monde. Il y a deux semaines, j'aurais probablement pensé que Karim était un délinquant, mais aujourd'hui, mes certitudes basculent. Je lui tends la main.

— Merci, Karim. Je ne sais pas ce qu'ils m'auraient fait sans vous.

— De rien, m'dame.

Il sert ma main de sa grosse paluche à la peau rugueuse, puis s'en va. Pour lui, c'est une journée ordinaire. Il vit dans un autre monde que le mien. Ou plutôt : je vivais dans un autre monde que le sien.

40

Le temps s'étira comme un élastique. Alaric regarda les chiffres se succéder sur l'écran, sans réaliser qu'ils comptaient les secondes. Une partie de son esprit refusait d'admettre que ce qu'il vivait était réel. Les comptes à rebours, les minuteurs commandant l'explosion d'une bombe, c'était de la fiction, les inventions paresseuses d'un mauvais scénariste. Les vrais tueurs n'utilisaient pas ce genre de trucs éculés. S'ils voulaient éliminer quelqu'un, ils procédaient de manière plus expéditive, sans recourir à d'inutiles stratagèmes.

Mais Tibaudier s'était déjà distingué par son goût des énigmes, des jeux puérils, des mises en scène. Ce décor était son œuvre ; il avait planifié dans les détails le récit qui était en train de se réaliser. Depuis le début, il menait la partie, utilisant les enquêteurs comme des pions dociles. Alaric avait beau se rappeler les étapes qui l'avaient mené jusque-là, il ne pouvait imaginer une bifurcation qui l'aurait conduit ailleurs que devant ce sinistre affichage du temps qui lui restait.

— Putain, c'est quoi ce truc ?

La voix rugueuse de Ferrie lui rendit ses repères. Les enfants. Dix minutes. Le danger d'une explosion ou de n'importe quelle autre calamité. Il entendit des bruits de pas derrière lui.

— Comment c'est arrivé ? demanda Clémentine.

La question n'avait aucun intérêt. Il ne fallait pas gaspiller les secondes. Alaric prit quelques décisions rapides. Il se retourna.

— Vous allez tous partir d'ici, dit-il. On sait pas ce qui va se passer, mais il faut éviter de courir des risques inutiles.

Clémentine avait la bouche ouverte. Le visage de Victoria était figé dans une expression d'effroi. Osmane tremblait. Joseph photographiait en rafales comme un reporter de guerre. Seul Ferrie ne participait pas à cette hébétude, examinant le sol devant la porte pour comprendre ce qui s'était passé. Alaric devait à tout prix briser le sortilège :

— Foutez le camp tout de suite ! hurla-t-il. Appelez le SMUR, faites boucler le secteur, bougez-vous.

Cet ordre direct eut l'effet qu'il espérait. Le groupe sortit de sa paralysie et les policiers quittèrent le site au pas de course. Dernière à partir, Clémentine ne trouva rien à dire. Alaric l'avait déjà vue dans cet état-là, choquée au point de ne pouvoir prendre la moindre décision. Il valait mieux qu'elle s'en aille. Seul Ferrie ne suivit pas le mouvement.

— J'ai bossé au GIGN, dit-il. Je crois que je peux vous être utile.

Alaric regarda le compteur : 08:43.

— C'est bon.

— Il y avait un interrupteur dans le sol. C'est lui qui a fait démarrer le compte à rebours. J'ai aussi trouvé un fil électrique enterré. Le pavillon doit être relié au secteur.

Il montra un endroit près de l'église en bois, entre les fougères.

— En perquise, on est tombés sur un bout de facture de magasin de bricolage. Le suspect a acheté ce fil, mais aussi une batterie, un détecteur de mouvement, des appliques led, un onduleur, une station de commutation et des connecteurs étanches.

— Un détecteur de mouvement ?

Alaric sursauta. Dans sa poche, son téléphone s'était mis à vibrer. Il regarda le nom de son correspondant : Patrick. 07:24. Il prit l'appel.

— Alaric, un *live* Facebook vient de se mettre en marche sur la page de Tibaudier que Clémentine a trouvée.

— Quoi ?

— On a une image. Une sorte de salle de séjour délabrée, un enfant couché, une gamine qui bouge beaucoup.

— Ce type est un dingue. Il faut faire bloquer la transmission.

— Je m'en occupe.

— Qu'est-ce qui se passe ? dit Ferrie.

— Il y a une caméra à l'intérieur. Elle envoie les images des enfants en direct sur Facebook.

— Il veut filmer le massacre.

— Il va y arriver.

Penser plus vite. 06:12. Son plan, c'était la mort en direct. En ligne dans sa *story*, l'exécution des enfants du député. Dix minutes, et puis boum. Le monde assiste impuissant à l'effroyable spectacle. Aucune rédemption. Il avait choisi un flic pour donner le coup d'envoi, pas pour empêcher le carnage. Une seule question demeurait :

— Pourquoi le détecteur de mouvement ?

Ferrie s'emporta :

— On s'en fout, putain ! Pour allumer la lumière, je sais pas. Il faut agir, on réfléchira plus tard.

— La lumière est allumée en permanence depuis notre arrivée. Le détecteur, c'est pour celui qui passera cette porte.

Tibaudier ne voulait pas d'un massacre automatique ; dans son histoire, c'était Alaric Autier qui exécutait les victimes en essayant de les sauver.

— Tu veux dire que c'est un piège, c'est ça ?

04:49. Si seulement il pouvait en avoir la certitude.

— Le suspect me voit comme un mec qui pourrait risquer sa vie pour sauver des enfants.

— *Moi*, je serais prêt à risquer ma vie pour des mômes. Si t'y vas pas, j'y vais.

Ferrie avança vers la porte. Il était déterminé. 04:15.

— Non ! Dans quatre minutes, il se passera rien. Mais si tu entres, tout explose.

Ferrie se mit à crier :

— T'en es sûr, de ça ? Tu serais prêt à parier leur vie là-dessus ?

Alaric ne voulait rien parier du tout. Le doute s'infiltrait dans les crevasses, comme une moisissure. Personne ne devrait décider de la vie ou de la mort d'un enfant. 03:55. Trop tard, de toute façon.

— Oui ! C'est moi qui vais devoir vivre avec les conséquences, pas toi. Personne ne passera cette porte.

En deux pas, il fut entre Ferrie et l'entrée du bâtiment. Il n'était pas bien sûr de battre le gendarme au corps à corps, mais il pouvait au moins le retarder. Ce ne fut pas nécessaire.

— J'espère que tu as raison, mec, parce qu'autrement, j'aimerais pas être à ta place. Viens, on se met à l'abri.

02:53. Ils se mirent à courir en direction de la construction la plus proche, la carcasse de la mairie-école en bois. Assis dans les fougères, ils pouvaient observer l'église sans risque, grâce aux trous entre les planches. Alaric se demanda si les caméras avaient filmé leur fuite. Il imagina le commentaire : « Deux membres des forces de l'ordre se cachent pour se protéger d'une explosion qui emportera les enfants martyrs. »

01:21. Les secondes ralentissaient de nouveau. Peut-être allaient-elles s'arrêter pour de bon, peut-être cette attente ne finirait-elle jamais. Alaric ne pouvait détacher ses yeux des chiffres de sa montre. Il n'était pas sûr d'avoir déclenché son chronomètre au bon moment. Et avait-on seulement vérifié que le compte à rebours égrenait bien des secondes ? Ferrie observait l'écran à l'aide d'une paire de petites jumelles. Lui au moins ne pouvait se tromper.

00:10. Alaric arrêta de respirer. Il pensa à son père qu'il n'avait presque pas connu, aux deux cadavres dans l'atelier de boucherie, au trophée de sanglier. Tout son être battait au rythme de ce compteur.

— Putain, t'avais raison.

Il mit du temps à comprendre ce que Ferrie disait. Le gendarme insista :

— Il se passe rien, regarde : l'appareil est à zéro, et il se passe rien. C'était vraiment un piège.

Ne pas se relâcher. La fin des dix minutes ne signifiait rien ; Tibaudier avait peut-être prévu un dispositif de secours.

— J'appelle le déminage. Je sais pas combien de temps on a, mais il faut pas traîner.

Les deux hommes se levèrent. Le danger ne semblait plus aussi immédiat, et ne relevait plus de leurs compétences. Alaric choisit le numéro du Centre interdépartemental du déminage de Versailles dans sa liste de contacts et présenta sa demande. On lui promit quatre démineurs dans les plus brefs délais. La situation reprenait des dimensions humaines. Quand il eut achevé son appel, il sentit que Ferrie recommençait à s'impatienter.

— Je crois que t'as plus besoin de moi, maintenant. Je vais essayer de filer par la sortie des artistes.

Alaric eut envie de lui témoigner sa reconnaissance. Ce type avait accepté sans broncher de risquer sa vie, alors qu'il n'était même pas censé se trouver là. Il renonça vite à toutes les effusions qu'il pouvait imaginer. Le gendarme n'avait pas le style à tolérer les embrassades ou les poignées de mains prolongées.

— Merci… Arthur. J'en connais pas beaucoup qui auraient fait ce que tu as fait. Et tu diras à Peresse que j'apprécie beaucoup son cadeau.

— De rien… Alaric, c'est ça ? J'ai vu des flics chier dans leur froc devant un compte à rebours bidon. J'aurai des trucs à raconter aux copains.

Camille Gouirand arriva sur place pendant que tout le monde attendait la fin du déminage. Elle ne chercha pas immédiatement à rencontrer son chef de groupe. Debout devant la voiture avec chauffeur qui l'avait transportée, elle observa longuement ce qui se déroulait avant de marcher vers Alaric.

— Ça se présente comment ?

— Toujours pas d'explosion. En général, c'est bon signe.

Elle le regarda fixement. Elle ne saisissait pas l'ironie. Elle n'avait jamais fait preuve d'un sens de l'humour spontané, et les événements récents ne facilitaient pas l'apprentissage.

— Je ne pensais pas que vous y arriveriez, vous savez ?

Il y avait de la reconnaissance dans ses yeux. Il imaginait aisément les pressions qu'elle avait subies de la part de ses supérieurs.

— J'espère qu'ils porteront ça à votre crédit.

Il était prêt à lui laisser tout le mérite de l'opération, si cela pouvait contribuer à ce qu'elle reste à la tête de la brigade criminelle. Gouirand n'était pas la patronne parfaite, mais il la préférait à bien d'autres. Il appréciait aussi qu'elle lui soit redevable.

Il fallut encore patienter une heure entière avant que l'équipe de déminage autorise l'entrée sur le site. Lostanlen arriva vers midi, le coffre de voiture encombré de pizzas, de gâteaux et de sodas. Ducros laissa les policiers utiliser la salle de repos de l'entreprise qu'il surveillait, et le groupe déjeuna de très bon appétit dans le local glacé. On en était au dessert quand un démineur poussa la porte. Son uniforme noir était souillé de boue et ses cheveux en bataille suggéraient qu'il avait utilisé un casque de protection.

— Vous pouvez venir ? dit-il à Alaric.

Le policier échangea un regard avec Clémentine. Il préférait l'avoir à ses côtés dans ce genre de situations. Elle reposa le brownie qu'elle s'apprêtait à engloutir et le suivit. Le démineur attendit qu'ils soient sortis de la salle pour leur parler :

— La fillette va bien, mais elle est complètement à l'ouest. Par contre, le garçon doit être emmené d'urgence.

— J'envoie quelqu'un, dit Clémentine.

Elle retourna dans la cantine pour en sortir quelques secondes plus tard, accompagnée de Victoria, qui courut appeler les secours.

— Il y avait quatre mines terrestres sous le parquet de la maison. Toutes les portes et les fenêtres étaient piégées. Si quelqu'un avait essayé d'entrer, tout le monde aurait fini en chair à pâté, avec un gros cratère à la place du pavillon.

Alaric se rappela son hésitation devant le compte à rebours. Il réalisa que Tibaudier avait planifié sa mort en même temps que celle des enfants.

— On peut visiter ? demanda Clémentine.

— Suivez le guide.

Il les emmena sur l'ancien terrain d'entraînement du SPHP. À l'écart de l'église, un démineur aidait son collègue à retirer son lourd équipement de protection renforcé de kevlar. Une petite fille enveloppée dans une couverture était assise sur une caisse d'outillage. La porte de l'église était ouverte, dévoilant la vraie porte d'entrée du pavillon, au fond d'un espace vide entre le châssis de bois et les murs de brique. Le démineur s'accroupit devant la gamine :

— Daphné, je te présente le capitaine Autier. C'est un policier.

Elle tourna lentement la tête. Ses yeux ne cessaient de passer de Clémentine à Alaric. Elle choisit de s'adresser à la première :

— Tu sais où elle est, toi, ma maman ?

Clémentine parvint à ne pas céder à l'émotion qu'affichait son visage :

— Non, ma chérie, je n'en sais rien.

— Elle est en état de choc, dit le démineur. Vous avez prévu un psy, au moins ?

— La psychologue est en chemin, dit Alaric.

— Il faut que je vous montre quelque chose, venez.

La visite continua. Clémentine laissa Daphné, dont le regard s'était détourné d'elle. L'homme invita les policiers à entrer dans la nef de la fausse église. Alaric y pénétra en premier. Comme dans la mairie-école, quatre poteaux goudronnés plantés dans le sol soutenaient l'ossature de bois. L'intérieur ressemblait à celui d'une grange, ou bien d'une caisse énorme où un géant aurait enfermé un vieux pavillon de chasse. Les appliques lumineuses étaient fixées sur les grilles protégeant les fenêtres du rez-de-chaussée, et le détecteur de mouvement au-dessus du porche de l'entrée. Le démineur montra du doigt le crépi sur le jambage droit du porche. Alaric s'en approcha, s'éclairant avec la lampe de poche de son téléphone.

Ce qu'il avait pris pour des traces de boue était en réalité une inscription en lettres rouge sombre, qui s'écaillait par endroit. Il la flaira de près, et reconnut l'odeur.

Celle du sang séché.

Le cœur en panique, il déchiffra la colonne de mots :

BRÛLEZ

EN ENFER

VOUS QUI

AVEZ

SABOTÉ

LE SANG

DE NOS

PÈRES

C'était absurde. Si le pavillon était destiné à exploser dès l'entrée d'Alaric, à qui cette inscription s'adressait-elle ? Tibaudier avait-il anticipé un échec de son plan ?

— À mon avis, votre client est un grand malade, dit le démineur.

— Pourquoi « saboté » ? dit Clémentine. Ça ne se dit pas, « saboter le sang de nos pères ».

Cette question – et bien d'autres encore – allait occuper le groupe pendant les jours à venir. Une équipe de l'Identité judiciaire attendait de pouvoir examiner le site. Alaric prit l'inscription en photo.

— On lui posera la question quand on l'aura sous la main. Maintenant, plus rien ne presse.

C'était exactement ce qu'il ressentait à cet instant. Le compte à rebours invisible qui débitait les secondes depuis le début de cette affaire venait de s'arrêter. Si on ignorait encore le mobile de Tibaudier, l'enquête allait probablement le révéler un jour ou l'autre.

— T'as raison. On a plus urgent.

Elle montra quelque chose à l'extérieur. En se penchant, Alaric aperçut les brancardiers qui venaient porter secours au garçon.

— Viens, on entre avant eux. Il faut qu'on sache comment c'était avant…

Deux marches les séparaient du perron. Ils les gravirent d'un pas, entrant dans une pièce que l'extinction des appliques avait plongée dans l'obscurité. Deux trous dans le parquet indiquaient les emplacements des mines retirées par les démineurs. Au milieu de la pièce, un enfant était allongé sous un fouillis de couvertures. Clémentine s'avança vers lui pour écouter sa respiration.

— Il dort, dit-elle. Ou bien il est dans le coma.

Alaric prit quelques photos, pendant que les secouristes pénétraient dans le pavillon. Le médecin qui les suivait écarta les policiers de la victime. Ici s'achevait l'enlèvement des enfants, mais leur calvaire ne faisait que commencer. Comment allaient-ils réagir quand ils apprendraient que leurs parents avaient été sauvagement assassinés par leur ravisseur ? Alaric n'oublierait jamais le moment où il avait appris le suicide de son père. Étrangement, il avait toujours chéri ce souvenir, qui donnait un sens aux épreuves endurées par la suite.

Quand il quitta Sorel-Moussel, Laurence Cornil répondait à des questions de journalistes devant les caméras. Parmi ces derniers, un petit homme au crâne brillant fit semblant d'applaudir en le regardant s'en aller. Éric Rincy ne pouvait rater cet instant de jouissance médiatique, où les foules recevaient enfin le dénouement d'une affaire qui les avait tenues en haleine pendant une semaine. Encore une enquête bouclée par le capitaine Alaric Autier et son groupe. On pouvait assassiner les pères, torturer les mères, enlever les enfants – à condition que le public en retire sa dose de divertissement morbide. Pour les policiers, il était temps de quitter la scène.

41

Je passe devant les deux hommes sans les regarder. Je ne sais pas si je dois faire semblant d'ignorer qu'ils vont me suivre. Après la rampe d'accès, je m'engage sur la voie de droite du pont de Chatou, en direction du Vésinet. Mes agresseurs restent une vingtaine de mètres en arrière. Leur vieille Peugeot jure avec les véhicules plus récents qui circulent par ici. Je n'aurai aucun mal à les repérer dans le trafic.

Je regarde le boîtier posé sur le siège passager. Ces appareils enregistrent-ils aussi le son ? Disposent-ils d'une caméra ? Mon ignorance est totale. Plutôt que de jeter le traceur par la fenêtre comme Karim me l'a conseillé, je préfère l'accrocher à une autre voiture. Pour cela, j'ai besoin de quitter leur champ de vision, de me cacher dans un coin afin qu'ils soient obligés d'utiliser leur dispositif de surveillance. Je viens de passer le feu tricolore à la sortie du pont, devant l'élégante église Notre-Dame-de-l'Assomption. J'aurais besoin d'un autre feu pour semer mes poursuivants.

L'occasion se présente quelques centaines de mètres plus loin, au-delà de la mairie de Chatou. Je traîne pour attendre que le feu passe à l'orange, et j'accélère pour traverser le carrefour juste avant le rouge. Ça y est, la Peugeot est coincée derrière un camion d'un côté et deux voitures de l'autre.

Mais les policiers ne se laissent pas arrêter par un obstacle aussi dérisoire. Dans mon rétroviseur, je les vois monter sur le trottoir et renverser les pots d'un fleuriste. Ils ne se cachent pas, ils sont prêts à tout pour m'attraper. Affolée, je m'engage dans une petite rue à sens unique à ma droite. Je slalome entre les voitures garées, dans l'espoir de gagner quelques mètres sur les policiers. Leur longue berline est plus difficile à manœuvrer que ma petite citadine. Je dois utiliser cet avantage, en trouvant un endroit où ils ne pourront se rendre.

Près du cimetière, j'aperçois une arche de métal couverte de plantes grimpantes. C'est l'entrée de l'Espace Lumière, une zone d'activités où j'ai eu l'occasion de me rendre pour rencontrer un promoteur immobilier dans le cadre d'une émission. Il y a des poubelles abandonnées sous l'arche. Je me faufile sans peine dans la rue principale de l'ensemble d'immeubles, mais je sais que la Peugeot n'y arrivera pas aussi facilement.

J'appuie sur la pédale de gaz. Dès le premier parking, je tourne à gauche pour contourner l'immeuble que je viens de dépasser. Je monte sur un trottoir, puis je roule sur une allée de service. J'ignore si je trouverai une issue, mais les policiers auront du mal à me suivre. Je les aperçois de loin, poursuivant leur chemin au cœur de la zone d'activités. Ils m'ont perdue, ils ne tarderont pas à utiliser leur GPS.

Je me gare en catastrophe, sans éteindre le moteur. Je sors de ma voiture en emportant le traceur. Je cours de toutes mes forces. J'atteins une sortie. Dans la rue, un petit camion attend derrière une voiture qui se gare. Je me glisse derrière sa caisse en évitant de tomber dans le champ de vision du rétroviseur et je place le traceur sur la première surface métallique que je trouve.

Je reviens sur le parking où j'ai laissé ma voiture et je m'y réfugie en tremblant. Le camion est reparti. Au bout de l'allée, la Peugeot se dirige lentement vers la rue. Si le conducteur regardait à sa gauche, il me repérerait sans aucune difficulté. Mais il cherche dans l'autre direction, celle que vient d'emprunter le camion. Le piège a fonctionné. J'ai intérêt à profiter de ce répit pour mettre le plus de distance possible entre ces deux hommes et moi. Je repars en sens inverse avec ma voiture et je repasse sous l'arche. Je prends la rue à contresens, roulant à moitié sur le trottoir. Je n'ai jamais conduit ainsi de toute ma vie. J'ai le cœur qui bat comme s'il voulait sortir de ma poitrine. Je crois que j'ai réussi à leur échapper.

Pendant toute ma vie d'adulte, j'ai conservé dans mon sac un médaillon ayant appartenu à ma grand-mère paternelle. Il contient les photos de mes parents. Sous celle de mon père, j'ai caché un petit morceau de papier plié en quatre. L'adresse écrite dessus est celle où il a emménagé il y a quelques années. Je ne lui ai jamais rendu visite là-bas, mais un ami de la famille prétend qu'il y habite toujours.

La vie joue avec nous. Vingt-cinq ans après l'avoir vu pour la dernière fois, je m'apprête à demander son aide. Cet homme a pourtant failli détruire sa famille. Si ma mère n'avait pas pris la décision de divorcer, il aurait bu tout ce que nous possédions. Elle a repris le magasin alors qu'elle n'avait jamais travaillé de sa vie, pendant que lui se noyait dans l'alcool. À mon grand étonnement, il lui a survécu. À quoi ressemble-t-il aujourd'hui ? Cléophée a voulu le rencontrer il y a deux ans, mais elle ne m'a rien dit. D'après mes calculs, il a soixante-sept ans cette année.

J'arrive aux confins d'Argenteuil, au bout de la rue de Liège. Je connais bien cette ville où j'ai passé mon enfance, mais je ne suis jamais allée aussi loin. Argenteuil est divisée en quartiers très distincts, dont les habitants ne se fréquentent pas. Entre les marchands de sommeil du centre, les grands ensembles du Val d'Argent et les pavillons fleuris des Coteaux, le contraste est total. Les collines boisées au nord de la ville sont partagées entre Argenteuil, Sannois, Franconville et Cormeilles-en-Parisis. C'est là que se trouve la plus grande carrière de gypse à ciel ouvert d'Europe, amphithéâtre cyclopéen dissimulé par des haies et des clôtures.

Je n'ai pas appelé. Je n'ai pas son numéro, et je ne peux plus me servir de mon téléphone. L'adresse correspond à une petite maison au crépi gris, derrière une haie de lauriers palmes et deux portails délabrés. Les sentiers pédestres qui sillonnent les collines commencent à quelques mètres de là. Dans la région, je ne pourrais rêver de lieu plus reculé pour disparaître.

Je sors de ma voiture et je cherche en vain une sonnette à côté du portail principal. Je dois me risquer jusqu'à la porte d'entrée, pénétrer sur le territoire de mon père. Soudain, le courage me manque. Cet homme m'a tellement servi de repoussoir toutes ces années que j'ai honte de demander son aide. Mais je ne suis plus aussi sûre d'adhérer à cette caricature aujourd'hui. Communiste, alcoolique, père irresponsable : ces insultes ont pâli comme de vieilles affiches exposées aux éléments. Je suis prête à découvrir celui qu'il est devenu.

Je pousse les battants d'acier rouillé et je marche sur un chemin pavé. Je n'ai pas encore atteint la porte qu'elle s'ouvre déjà. Un homme un peu voûté, habillé d'un gros pull en laine rouge et d'un pantalon de velours côtelé, avance sur le haut du perron. Il s'appuie sur une canne. Je ne le reconnais pas. Mon père n'aurait jamais porté une barbe aussi bien taillée que celle-là. Mon père avait les cheveux longs, noués en catogan.

— T'as pas changé, dit l'homme.

Cette voix. Usée par l'alcool et la cigarette, mais toujours profonde et ironique. Bien sûr que j'ai changé. Les parents possèdent peut-être le don de voir ce qui, en leur enfant, tient de l'essence.

— Toi, si.

Je le pense sincèrement. Malgré ses difficultés de locomotion, il est solidement planté sur ses pieds, il ne titube pas, il a perdu cette instabilité fondamentale que je lui ai toujours connue. L'âge a-t-il le pouvoir d'user aussi les faiblesses d'un homme ?

— Cléo m'a parlé de tes emmerdements.

De qui parle-t-il, là ? Cléo, c'est bien Cléophée, ma terrible gamine, qui refuse de parler à sa mère ?

Derrière lui, une femme aux cheveux blancs vient de sortir de la maison. Elle pose une main sur l'épaule de mon père. Elle vit avec lui. Entre eux, je sens un lien profond.

— Je me demandais si tu pouvais m'héberger quelque temps.

Il me dévisage avec un sourire ambigu.

— Un malheur est toujours bon à quelque chose. Tu vois, celui-ci t'a fait revenir vers moi.

Cette remarque me prend au dépourvu. Mes yeux lâchent les vannes, et un flot de larmes emporte mes défenses. J'ai un peu honte, mais une fille a bien le droit de pleurer devant son père. Il m'encourage :

— Viens, bibiche, reste pas dans le froid.

Raide comme un balai, je lui obéis, et je me retrouve entourée de ses bras. Il ne sent pas l'alcool, mais le feu de bois et la soupe. L'impression est étrange, comme une illusion d'optique. Celle que j'étais jusqu'à la mort de Vincent se serait méfiée de cette magie, mais je n'ai plus les moyens de renouveler les préjugés de ma mère. Je m'autorise à lui donner une deuxième chance, en attendant de savoir ce qu'il est vraiment devenu.

Je me détends lentement. Il faudra plusieurs jours. Blottie dans un vieux fauteuil devant l'insert, je raconte mon histoire à mon père et à sa compagne Madeleine. Ils m'écoutent sans juger, sans m'asséner le *credo* gauchiste que j'entendais si souvent à la maison. Ce que j'ai vécu, pourtant, s'y serait prêté : harcèlement policier, campagne de dénigrement, acharnement médiatique contre une lanceuse d'alerte… Quand j'ai terminé, mon père se gratte la barbe, en un geste que je lui connais depuis toujours, et me donne enfin son avis :

— Qu'est-ce qu'il pouvait bien y avoir sur l'ordinateur de Maréchal qui justifie tout ça ? Tu te rends compte : ces mecs étaient prêts à tuer.

— D'après David, Vincent allait publier un livre.

— Juste un bouquin, c'est tout ? Maréchal était pas un journaliste d'investigation. Quel genre de scandale il aurait pu dénoncer pour qu'un groupe de flics prêts à tout s'en prenne à toi ? Ça tient pas la route.

Je ne sais pas quoi dire. Je pense à cet homme qui s'est suicidé. Il me manque tellement de réponses.

— C'est peut-être politique…

Mon père ferme les yeux et secoue la tête. On a l'impression qu'il veut empêcher cette idée de salir les siennes.

— La politique, ça existe plus. Ce qu'on nous vend sous ce nom, ce sont des luttes de pouvoir. Toi, tu continues à croire dans ces idéologies de merde, mais pour les salauds d'en haut, c'est juste un moyen de trouver les bons mensonges pour te manipuler. Mensonges de gauche, de droite ou des extrêmes, c'est pareil. Crois-moi : ton Maréchal, il gênait les intérêts de quelqu'un, basta.

J'aimerais trouver une répartie, mais je suis obligée d'admettre que ce qui m'est arrivé ne doit rien à ma couleur politique ou à celle de Vincent. Pire encore : quand je parlais de politique, je pensais, non à un opposant, mais à un rival. C'est entre ceux qui partagent la même idéologie que les haines sont les plus féroces.

— Alain est Gilet Jaune, vous savez, dit Madeleine.

Il y a de la fierté dans ses yeux quand elle dit cela. Mon père n'est pas ravi qu'elle en ait parlé.

— Comme tout le monde, Mado.

Il croit que je vais le juger pour cela. Sa propre fille. Il a tort, mais de justesse ; je ne le jugerai pas, parce que j'ai perdu toute position d'où je pourrais le faire. Je trouve enfin la pensée qui se promenait à la lisière de mon esprit :

— S'il ne reste plus que l'intérêt, alors c'est la guerre qui nous attend.

Il prend une grande inspiration.

— La guerre a déjà commencé, Karine. Et c'est nous qui perdons, et aussi les animaux, la nature et notre santé mentale.

Je n'ai pas envie de poursuivre cette conversation. Je refuserai toujours de céder à ce pessimisme radical. Heureusement, Madeleine change de sujet :

— Vous avez faim ?

— Je meurs de faim, oui. J'ai peu mangé ces derniers jours.

— J'allais réchauffer du gratin de courges du jardin, si ça vous va.

Madeleine est une petite femme ronde aux cheveux gris, habillée d'une robe de laine rose et d'un châle vert. Son visage ne perd jamais son expression de douceur et de jovialité généreuse. Elle se déplace avec difficulté, boitant un peu et s'appuyant sur les meubles.

— Ça me convient parfaitement. Je suis venue sans prévenir.

Satisfaite, elle quitte la pièce, sans oublier d'adresser à son conjoint un sourire complice. Elle ne ressemble en rien à ma mère, femme digne et réservée, obsédée par le beau langage et le bon goût.

— En tout cas, tu dois arrêter de te servir de ton téléphone et de ta carte bleue, dit mon père. Demain, je t'achèterai un téléphone à carte.

Il a compris que ses opinions me gênaient. Nous revenons à des préoccupations plus terre à terre. La guerre des riches contre les pauvres finira peut-être par nous emporter tous, mais j'ai d'autres chats à fouetter avant ce dénouement.

42

S'il avait été seul, ce soir-là, il se serait récompensé d'un apéritif, ou il aurait rendu visite à un vieux copain. Mais Cynthia lui avait envoyé un texto, contenant seulement ces deux mots : « Ce soir ». Dès lors, aucun plaisir ne pouvait rivaliser avec une soirée en sa compagnie. Il pensa à elle tout au long du trajet, à son rire, à ses manies, à son corps blessé qui lui inspirait toujours un désir aussi puissant. Les horreurs de la journée, le compte à rebours, la petite fille perdue, ce corps avait le pouvoir de les exorciser.

Elle l'attendait derrière la porte, vêtue d'une chaude superposition de jupe, jupon, tunique et gilet, dans toutes les nuances allant du gris clair au noir. Elle était magnifique. Elle avait dû guetter son arrivée, et elle ne voulait pas l'attendre dans le séjour, en jouant les indifférentes. Il l'embrassa longuement, comme un affamé. Mais le contact ne produisit pas son effet habituel. Il anticipait un raz-de-marée, ce fut seulement une effusion de douceur au parfum de tubéreuse et de cacao. Cet assoupissement du désir lui procura une sourde inquiétude, qu'il parvint à dissimuler.

— Félicitations, champion, dit Cynthia. Tu sais que la télé ne parle que de ton affaire ? Tu vas recevoir du gallon.

— J'en doute.

Elle lui prit la main et l'entraîna dans le séjour. Sur la table basse, elle avait disposé symétriquement deux verres, des bouteilles et un saladier de chips pour fêter la nouvelle.

— Ils n'ont pas dit ce que ces petits allaient devenir.

— Une tante est venue pour les accompagner à l'hôpital. Soit un parent les prendra en charge, soit l'Assistance publique s'occupera d'eux.

Parler de l'enquête, ce n'était pas ce qu'il voulait. Il avait besoin d'oublier, de laver la brutalité, la peur et l'impuissance.

— Pauvres gamins. Tu les sauves, mais tu sais qu'ils vont en baver toute leur vie. Je ne sais pas comment tu fais pour supporter ces situations. Moi, ça me mettrait en vrac.

Il se retint de lui répondre : « Moi aussi ! » Il commençait à perdre son immunité contre la sympathie dangereuse. L'apéritif devenait urgent.

— C'est comme ça. Tu me sers un whisky ?

Elle prendrait peut-être cela pour de l'indifférence, mais il connaissait ses limites. Comme la boisson qu'il avait demandée ne se trouvait pas sur la table, elle partit la chercher et lui en versa une portion plus que généreuse. Elle se servit ensuite un vermouth à la gentiane, dont il avait totalement oublié l'existence. Chacun se plongea dans sa propre drogue, et les craquements des chips occupèrent l'espace abandonné par la conversation. Alaric entra sans retard dans la brume alcoolique, où plus rien n'a d'importance.

C'est la raison pour laquelle il ne s'aperçut pas qu'elle le regardait avec attention, sans doute depuis plusieurs minutes.

— Alors comme ça, tu n'as plus envie de moi ?

Quelque part, dans le château démesuré que hantait sa conscience, une alarme sonna. Il se redressa sur le canapé, tenta de comprendre ce qui se jouait dans cette question.

— Non, c'est juste que…

Que quoi, au fait ? Qu'est-ce qui, dans ce qu'il avait vécu ce jour-là, le touchait au point de lui retirer cet appétit ?

Il ne parvint pas à finir sa phrase. Cynthia pleurait. Elle essayait de le cacher, mais même un homme assommé par la fatigue et l'alcool pouvait s'en apercevoir. Elle sanglotait en silence, et sa bouche tremblait. Il ne l'avait jamais vue ainsi.

Pourquoi ?

Pourquoi vivait-elle son désir en berne comme une catastrophe ? Les automatismes de l'enquêteur de PJ se mirent en route, ralentis par la boisson, mais toujours efficaces.

Elle avait besoin d'être désirée. Pour elle, l'acte sexuel n'était pas qu'une fête des corps.

— Tu dois me parler, Cynthia, dit-il. M'expliquer ce qui t'est arrivé pour réagir comme ça.

Elle se détourna de lui. Plusieurs fois depuis leur rencontre, il avait essayé d'obtenir le récit de son accident, mais elle s'était toujours dérobée.

Elle en conservait pourtant les traces physiques, du bas du dos au sommet de la tête. Elle fuyait les lieux publics et accumulait divers traits de personnalité qui témoignaient d'un traumatisme.

— Tu vas me détester.

— Je vois défiler des meurtriers, des violeurs, des kidnappeurs, des salauds dont tu as même pas idée. Tu crois vraiment que tu peux me choquer ?

Elle avait retiré ses chaussures et s'était recroquevillée dans le canapé, les bras autour des genoux. Alaric se demanda s'il avait raison de remuer ces souvenirs, mais le mal était fait.

— J'ai eu un accident.

Il la laissa parler, et lui offrit autant d'attention qu'il le pouvait. Quand elle reprit, sa voix était plus assurée :

— J'étais mariée, tu sais ? J'avais un fils de douze ans et une belle situation. Tout allait bien. Mon fils était dyslexique. Je l'emmenais chez le thérapeute. Je roulais sur l'autoroute, quand j'ai vu une voiture à contresens qui fonçait vers moi. J'ai juste eu le temps de braquer.

« Après, j'ai totalement oublié ce qui s'est passé. Je me suis réveillée à l'hôpital, intubée, branchée de partout. J'avais plusieurs fractures, des blessures et des brûlures. On m'avait posé des broches à plusieurs os. Je souffrais d'un trauma crânien, avec amnésie partielle. Je ne reconnaissais plus mon mari et je ne me rappelais plus que j'avais un fils. Quand on m'a annoncé qu'il était mort, je n'ai pas réagi, tu te rends compte ?

« J'ai subi un an de rééducation. Je ne savais plus marcher, manger, me coiffer, écrire. J'avais du mal à parler. Petit à petit, j'ai retrouvé la mémoire, mais tout ce que j'avais vécu avant était comme un rêve, comme si j'avais hérité des souvenirs d'une autre femme. Le pire, c'était ce que je vivais à la maison. Mon mari ne me touchait plus, comme s'il était dégoûté de moi. Il disait que j'étais devenue quelqu'un d'autre. Il ne se remettait pas de la mort de notre fils, et je crois qu'il m'en rendait responsable.

« J'ai essayé de reprendre le travail, mais je n'y arrivais plus. Ce qu'on me demandait de faire n'avait aucun sens pour moi. Je suis passée par des moments très durs, où j'ai sérieusement envisagé de me suicider. Je l'aurais sans doute fait, si je n'avais pas eu Céline. C'est elle qui m'a aidée à me reconstruire. C'est la seule de mes amies que j'ai gardée. Elle me disait toujours que j'avais changé, mais qu'elle préférait la nouvelle Cynthia. C'est aussi grâce à elle que je suis entrée à *Public Justice*. Je lui dois tout. »

Elle s'arrêta de parler. Alaric était touché par son histoire bien plus qu'il l'aurait pensé. Il fut tenté de se servir un nouveau verre, mais il repoussa l'idée. Cynthia méritait bien mieux que cela. Ni la fuite, ni la pitié, mais de l'admiration. Doucement, il desserra la prise de ses bras et l'attira contre lui.

— Je me fiche totalement de qui tu étais avant, Cynthia. Celle que tu es aujourd'hui me convient parfaitement.

— Avec mes vilaines cicatrices ?

— Oui, avec tes cicatrices, tes brûlures et tes broches.

— Je ne te comprends pas.

Il était totalement sincère, mais il ne s'était jamais vraiment formulé ses raisons. Il essaya d'expliquer ce qu'il ressentait :

— Des nanas parfaites, on en fabrique des milliers par jour. Elles sont toutes pareilles : cheveux lisses, fringues à la mode, petit sourire satisfait. Elles aiment la même chose, elles pensent la même chose et elles auront la même vie. Je suppose que c'est pareil pour les hommes : grands, musclés, barbus, tatouages aux mêmes endroits. Ce sont des clones. Nous deux, on a vécu, on a souffert, on s'est gourés souvent, et on a grandi. Ça laisse des traces, forcément, mais je crois qu'on finit par devenir meilleurs.

— Mais toi, tu n'es pas abîmé.

Entre ses bras, elle ressemblait à un petit oiseau dans son nid.

— En apparence seulement.

Un train de souvenirs le traversa. Il ne les sortait pas souvent, ces photos sépia de son enfance, mais l'affaire Carville avait ouvert la boîte à chaussures où il les tenait enfermées. Il comprit subitement ce qui le préoccupait depuis la libération des enfants, et ce qui avait éteint son désir. En se rappelant la petite fille que les démineurs avaient enveloppée dans une couverture, il voyait, à la place de son visage, celui d'un autre orphelin, quarante ans plus tôt : le jeune Alaric Autier, après le suicide de son père. Un autre enfant perdu.

43

Dimanche 31 mars

Il avait prévenu Cynthia : quand elle se réveillerait, il ne serait plus là. Elle aurait voulu passer la journée avec lui, mais ce dimanche offrait sans doute la seule occasion de tirer cette histoire au clair avant la semaine suivante. La démarche lui répugnait, mais elle était indispensable. Il avait besoin de vérifier une pensée qui ne le quittait plus depuis la deuxième audition de Tibaudier. C'était une affaire personnelle plus encore qu'une ramification de l'enquête. Puisque le suspect n'avait fourni aucune des réponses qu'il attendait, il avait décidé de les chercher lui-même.

Il avait failli partir avec son arme de service. Il s'était préparé comme pour une audition : ordinateur portable, carnet de notes, liste de questions et stratégie définie à l'avance. La visite familiale avait tout de l'interrogatoire d'un suspect. Au volant de sa vieille Xsara, il se parlait à lui-même comme il le faisait rarement, se répétant des hypothèses, des phrases de Tibaudier et des souvenirs. Le trajet ne durait pas plus de vingt minutes, mais il lui parut infiniment plus long. Était-ce ainsi pour tous les voyages dans le temps ?

Dans ce qu'il restait de sa famille, le tonton Jacques était sans aucun doute la personne qu'il avait le moins envie de revoir. Il venait seulement de le découvrir ; à présent que le temps avait effacé les habitudes et les fausses affections, il ne lui restait plus que les rancunes et les aversions. Frère de son père, Jacques Autier aurait pourtant pu se substituer au suicidé dans la hiérarchie familiale. Si ce n'était pas arrivé, la faute en incombait totalement à cet homme, qui cumulait un ensemble de traits négatifs rarement rassemblés chez un seul.

Au moment où le père d'Alaric avait quitté la vie, son frère n'était qu'un gendarme de base sans grandes qualités, l'un de ces porteurs de képis aussi bornés que sûrs de tout. Il vivait encore avec sa première femme et ses deux enfants, famille peu prospère logeant en caserne. Il accueillit le petit orphelin à contrecœur, et il ne se priva pas d'exprimer son mécontentement à l'égard de cette situation. Le couple se disputait souvent, et le petit Alaric accueillit sa séparation comme un vrai soulagement.

Sa tante Patricia, une femme au fort tempérament, s'en alla vivre dans une petite maison près de l'hôpital avec ses enfants et son neveu par alliance, tandis que le tonton restait à la caserne. Par la suite, ce dernier connut une ascension fulgurante, qui lui permit d'intégrer le ministère de l'Intérieur dans un poste ronflant. Alaric était alors âgé de quatorze ans. La tante accueillit cette nouvelle avec une suspicion que l'adolescent ne comprit pas. L'homme avait, semblait-il, « rendu des services » ou, selon une autre version, « fait du sale boulot ». De quels services ou de quel boulot il s'agissait, Alaric n'avait jamais réussi à le savoir.

Patricia conservait quelques affaires ayant appartenu au gendarme. Elles se trouvaient dans une cantine militaire qui rouillait lentement dans la cave. Un jour, Alaric eut l'idée d'y mettre le nez. Voulait-il déjà obtenir des informations sur cet oncle au parcours suspect ? Ses motivations d'alors avaient disparu de sa mémoire. En tout cas, il sortit un par un les objets – principalement des uniformes trop étroits et du matériel réformé – et n'en conserva qu'un seul : un écusson de bronze émaillé comportant une croix de Lorraine et un chardon.

La fantaisie lui prit de porter cet insigne au lycée, accroché à son blouson de jean. Un professeur d'histoire se chargea de le renseigner sur son origine : l'écusson signalait l'appartenance de son propriétaire au SAC, le démoniaque Service d'action civique, objet de fantasmes infinis pour les gens de gauche. Dès lors, Alaric déduisit tout seul que la promotion dont avait bénéficié Jacques Autier n'était pas étrangère à sa qualité d'ancien membre de l'organisation gaulliste.

Saint-Léger-en-Yvelines était presque intégralement enchâssée dans la forêt. Commune sans grande animation, où l'activité économique se limitait à quelques restaurants et commerces, elle avait tout du petit village rural – sauf la population. La spéculation immobilière et la disparition des champs en avaient peu à peu retiré toute vie, jusqu'à ce qu'elle ressemble à un catalogue d'agence immobilière de luxe.

La maison de Jacques Autier se situait au cœur du village, tout près de la mairie. Elle faisait partie de ces bâtiments bourgeois qui singeaient les châteaux sans en posséder l'élégance ni la démesure. Le tonton, à son tour, l'avait achetée pour singer les bourgeois. Plus que tout autre signe de prospérité, cette maison servait à montrer à l'univers qu'il avait réussi, et que son ex-femme et ses enfants s'étaient trompés sur son compte.

Alaric se gara dans la rue. S'il exposait sa voiture au regard de son oncle, il n'échapperait pas à une remarque méprisante. Il entra par la grille aux ferronneries lépreuses, qui ne fermait plus depuis longtemps, et traversa la cour gravillonnée, entre le massif d'hortensias et la fontaine fissurée. Il monta les trois marches du perron de béton imitant la pierre et tira la chaînette dorée du carillon. Pour donner à sa maison la respectabilité des lieux anciens, Jacques Autier n'avait pas lésiné, au point que l'accumulation d'objets et d'éléments architecturaux frisait le ridicule.

Une grande femme maigre ouvrit la porte. Voûtée sous ses vêtements classiques, elle avait réussi à se vieillir jusqu'à dissimuler la différence d'âge avec son mari. Elle eut besoin de chausser ses lunettes pour reconnaître le visiteur.

— Alaric ! Comme c'est aimable de venir nous voir. Jacques m'a justement parlé de vous hier.

Une silhouette apparut dans l'encadrement d'une porte, au bout du hall d'entrée. Appuyé sur un déambulateur, le tonton voulait voir celui qui avait l'audace de sonner à sa porte sans s'être annoncé. Il hurla, d'une voix qui n'exprimait plus qu'un agacement universel :

— Monique !

Sa femme sursauta. Alaric devina que le soudain intérêt du vieillard envers ce neveu auquel il s'intéressait encore moins qu'à ses propres enfants venait de l'affaire Carville. Monique fit une grimace que son mari ne put voir et autorisa d'un geste le visiteur à entrer. Jacques Autier l'attendait dans le hall, ne tenant debout que par la vertu de son déambulateur.

— Tu ne viens pas me voir très souvent, fiston, dit-il. J'espère que tu ne vas pas me demander quelque chose.

« Fiston », le mot qu'avait utilisé Tibaudier. Le hasard, sans doute.

— Tu sais comment c'est, tonton, le boulot me laisse peu de temps.

— Toujours simple policier, hein ?

L'attaque ne le surprit pas. Depuis des années, elle accompagnait chacune de leurs affectueuses retrouvailles. Il changea de sujet :

— Tu as l'air en forme.

Monique avait déjà disparu, comme si elle ne pouvait supporter que quelques secondes la présence de son époux.

— Tu sais bien que ce n'est pas vrai. Tonton déteste les flatteurs.

— Écoute, je ne suis pas venu pour te flatter, mais pour parler un peu. C'est tout ce que je demande. J'ai besoin de comprendre certaines choses.

Il se radoucit. Il pensait peut-être qu'on allait parler de lui.

— C'est bon, alors, entre.

Il imposa difficilement un demi-tour à son déambulateur et revint dans le petit salon, une pièce encombrée d'antiquités et de faux souvenirs, dont les fenêtres donnaient sur un jardin assombri par de grands conifères. Alaric le suivit, et tomba nez à nez avec un homme au visage émacié, habillé d'un cuissard de chasse et d'une veste à motifs de camouflage. Jacques Autier l'ignora, et ne prit pas la peine de le présenter à son neveu. Il se retourna devant un fauteuil releveur et appela :

— Monique !

Le chasseur toisa le policier avant de sortir. Monique arriva sans hâte et aida le vieillard à s'asseoir dans son fauteuil. Elle quitta la pièce avant qu'il ait le temps de lui déverser sa bile. Alaric prit place sur l'un des sièges antiques disposés face au maître des lieux.

— J'ai peu d'amis, dit ce dernier. Tout le monde cherche à obtenir quelque chose de moi. De toute façon, les gens sont devenus médiocres. La France est devenue médiocre. Tiens, la mairesse de Saint-Léger : encore une médiocre. Une femme, tu te rends compte ?

Alaric n'avait pas envie de faire semblant. Puisque son oncle n'aimait pas les flatteurs, il allait être servi.

— Je me pose des questions sur mon père.

Le tonton se renfrogna.

— Oui, eh bien quoi ? Qu'est-ce que tu veux savoir sur mon frère ?

— Est-ce qu'il appartenait au SAC ?

Jacques Autier cessa de regarder son neveu.

— Le SAC, cette vieille baudruche gaulliste.

— Pourquoi baudruche ?

— Ça ressemble à un crocodile, mais c'est gonflé d'air. C'est un fantasme de gauchiste.

— La tuerie d'Auriol, c'est pas un fantasme.

— Dérives de quelques brebis galeuses méridionales.

— Rien à dire, alors ? Un simple service d'ordre ?

— Des gros bras, des colleurs d'affiches, des fanfarons. Du menu fretin.

— Ils noyautaient la police.

— Tu connais la Maison, Alaric. Place Beauvau, on a la haine du rouge. Oui, on trouvait beaucoup de policiers, rue de Solférino. Mais c'étaient plutôt eux qui noyautaient le SAC.

— Et un imprimeur de Rambouillet ?

— Tu ne gagneras rien à remuer ces vieilles histoires. Avec le temps qui passe, on se dit qu'on comprend mieux, mais c'est le contraire. Après coup, c'est facile de savoir ce qu'il aurait fallu faire. Mais quand t'es enterré dans les tranchées et que l'ennemi te tire dessus, va dire où est le bien et où est le mal. Les gens d'aujourd'hui cherchent des vérités simples : le héros, le salaud, la République, la Liberté, les grands et gros mots qu'on apprend à l'école. Tu veux la vérité ? Les États sont des sales gosses, qui se foutent totalement de nos valeurs. Nous, on les sert, puis on doit se débrouiller avec notre conscience.

— Je ne te parle pas du passé, tonton, mais du présent. Un type a abattu un député et torturé sa femme. Un ancien du SAC. Et je peux te jurer qu'il n'agissait pas pour le compte de l'État.

— Tu fais fausse route. Un psychopathe commet des meurtres, et il accuse le SAC. Ça s'est toujours passé comme ça.

— Il connaissait mon père.

— Il te manipule.

— Une dernière fois, tonton : est-ce qu'il faisait partie du SAC, ou non ?

— Si je te réponds non, tu ne me croiras pas. Si je te réponds oui, tu te feras des fausses idées. De toute façon, les fichiers du SAC ont été détruits. Tu ne sauras jamais la vérité.

— La vérité, c'est mon métier, tonton. Et je sais reconnaître un témoin qui chique.

— Je ne suis pas obligé d'avoir cette conversation avec toi. Laisse-moi tranquille. Laisse dormir les morts.

Ce refus de parler ressemblait à une confirmation. Il ne restait plus qu'une seule question, la plus dangereuse :

— Et toi, tu en faisais partie ?

Cette suggestion eut sur le vieil homme un effet spectaculaire. Lui qui, quelques instants plus tôt, n'avait pu s'installer dans son fauteuil qu'avec l'aide de sa femme, se leva d'un bond sans s'appuyer sur le déambulateur, que Monique avait écarté. Les jambes tremblantes, il parvint à se tenir debout, menaçant Alaric d'un index desséché.

— Je t'interdis de m'accuser de ça, tu m'entends ? Jamais.

Alaric n'avait aucune raison de lui obéir. Il se leva à son tour.

— Ah oui ? Pourquoi ? Je croyais que le SAC était juste une baudruche gauchiste.

Monique était de retour, alertée par les cris. Elle tenta sans succès de ramener son mari sur le fauteuil. L'oncle la repoussa, soutenu par la colère.

— Tu n'as pas le droit. Je suis chez moi, dans ma maison. Je n'accepterai pas qu'on tienne de tels propos ici.

Alaric n'abandonna pas. Il décela une nuance d'amusement dans le regard de Monique.

— Parce que tu as honte ?

— Tu n'y connais rien. Tu es ce que tu as toujours été : un orphelin, un fils de lâche, un petit policier médiocre. Tu sais que je peux te faire renvoyer de la police d'un claquement de doigts ? Fais attention à ce que tu dis, fiston. Les gens croient que je suis fini, mais Jacques Autier a encore des relations.

La décharge d'énergie s'épuisa, et il bascula en arrière, manquant de tomber à côté du fauteuil. Monique tendit les bras pour l'aider, mais la mollesse de son geste montrait qu'elle ne cherchait qu'à éviter les critiques. Alaric se dit qu'il perdait son temps. Il se dirigea vers la porte, escorté par la deuxième femme de son oncle. Avant de sortir, il se retourna pour lui dire adieu. Elle le devança, parlant fort pour que le vieillard l'entende.

— Ne revenez plus ici.

Elle s'était redressée et paraissait quelques années de moins.

— Je ne risque pas, Monique.

Il claqua la porte en partant. Sa démarche n'avait abouti à rien. Hors du pouvoir conféré par une enquête, il ne pouvait exercer la moindre pression sur cet homme. Il traversa la cour gravillonnée, sentant des regards dans son dos. Quand il retrouva sa voiture, elle avait les quatre pneus crevés.

Le dépannage prit deux heures. Il fallut d'abord appeler la compagnie d'assurance, puis attendre le véhicule de dépannage. Comme l'état des pneus ne permettait pas une réparation sur place, le dépanneur lui proposa d'emporter la voiture à Rambouillet, où il trouva par miracle un seul garage ouvert le dimanche. Le garagiste lui promit une réparation dans les trois heures, le temps de faire venir une paire de pneus d'un établissement du même réseau et de les installer. Il était près de midi. Alaric passa un coup de fil à Cynthia pour lui annoncer qu'il ne serait pas rentré pour le déjeuner. Il chercha ensuite dans sa mémoire un restaurant où il pourrait s'attarder en attendant que sa voiture soit disponible. À la place émergea un prénom : Patricia.

L'ancienne femme de Jacques Autier.

44

À l'inverse de son ancien mari, Patricia occupait le sommet du panthéon personnel d'Alaric. Cette femme modeste, qui avait exercé le métier d'infirmière à l'hôpital de Rambouillet, avait empêché que sa vie se salisse en un de ces sombres récits d'orphelins de la DDASS. Alors que sa propre situation n'avait déjà rien d'enviable, elle avait recueilli sans aucune hésitation ce garçon de quatre ans dont la mère n'était plus en mesure de s'occuper. Elle l'avait traité comme sa progéniture, réprimant sévèrement tout acte et tout propos visant à le désavantager.

Quand son couple avait sombré, il ne lui était pas venu à l'idée de se débarrasser de ce troisième enfant qu'elle n'avait pas mis au monde. Elle s'était battue comme une lionne pour obtenir une maison à laquelle son salaire n'aurait jamais dû lui donner accès. Dans cette maison, qu'elle avait fini par acheter, la petite famille avait vécu aussi heureuse que ses faibles moyens le lui permettaient.

Plus tard, un homme s'y était installé, un aimable cantonnier de la ville, qui ne pouvait rien refuser à sa Patricia. Il était mort dix ans plus tôt, juste avant sa retraite, et Patricia s'était retrouvée seule pour la deuxième fois. Seule, c'est-à-dire sans compagnon humain. Ses deux chiens et ses cinq chats remplissaient largement l'espace, et son cercle d'amies remplissait tout le temps dont elle disposait.

Rue de la Coudraie, les logements de gauche donnaient tous sur la voie ferrée. L'enfance d'Alaric avait été rythmée par les secousses des trains de la ligne Paris-Chartres. La maison de Patricia faisait partie des plus petites et des moins bien entretenues du lotissement. C'était le genre de bien que les agences immobilières dénigrent de l'infamant « à rafraîchir ». Elle ne possédait aucune qualité particulière qui la distingue des milliers de clapiers de parpaings construits dans les années 70, mais Alaric éprouvait toujours une émotion particulière en la revoyant. Entre ces murs, qui n'avaient pas abrité que des souvenirs agréables, il se sentait chez lui plus que n'importe où ailleurs.

Chez Patricia, pas besoin de téléphoner, de planifier une visite ou même de sonner. Elle ne fermait sa porte que pour empêcher ses chiens de s'égarer dans le quartier. Quant à ses chats, ils disposaient d'une chatière donnant sur le jardin et sur les voies. Tout le monde vivait sa vie, et la maîtresse de maison n'était pas obligée de se lever sans cesse pour accueillir ses nombreux visiteurs.

En familier de la maison, Alaric entra sans chichi et se rendit dans la cuisine, qui servait également de salon, de salle à manger et d'atelier. Comme à son habitude, Patricia occupait le centre de sa table en bois massif, entourée de deux amies qu'Alaric avait déjà rencontrées plusieurs fois. Les trois femmes sirotaient un apéritif et grignotaient des cacahuètes. Soixante ans séparaient la plus jeune de la plus âgée, mais elles n'avaient aucune peine à trouver des sujets de conversation communs. La tante agita la main pour indiquer à son neveu qu'elle l'avait vu entrer. Les deux autres se retournèrent.

— Salut, les filles.

Patricia s'illumina.

— Vous connaissez mon petit, je crois.

— Éric, c'est ça ? dit la plus âgée.

Patricia lui fit les gros yeux.

— Catherine ! Éric, c'est banal. Lui s'appelle Alaric, faut pas confondre.

— Salut, Alaric.

— Je passais par là. On m'a crevé les pneus. J'attends la réparation.

— Et tu t'es dit que ta tante t'inviterait bien à déjeuner.

— Je me prépare des pâtes, si tu veux.

— Ah non, pas question ! Les jeunes doivent manger des légumes, c'est bon pour la croissance.

Alaric se garda bien de répondre qu'il avait fini la sienne depuis longtemps. La dernière fois qu'il s'était laissé prendre à ce jeu, une dame deux fois plus âgée que lui avait régalé l'auditoire d'une blague obscène à son sujet. Va pour les légumes, alors. Connaissant Patricia, ce serait probablement des petits pois carottes en boîte accompagnant une côte de porc, servis à 13 h. Il se dit qu'il avait largement le temps d'effectuer une petite recherche dont il venait d'avoir l'idée.

— Tata, tu as encore cette cantine de ton ex-mari que tu gardais dans la cave ?

— Ça fait au moins dix ans que je l'ai fichue à la jaille[19]. Pourquoi elle t'intéresse ?

— Pour rien. Je voulais juste vérifier un truc.

Patricia se leva.

— Continuez sans moi, mes belles, j'ai quelque chose à dire à mon petit.

Elle dut jouer des fesses pour s'extraire de la table. Alaric savait qu'elle n'aurait pas bougé si ce n'était pas important. Elle l'emmena dans le salon « officiel », petite pièce qui ne lui servait qu'à regarder la télévision sous un plaid.

— T'es allé voir Jacques.

Comment avait-elle pu l'apprendre ? Théoriquement, son réseau n'allait pas jusqu'à Saint-Léger.

— Oui.

— Nadine a vu ta voiture dans la rue.

— Avant, ou après qu'on me crève les pneus ?

— Avant, je crois. Mais je ne suis pas étonnée de ce qui t'arrive. Qu'est-ce que tu lui voulais, à ce croûton moisi ?

Il hésita. Il avait totalement confiance en elle, mais tout Rambouillet serait au courant dès le lendemain.

— Je voulais lui demander… si papa faisait partie d'une certaine organisation.

— Ouais, le SAC, je parie.

Alaric fut abasourdi par sa réponse.

— Tu savais ?

Elle leva les mains, comme pour se protéger.

— Un jour, il est venu me voir.

— Je veux tout savoir, Patricia. Tout.

— J'étais sa belle-sœur. On s'entendait bien. Je pense même qu'il en pinçait un peu pour moi. J'étais plutôt appétissante, à l'époque. Il m'a parlé de ta mère, qui commençait à aller mal. Il en avait gros sur la patate. Il devait déjà envisager de… enfin, tu sais. Et puis, il s'est mis à me parler du SAC.

Elle s'assit dans son fauteuil en velours. Elle ne pouvait pas tenir longtemps debout. Alaric prit place sur le repose-pieds à côté d'elle.

---

19. La déchetterie, en parler nantais.

— Moi, je connaissais rien à ces choses. La politique, les magouilles, ces trucs qu'on entendait à la télé. C'était avant la mort de monsieur Boulin. Il m'a dit que le Service d'action civique, c'était comme une armée secrète pour protéger la République. Il ne m'a pas donné les détails, mais il m'a raconté une drôle d'histoire qu'il avait vécue. Ça s'était passé à Orléans, quelques semaines plus tôt. Il devait juste bousculer un type, un gauchiste. Lui faire peur, tu comprends. Il était avec des jeunes gars. Apparemment, ça s'est mal passé. Comme il m'a dit les choses, il y a sans doute quelqu'un qui est mort. Il m'a fait jurer de garder ça pour moi.

Alaric eut la même sensation de vertige que lorsque Tibaudier lui avait parlé de son enfance. C'était comme si tout ce qu'il croyait savoir de sa famille s'effaçait en une fois, remplacé par des secrets obscurs, des vérités qu'on chuchote quand les enfants sont endormis.

— Pourquoi tu m'en as jamais parlé ?

— Tu avais déjà ta dose, tu crois pas ? Une mère folle, un père suicidé ; tu voulais quand même pas que j'en rajoute ?

— J'ai peut-être rencontré un des gars qui sont partis avec lui à Orléans. Il m'a dit qu'il m'avait connu quand j'avais quatre ans.

— Il y avait des gens comme ça qui passaient parfois à la maison de tes parents.

— Il t'a dit quelque chose de ceux-là ? Des noms, des descriptions ?

— Je crois pas. Je me souviens pas, en tout cas. C'était il y a longtemps.

— C'est important, Patricia. Il faut que tu essaies de te rappeler.

— À vieillir, la mémoire est plus ce qu'elle était. Je te promets rien.

Un père membre du SAC, une opération d'intimidation qui avait mal tourné, des hommes unis par un drame : le passé avait fini par accoucher d'un massacre. Tibaudier avait-il déjà tué à Orléans ? En voulait-il à Robert Autier au point de se servir de son fils pour se venger ? Pour la première fois, ses mobiles trouvaient une explication plausible.

Le repas fut servi à 13 h. Salsifis en boîte et escalope de veau. Alaric supporta stoïquement les conversations du trio de dames et leurs critiques de la police. Patricia n'eut pas de réminiscence inespérée. Alaric la quitta en l'embrassant affectueusement. Quelles que soient les affaires auxquelles son père ait pu être mêlé, il devait sa vie à cette belle personne plus qu'à ce géniteur qui avait choisi de quitter la sienne.

Il récupéra sa voiture à 16 h 30. Quand il fut de retour chez lui, Cynthia avait quitté l'appartement depuis longtemps. Il s'aperçut alors qu'elle lui manquait, qu'il avait anticipé sans en avoir conscience une soirée avec elle. Sa présence avait le pouvoir d'éclipser le sang, la violence et le bruit. Depuis leur sortie ratée à Guyancourt, il était habité par la crainte qu'elle mette brusquement fin à leur relation. Après la soirée de samedi, il était moins que jamais capable d'affronter cette éventualité.

Il ne mit pas longtemps à se décider. Puisqu'il ne pouvait pas oublier les enfants et leur sauvetage, autant transformer ces obsessions en travail productif. Les démons et les spectres le tourmentaient moins une fois enfermés dans des procès-verbaux. Il ressortit donc et prit le chemin du 19 avenue de Paris. Une demi-heure plus tard, il entrait dans les locaux vides de la crim', seul maître à bord, comme si souvent par le passé. Dans son bureau seulement éclairé par une lampe articulée, il alluma l'ordinateur.

Il commença par rédiger un compte-rendu de la conversation qu'il avait eue avec sa tante. Il s'efforça de reproduire ses mots exacts, pour être sûr de ne pas chercher en vain. Il calcula d'abord la date approximative de l'événement. Son père s'était donné la mort en octobre 1978. D'après ce qu'on lui avait raconté, les premières crises de sa mère dataient du mois de juin. La conversation avec Patricia avait forcément eu lieu entre juin et octobre. On pouvait donc réduire le champ de recherche à la première moitié de l'année.

En matière de sources d'information, il disposait d'abord du TAJ, ensuite des archives de presse. En outre, avec un peu de chance, l'action du SAC était peut-être évoquée dans un des livres consacrés à l'organisation ou dans le rapport de la commission d'enquête de 1982.

Il se mit au travail, prenant des notes dans un carnet. La tâche était lente et rébarbative, mais elle offrait des satisfactions qu'il avait appris à connaître. Contrairement aux humains, les documents et les fichiers ne vous résistent pas. La masse de données à parcourir diminue peu à peu, permettant d'anticiper la fin de la tâche. Alaric envisageait volontiers les archives comme le légiste un cadavre : disséquées dans les règles de l'art, elles ne manquaient jamais de livrer leurs secrets.

Il fut bientôt en possession de la liste complète des homicides non élucidés répertoriés dans le Loiret entre janvier et juin 1978. Deux seulement pouvaient correspondre au propos de son père. Une simple recherche sur internet lui permit de choisir le bon : l'assassinat de Georges Dioux, le 16 avril 1978. Dioux était un conseiller municipal communiste qui menait une véritable croisade contre les gaullistes. On l'avait trouvé mort dans sa permanence, le crâne défoncé et les membres brisés. L'opposition avait immédiatement accusé le SAC, sans qu'on sache s'il s'agissait d'une supposition sans fondement ou d'une accusation bien informée.

Il fit une pause. Il n'avait pas quitté son siège depuis une heure et demie. La nuit venait de tomber, une nuit qu'il passerait sans Cynthia. Il souffrait d'une agitation dont il se figurait aisément la cause : ce meurtre odieux portait peut-être l'empreinte de son père. S'il remuait la boue que le temps avait déposée, il risquait de salir le nom de cet homme qu'il avait à peine connu. Avait-il vraiment envie de devenir le fils d'un meurtrier, plutôt que l'orphelin d'un aimable imprimeur ?

Toute sa vie de travail, il l'avait passée à dévoiler les secrets des gens. Ceux de sa propre enfance avaient sans doute influencé sa passion de la vérité. Allait-il se refuser ce qu'il imposait aux familles des mis en cause ? Sans parler de l'éventualité que le passé de son père soit étalé au grand jour par quelqu'un d'autre… Mais si ce passé était capable de provoquer des meurtres quarante ans plus tard, il n'avait pas le choix : il devait remuer la boue, déranger les morts et pourchasser les démons.

Il tapa un rapide texto, destiné à Laurence Cornil : « Je peux vous appeler maintenant ? » Il fut surpris de recevoir la réponse dans les secondes suivantes : « Si vous y tenez ». Ce n'était pas vraiment une invitation, mais il s'en contentait. Il appuya sur son nom parmi les favoris de son téléphone. Elle répondit tout de suite :

— Je suppose que vous avez une bonne raison.

Elle semblait fatiguée.

— J'ai trouvé une ramification possible de l'affaire Carville. Tibaudier aurait fait partie du SAC, et aurait participé à une action ayant causé la mort de Georges Dioux, un élu communiste, à Orléans en 1978.

— Trop tard, Monsieur Autier.

— Je ne comprends pas.

— L'affaire sera dépaysée demain. Je viens de l'apprendre de la bouche du procureur.

Elle lui laissa le temps d'assimiler. La nouvelle n'avait aucun sens. On ne dépayse pas une enquête qui vient de conduire au sauvetage de deux enfants.

— Au nom de quoi ?

— Un prétexte fallacieux. Une autre affaire d'enlèvement à laquelle Tibaudier serait mêlé.

— C'est politique ?

— Je ne sais pas. C'est le parquet de Paris qui récupère le dossier.

Quelle tristesse dans sa voix. Elle savait que cette affaire aurait pu propulser sa carrière au niveau supérieur.

— On vous reproche quelque chose ?

— Rien du tout. On m'a juste mise devant le fait accompli.

— Je suis désolé pour vous. C'est totalement injuste.

— Pour vous également. C'était une réussite majeure. Nous ne pouvons rien face aux décisions qui viennent d'en haut. Faites-moi un compte-rendu écrit sur cet homicide à Orléans. Je le transmettrai avec le reste.

Elle raccrocha.

Animé par l'énergie de la colère, il poursuivit son travail pendant une heure de plus. Au détour d'un vieil article de journal local, il trouva le nom de Philippe Baudrieti dans une liste de témoins. Sans posséder l'agilité de Clémentine à ce jeu, il sut tout de suite qu'il avait affaire à une anagramme de Tibaudier.

Avant de quitter le bureau, il rédigea une courte note à l'intention de la juge d'instruction, reprenant toutes les informations qu'il avait glanées.

45

Lundi 1er avril

Souvenirs de poissons en papier, accrochés au dos de sa tante, qui faisait semblant de ne s'apercevoir de rien. Les fausses nouvelles à la télévision, qu'une présentatrice essayait d'annoncer sans sourire. Les vannes des professeurs, plus maladroits encore à cet exercice. Sa sœur Aloïs, accidentée un premier avril, dont tout le monde prenait les blessures pour un habile maquillage. Pour Alaric, c'était comme si quelqu'un venait d'ouvrir, non la boîte de Pandore, mais un coffre à souvenirs. Des images sans ordre en sortaient, reliées seulement par des associations d'idées.

Il s'était réveillé avec un mal de tête aigu partant de l'arrière du crâne, et l'antidouleur qu'il avait pris commençait à peine à faire effet. La journée s'annonçait difficile. Comment allait-il annoncer au groupe que l'enquête partait à Paris ? Après un dénouement comme celui de samedi, tout le monde s'attendait plutôt à des félicitations.

Plus que tout, il redoutait la curiosité des médias. Sa cote auprès des journalistes avait probablement monté depuis samedi. Un homme dont le groupe sauve deux enfants figure en bonne place sur la liste des candidats à la canonisation médiatique. Les mêmes éditorialistes étaient capables, un jour de vous assimiler aux sbires d'un dictateur, le suivant de vous inviter sur les plateaux de télé. Il s'attendait à traverser une forêt de micros tendus et à devoir ignorer toutes les questions prononcées en même temps.

L'un de ces gratte-papiers, mieux renseigné que les autres, lui parlerait peut-être du dépaysement. Plus que toute autre question, il craignait celle-là, car elle risquait de libérer la colère qu'il avait mis toute une nuit à mettre sous clé. Il s'était donc arrangé pour leur échapper, profitant du passage d'une patrouille de gardiens de la paix pour entrer dans l'hôtel de police assis à l'arrière de leur voiture.

Les collègues le déposèrent dans la première cour, et il traversa la porte cochère menant à la deuxième, pour s'introduire dans les locaux du SRPJ par une entrée secondaire. C'était une manœuvre un peu extrême, qui l'exposait aux regards de tous les occupants des bureaux, mais il avait besoin de commencer la matinée en douceur.

Au début, il ne rencontra personne. Au moment où il allait arriver à son étage, la porte du palier claqua. Il comprit qu'il avait fait fuir quelqu'un qui se cachait là. Il ne tarda pas à découvrir pourquoi : en s'enfuyant, l'inconnu avait oublié une bouteille de gin emballée dans un sac papier. Il ramassa la pièce à conviction et entra discrètement. Évidemment, le buveur avait disparu. Au sein de toute la brigade criminelle, Alaric ne connaissait que deux personnes qui pouvaient s'adonner aussi tôt à leur dépendance à l'alcool.

Il arriva dans le couloir de son groupe. Comme il s'y attendait, l'ambiance était joyeuse. Les jeunes se poursuivaient de bureau en bureau, le son d'un match de rugby débordait du local de Daniel et Clémentine conversait gaîment avec une amie au téléphone. Après un samedi entier sous tension, les policiers avaient besoin d'un exutoire. Après tout, n'avaient-ils pas sorti l'affaire et libéré les enfants ? Alaric décida de les laisser exprimer leur euphorie pendant une demi-heure encore avant de leur révéler ce qu'il avait appris la veille. Il entra dans son bureau, agita la main pour saluer son adjointe et s'assit sur le siège des mis en cause.

Clémentine acheva son coup de fil quelques minutes plus tard. La présence de son chef dans la pièce avait certainement écourté l'appel. Elle croisa les bras et prit le temps de l'observer avant de lui parler :

— Migraine ?

— Mal de tête.

— Et tu t'es assis sur le siège des suspects.

— Oui, et alors ?

— Je ne suis pas psy, Alaric. Je me dis juste que tu as envie d'être interrogé.

— Pas idiot, comme déduction. Le trône de fer pour attirer l'attention : il fallait y penser.

— Alors ? De nouveaux ennuis ?

— Dans un sens, c'est le contraire : la fin définitive des emmerdes.

— Je vois : tu veux que je devine, c'est ça ?

Il étendit les bras derrière lui, la tête tournée vers les néons du plafond. Il aurait préféré voir le ciel, et des troupeaux de nuages blancs.

— Je suis trop fatigué pour jouer à ça, Clém. J'ai peu dormi. Hier, j'ai appelé Cornil, et elle m'a appris que l'affaire serait dépaysée dans la journée.

— Les salauds.

Elle avait prononcé ce mot sans passion, comme si elle cherchait à exprimer une émotion qu'elle n'éprouvait pas vraiment.

— Ils disent que Tibaudier est impliqué dans une autre affaire d'enlèvement.

— Ça sent la merde fumante.

— Ils ont juste attendu qu'on ait trouvé les mômes. Ils veulent pas qu'on mette le nez dans les vieux scandales.

— Ça doit être dur pour toi. C'était ton enquête privée.

Elle visait juste. Depuis le début, l'affaire Carville était une croisade personnelle plus qu'un travail collectif. Il s'était débrouillé pour obtenir la saisine, mais le groupe n'avait accompli qu'une partie du chemin.

— J'avais trouvé une nouvelle piste. Un élu communiste d'Orléans tué par un commando du SAC en 1978.

— Et… ?

Elle s'était redressée sur son siège. Elle avait flairé l'information intéressante. Il n'en attendait pas moins d'elle.

— Mon père dirigeait le commando, et Tibaudier en faisait peut-être partie.

— *Ça,* c'est un scoop. Et tu voulais vraiment qu'on enquête là-dessus ? Un *cold case* prescrit des années 70 ?

— Laisser les cadavres enterrés au fond du jardin, c'est pas trop mon truc.

— Apparemment, celui-là restera où il est. Après quarante ans, l'odeur doit être supportable.

— J'étais en pétard quand je l'ai appris, mais je commence à penser que c'est peut-être mieux comme ça. Il faudra que je m'habitue, de toute façon. Je vais pas sortir la pelle et faire le boulot tout seul.

Quelqu'un se présenta devant la porte, sans oser entrer. Gouirand, bien sûr. D'un geste discret, elle convoqua Alaric, qui se leva sans offrir de résistance. Elle ne lui parla pas tout de suite, mais l'entraîna loin des bureaux du groupe. Évidemment, elle chuchota.

— Je suis convoquée dans le bureau de monsieur Cure. Il veut un compte-rendu complet de l'enquête en vue de son dépaysement. Je sais que madame Cornil vous a prévenu. Est-ce que vous accepteriez de m'accompagner ?

Pas de félicitations, ni à lui ni au groupe. Jolland, son prédécesseur, aurait au moins fait semblant.

— Il me demande ?

Elle serra les lèvres. L'idée venait d'elle.

— Non, mais j'estime que vous êtes plus qualifié que moi pour en parler. Je vous mets en avant.

Dis merci à la madame la directrice de te montrer à son chef.

— Je suis sûr que vous saurez résumer l'essentiel. Vous étiez sur place. Je ne pense pas que ce soit une bonne idée que je vous accompagne. Évidemment, si monsieur Cure me fait venir, je me ferai un plaisir de lui présenter le travail de mon groupe.

Cette fois, il l'avait vouvoyée sans difficulté. Encore quelques coups de ce genre, et il arriverait à la traiter comme une simple hiérarchique.

— Je regrette cette décision, Monsieur Autier. C'était une occasion de passer le relais dans les meilleures conditions.

— Nous n'avions pas terminé l'enquête, *Madame*. Je ne peux pas donner un compte-rendu d'un dossier incomplet.

Elle écarquilla les yeux.

— Co... Comment ? Je ne comprends pas. La saisine portait sur l'enlèvement, et les enfants sont sauvés.

Il fallait trouver une réponse plausible. Une seule idée lui vint :

— Nous *croyons* que Tibaudier a enlevé les enfants, mais nous n'avons ni aveux ni éléments matériels pour le prouver.

Il y avait bien la facturette trouvée par les gendarmes, mais l'information n'avait pas encore été transmise officiellement au groupe.

— Ah oui, je n'y avais pas pensé.

Alaric renchérit :

— Je crois que monsieur Cure verrait immédiatement le problème. Nous ne pouvons pas lui faire croire que nous allions sortir l'affaire, alors qu'il manque toujours un lien essentiel. Les collègues de Paris seront obligés de reprendre la procédure dans son état actuel.

— Oui, bien sûr.

Échec et mat. C'était presque trop facile.

Il n'y eut pas de briefing ce matin-là. Alaric réunit le groupe dans son bureau pour lui annoncer la nouvelle, en évitant les commentaires. Osmane fut le dernier à arriver, accompagné d'un léger parfum de gin. Seule Victoria réagit par une indignation sincère :

— Ils peuvent pas nous faire ça. C'est carrément dégueulasse !

— Ils font ce qu'ils veulent, hélas, dit Clémentine. On est des pions dans leur jeu.

Alaric avait envie de passer à autre chose :

— J'ai une idée pour nous consoler : ce midi, on va tous chez César et je vous paie l'apéro. Tout ce que vous voulez, sauf le champagne. On va pas se mentir : on boit pour oublier, pas pour célébrer.

Alaric fut probablement le seul à remarquer qu'Osmane baissait les yeux.

Il était 11 h 30 quand le téléphone d'Alaric se mit à sonner. C'était un appel de Laurence Cornil.

— Vous avez le temps de déjeuner avec moi ?

La proposition sortait complètement des habitudes. À moins de chercher le réconfort, pourquoi une juge d'instruction demandait-elle à rencontrer en privé l'enquêteur d'une affaire qu'elle venait de perdre ? Mais Cornil n'était pas le genre de magistrate à se laisser diriger par ses sentiments. Alaric l'avait assez vue à l'œuvre pour savoir qu'elle possédait forcément de bonnes raisons d'agir ainsi.

— J'ai tout mon temps. Aucun dossier en cours.

— Le bistrot du 11, rue de Satory, à midi et demi.

— J'y serai.

Cela ressemblait plus à une convocation qu'à une invitation. Elle avait quelque chose à lui dire. Tant pis pour le repas chez César. Tant qu'il tenait sa promesse d'offrir une boisson, le groupe ne lui en tiendrait pas rigueur.

La rue de Satory était l'une de ses préférées à Versailles. Il l'empruntait souvent à pied, le matin et le soir, quand il garait sa voiture hors de la ville. C'était une artère animée, pleine de restaurants et de commerces, surtout fréquentée par des Versaillais. Au cours des années, il avait déjà essayé plusieurs établissements de la rue, mais le bistro du 11 lui était encore inconnu.

Vitrine bleu sombre en bas d'un bel immeuble de pierre et de brique, l'endroit respirait le bon goût et les déjeuners d'affaires.

La juge d'instruction n'était pas assise à la terrasse. Il entra, et ne la trouva pas davantage dans la salle. Un serveur s'adressa à lui d'une voix si onctueuse qu'elle en devenait écœurante :

— Vous souhaitez déjeuner ?

— J'ai rendez-vous avec une dame.

Une lueur de connivence apparut dans ses yeux.

— Madame Cornil vous attend dans la deuxième salle.

Il désigna un passage au sol pavé d'hexagones. La magistrate ne négligeait aucune précaution pour que leur conversation reste secrète. Il s'efforça d'adopter une démarche calme et détendue en parcourant les quelques mètres de couloir. Au milieu, un large passe-plat qui laissait voir la cuisine lui remémora la maison des Carville. Cornil avait choisi une table isolée. Assise sur la banquette, entre deux miroirs convexes, elle lui sourit. Il refusa que le serveur de la salle emporte son manteau et s'assit en face d'elle.

— Merci d'être venu.

— Je n'aurais pas pu résister à votre invitation.

— Alors, comment vous vivez les événements ?

Elle paraissait très à l'aise dans ce lieu. Il se dit que pour elle, ce bistrot chic devait représenter la jauge inférieure des restaurants où elle acceptait de prendre un repas, alors que pour lui il approchait plutôt de la limite supérieure.

— Je suis fou de rage. Et je me demande qui a pu nous faire ça.

Elle se pencha vers lui, comme si elle allait lui confier un secret d'État.

— Je connais Simonpieri, le nouveau juge d'instruction. Je peux vous dire qu'il a été choisi pour sa docilité. Il fera exactement ce qu'on lui demande.

— Ils ont forcément quelque chose à cacher, du côté de Jérôme Carville, de son père ou de Tibaudier.

Le serveur apporta la carte. Cornil la refusa, commandant directement le plat du jour. Alaric fit comme elle.

— À mon avis, l'affaire dépasse très largement tout ce que nous pouvons imaginer, dit la magistrate. Je suis comme vous : profondément révoltée par ce maquignonnage. Mais je ne vous aurais pas fait venir seulement pour partager mon indignation avec vous. Hier, quand vous m'avez appelée, vous avez mentionné le nom de Georges Dioux. Ce nom m'était vaguement familier, mais je ne me rappelais pas dans quel contexte je l'avais entendu.

« Plus tard dans la soirée, en lisant votre compte-rendu, le souvenir m'est revenu : l'affaire Dioux était littéralement un cas d'école, illustrant l'obstruction de la justice par le pouvoir. Quand j'étudiais le droit, les faits étaient encore récents. Un de mes professeurs a consacré plusieurs cours à disséquer pour nous toutes les irrégularités et les vices de forme qui avaient entaché la procédure judiciaire. À l'époque, déjà, de nombreuses voix s'élevaient pour accuser le SAC. Le fait que l'enquête avait été à ce point entravée ressemblait à une confirmation. »

Elle s'arrêta pour avaler une gorgée de l'eau que le serveur venait de verser dans son verre, puis reprit :

— Ce matin, j'ai effectué quelques recherches sur l'affaire Dioux, classée en 1987. Et maintenant, j'espère que vous êtes bien assis, car ce que j'ai découvert est tout simplement prodigieux : *les faits ne sont pas prescrits*. Pendant plus de trente ans, de nouveaux actes d'enquête ont été versés à la procédure, et la famille de la victime a essayé par deux fois de faire rouvrir l'instruction.

— Qui était derrière tout ça ? Un juge ?

— Non, un de vos collègues. Un certain Roland Foltier, du SRPJ d'Orléans. Je me suis renseigné sur lui. Il est à la retraite depuis huit ans.

— Si je vous suis bien, le ou les coupables pourraient encore être jugés pour cet homicide.

— Mieux que ça, Monsieur Autier : j'ai la possibilité de rouvrir l'instruction. Le procureur est d'accord. C'est pour ça que nous nous voyons aujourd'hui : je vous propose de dérouler l'affaire Carville dans l'autre sens, depuis sa possible origine jusqu'à ses conséquences.

— Vous n'avez pas peur qu'on vous coupe encore une fois l'herbe sous le pied ?

— Pour quel motif ? Tant que nous n'aurons pas établi un lien avec Tibaudier, je ne fais qu'enquêter sur un meurtre non élucidé.

— Ceux qui ont fait dépayser notre affaire ne seront pas dupes.

— Il y a une limite à leur pouvoir. Au parquet, le dépaysement a provoqué l'indignation de plusieurs personnes. Je crois que nous disposons au moins de quelques jours de tranquillité.

— Très bien, je commence quand ?

— Tout de suite. J'ai obtenu les coordonnées de ce monsieur Foltier et je l'ai contacté. Il habite toujours à Orléans. Il accepte de vous rencontrer cet après-midi.

Elle avait bien travaillé. D'ordinaire, c'étaient les enquêteurs qui se chargeaient de ce genre de détails.

— J'ai le temps de manger mon plat du jour ?

Elle le regarda fixement.

— Mangez ce que vous voulez, mais promettez-moi une chose : je veux lire tous les actes avant que votre groupe les saisisse sur le logiciel.

— Autrement dit, vous craignez une fuite à l'intérieur de la police.

— C'est là que ça se passe, Monsieur Autier. Vous devez vous méfier de tout le monde.

— Je connais la Maison, Madame Cornil. Je fonctionnerai comme vous le décidez.

Elle lui tendit la main.

— Alors nous sommes d'accord. Je vous souhaite bonne chance, vous en aurez besoin.

46

Deux semaines se sont écoulées sans que je m'en aperçoive. Mon père et Madeleine sont des hôtes discrets. Ils ne m'imposent ni leur présence ni leur conversation. Je peux passer une matinée entière sans les rencontrer. Ils se consacrent à leurs occupations comme si je n'étais pas là. Ils me laissent des plats à réchauffer dans le frigo, sans exiger aucune contrepartie. Bien qu'ils vivent avec très peu d'argent, la présence permanente d'une invitée ne semble pas les gêner.

J'ai passé une semaine à dormir. Je me levais à midi, je déjeunais, puis je ne pouvais résister à une sieste dans l'après-midi. Madeleine explique cela par l'air de la campagne, mais Argenteuil ne mérite plus ce nom depuis longtemps. Je crois plutôt que j'accumulais depuis l'agonie de Vincent une fatigue et un stress dont je n'étais pas consciente.

Ma cure de sommeil est achevée, maintenant. J'ai commencé à préparer ma défense, à renouer avec mes amis, à écrire quelques textes en vue de mon retour. J'ai contacté un avocat, qui m'a assuré qu'aucune charge ne pesait contre moi. Avec le recul, je me suis mise à penser que j'avais exagéré certains événements, et que la fatigue m'avait rendue parano.

Jusqu'à ce que j'ai vécu aujourd'hui.

Une fois de plus, je suis seule à la maison. Mon père et Madeleine se sont rendus auprès d'un Gilet Jaune blessé avant-hier au cours d'une manifestation. Avril vient de débuter ; j'ai envie de ressentir le printemps qui naît. Je commence par ma balade favorite sur les collines. Je repère des bourgeons qui viennent de s'ouvrir, j'entends des chants d'oiseaux, l'air transporte des parfums de renouveau. Je m'assois dans l'herbe humide et je jouis de la vue.

Mais il fait encore frais et le ciel est couvert. J'ai besoin de bouger. Je commence à me lasser de ma réclusion. Depuis que je suis journaliste, j'ai pris goût au mouvement, aux rencontres, à l'action. La campagne m'ennuie, même dans cette version limitée. J'ai envie de marcher jusqu'au centre d'Argenteuil, une balade de trois quarts d'heure à travers le quartier des Coteaux jusqu'à l'ancien triage, puis l'avenue de Verdun en direction de la Seine.

Je me donne un objectif : revoir notre ancienne maison, dont mon père est encore propriétaire. Il n'y habite plus, mais il n'a pu s'en séparer. Jusqu'à l'année dernière, un ami la louait, mais elle est vide à présent. De temps à autre, des Gilets Jaunes de province y dorment avant d'aller manifester à Paris.

Je prends plaisir à randonner dans cette ville que je ne connais plus. Le paysage n'a rien de très original : des pavillons, des petits immeubles, un collège, une auto-école, la boucherie du Triage avant le pont qui enjambe les voies de chemin de fer. Je reste un long moment contre le garde-corps, à contempler la grande cicatrice ferroviaire qui coupe Argenteuil en deux.

Au-delà des voies et des bâtiments de la gare de triage commence le centre-ville. Notre maison se situe dans une des rues perpendiculaires, tout près du Centre des finances publiques. Mes pas m'y mènent sans que j'aie à réfléchir. Je suis dans mon quartier, celui de mon enfance et du début de mon adolescence. La rue du Bizet n'a pas beaucoup changé. Je reconnais la maison des voisins d'en face, les Kadouche, qui ont déménagé quand j'étais au collège. Elle a été ravalée, contrairement à celle de mon père, masure au crépi terne, dont la véranda d'entrée est obturée par de vieux rideaux.

En face est garée une camionnette gris sombre aussi délabrée que la maison. Je n'y prête d'abord aucune attention, tant elle se fond dans le paysage. Je la dépasse, restant sur le trottoir côté pair afin d'observer de loin ces murs qui ont été le décor de mes premières années. Je me rappelle l'emplacement des pièces et surtout celui de ma chambre. Les fenêtres sont restées les mêmes – à l'exception de celles de la chambre parentale, remplacées par du double vitrage. Les souvenirs me distraient de ce qui se passe autour de moi.

Un homme arrive en sens inverse. Je ne le connais pas, mais quelque chose dans son apparence m'incite à me méfier. Il est costaud, cheveux rasés de près, habillé d'un jean et d'un blouson. Il marche les jambes écartées, comme un cow-boy de cinéma. Il porte un sac d'une enseigne de tacos. Je regarde ailleurs pendant qu'il passe à côté de moi. Au moins, il ne m'aborde pas. Il va bientôt s'éloigner dans la rue. Je me retourne discrètement.

Mais il a disparu. Il n'a pas ouvert le portail des Kadouche, sinon je le verrais encore. J'entends un léger bruit.

Celui d'une porte de camionnette qui se ferme.

Personne ne va chercher un repas à emporter pour le manger dans la caisse sans fenêtre de son véhicule.

Sauf un policier en planque.

Il faut que je m'en aille. Ils sont peut-être plusieurs. Je ne sais pas si la cible est la maison de mon père, mais je ne veux courir aucun risque. Je m'éloigne dans la direction d'où l'homme aux tacos est venu. Je sens s'élever une sourde terreur, comme si je revivais un cauchemar qui se rapproche inexorablement d'une fin tragique. Avant d'arriver au carrefour suivant, je ne peux m'empêcher de me retourner de nouveau. À cent mètres derrière moi, j'aperçois un homme, plus petit et plus rond que le premier, mais dont les cheveux rasés et les vêtements sortent du même atelier.

Mon esprit s'affole. Il essaie de donner du sens à ce que je vis. Je ne suis ni une activiste à surveiller ni une criminelle à mettre en prison. Je n'ai pas de casier judiciaire. Si ce policier veut m'arrêter, mon avocat m'a confirmé qu'il doit m'indiquer l'infraction dont je suis soupçonnée. Celui qui a essayé de m'appréhender sur l'île de Chatou a refusé de fournir le moindre motif. J'ai donc intérêt à me rapprocher de la foule, pour empêcher celui-ci d'user de violence avec moi.

Au carrefour, je tourne à droite. Je croise une vieille dame et un adolescent à vélo. Plus j'approcherai des rues commerçantes, plus il y aura du monde autour de moi. La rue vire à droite. J'arriverai bientôt sur l'une des artères les plus animées de la ville.

Un véhicule vient de s'engager dans la rue en sens inverse. Je reconnais la camionnette grise. Je comprends les intentions de ces hommes : m'intercepter et m'obliger à monter avec eux. Je longe le parking des archives municipales. Je me rappelle qu'il existe une issue, un chemin piétonnier qui conduit à la mairie et à la médiathèque. Je me mets à courir pour le rejoindre avant que le policier derrière moi m'en empêche.

La camionnette quitte la rue pour bloquer l'entrée du parking. Ces hommes ne connaissent pas les lieux ; ils croient que je ne pourrai m'enfuir. Heureusement, plusieurs personnes circulent sur le parking. Mes poursuivants ne peuvent s'emparer de moi en public. Plus je progresse vers l'hôtel de ville, plus il y a de monde : passants, cadres en costume, mamans avec poussettes, collégiens... Je me retourne, et je vois les deux hommes qui marchent tranquillement dans ma direction. Ils espèrent encore me coincer quelque part. J'entre dans l'hôtel de ville. Je trouverai bien un moyen de leur échapper.

Il est plus de midi quand je rentre à la maison. J'ai commandé un taxi et j'ai obtenu qu'un vigile m'aide à y monter. Je lui ai indiqué une adresse à Bezons, et je me suis assurée qu'aucun véhicule banalisé ne nous suivait. À destination, j'ai trouvé un autre taxi, qui m'a déposée aux confins de Cormeilles-en-Parisis. Je suis revenue rue de Liège à pied en traversant les collines.

Quand je pousse la porte, mon père m'attend. Il a de la peur dans le regard :

— Où t'étais passée, dis-moi ? Encore une minute, et je sortais te chercher dans les rues.

Je lui raconte mon périple. Il se met en colère :

— Mais qu'est-ce qui t'a pris de sortir comme ça sans précautions ? T'as toujours pas compris qui sont tes ennemis ? Putain, ces gens sont des flics. Ils ont accès à tous les fichiers et ils ont mis ton téléphone et ta carte bleue sous écoute.

— C'est totalement illégal, tu le sais.

— Ils en ont rien à foutre, de la loi. Ils utilisent les moyens de la police contre toi, c'est tout ce que tu dois savoir. Moi, je l'ai compris depuis longtemps. Sous Sarkozy, on m'a assigné à résidence rue du Bizet, juste parce que je me trouvais sur une liste de manifestants potentiels. C'est pour ça que je vis ici avec Madeleine. Ils savent plus où me trouver.

— Je suis désolée, papa. J'ai fait n'importe quoi, tu as raison.

C'est la première fois que je l'appelle ainsi depuis la séparation de mes parents. Je m'en veux de l'avoir inquiété. Il me prend dans ses bras. Il est soulagé de me revoir. Cette fois, je me laisse embrasser sans crispation.

— Heureusement que ta fille est pas comme toi. Elle a compris tout de suite les précautions à prendre. Elle vient demain.

Je refuse de comprendre ce qu'il dit :

— Elle vient ici ?

— Non, elle vient ailleurs !

Devant ma mine incrédule, il précise :

— Bien sûr qu'elle vient ici. Où tu veux que ce soit ?

Là, je ne peux plus me retenir. Les larmes coulent et ne s'arrêtent pas. Je vais revoir Cléophée. Je ne réalisais pas à quel point elle me manquait. Demain sera un jour de lumière.

47

Il déjeuna sans y accorder d'attention. Il en était aux dernières bouchées quand il s'aperçut qu'il mangeait des Saint-Jacques aux poireaux. Il ne pensait qu'à son affaire, au voyage à Orléans qu'il allait entreprendre, à l'organisation de l'enquête en son absence. Laurence Cornil, quant à elle, passa le reste du temps au téléphone. Elle lui paya le repas, mais n'écouta pas son remerciement. Ils se séparèrent à 13 h 30, et Alaric sortit du restaurant le premier pour qu'ils ne soient pas vus ensemble.

Il savait où trouver le groupe. Il se rendit directement au César, et ce fut Daniel qui le vit en premier :

— Encore une petite faim, Alaric ?

Il n'avait guère envie de plaisanter. Il se força pourtant :

— Rien à faire, il me faut une portion de travailleur. Les petits machins décorés, ça remplit pas l'estomac.

Il prit une chaise et la posa près de Clémentine. Il lui parla dans l'oreille, autant par souci de discrétion que pour se faire entendre dans le bruit du restaurant :

— Cornil rouvre l'instruction sur l'homicide à Orléans en 1978.

— Quoi ?

— Elle aborde l'affaire Carville par l'autre bout. Elle a trouvé le flic qui a enquêté sur le meurtre de l'élu. Je pars le rencontrer.

— Tu veux que je t'accompagne ?

Il réfléchit. Il aurait apprécié sa présence et son regard, mais il avait besoin d'elle au bureau pour lancer les recherches.

— Je préfère que tu restes ici et que tu organises le boulot. J'ai laissé dans mon tiroir une copie de ce que j'ai trouvé.

Elle leva le pouce. Dans le vacarme de l'endroit, c'était le mieux à faire. Il se dit qu'il avait besoin de quelqu'un pour l'accompagner. En l'absence de scène de crime et de scellés à exploiter, Osmane était le candidat idéal. Alaric se leva et fit signe au troisième de groupe de le suivre à l'extérieur.

— T'as quelque chose à me demander, chef ?

Il n'avait pas sa tête habituelle. Avec ses cernes et son teint cireux, il devait cumuler plusieurs nuits d'insomnies. Son regard était triste et ses lèvres tremblaient.

— Il me faut quelqu'un pour aller avec moi à Orléans. Je t'expliquerai en route.

— Je règle mon menu et j'arrive.

Alaric l'accompagna, et en profita pour payer les apéritifs. Ils furent bientôt dehors, marchant côte à côte sur les trottoirs de l'avenue du Général de Gaulle. Osmane ne disait rien. Alaric avait envie de parler, mais il écartait l'un après l'autre les sujets de conversation. Il connaissait à peu près la situation du troisième de groupe, son couple en état de mort cérébrale, sa fille qui le méprisait. Sous son apparence de flic ordinaire, Osmane était un grand sensible, qui ne supportait pas la vue d'un cadavre ni les descriptions trop précises des souffrances endurées par les victimes.

Quand ils furent dans la Golf, le troisième de groupe fut pris d'un soudain intérêt pour le paysage qui défilait du côté droit. Se rendait-il compte qu'il sentait encore l'alcool ? Alaric regretta de ne pas avoir emporté la bouteille emballée dans le sac en papier, mais il n'en avait pas besoin pour aborder le sujet :

— J'ai failli surprendre un collègue qui buvait dans les locaux, ce matin.

L'attaque était directe. Il comptait sur l'effet de surprise. Mais Osmane réussit à ne rien exprimer.

— Ah bon ? C'était qui ?

— Je sais pas. Il s'est barré en m'entendant arriver. Il a laissé sa bouteille de whisky derrière lui.

— De whisky ?

— Du pur malt. C'était dans un couloir du commissariat.

Osmane lui lança un regard d'incompréhension. Alaric devina ce qu'il pensait : « C'est vrai, ou il se fout de ma gueule ? » Le piège fonctionnait. Il était temps d'aller plus loin :

— D'ailleurs, je crois que je vais en parler à Gouirand. On peut pas laisser un collègue se défoncer la gueule comme ça. Je crois que ce type a besoin d'aide. Peut-être qu'il croit que ce sont ses affaires, mais il se trompe.

— Ou alors il veut pas en parler. Il pense que les autres ont pas à connaître sa vie.

— Un type qui se murge au boulot à 9 h du matin, ça sort du cercle privé. Si on s'en mêle pas, c'est non-assistance à personne en danger.

Osmane se tourna vers lui.

— Des fois, on peut rien faire pour quelqu'un, on peut pas l'aider.

— Je crois pas, Osmane. J'ai été dans la mouise plusieurs fois au cours de ma vie, et si j'avais pas pu en parler à des amis, je sais pas si je serais encore là.

Osmane se frotta les yeux. Sa fatigue était palpable.

— Je croyais que ça se voyait pas.

— La preuve que non.

Il allait enfin parler. Alaric lui laissa tout le temps dont il avait besoin. Ils étaient sortis de Versailles depuis longtemps quand Osmane reprit la parole :

— Je comprends pas. Y'a pourtant rien de nouveau.

— Ta femme te fout la paix ?

— Elle fait comme si j'étais pas là. Non, je crois que ça a rien à voir avec elle, pour une fois. C'est à cause de la famille.

— Ton frangin ?

Il avait parlé une fois de ce frère plus jeune que lui, qui s'était tourné vers le salafisme.

— Ouais. Il m'a envoyé un mail. Il me traite de bon à rien. Le truc habituel. Ça m'a rappelé mon père.

— Mais ton père l'a déshérité, non ?

— Quand tout le monde te dit que t'es un bon à rien, c'est qu'il doit y avoir du vrai.

— Ils veulent quoi, ces gens, quand ils t'insultent comme ça ? Tu crois qu'ils te veulent du bien ?

— Je suis un fils de héros. Je suis pas à la hauteur.

Alaric pensa à son propre père.

— Qu'est-ce que ça veut dire, être à la hauteur ? Qu'est-ce qu'il te faut pour avoir le droit de te regarder dans la glace ? Pourquoi il faudrait que tu sois meilleur que les autres ?

— J'arrive même plus à bosser.

— C'est la conséquence, pas la cause. T'es un super flic, Osmane, et tu le sais bien. Ces idées que tu as vont te bouffer. J'ai pas envie de te perdre, mec. Si tu te ressaisis pas, ça fera du bien à personne et moi, c'est sûr que ça me fera du mal.

— Merci.

— Tu sais, je viens d'apprendre que mon père faisait partie du SAC et qu'il a peut-être buté quelqu'un. Je sais pas si c'est beaucoup plus facile d'être un fils d'assassin qu'un fils de héros.

Même en restant attentif à la route, Alaric vit qu'il écarquillait les yeux.

— Tu déconnes ?

— Non.

Non seulement c'était vrai, mais il s'apprêtait à parler à l'enquêteur qui avait passé trente ans à chercher le meurtrier de Dioux. Il se demanda s'il n'aurait pas lui-même besoin de se noyer dans le gin en sortant de cette audition. Pendant que la voiture avalait les kilomètres sur l'autoroute, il transmit à Osmane les divers éléments qu'il avait rassemblés depuis la veille sur un certain commando du SAC en avril 1978.

Roland Foltier habitait en plein cœur d'Orléans, tout près de l'hôtel de ville. Comme la plupart des rues de son quartier ne comportaient aucune place de stationnement, Alaric dut se garer plus loin, à proximité de la gare. Il n'avait visité la ville que deux ou trois fois. Il en avait gardé l'image d'une cité minérale qui tournait le dos à son fleuve, un bel assemblage de maisons classiques alignées sur un plan régulier. Sa courte marche de la gare à la rue de la Bretonnerie lui rendit exactement cette impression. Osmane, pour sa part, qui découvrait Orléans pour la première fois, la jugea d'emblée ennuyeuse.

Rue de la Croix de Malte, l'immeuble de Foltier ne payait pas de mine, avec son crépi gris et ses volets vermoulus. La porte était ouverte, et aucun interphone n'en commandait l'entrée. À l'intérieur, le somptueux escalier en chêne contrastait avec l'apparence modeste de la façade. Les deux policiers montèrent jusqu'au premier étage et Alaric appuya sur l'antique bouton de la sonnette.

Dans l'appartement, il entendit des pas lourds et lents. La porte s'ouvrit sur une septuagénaire au corps sec, fausse blonde au visage très maquillé, qui les accueillit d'un sourire artificiel. Avec son tailleur blanc cassé, elle ressemblait à une avocate ou une notaire en exercice.

— Vous devez être Monsieur Autier ?

— Avec monsieur Dahmaj.

Elle les introduisit dans un vaste hall d'entrée haut de plafond, tout en lambris et parquet, décoré de deux affiches de mai 1968 aux slogans évocateurs : « DE GAULLE ASSASSIN » et « LAISSONS LA PEUR DU ROUGE AUX BÊTES À CORNES ».

— Monsieur Foltier va arriver. Vous pouvez vous installer dans le salon.

Au-delà d'une porte à moulures, ils entrèrent dans la pièce principale, vaste séjour éclairé par deux fenêtres à grands carreaux allant du sol au plafond. Le salon consistait en deux canapés de velours rouge, encadrant un coffre en bois qui servait de table basse. Au-dessus de la cheminée voisine, une plaque ancienne en métal émaillé mettait en garde les travailleurs : « 2 ouvriers sont morts ensevelis sous le charbon dans ce silo ». Les policiers s'assirent du bout des fesses.

Roland Foltier apparut juste après, grand vieillard aux cheveux gris coiffés en brosse, dont le visage dégoulinait en plis de peau. Il prit place en face des deux hommes, et la femme le rejoignit aussitôt. Ils portaient la même alliance.

— Bonjour, Capitaine Autier. Je suis très heureux de vous rencontrer. J'ai attendu ce moment pendant tant d'années que j'ai du mal à y croire.

Il se leva péniblement et tendit à Alaric une grosse main sèche, que ce dernier serra délicatement. Le même rituel eut lieu avec Osmane.

— Madame Cornil vous a expliqué pourquoi nous sommes ici ?

— Elle m'a parlé de rouvrir l'instruction du meurtre de Georges Dioux, c'est tout ce que je veux savoir.

— Nous avons peut-être identifié l'un des agresseurs, qui a été mis en cause dans une autre affaire.

— Le meurtre de Jérôme et Gladis Carville ? demanda la femme.

— Je ne vous ai pas présenté mon épouse, Nicole Dioux-Foltier, dit le policier à la retraite.

Alaric comprit l'attitude de cette femme. Elle appartenait forcément à la famille du conseiller municipal.

— Vous êtes la fille de Georges Dioux, et vous vous êtes mariée avec le policier qui enquêtait sur l'assassinat de votre père.

— Avec ce qui s'est passé, Roland ne nous quittait plus. On a fini par sympathiser.

— Nous portons tous les deux un grand intérêt à votre enquête, dit celui qu'elle venait de nommer. Je vous donnerai tout ce que j'ai accumulé en quarante ans.

— Si vous le voulez bien, je voudrais d'abord entendre votre résumé de l'affaire.

Sur un signe de son mari, Nicole Dioux-Foltier quitta la pièce. Alaric ouvrit son carnet de notes.

— Je travaillais au SRPJ d'Orléans. J'étais un jeune policier de 30 ans, plein d'illusions sur nos institutions. Un matin, j'ai été appelé sur une scène de crime pas très loin d'ici. Ce que j'y ai découvert s'est profondément gravé en moi, et je crois que je m'en souviendrai jusqu'à ma mort. Georges Dioux était allongé sur le sol de sa permanence. Il avait les quatre membres brisés, avec des fractures ouvertes. Un morceau de tibia sortait de sa jambe. Mais ce n'était pas le pire. Les tueurs s'étaient particulièrement acharnés sur sa tête. Il n'en restait plus qu'une bouillie de chair, d'os et de cervelle. J'ai vu beaucoup de cadavres dans ma vie, mais celui-là portait l'empreinte d'une violence sans frein.

Nicole était de retour. Elle tendit à Alaric un classeur bourré de photos dont le temps avait fait pâlir les couleurs. L'album de l'Identité judiciaire. Il était ouvert sur une page contenant six photos du mort, qui ressemblaient à des extraits de film d'horreur des années 70. Alaric évita de les montrer à Osmane.

— J'ai très vite compris que cet homicide gênait ma hiérarchie. On ne me mettait pas des bâtons dans les roues, mais on ne m'encourageait pas dans mes recherches. Je devais justifier de tous mes actes d'enquête. Le zèle dont je faisais preuve était traité comme une sorte d'obsession dangereuse. À voix basse, certains collègues plus anciens que moi prononçaient déjà l'acronyme du SAC. J'ignorais à l'époque à quel point cette organisation avait placé ses pions dans la police. J'étais naïf ; je fonçais tête baissée dans le marigot, en croyant que j'allais rendre justice contre tous les fonctionnaires qui voulaient m'en empêcher.

« Voici ce que j'ai découvert. Commençons par le mobile. Georges Dioux était un petit élu communiste, un justicier comme on n'en fait plus. Il écrivait dans *La Rumeur*, un petit journal de gauche, des articles virulents, dénonçant les manœuvres électorales de la majorité, les affaires dans lesquelles se prélassaient certains élus, les scandales que la mairie essayait de cacher. Il s'en prenait particulièrement à la figure du général de Gaulle, le saint laïc de la droite. Il estimait que Pompidou avait vendu la France à la finance et que Giscard couvrait les barbouzes du SAC, qui auraient dû moisir en prison.

« Quelqu'un, au plus haut niveau de l'État, a dû se lasser de ce trublion. Je ne sais toujours pas d'où est venu l'ordre, mais j'ai fini par apprendre qu'un groupe de la section yvelinoise du SAC avait été envoyé à Orléans pour intimider Georges Dioux. Il y a une dizaine d'années, j'ai parlé avec un ancien membre du SAC, qui m'a assuré que l'opération n'aurait pas dû se passer ainsi. Dioux était bien trop en vue pour qu'on puisse se permettre de l'éliminer. En général, il suffisait de bousculer le gêneur, de menacer sa famille ou de déterrer ses compromissions et ses secrets pour obtenir son silence.

« J'ai recueilli des centaines de témoignages, rempli des milliers de pages de procédure, effectué plusieurs reconstitutions, consulté des journalistes qui connaissaient bien les pratiques du SAC. Je suis allé voir en prison Dominique Yvan Calzi, l'auteur de *Dossier B... comme Barbouzes*. J'ai parlé au téléphone avec plusieurs renégats de l'organisation, mais personne n'a pu me donner le nom du commanditaire du meurtre ni celui des exécutants. J'ai seulement réussi à obtenir celui de l'opération : "Le sang de nos pères".

En entendant ces mots, Alaric fut instantanément replongé dans l'atmosphère oppressante de la fausse église, sur l'île de Cythère. Il revit l'inscription en lettres de sang sur le pavillon où les enfants étaient enfermés : « Brûlez en enfer vous qui avez saboté le sang de nos pères. » Foltier remarqua son trouble.

— Quelque chose ne va pas ?

— Je viens de comprendre un détail de l'autre affaire. Continuez, je vous en prie.

L'ancien policier s'éclaircit la voix et poursuivit son récit :

— Les remous suscités par l'affaire Robert Boulin, dont l'enquête a probablement été aussi entravée que la mienne, m'ont redonné espoir. La tuerie d'Auriol, suivie de la commission d'enquête parlementaire qui allait mener à la dissolution du SAC, aurait pu permettre l'arrestation de mes coupables. Mais le pouvoir mitterrandien n'a pas voulu pousser la purge assez loin. Le SAC conservait de nombreux soutiens dans la police et dans le monde politique...

Sa femme l'interrompit :

— Je faisais partie des quarante-quatre députés communistes élus en 1981. Je portais l'espoir de plusieurs familles de victimes du SAC. Hélas, je n'ai pu faire partie de la commission d'enquête. En tant que fille de Georges Dioux, j'ai d'emblée été considérée comme partiale, comme si l'Assemblée cherchait à donner des gages d'honnêteté à la droite. Depuis, j'ai abandonné la politique.

À la surprise d'Alaric, Osmane, qui n'avait pas dit un mot depuis le début, entra dans la conversation :

— Monsieur Foltier, vous avez l'air de penser qu'une nouvelle instruction pourrait faire la lumière sur cette affaire. Qu'est-ce qui vous permet de le croire ?

— L'ADN. Je ne suis plus de la partie, mais j'ai lu des livres sur la question. On peut résoudre de vieilles affaires en se servant de l'ADN conservé sur les objets sous scellés.

— Quels objets en particulier ?

— Mais l'arme du crime, voyons : un épieu de chasse, dont un des agresseurs s'est servi pour tuer Georges Dioux.

Alaric se rappela soudain ses recherches de la veille.

— Philippe Baudrieti, ça vous dit quelque chose ?

Foltier regarda sa femme.

— C'est l'homme qui a donné l'alerte. Il attendait les secours devant la permanence. Les policiers qui sont arrivés en premier l'ont rapidement auditionné, mais ils avaient d'autres chats à fouetter. Il ne leur a pas fourni de pièce d'identité. Il était visiblement bouleversé par ce qu'il avait vu à l'intérieur. Cet homme aurait dû être retenu, bien sûr. C'est l'une des nombreuses erreurs commises dans cette enquête. J'ai fait réaliser son portrait-robot, si ça vous intéresse. Vers la fin du classeur.

Nicole aida Alaric à trouver la bonne page. Elle connaissait la procédure par cœur. « Philippe Baudrieti » était un individu au visage symétrique, portant la moustache et des cheveux longs. Osmane se pencha sur le dessin.

— C'est notre homme, dit-il.

Alaric avait-il bien rencontré cet individu quand il avait quatre ans ? Ce portrait, en tout cas, ne réveillait pas sa mémoire, mais il avait occulté la plupart des souvenirs de cette époque.

— Il faut que vous acheviez l'enquête de mon mari. Si les assassins sont toujours en vie, nous voulons que ce qu'ils ont fait soit étalé sur la place publique. Nous n'attendons pas une réparation. À nos âges, nous ne saurions quoi en faire. Mais il faut que vous sachiez que ce meurtre a détruit notre famille. Nous ne nous en sommes jamais totalement remis.

Elle montra ses poignets. Deux longues cicatrices obliques les parcouraient, traces d'un couteau aiguisé. Alaric pensa à son père. À cet instant, il éprouva la honte d'être né d'un homme qui avait pu provoquer autant de souffrance. Quand Tibaudier parlait des enfants qui payaient les fautes de leurs pères, était-ce à lui qu'il pensait ?

48

Foltier leur donna deux copies de la procédure, qu'il conservait dans un coffre-fort. Il précisa que les documents originaux se trouvaient dans un lieu secret. Quand il était encore en exercice, il avait même prévu qu'un ami fasse parvenir les éléments clés du dossier à la presse s'il lui arrivait quelque chose. Même si le SAC n'existait plus, ses anciens membres continuaient d'exercer de l'influence, notamment place Beauvau.

Les deux policiers furent de retour à Versailles après 18 h 30. Osmane profita du voyage pour transmettre par téléphone les informations essentielles à Clémentine. Il semblait avoir retrouvé un peu d'énergie. De toute façon, Alaric se sentait incapable de poursuivre avec lui la conversation de l'aller. Ils se quittèrent dans la cour de l'hôtel de police, en échangeant quelques mots sur l'enquête qui commençait.

Plutôt que de remonter au bureau, Alaric préféra rentrer immédiatement chez lui. Il faisait doux, et le soleil ne s'était pas encore couché. Malgré le ciel gris, Versailles se réveillait de l'hiver. Les rues étaient parcourues par une foule joyeuse, clients des boutiques ouvertes le lundi, groupes d'amis en route pour le dîner, familles qui profitaient des dernières lueurs du jour.

Dans sa poche, son téléphone se mit à vibrer. Quand il regarda l'écran, il lut le nom de la seule personne dont il espérait l'appel.

— Cynthia !

— Je ne te dérange pas ?

— Jamais !

— Je voulais te proposer... enfin, non, t'inviter. T'inviter chez moi. Est-ce que... est-ce que tu accepterais de... de dîner chez moi ?

Il n'en croyait pas ses oreilles. En trois mois, pas une fois elle n'avait voulu qu'il lui rende visite à Saint-Germain-en-Laye. Il avait fini par la soupçonner de cacher un secret, comme un mariage malheureux avec un homme qu'elle ne pouvait quitter.

— Bien sûr. Ça me fait super plaisir. Dis-moi quand tu veux que j'arrive et donne-moi l'adresse.

— 20 h, c'est bon pour toi ? Je t'envoie l'adresse par texto.

— J'y ser...

Elle avait déjà raccroché. Elle était nerveuse, et il comprenait aisément pourquoi. À part le petit déjeuner de samedi, elle n'avait jamais cuisiné pour lui. Il estimait à présent que son accident n'y était pas étranger. Il avait juste le temps de rentrer à la maison et de prendre une douche avant de se rendre là-bas. Les efforts de Cynthia justifiaient amplement qu'il prépare la soirée avec un soin exceptionnel.

C'était un petit immeuble ancien juste à côté du parc. Le genre d'immeubles hors budget pour un flic – ou une employée d'ONG. La seule présence d'Alaric dans la cage d'escalier lui avait déjà valu quelques regards désapprobateurs. Cynthia n'affichait jamais aucun signe extérieur de richesse, mais elle avait pu acheter son appartement quand elle était encore avocate.

Il regarda sa montre en arrivant sur le palier du deuxième étage. 19 h 59. Satisfait, il appuya sur la sonnerie. La porte s'ouvrit instantanément, libérant dans les communs des senteurs de cuisine. Cynthia devait guetter son arrivée à sa fenêtre. Elle s'était maquillée à l'excès, et faisait rouler nerveusement une lèvre sur l'autre pour étaler le rouge. Elle portait une belle tunique blanche qu'Alaric ne connaissait pas et un collier de corail. Le souffle chaud qui s'échappait de l'intérieur lui fit comprendre qu'elle vivait sous des températures bien plus élevées que lui.

Après une hésitation, elle lui sauta dans les bras. Il la serra contre lui, et ce contact lui procura une forte érection. Il se tortilla pour la lui dissimuler, car il sentait qu'elle ne se trouvait pas dans les mêmes dispositions que lui. Après un baiser éphémère, il entra derrière elle.

— Tu as passé une bonne journée ? demanda-t-elle.

En temps normal, il aurait lancé la conversation sur son enquête, car elle aimait l'entendre raconter ce qu'il vivait. Mais elle avait déjà cessé de le regarder et s'en allait vers la cuisine ouverte. Pour vérifier si elle écoutait sa réponse, il dit n'importe quoi :

— Il y avait des frites à la cantine.

Elle ne releva pas. Il l'entendit manipuler des objets, qui s'entrechoquaient bruyamment. Il fut réduit à explorer l'appartement tout seul, sans savoir où poser son manteau, qu'il dut vite retirer à cause de la chaleur.

La première chose qui le frappa fut l'impression de vide que dégageait le séjour. À part un petit canapé blanc, une table basse et une table de repas entourée de quatre chaises, le seul meuble consistait en une vaste bibliothèque couvrant un mur. Le sol en carreaux de terre cuite était couvert d'un gigantesque tapis contemporain à poils épais. Dans un coin, sous des draps, on devinait la présence de plusieurs appareils d'entraînement.

Cynthia revint les bras chargés de deux bols contenant des olives et des pistaches. Quand elle vit Alaric planté au milieu du salon, le manteau à la main, elle réagit si vivement qu'un des bols lui échappa et se fracassa sur le sol, répandant des pistaches à plusieurs mètres autour de l'impact. L'incident ne fit qu'augmenter sa confusion, la laissant paralysée, les mains tremblantes et les yeux grands ouverts. Alaric abandonna son manteau sur le canapé et lui prit doucement le bol intact, qu'il déposa sur la table basse. Il se mit ensuite à ramasser les pistaches, sans qu'elle sorte de son état.

— Pistaches éclatées : c'est comme ça que je les aime, dit-il.

— Je… je suis désolée.

Elle s'accroupit pour l'aider. Elle tremblait toujours.

— Les Japonais réparent les bols cassés avec de l'or. Comme ça, l'objet réparé devient plus beau qu'il l'a jamais été. Je trouve que c'est une belle tradition.

Il ramassa les fragments de porcelaine. Il prit alors conscience qu'il venait d'exprimer une métaphore qui s'appliquait à Cynthia elle-même, la femme cassée devenue plus précieuse qu'avant son accident.

— Je suis maladroite. Je ne suis plus bonne à rien. C'est depuis ce que j'ai vécu.

Elle disparut dans le couloir d'entrée et revint armée d'un balai et d'une pelle. Ce n'était pas nécessaire, mais elle insista pour balayer le moindre fragment de bol ou de pistache.

— Assieds-toi dans le canapé, dit-elle, c'est à moi de faire ça.

Il obéit. Après tout, elle n'avait pas besoin d'aide. Il la regarda courir d'un bout à l'autre de son appartement, pour gommer les dernières traces de sa maladresse et remettre la soirée sur ses rails. Elle apporta d'autres pistaches, lui proposa divers alcools, servit les verres et finit par se poser à côté de lui, tendue comme un arc.

— À cette soirée, dit-il en levant son verre.

Elle trinqua d'un geste raide, avala quelques olives et repartit en cuisine. Plusieurs objets tombèrent : le poivrier, un couteau, une boîte métallique... Alaric se retint de lui proposer son aide, mais il ne put s'empêcher de trouver la situation absurde. Après trois mois d'intimité, pourquoi fallait-il faire semblant de dîner ensemble pour la première fois ? Rien n'obligeait Cynthia à cuisiner, si cela lui procurait une telle anxiété.

Entre les parfums d'épices et de crème, une légère odeur de brûlé irrita ses narines. Cynthia poussa un juron qu'il ne comprit pas. La situation menaçait de lui échapper. Alaric la vit déplacer une poêle, la remettre au même endroit, ouvrir toutes ses armoires sans trouver ce qu'elle cherchait, verser du sel à côté d'une casserole. Au lieu de disposer les aliments dans le plat posé sur le plan de travail, elle installa le plat en déséquilibre sur deux foyers de sa cuisinière. Mais quand elle voulut disposer ce dernier sur un plateau, il glissa sans qu'elle puisse le retenir, versa son contenu et termina sa course sur les carreaux de terre cuite.

Cynthia hurla. Le cri céda la place aux pleurs. Alaric se leva pour lui porter secours, mais elle se précipita dans sa chambre et ferma la porte derrière elle. Il en éprouva une profonde tristesse. Il connaissait assez cette femme pour suivre le chemin de ses émotions. Par un acte de volonté qu'il ne pouvait mesurer, elle l'avait invité chez elle, mais la pression avait été trop forte. Chacun des petits incidents de la soirée l'avait déséquilibrée un peu plus, jusqu'à ce qu'elle atteigne ce point de bascule où la souffrance et le sentiment d'échec l'avaient obligée à quitter la pièce.

Mais il ne pouvait s'empêcher de relier cette crise à tant d'autres événements qu'il avait vécus. Ces dernières années, ses partenaires souffraient toutes, à des degrés divers, d'affections similaires. Sa vie en avait été bouleversée à un tel degré qu'il s'était juré d'éviter de telles relations à l'avenir. Ce qui venait de se passer lui montrait qu'il n'y était pas arrivé.

Il pouvait s'en aller. Cette pensée le rassura. Rien ne l'obligeait à vivre cela. La douleur de Cynthia n'était pas la sienne, et il ne pouvait y remédier. Il suffisait qu'il reprenne ses affaires et qu'il s'en aille pour mettre fin à leur relation. Ils n'étaient liés ni par un contrat ni par un engagement profond. Entre eux, la liberté restait totale.

Cette liberté lui permettait aussi de rester plus longtemps. Quand on est spectateur, on a envie de connaître la suite de l'histoire. Pousser la porte, chercher des yeux cette femme déchirée par une lutte intérieure, tenter de la réconforter. Tant qu'elle ne s'en prenait pas à lui, il n'avait aucune raison de s'en aller.

Plus besoin de rester hors de la cuisine, maintenant. Il alla voir ce qu'était devenu le repas. Le plat qu'elle avait renversé ne s'était pas brisé en tombant sur le sol. La plus grande partie des aliments avaient atterri sur le plan de travail. Alaric sauva ce qui pouvait l'être, le remit dans la poêle et alluma le feu. Deux minutes plus tard, le dîner atteignit la bonne température. Il le servit directement dans les deux assiettes, fourra les couverts dans sa poche et emporta le tout.

Il n'essaya pas de frapper à la porte de la chambre. Bien sûr, il avait les mains prises, mais il savait aussi que cela ne servait à rien. Au mieux, elle se tairait, au pire elle lui dirait de s'en aller. Si elle n'avait pas verrouillé la porte, il en déduirait qu'elle ne s'opposait pas à sa venue. Il poussa donc la poignée avec un coude, le battant avec l'épaule et entra.

La chambre était aussi pleine et chaleureuse que le séjour était vide et froid. En plus d'un lit en bois exotique, couvert d'un boutis rouge brodé de blanc, une commode, une autre bibliothèque et un petit bureau aux pieds sculptés se partageaient l'espace. Mais ce ne fut pas ce qu'Alaric remarqua en premier.

De l'autre côté du lit, un grand cadre en stuc bleu ciel auréolait une collection d'images et de documents accrochés à un tableau de liège. Il y avait là des photos de famille, des dessins d'enfant, la copie d'un rapport médical, un diplôme et bien d'autres feuillets qu'il n'identifia pas. Cynthia se tenait debout devant cette galerie de souvenirs. Si elle avait pleuré, c'était terminé à présent. Elle ne se retourna pas. Il déposa les assiettes et les couverts sur le lit.

— On n'atteint pas la perfection en une fois, dit-il. Heureusement, on a tout notre temps.

Il retira ses chaussures, s'assit sur le lit et commença à manger. Comme elle restait immobile, il l'encouragea :

— Ça va refroidir. Je suis pas sûr que ça supporte d'être réchauffé encore une fois. Au fait : c'est très bon.

Elle s'assit à côté de lui, les jambes repliées contre sa poitrine. Il fit semblant de l'ignorer, dégustant tranquillement sa sole et ses légumes. Elle picora quelques carottes du bout de sa fourchette, puis finit par attaquer le poisson.

Ils n'avaient toujours pas échangé un mot. Il ne la força pas. Quand il eut terminé son dîner, il rompit le silence, toujours sans la regarder :

— Ça te dirait de jouer à un petit jeu ? Voilà comment ça marche : chacun à son tour, on dit un truc sur nous. Tout ce qu'on veut, du moment que l'autre le sait pas encore. Qu'est-ce que t'en penses ?

Elle secoua la tête. Il n'en tint aucun compte.

— Bon, je commence, alors : quand j'avais huit ans, j'ai mis le feu à une poubelle de mon école. À toi.

En disant ces mots, il se rappela qu'il avait joué à un jeu presque semblable avec Tibaudier.

— J'ai tout oublié.

Maintenant qu'elle avait répondu, pas question d'arrêter.

— C'est pas forcément un souvenir. Tu peux donner une habitude, un goût, un vêtement que tu portes…

— J'ai des gros chaussons en forme de crocodiles. Ils sont horribles, mais ils me tiennent chaud.

— À moi : parfois, je chante en hurlant mes chansons préférées dans ma voiture. On m'a déjà dit que je chantais faux, mais tant que personne écoute, je fais ce que je veux. Ton tour.

Le visage maussade, elle chercha l'inspiration en regardant le plafond.

— Quand j'étais gamine, j'avais un poisson rouge que j'appelais Poupette. Un jour, ma mère l'a jeté dans les toilettes en voulant changer son eau. J'ai pleuré pendant une semaine. Un soir, mon père m'a annoncé qu'il avait retrouvé Poupette. Il m'a montré un poisson rouge dans l'aquarium. Je l'ai trouvé un peu différent du premier, mais j'ai cru que le passage dans les tuyaux l'avait changé.

— Je ronfle quand je bois trop.

— Quand on fait l'amour aussi !

— On est pas censé commenter. C'est à toi.

Elle faillit sourire.

— Je n'ai jamais pris une cuite.

— Moi non plus.

— Je ne te crois pas.

— Je prends la suite : ma mère est schizophrène.

— Quoi ? Mais c'est terrible. Depuis longtemps ?

— Ça s'est déclaré quand j'avais quatre ans, juste avant le suicide de mon père.

Elle couvrit sa bouche de la main.

— Excuse-moi, je ne savais pas.

Il sentit l'arrivée d'une vague d'émotion. Ce qu'il avait appris la veille était encore trop frais pour qu'il l'ait digéré.

— Je vois pas pourquoi tu devrais t'excuser.

— Je ne t'ai jamais rien demandé. Je ne pouvais pas m'imaginer.

— J'en parle rarement. La plupart de mes amis le savent pas.

Saleté d'émotion, qui vous collait à la peau comme un papier gras. Ce n'était pas ce qu'il avait envie de montrer. Au moins, il évitait les larmes.

— Je suis ridicule, avec mes caprices.

— La souffrance, ça se mesure pas, Cynthia. J'essaie de jamais juger les gens. Je suppose qu'ils ont une raison d'agir comme ils le font. Je suis désolé que tu aies souffert pour me faire plaisir.

— Je savais pas à quel point c'était dur d'être normale.

— Si c'est pour moi, contente-toi d'être toi-même, ça me suffit. Tu mérites qu'on t'aime pour ce que tu es.

Il se demanda quels étaient ses sentiments envers elle. Une seule chose était sûre : elle comptait bien plus qu'une compagne de lit.

— Merci.

Elle se coucha, posant la tête sur ses cuisses. Il lui caressa les cheveux. Ils restèrent ainsi un long moment, jusqu'à ce qu'il éprouve une irrésistible envie de l'embrasser. Le baiser les enflamma tous les deux, effaçant les douleurs de la soirée. Ils firent l'amour avec tendresse et volupté, comme un vrai couple. Il eut l'impression de découvrir son corps pour la première fois.

49

Mardi 2 avril

Je me réveille alors qu'il fait encore nuit. Mon téléphone indique 5 h 43. Je veux me rendormir, mais mon esprit ne me laisse pas en paix. Aujourd'hui, je vais revoir Cléophée. J'ai envie de rire et de pleurer. C'est le plus beau jour de ma vie et je suis dévastée. J'abandonnerais tout pour elle, mais elle ne le saura jamais. Quels que soient les reproches que mérite mon père, je lui serai toujours reconnaissante pour ces retrouvailles avec ma fille.

Je me lève et je descends au rez-de-chaussée. Le séjour est plongé dans l'obscurité. J'appuie sur l'interrupteur, pensant être la première à me lever. Je me retrouve nez à nez avec mon père, assis dans son fauteuil. Il me regarde en souriant. Avec ses rides profondes et sa barbe poivre et sel, il ressemble à un vieux marin revenu d'une course autour du monde.

— Je t'ai réveillé ?

— Je dors peu. J'aime bien réfléchir dans le noir. Il est tôt, non ?

— Dans les six heures.

— Évidemment, t'es excitée comme une puce.

Pas la peine de nier.

— Je ne comprends toujours pas pourquoi elle refusait de me voir.

— Vous êtes pareilles, toutes les deux. Vous avez tellement peur de perdre le contrôle que vous finissez par vous associer avec les mauvaises personnes.

— C'est ce qui lui est arrivé ?

— Je parle pas à sa place.

C'est ce qui m'est arrivé avec Eudes, mais je ne l'admettrai jamais devant lui.

— Comment on arrête ça ? Je veux dire : comment on sait qu'on se trompe ?

— Y'a ce qui nous sépare, et y'a ce qui nous unit. C'est tout ce qu'on doit savoir. Je me suis simplifié la vie. Un enfant de six ans a déjà tout compris. Tout le reste est du mensonge ou de l'idéologie.

À discuter ainsi en peignoir, je commence à grelotter.

— L'enfant de six ans a besoin de déjeuner. Je ne sais pas comment tu peux rester ici sans te transformer en glaçon.

— Ça, c'est le pouvoir du gras, jeune fille. Je te rejoins tout à l'heure. Éteins la lumière en partant.

La demande m'étonne, mais je lui obéis. Dans la cuisine, je ferme la porte et je pousse le radiateur à fond. En hiver, Alain et Madeleine vivent dans une atmosphère à 19 degrés au maximum. Ma vie parisienne m'a habituée à des températures plus élevées. Je me prépare un petit repas composé du pain de Mado et de sa confiture. Seul le café vient d'ailleurs, mais je suis persuadée que ses producteurs ont reçu une rémunération équitable.

Mon père arrive au moment où je débarrasse la table. Il essaie de le cacher, mais je vois qu'il a les genoux particulièrement douloureux. Il s'assoit et me regarde travailler.

— J'ai bien formé la petite, dit-il. Portable éteint, pas de carte bleue, surveiller les issues, se retourner de temps en temps pour vérifier qu'on est pas suivi. Elle a bien pigé la leçon. Mieux que des gars que j'ai logés rue du Bizet.

Il y a un mois, j'aurais pensé que ces précautions relevaient de la paranoïa.

— Elle arrive à quelle gare ?

— Cormeilles. J'y suis passé plusieurs fois, et j'ai jamais vu personne en planque dans un soum[20], comme ils disent. Son train arrive vers 18 h. Pour toi, la journée sera longue.

— Je passerais des heures à poireauter sous la pluie pour la revoir.

* *
*

Il se trouvait sur la N10, coincé dans les embouteillages à la hauteur de Trappes, quand il reçut le texto de Clémentine : « Écoute les infos c'est

---

20. Sous-marin, véhicule servant à la surveillance des suspects.

énorme ». Elle le connaissait bien : dans sa voiture, il ne mettait jamais la radio. À ce moment, il écoutait l'album *Hail to the Thief*, de Radiohead. Il arrêta le CD et sélectionna France Info. La nouvelle ne tarda pas à arriver : « Nous vous rappelons l'information principale de la matinée : Charles Tibaudier, le meurtrier présumé de Jérôme Carville et de son épouse, vient de commettre une tentative de suicide dans sa cellule du palais de justice de Paris. Il allait être entendu aujourd'hui par le juge Simonpieri pour les deux homicides, ainsi que pour l'enlèvement des enfants du couple, retrouvés samedi dernier par la police. Bien que Tibaudier ait survécu à sa tentative, son état est jugé critique par les médecins, et son pronostic vital est engagé. »

— Putain de bordel de merde.

Il freina juste avant d'emboutir la voiture devant lui. Clémentine avait raison : c'était énorme. Le public trouvait sans doute vraisemblable qu'un tueur tel que Tibaudier se suicide après avoir appris que les enfants des Carville étaient sauvés. Mais Alaric ne pouvait imaginer que cet homme stable et solide en vienne à quitter la scène après un échec. De son propre aveu, Tibaudier avait connu les geôles infâmes de certains pays étrangers ; les prisons françaises ne lui faisaient pas peur.

Mais alors, comment expliquer ce qui s'était passé ? Quelques heures à peine après le dépaysement de l'affaire qui le mettait en cause, il avait été transféré aux Batignolles pour être entendu par le nouveau juge d'instruction. Craignait-on qu'il finisse par parler, dévoilant les motifs profonds de ses meurtres ? Craignait-on qu'il révèle ce qui s'était vraiment passé lors d'une certaine action du SAC, plus de quarante ans auparavant ? Ce suicide était-il une tentative de meurtre déguisée ?

Alaric mit encore vingt minutes à atteindre Versailles, dans un état de fièvre inattendu. La nouvelle qui venait de tomber l'avait plongé dans un monde obscur et menaçant, où les principes dont il avait l'habitude semblaient abolis. Il ressentait le besoin aigu de se plonger dans la banalité de la vie de bureau, les rires de ses collègues, leur indignation quant à la marche du monde.

Il retrouva tout le monde dans la salle de repos, devant des mugs remplis du café qu'on buvait ici. Ils regardaient le direct de CNews sur un écran d'ordinateur sans doute installé par Patrick. Sur une moitié de l'image, un journaliste parlait devant le nouveau palais de justice de Paris, tandis que l'autre affichait une photo floue de Tibaudier. Alaric n'entendit qu'une partie de son commentaire : « ... pendu à la porte de sa cellule. Il a été immédiatement pris en charge par les services de secours dans un état très grave. Les médecins refusent de se prononcer sur ses chances de survie... »

— On se fout de notre gueule, dit Daniel. J'ai vu les cellules dans un reportage sur le Bastion. Le mec, il aurait pas pu s'accrocher à la porte même si on lui avait fourni une corde avec nœud coulant.

Clémentine remarqua la présence d'Alaric. Elle avait le regard triste. Elle n'avait pourtant jamais rencontré Tibaudier.

— On a fait des recherches sur lui tout l'après-midi, dit-elle. C'est complètement dingue.

Pour la deuxième fois depuis le début de l'affaire Carville, elle était saturée d'émotions, elle qui savait si bien les tenir sous clé.

— Si on perd notre suspect principal, on perd notre enquête.

Victoria réagit à des propos du journaliste qu'Alaric n'avait pas entendus :

— On se croirait dans une dictature. On attire le mec dans un piège, on le trucide, et la télé essaie tout de suite de nous vendre l'affaire comme un suicide.

— Un ancien du SAC, ancien barbouze et tueur de député : pas le genre de gars que tu laisses déblatérer aux assises, dit Daniel. En se rendant, il devait savoir qu'il profiterait pas longtemps de sa retraite.

Le cynique a toujours raison. Tibaudier connaissait le système mieux que quiconque. Quel but poursuivait-il en se rendant ? Avait-il vraiment l'intention de parler ? Alaric réalisa qu'il ne connaissait toujours pas le mobile de ses meurtres.

— Est-ce que vous avez trouvé un lien entre lui et les Carville ? demanda-t-il.

Clémentine lui répondit :

— Aucun. On avance lentement. On a son état civil, on ne lui connaît pas de famille, on sait qu'il a fait des études de droit à Assas dans les années 70...

— Assas ? Vous avez cherché du côté du GUD et des autres mouvements d'extrême droite ?

— Le GUD ?

— Groupe Union Défense, une organisation étudiante née à Assas. Il y avait certainement des passerelles avec le SAC.

— Je m'en occupe.

Clémentine nota le nom dans son carnet de cuir. Sur l'écran, la tentative de suicide de Tibaudier avait été remplacée par un autre sujet. C'était le moment de répartir les tâches pour la journée.

— Je peux vous donner un peu de boulot, ou vous voulez juste passer la journée à siroter des cafés ? dit Alaric.

— Pour moi, ce sera un Americano, dit Osmane.

Il avait retrouvé son humour, et il ne diffusait pas dans son sillage un relent alcoolisé. Alaric sortit de sa besace l'épais dossier de procédure de Foltier et le posa sur la table.

— Tiens, puisque c'est toi qui as parlé en premier, tu vas lire ces 1 200 feuillets de procédure et nous faire un résumé de deux pages d'ici ce soir.

— Les doigts dans le nez. Tu l'auras même à midi.

Tout le monde écoutait, à présent. Alaric pouvait retrouver son sérieux.

— Normalement, pour un *cold case*, on réexamine tout, on le passe à la moulinette d'Anacrim, on rouvre les scellés, on analyse les traces d'ADN, on reprend contact avec les témoins, en espérant tomber sur un élément que les enquêteurs de l'époque ont loupé. Nous, on a d'emblée une piste nouvelle : Charles Tibaudier. Officiellement, on enquête sur ce qui s'est passé en 1978, mais en réalité on essaie de relier l'affaire d'Orléans à celle qu'on nous a enlevée.

— Qu'est-ce qu'elle espère, Cornil ? dit Clémentine. La récupérer ?

— C'est une sorte de pari : soit elle se trompe et on arrive à rien, soit elle voit juste et on résout une vieille affaire, tout en trouvant ce que Tibaudier nous cache. Pour l'instant, il nous manque l'essentiel : son mobile pour refroidir deux personnes qui lui avaient rien fait. Cornil et moi, on pense qu'il faut chercher ce mobile dans le passé.

— C'est jouable.

Il n'en demandait pas plus. Tant que les efforts du groupe resteraient à l'intérieur du cadre d'une instruction, Clémentine ne s'y opposerait pas.

— On a tous en tête le profil de Tibaudier et les infos qu'on a réussi à obtenir sur lui. Je vais vous distribuer à chacun une partie des pièces de Foltier, l'enquêteur de l'affaire Dioux. Vous allez les examiner en détail pour dénicher tout ce qui peut être mis en relation avec notre client. Je vous donnerai une copie de la liste des documents, pour que vous puissiez vérifier les données dans des PV que vous n'avez pas sous les yeux. Vous serez cinq à miner cette procédure. Clémentine s'occupera de la piste du GUD et des associations universitaires, et je continuerai à m'intéresser à Tibaudier. Est-ce que cette façon de travailler convient à tout le monde ?

Il y eut quelques hochements de tête, et aucune objection. Alaric divisa la pile de feuilles en cinq et les répartit au hasard, en prenant soin de noter le dépositaire de chaque pièce dans le récapitulatif. Il avait conscience que cette approche, uniquement basée sur le papier, atteindrait vite ses limites. Mais il faisait confiance à son groupe pour déterrer des filons dans des actes d'enquête apparemment sans intérêt.

Tous quittèrent la pièce, sauf Alaric. Clémentine n'essaya pas de l'attendre. Il venait de se souvenir d'un échange avec Tibaudier qu'il avait oublié d'exploiter. Au cours de leur première entrevue, le suspect avait posé une question sur sa sœur. Dans le jeu qu'ils avaient entamé tous les deux, c'était une façon pour lui de prendre un ascendant sur le policier en lui révélant qu'il connaissait sa vie et sa famille mieux qu'il le pensait. Aloïs avait trois ans de plus que son frère. Elle était donc âgée de sept ans au moment où Tibaudier aurait pu la croiser. Elle conservait peut-être des souvenirs de cette rencontre.

Aloïs habitait en Suisse. Incapable de s'asseoir, il attendit qu'elle réponde en faisant les cent pas. Elle ne décrocha pas, et il renonça à lui laisser un message. C'était peut-être mieux qu'elle ignore ce qu'il avait appris. Les années et les expériences les avaient rendus tellement différents qu'ils ne trouvaient souvent rien à se dire. Il se demandait parfois comment ils s'entendraient s'ils n'avaient pas été séparés après l'anéantissement de leur famille.

De retour dans son bureau, il passa une heure à feuilleter la deuxième copie de la procédure de Foltier et tous les documents qui parlaient de Tibaudier, pendant que Clémentine effectuait des recherches sur internet. Quand il en eut assez de ne rien trouver, il fit le tour des bureaux du groupe. Il commença par celui d'Osmane, dont l'occupant avait accroché quelques feuillets sur un tableau blanc.

— Alors, du neuf ? lui demanda-t-il.

— Je suis dans les auditions des témoins. J'apprends plein de choses sur Orléans dans les années 70. C'est intéressant.

— Quelqu'un a donné une description des suspects ?

— Non, personne. Il y a juste un type qui a vu leurs vêtements, des treillis de camouflage.

— Je te laisse. Je voudrais pas perturber ta lecture.

Il passa ensuite dans le local voisin, celui de Daniel et Victoria. Sur le bureau de Daniel, le tas de feuilles semblait intact, tandis que Victoria avait étalé le sien sur deux tables et surligné les passages intéressants.

— On en est où, ici ?

— J'épluche les PV de constates et de perquises, dit Victoria. Les agresseurs ont pas laissé que l'arme du crime, on a aussi trouvé une douille en laiton, comme celle de la maison des Carville.

— Excellent.

— Il y avait des empreintes dessus. Je vais vérifier si elles matcheraient pas avec celles de Tibaudier.

— Et toi, Daniel ?

— J'ai déjà tout lu, et j'ai rien trouvé.

Il n'aimait pas cette affaire. Depuis le début, il faisait preuve de mauvaise volonté.

— Tu as l'air fatigué, je crois que tu devrais prendre une pause.

Victoria s'esclaffa.

Alaric termina par le bureau des sixième et septième de groupe. Joseph lisait un document, et Patrick visionnait des images sur son ordinateur de bureau.

— Vous, je sens que vous allez sortir le *cold case* tout seuls.

— On en est loin, dit Patrick.

— J'ai lu le témoignage de la personne qui a reçu l'appel de Baudrieti, celui qui a donné l'alerte, dit Joseph. Une des phrases m'a interpellé : « J'ai entendu huer à l'intérieur. » Je ne connaissais pas cette expression, alors j'ai vérifié. C'est un terme de chasse qui veut dire appeler.

— Encore la chasse ? Là, les amis, j'ai vraiment l'impression qu'on me souffle quelque chose dans mon oreillette.

Depuis le début de l'affaire, la chasse était partout : atelier de boucherie pour le gibier, trophée, douilles, épieu, et maintenant un mot de jargon. Le hasard ne pouvait engendrer de tels monstres.

— En même temps, entre les Yvelines et le Loiret, on a quand même de beaux domaines de chasse, dit Patrick.

Des hommes liés par la chasse, dans des départements où cette activité était répandue : il suffisait de trouver dans quel contexte ces hommes s'étaient rencontrés.

— Si vous trouvez un sanglier, vous me faites signe. On le fera rôtir tous ensemble, en bons Gaulois.

Il revint à son point de départ. Clémentine pataugeait toujours dans les marais d'internet.

— Alors, ce GUD ?

— Ils ne publient pas la liste de leurs membres, figure-toi. J'ai trouvé quelques noms, surtout des gens qui ont cassé du rouge avec des objets contondants, mais Tibaudier ne s'y trouve pas.

— Laisse tomber le GUD pour l'instant, j'ai peut-être une meilleure idée. On va s'intéresser aux associations de chasse liées à Assas. Comme c'est moins politique, on trouvera peut-être la liste des membres.

— À cause de l'épieu ?

— Et du reste. C'était sous nos yeux depuis le début : Carville père et fils, l'atelier du massacre, l'énigme et maintenant l'homicide en 1978.

Le père d'Alaric n'était pas un chasseur. De cela, au moins, il était sûr. Clémentine consulta son ordinateur à toute vitesse.

— J'ai trouvé. La Billebaude, qui a existé de 1968 à 1995. Je suis sur le site. Il y a des photos et quelques noms. Apparemment, Tibaudier n'en fait pas partie.

— Ce serait un miracle de trouver l'info aussi vite. On va contacter l'administrateur du site pour voir s'il a gardé la liste des anciens membres.

— Il s'appelle Nicolas Camy-Collah. Il y a ses coordonnées. Je le contacte tout de suite.

Elle saisit le combiné du téléphone fixe et forma le numéro. Quelques secondes plus tard, Alaric entendit l'annonce d'un service de messagerie.

— Lui laisse pas de message.

Elle raccrocha.

— *République et Libertés :* apparemment, c'est là qu'il travaille.

— Ça me dit rien.

Elle rechercha le nom sur son ordinateur.

— C'est un *think tank* libéral situé près du Champ-de-Mars. Je rappellerai plus tard.

— Le doux parfum du marigot politique. Si ça te dérange pas, je préfère que tu y ailles physiquement, avant qu'une âme bien intentionnée passe la liste à la déchiqueteuse.

— Ouais, c'est probablement la meilleure chose à faire.

50

Le soleil avait fini par percer les nuages. Clémentine marchait rue Saint-Dominique, après avoir trouvé une place dans le parking souterrain du quai Branly. Le paysage urbain ressemblait à une carte postale pour touristes, avec ses immeubles de pierre, ses terrasses de cafés et ses boutiques de luxe. Elle essaya de se rappeler sa dernière balade à Paris, mais le souvenir se perdait dans les brumes de l'année précédente. Avec le temps, elle se rendait de moins en moins dans cette ville qu'elle avait adorée.

L'immeuble ne portait aucune plaque au nom du *think tank*. Elle dut faire défiler la liste des occupants pour le trouver. Elle sonna, et la lumière du visiophone s'alluma. Elle improvisa pour ne pas révéler tout de suite sa qualité de policière.

— Oui ?

— Bonjour, je m'intéresse au travail de *République et Libertés*. Je souhaiterais quelques éclaircissements.

— Deuxième étage.

La serrure électrique émit un bourdonnement. Clémentine poussa la lourde porte d'entrée et monta deux volées d'escaliers. Sur le petit palier au sol de marbre, les lettres « R & L » au milieu d'un luxueux battant de bois signalaient discrètement la présence de l'association. Elle n'eut pas besoin de sonner une deuxième fois, car une autre commande électrique déverrouilla la porte. Elle se retrouva dans un petit hall d'entrée, où une secrétaire au brushing impeccable, juchée derrière un comptoir, affichait un ennui sans remède. Clémentine choisit la méthode douce :

— Euh... bonjour. Monsieur Camy-Collah est ici ?

— Je suis désolée, il est en déplacement. Vous voulez prendre rendez-vous ?

— C'est très embêtant. Je viens de Versailles. Je suis policière. J'effectue des recherches sur… une personne disparue qui a fait partie d'une association de chasse de l'université Panthéon-Assas dans les années 70. Je sais que monsieur Camy-Collah gère le site internet consacré à cette association. J'ai besoin de la liste des membres.

Elle lui présenta sa carte Police, en lui laissant tout le temps de la lire.

— Je suis sûre que monsieur Camy-Collah vous la donnera dès son retour.

— Hélas, je dois insister. Dans ces affaires de disparitions, le temps compte beaucoup. Si vous ne pouvez pas me fournir cette liste, je serai obligée de faire venir immédiatement monsieur Camy-Collah.

La secrétaire hésita. Clémentine comptait sur le dilemme qu'elle avait mis en place pour l'inciter à prendre la bonne décision.

— Bon… je suppose que je peux essayer de la trouver moi-même.

Elle descendit de sa chaise haute, traversa le hall, perchée sur des talons de dix centimètres, et entra dans un bureau portant les initiales « NCC » sur une plaque de cuivre. Elle en revint au bout d'un quart d'heure, un dossier à la main.

— Je vous fais une photocopie ? dit-elle.

— Volontiers, oui. Vous êtes adorable.

Clémentine espéra que cela ne lui apporterait pas des ennuis. Si ce que pensait Alaric était vrai, cette liste contenait le nom d'un assassin et de ses complices. Camy-Collah, qui en faisait peut-être partie, ne l'aurait peut-être pas divulguée aussi facilement.

* *
*

Dès qu'Alaric reçut les photos de la liste que Clémentine lui avait envoyées en attendant son retour, il comprit qu'il tenait une clé. Sur la première image, elle avait entouré en rouge le nom de Tibaudier, ajoutant quelques étoiles dorées pour souligner son propos. Entre 1970 et 1978, la Billebaude avait vu passer une cinquantaine de membres. Certains, parmi ceux-là, étaient certainement au courant de l'engagement politique de leurs camarades, voire de ce qui s'était passé le 16 avril 1978.

Il imprima les photos et découpa la partie de la liste qui l'intéressait en six ensembles de neuf noms. Il fit ensuite le tour des bureaux pour rassembler le groupe dans le sien. Quand tout le monde fut arrivé, il énonça les nouvelles consignes :

— Clémentine vient de nous trouver une liste de chasseurs de l'université d'Assas. Vous allez arrêter ce que vous faites et travailler chacun sur neuf noms. Commencez par les fichiers de police, ensuite exploitez les sources journalistiques, les annuaires et le web. On est à la recherche d'un ou plusieurs tueurs, qui pourraient être cités en relation avec le SAC et figurer aussi dans la procédure de Foltier. Les autres nous intéressent aussi en tant que témoins potentiels. J'offre un verre de son choix pour chaque agresseur de Dioux trouvé.

L'offre était rare, peut-être inédite. Alaric savait qu'il achetait le travail de son groupe, et que la Police Exemplaire de la République ne pouvait fonctionner ainsi. Mais ce qu'il avait sous les yeux prouvait qu'il avait raison : cinq policiers attentifs, galvanisés par ce défi, prêts à jeter leur énergie dans le combat. Il distribua les fragments de liste découpés à la main, suscitant chez Patrick un regard ironique. Eh oui, tout le monde ne savait pas couper en morceaux une image numérique.

Le groupe se dispersa, et Alaric commença l'exploitation de ses propres noms. Consulter les fichiers n'était pas la tâche la plus divertissante du métier, mais on ne pouvait y échapper. Chaque membre de l'association demandait au moins vingt minutes de travail, avec des prolongations si l'individu jouissait d'une belle carrière dans le crime ou dans la politique.

Quand Clémentine revint de sa virée parisienne, il avait déjà terminé deux noms. Pas de tueur à l'horizon, seulement deux étudiants en droit qui n'avaient jamais fait parler d'eux après leur passage à l'université.

— Tu vas manger ? demanda-t-elle. J'irais bien prendre l'air.

Elle n'avait pas envie de s'y remettre, il n'avait pas envie de continuer.

— Le Paris Versailles ?

— Le Paris Versailles.

Ce fut un déjeuner comme ils en avaient connu beaucoup. Ils parlèrent du boulot, mais aussi de leur vie. Clémentine affirma que quelque chose avait changé chez lui. Il ne raconta rien, mais admit que les choses allaient plutôt bien avec Cynthia. Elle ne lui posa pas de question.

Avant qu'ils commandent le dessert et le café, Alaric remarqua in extremis la sonnerie d'un appel sur son téléphone. Le correspondant était inconnu, mais il décrocha quand même.

— Autier.

— C'est moi, Patrick. J'ai gagné.

— Félicitations. Grattage, ou tirage ?

— Non, j'ai gagné un verre. Je veux du champagne.

— Ah, la liste. Tu as trouvé notre *killer* ?

— Je ne sais pas, mais le type a forcément un rapport avec notre affaire. Il s'appelle Maréchal, et il est mort dans des circonstances suspectes il y a trois semaines. J'ai trouvé d'autres choses, mais je préfère te les montrer quand tu seras de retour. Vous rentrez bientôt ?

— Dès qu'on aura terminé notre foie gras et notre homard.

— Menteur. Je te regarde en ce moment avec une caméra satellite. Vous êtes au Paris Versailles, et ils ont ni l'un ni l'autre au menu.

Sans réfléchir, Alaric regarda le ciel par la fenêtre. Patrick éclata de rire.

— Je parie que tu as vérifié. Tu as vraiment cru que je pouvais t'espionner comme ça.

— Pas du tout.

Clémentine souriait. Elle avait entendu la conversation.

L'après-midi de bureau commença par une découverte :

— Il s'appelle Vincent Maréchal, et il est mort le 12 mars d'une overdose d'opiacés.

Une fois de plus, le groupe était attroupé dans le petit bureau de Patrick et Joseph. Sur le grand écran s'affichait la photo d'un sexagénaire très digne, à la tignasse blanche élégamment coiffée en arrière.

— On l'a autopsié, mais aucune instruction n'a été ouverte. Il prenait des antidouleurs pour des problèmes de dos, et il se serait trompé de cachets. Jusque-là, rien d'exceptionnel. Je suis quand même allé faire un tour sur les réseaux sociaux, pour voir si sa mort provoquait des réactions. Je tape le hashtag #VincentMarechal, et là, j'obtiens des dizaines de réponses.

Sur son ordinateur, il montra ce qu'il expliquait. La plupart des tweets étaient menaçants ou insultants, comme c'était souvent le cas sur Twitter. Par pitié pour ses collègues ignorants, il cliqua successivement sur chacun des tweets qui avaient occasionné ces réactions et effectua un zoom de manière à ce qu'ils occupent tout l'écran.

Leur auteure, une certaine Karine Duval-Coulange, n'avait rien d'une militante enragée ou d'une complotiste. Elle était présente au moment de l'agonie de Maréchal. Elle avait assisté à un fait troublant : le vol du portable du mourant par un faux policier. Un des tweets contenait une référence à un lien supprimé vers une vidéo. Patrick bascula sur son navigateur, où était affiché un article du site d'information *La Ligne Rouge*.

— Twitter a censuré le lien, expliqua-t-il, mais je l'ai facilement retrouvé ailleurs.

Il cliqua sur la vidéo enchâssée dans le texte. La scène se passait dans une cage d'escalier. Un policier au crâne rasé passa devant la caméra pour monter à l'étage, puis on le vit prendre le chemin inverse. La vidéo s'arrêta sur une image, et un cercle rouge apparut autour d'un objet brillant dissimulé sous la veste de l'homme.

— Je connais cet endroit, dit Clémentine. J'y étais tout à l'heure. C'est l'entrée de l'immeuble de *République et Libertés*.

— Et c'est pas tout, dit Patrick. J'ai cherché le nom de Karine Duval-Coulange dans les infos, et j'ai trouvé plusieurs autres articles sur elle et sur son combat pour dénoncer le vol du portable. Elle aurait subi un cambriolage et un flic se serait suicidé à cause d'elle.

Il montra plusieurs pages de journaux en ligne, portant des titres comme « Une journaliste de droite dénonce les exactions d'un policier » ou « Les délires de Karine Duval ». Alaric commenta :

— Elle a dû chatouiller là où ça grattait.

— Elle a perdu son emploi de journaliste, et elle a disparu depuis deux semaines.

— Elle est mise en cause dans une affaire quelconque ?

— Non, j'ai vérifié.

— Bon, je résume : un chasseur de notre liste meurt d'une overdose. Un vrai-faux flic chourave son portable. La nana qui est témoin du vol se la joue lanceuse d'alerte et elle reçoit des coups de tous les côtés. Une semaine plus tard, Tibaudier massacre les Carville. J'attends vos idées.

Il leva l'index et regarda successivement tous les membres du groupe. C'était l'un de ses jeux préférés : le tournoi d'hypothèses. Daniel fut le premier à s'exprimer :

— Tibaudier a d'abord tué Maréchal, puis les Carville. Le mec pour qui il travaillait a décidé de l'éliminer, et de rectifier la fille par la même occasion.

Victoria secouait la tête. Elle répliqua :

— J'y crois pas. Les deux affaires ont des modes opératoires différents. Pour moi, on a soit deux meurtres sans aucun rapport, soit un meurtre, celui de Maréchal, qui entraîne la tuerie de Chevreuse.

— Il ne faut pas oublier l'aspect politique, dit Joseph. D'après ce que j'ai vu, Maréchal était un auteur libéral, et Jérôme Carville un député LREM. Il y a aussi le SAC et Assas. Ça peut pas être une coïncidence.

— Et si c'était plutôt une vengeance ? dit Clémentine. Par exemple : Tibaudier tue les Carville pour venger la mort de Maréchal.

— Carville père est mort, dit Alaric. Elle s'adresserait à qui, cette vengeance ?

— Jérôme Carville a fait exécuter Maréchal ou bien l'a refroidi lui-même, sans doute pour des raisons politiques. Quand Tibaudier l'a su, il a organisé l'exécution du couple, à la fois pour venger Maréchal et pour envoyer un message à ceux qui ont commandité son meurtre.

— Joli, mais un peu compliqué. On est carrément dans une histoire d'espionnage.

— Moi, je crois que c'est un coup de Foltier et de sa femme, dit Osmane. Ils ont fini par savoir ce qui s'était passé, et ils ont fait exécuter les meurtriers de Dioux avec l'aide de Tibaudier.

Aucune de ces théories ne convainquait Alaric. Aucune, en tout cas, n'expliquait pourquoi Tibaudier voulait le tuer en même temps que les enfants. Il fallait essayer une autre approche.

— Elle a de la famille, cette Karine Duval-Coulange ? demanda-t-il à Patrick.

— Un article cite son mari, Eudes Coulanges, un baveux, et il y a le portrait d'une ado dans ses photos Facebook, avec le commentaire « Ma Cléophée » suivi d'une dizaine de cœurs.

— Je te rappelle qu'officiellement, Facebook a pas encore remplacé l'état civil. Il me faudra mieux que ça : parents, frères et sœurs, résidence de la fille et de l'ex-mari, oncles et tantes éventuels... On doit la retrouver. Elle a peut-être compris qui a tué Maréchal.

— C'est aussi possible qu'elle ait besoin d'aide, dit Clémentine. Ces gens qui se suicident au moment où ils deviennent gênants, ça sent très mauvais.

— Alors on lâche tout et on se concentre sur elle. Patrick, tu continues à te balader dans le monde virtuel. Victoria, tu contactes son ancien boss pour savoir ce qui lui est arrivé et où elle pourrait se cacher. Osmane, tu t'occupes de l'état civil. Joseph, tu fouilles dans les fichiers : délits, véhicules immatriculés à son nom, etc. Daniel, tu cherches les parents. Clémentine et moi, on s'intéresse à l'ex-mari et à la fille. Ce serait bien qu'on arrive assez vite à des résultats solides.

Deuxième changement de cap depuis le début de la journée. Le groupe allait attraper le tournis, mais l'enquête ne laissait pas le choix. Les morts pouvaient attendre, mais cette femme, Karine Duval-Coulange, risquait de connaître le même sort que Maréchal, Tibaudier ou le policier qu'elle avait croisé sur sa route : un « suicide », une overdose ou tout autre « accident ».

14 h 15. Les informations commençaient à converger vers le bureau d'Alaric et de Clémentine. Karine Duval-Coulange était la fille d'Alain et Antoinette Duval. Sa mère était décédée, on ignorait les coordonnées de son père. Le TAJ ne lui connaissait aucun délit. Elle possédait une Toyota Aygo. Le directeur d'un journal en ligne qui avait publié un article sur elle se rappelait qu'elle était physiquement menacée, au point de dormir chez une journaliste la veille de la parution de l'article. Son mari, Eudes Coulange, était un avocat d'affaires, candidat LREM aux élections européennes. Encore un politicien.

Alaric relisait un texte écrit par Karine Duval, quand Clémentine poussa un juron :

— Putain, elle est sur Versailles !

— Qui, Karine ?

— Non, Cléophée. Elle étudie à l'École nationale supérieure de paysage.

— Appelle-les tout de suite. Si elle est sur place, on fonce.

Clémentine prit son téléphone et tapa les dix chiffres du numéro de l'école. Elle raccrocha au bout d'un court échange.

— Elle est dans les locaux.

Alaric attrapa son blouson.

L'ENSP se situait à cinq minutes de l'hôtel de police, à côté du Potager du Roi. Il occupait un austère bâtiment de pierre tout en longueur rue Hardy, en face de la cathédrale. Alaric et Clémentine se firent connaître à l'accueil, et une secrétaire les emmena dans les locaux de l'école, jusqu'à un atelier où cinq étudiants travaillaient sur des tables à dessin, au milieu des plans et croquis punaisés aux murs, des maquettes et des échantillons. Cléophée faisait partie des plus jeunes. Grande et fine, habillée de couleurs vives, un bras tatoué, les cheveux teints en rose attachés en deux tresses. Elle se tenait derrière une des tables, un crayon de couleur à la main. Elle eut un mouvement de recul quand elle vit les deux policiers.

— Mademoiselle Duval-Coulanges, on est de la brigade criminelle de Versailles, dit Alaric. On voudrait vous poser quelques questions sur votre mère.

La jeune fille se mit immédiatement sur la défensive, se détournant de lui.

— Elle a rien fait.

— On le sait, dit Clémentine. Nous avons besoin d'elle comme témoin dans une affaire d'homicide. Nous pensons qu'elle pourrait être en danger.

Alaric regarda le projet de jardin sur lequel Cléophée travaillait. Autour d'un plan de masse, une dizaine de croquis illustraient le rendu final. Un ordinateur portable était posé sur le coin de la table à dessin.

— Je sais pas où elle est !

Elle mentait.

— Nous savons qu'elle a eu des ennuis, dit Alaric. Nous voulons la protéger et trouver ceux qui s'en sont pris à elle.

La manche de Cléophée toucha son portable, qui sortit de sa veille. Sur l'écran apparut une page de recherche du site Transilien.com. Alaric eut le temps de lire le nom de la ville : Cormeilles-en-Parisis. Dès que la jeune étudiante s'aperçut qu'il s'y intéressait, elle ferma l'ordinateur.

— Ma mère se protège toute seule, elle a pas besoin de vous.

Elle croisa les bras et baissa la tête, dans une attitude d'enfant boudeuse. Elle se méfiait de la police. Avec ce qui était arrivé à sa mère, c'était compréhensible.

— Il y a déjà eu plusieurs meurtres dans cette affaire. Vous pensez vraiment qu'elle pourrait se protéger d'un criminel ?

— Non, je pense que les criminels sont de votre côté.

Elle saisit son portable et le serra contre sa poitrine. Cela ne servait à rien d'insister.

— Je suis le capitaine Autier. Si vous avez besoin d'aide, vous penserez peut-être à m'appeler.

— Ça m'étonnerait.

Elle sortit de la pièce en regardant Alaric avec un air de défi.

Dans la voiture, Alaric raisonna tout haut :

— Elle cherche un horaire pour se rendre à Cormeilles-en-Parisis. C'est peut-être là que se cache sa mère.

— Tu veux qu'on la fasse filocher ?

— Si ce que je pense est vrai, elle va y aller dans l'après-midi. Il est un peu tard pour mettre en place une surveillance, d'autant qu'elle passera par Paris. Il vaudrait mieux trouver sa destination par nous-mêmes. On pourrait aussi chercher où son mobile va borner.

De retour au SRPJ, Alaric fit de nouveau le tour des collègues. Daniel avait du neuf : le père de Karine, Alain Duval, possédait une adresse sur Argenteuil, mais il semblait qu'il n'y habitait plus.

— Cormeilles-en-Parisis, c'est limitrophe d'Argenteuil, non ?

— Duval est cité dans plusieurs affaires en relation avec les Gilets Jaunes. On lui reproche d'avoir hébergé des GJ avant des manifs. Pour moi, il se cache dans le coin pour échapper à une assignation à résidence. Alors oui, pourquoi pas Cormeilles.

— Il pourrait être hébergé de façon permanente par un copain activiste. Si tu pouvais creuser cette piste, on aurait peut-être des adresses à visiter.

— C'est comme si c'était fait.

Alaric regretta de ne pas avoir fait filocher la petite, comme Clémentine le lui avait suggéré. En allant la trouver, il n'avait fait que renforcer sa méfiance. Il n'était même pas sûr qu'elle garderait son téléphone allumé.

Il revint dans son bureau. Il était temps de contacter le dernier membre de la famille dont on connaissait le numéro : Eudes Coulange, l'ex-mari. Il informa Clémentine et appela l'avocat.

— Monsieur Coulange ? Alaric Autier, de la brigade criminelle de Versailles.

— Comment vous avez eu mon numéro ?

Alaric ignora la question. Ces politicards refusaient toujours de se considérer comme des justiciables ordinaires.

— Nous cherchons Karine Duval-Coulange.

— Et alors ? Qu'est-ce que vous voulez que j'y fasse ?

Politicard et baveux, la combinaison infernale.

— La mère de votre fille Cléophée a disparu, et ça vous laisse indifférent ?

— Je le déplore, évidemment, mais je n'ai plus aucun contrôle sur les actes de cette personne.

Comprendre : tant qu'elle était sa femme, il pouvait encore l'enfermer.

— Votre fille est peut-être partie la rejoindre. Ce soir, elle envisage de se rendre en train à Cormeilles-en-Parisis. Vous allez certainement me dire que vous n'avez aucun contrôle sur ses actes non plus.

— Monsieur Éléric Autier, je vois bien où vous voulez m'entraîner, et je n'ai aucune envie de poursuivre cette conversation. Je ne sais pas où se trouve mon ex-femme, ni son père, ni notre fille. Toutes ces personnes sont majeures et responsables de leurs actes. Si elles se sont rendues coupables de délits ou de crimes, c'est à vous de les retrouver, pas à moi. Maintenant, laissez-moi tranquille et faites votre travail.

Il raccrocha avant qu'Alaric ait pu ébaucher une réponse.

51

Le train de Cléophée arrive à 18 h 50. Madeleine cuisine un rôti de porc avec des frites maison, préparées avec les pommes de terre du jardin. Ce sera le plus grand dîner familial jamais organisé dans cette maison. J'ai appris à connaître cette femme douce et généreuse, qui sait gérer son homme sans qu'il s'en aperçoive. Elle possède elle aussi un passé de militante. Elle a vécu sur la ZAD de Notre-Dame-des-Landes[21] pendant près d'une année.

Mon père se prépare très en avance. Son arthrose l'oblige à prendre son temps. Il chantonne des chansons des années 70. Il est content de recevoir sa petite-fille. C'est la cinquième fois qu'elle lui rend visite. Il ne m'a pas caché sa fierté de réunir la mère et la fille. Il ne cesse de parler du clan familial. Je n'aurais pas cru pouvoir un jour y appartenir. L'expérience me trouble un peu. J'ai peur de perdre la direction de ma vie – ou de ce qu'il en reste.

Habillé pour sortir, il embrasse Mado. J'ai beau lui dire que nous ne sommes pas en retard, il a pris sa décision. Il va chercher sa vieille Saxo, qu'il couvre d'une bâche dès qu'il ne l'utilise pas trois jours de suite. J'entends un coup de klaxon devant la maison. Je dis au revoir à Madeleine et je vais le rejoindre. Dehors, il fait encore jour. La température est douce. J'entre dans la voiture, et mes narines sont agressées par une odeur de cigarette qui imprègne tout.

— T'es assez couverte ?

Il essaie maladroitement de s'occuper de moi. Je suis touchée par l'intention.

— Oui, ne t'en fais pas.

---

21. La zone à défendre (ZAD) Notre-Dame-des-Landes est une action politique visant à combattre le projet d'aéroport du Grand Ouest, en Loire-Atlantique.

— Cléo a jamais rien sur le dos. J'ai beau lui dire, elle écoute pas son vieux grand-père.

J'ai un accès de tristesse, en pensant qu'il la voit peut-être plus souvent que moi. Comment ai-je pu rater les choses à ce point ? Je ne parviens pas à prolonger la conversation. Mon père n'insiste pas, et la voiture remonte la rue de Liège. Nous roulons jusqu'au cœur du quartier des Coteaux, puis nous rejoignons la route de Cormeilles. Nous traversons une zone rurale, avant de passer devant l'usine Placoplatre. Cormeilles-en-Parisis commence au-delà de ces installations industrielles, ville que mon père décrit comme un grand lotissement-dortoir pour employés parisiens.

Nous arrivons à la gare. Quelques immeubles bas en brique ou en meulière donnent au quartier des faux airs de centre-ville. La gare elle-même ne se démarque pas du « style SNCF » de la plupart des constructions ferroviaires françaises. Mon père stationne la Saxo le plus près possible de l'entrée. Il est 18 h 25. L'attente ne sera pas longue.

— T'as tes lunettes de soleil ?

Cette fois, il en fait trop.

— Oui, et ma capuche. Tout se passera bien, arrête d'angoisser.

— Je disais ça pour ta sécurité.

Il a perdu son assurance habituelle. Il n'est plus qu'un vieil homme abîmé, un ancien alcoolo qui cherche à rapiécer sa famille en lambeaux. Je n'ai pas envie d'assister à ça. Ce soir, la douleur n'est pas invitée. Je m'apprête à serrer Cléophée dans mes bras.

— J'y vais.

— Tu pourrais la laisser sortir de la gare, ce serait plus prudent.

— J'ai besoin de prendre l'air. Ça me fera du bien.

J'ai surtout envie de retrouver ma fille sans lui. Je vais sans doute pleurer. Je ne veux pas qu'il me voie dans cet état-là. Je rabats la capuche du vieux *sweat shirt* qu'il m'a prêté, je déplie mes lunettes noires et j'ouvre la portière.

Quelques personnes se dirigent vers les portiques. J'emprunte le passage sous les voies et je remonte sur les quais du milieu. Un écran annonce que le train en provenance de Saint-Lazare est à l'heure. Je m'assois dans la salle d'attente vitrée, mais je ne tiens pas en place. Je sors et je fais les cent pas sur la plateforme de béton.

Le train de Paris arrive enfin. De nombreux passagers en sortent, surtout des travailleurs en vêtements de bureau. Je me demande si j'arriverai à l'identifier. Elle change si souvent de couleur de cheveux et de style vestimentaire que je n'en suis pas tout à fait sûre. Comme une détraquée, je dévisage toutes les filles de son âge dans la foule.

Mon regard est attiré par un mouvement près du train. Cela ressemble à une dispute de couple : un homme pousse une jeune femme qui lui résiste. Elle crie quelque chose. Je tends l'oreille :

— Maman, va-t'en !

Mon sang se glace. Je viens de reconnaître la voix et le visage de ma Cléophée. L'homme lui tord le bras droit et lui administre une gifle. Le temps se fige. Je reste un instant paralysée. J'ai déjà vu cet homme : c'est lui qui a essayé de m'enlever, il y a quinze jours, sur l'île de Chatou.

Il m'a repérée. Il se dirige vers moi en traînant Cléophée. Je ne peux pas supporter qu'il lui fasse du mal. Je me remets en marche. Je ne sais pas ce que je vais faire, mais je ne fuirai pas. Je regarde autour de moi, à la recherche d'un objet avec lequel je pourrais le frapper.

Il s'arrête à un mètre de moi. Il utilise Cléophée comme un bouclier. Elle a peur, mais elle ne panique pas.

— Relâchez-la. C'est moi que vous cherchez.

Il ne dit rien, mais montre ce qu'il tient dans sa main droite : un petit couteau effilé, de ceux qu'on vend sur les marchés. Du menton, il m'indique une direction, celle du passage souterrain que j'ai utilisé. Il veut que je le précède. Je n'ai pas le choix. J'avance en tremblant vers l'escalier. J'espère que mon père nous verra sortir. Prudent comme il est, il trouvera une solution.

Mais en bas de l'escalier, l'homme me commande de prendre à droite. Il y a un autre parking à l'opposé de celui où mon père m'attend. Papa ne saura pas que nous sommes en danger. J'envisage de crier pour alerter les derniers passagers présents, mais l'homme risque de faire du mal à ma petite fille. Nous émergeons au niveau de la gare routière. La vieille Peugeot nous attend. Le conducteur ouvre sa portière arrière. L'homme me fait signe d'entrer, pousse Cléophée à ma suite et s'assoit à côté d'elle. La voiture démarre avant qu'il ait refermé la portière.

* *
*

17 h 05. L'une après l'autre, les pistes aboutissaient à des impasses. Le père de Karine Duval-Coulange demeurait introuvable. Les collègues et les amis de la journaliste n'avaient aucune idée de sa planque. Elle n'avait pas donné signe de vie sur les réseaux sociaux depuis quinze jours, et ses deux téléphones n'avaient borné nulle part. Sa dernière communication, depuis son mobile professionnel, visait une correspondante nommée Christine Matemb. Alaric l'appela dès qu'il reçut l'information.

— Madame Matemb ?

— Oui ?

Une voix craintive.

— Je suis le capitaine Alaric Autier, de la brigade criminelle de Versailles. Nous cherchons Karine Duval-Coulange. Est-ce que vous connaissez cette personne ?

— Karo ? C'est la maman de Cléophée. J'étais la nounou.

— Elle vous a passé un coup de fil mardi 19 mars. Ça vous dit quelque chose ?

— Euh… oui.

— De quoi avez-vous parlé ?

— Je ne sais pas. De tout et de rien. Elle a des ennuis, c'est ça ? *Ils* me l'ont dit.

— Qui ça, ils ?

— Ben, vos collègues, ceux qui sont venus à la maison.

Encore des flics.

— Ils venaient d'où, ces policiers ?

— Je ne sais pas, ils ne me l'ont pas dit.

— Et ils vous ont dit quoi exactement ?

— Ben, qu'elle avait fait quelque chose de mal, et qu'il fallait que je les appelle si jamais j'avais des nouvelles.

— Et vous l'avez fait ?

— Ben… non. J'avais rien à leur dire.

— Ils vous ont donné un numéro ?

— Euh… oui, je crois. Attendez.

Il entendit des bruits métalliques. Christine Matemb reprit son téléphone.

— Voilà, j'ai trouvé. Vous avez de quoi noter ?

Un par un, elle lui dicta les chiffres. Un numéro de mobile en 06.

— Merci.
— J'espère que c'est pas trop grave.
— Elle n'a rien fait, si c'est ce que vous demandez.
— Ah bon.
— Mais elle a des ennuis.

Après le coup de fil, Alaric envoya d'urgence une réquisition aux opérateurs de téléphonie, pour connaître le nom du policier qui avait rendu visite à cette femme. Quelque chose le tracassait, mais il n'arrivait pas à mettre le doigt dessus. Il décida d'en parler à Clémentine :

— J'ai l'impression d'avoir merdé quelque part.

— Cléophée, je parie. Tu regrettes de ne pas l'avoir fait filocher.

— Oui, mais je pensais à autre chose. Je viens de parler à son ancienne nounou, et des gens qui se disaient policiers sont allés la voir. Si ces types sont aussi déterminés, ils se sont forcément intéressés aussi à Cléophée.

— Cette gamine nous a traités comme des ennemis. Tes flics lui ont certainement rendu une petite visite avant nous.

— Ils pensaient qu'elle pouvait les mener jusqu'à sa mère. S'ils avaient su qu'elle consultait des horaires en direction de Cormeilles, imagine ce qu'ils en auraient fait.

— Mais ils ne l'ont pas su.

Alaric se rappela soudain qu'il avait révélé l'information à quelqu'un.

Eudes Coulange.

C'était de là que provenait son mauvais pressentiment. Coulange avait prétendu ne pas savoir où se trouvait sa fille ni son ex-femme *ou son père*. Mais Alaric ne lui avait pas parlé d'Alain Duval.

— Peut-être que si. Par ma faute.

Il lui raconta leur échange téléphonique, pour autant qu'il s'en souvenait.

— Je confirme : tu as merdé. Mais tu pouvais pas le prévoir.

— On part tout de suite à Cormeilles. Il nous faut la BRI. J'espère que c'est pas trop tard.

Si son hypothèse était vraie, celui qui se trouvait derrière tout ça avait déjà tué plusieurs fois. Après Tibaudier, il n'hésiterait pas à éliminer Karine et sa fille.

* *

*

La situation me pétrifie. Ce n'est pas possible que cela ait vraiment lieu. Ces deux hommes sont peut-être des policiers ; comment peuvent-ils agir ainsi, comment peuvent-ils croire qu'on ne le saura pas ? Je viens d'entrer dans l'un de mes pires cauchemars. Et ce qui me démolit, c'est que j'y ai aussi entraîné Cléophée.

L'homme agite son couteau sous mon nez.

— Les mains.

Il sort de sa poche trois colliers de serrage en nylon. Il en utilise un pour menotter mes poignets, le deuxième est destiné à Cléophée et le troisième attache ensemble les deux autres. Je remarque qu'il porte des gants de latex. Une fois qu'il a terminé, son complice, également ganté, lui tend un rouleau de gros ruban adhésif. Il se sert de son couteau pour découper deux bandes. Il colle la première sur ma bouche. Avant qu'il s'occupe de Cléophée, elle trouve le courage de l'affronter :

— Vous y arriverez jamais. Mon grand-père va nous chercher.

Sa tentative est héroïque, mais dérisoire. J'en ai les larmes aux yeux. Nos agresseurs échangent un sourire cynique. Sans lui répondre, l'homme au couteau colle la deuxième bande sur sa bouche.

Après un court trajet, la voiture s'arrête en pleine forêt, devant une grille fermée. Le conducteur sort pour l'ouvrir, avance un peu, la referme. Le véhicule contourne un bâtiment tout en longueur et se cache derrière un groupe d'arbres. L'homme au couteau nous fait sortir. Il nous tire par le troisième collier, comme des animaux. Il nous fait entrer par une porte rouillée.

À l'intérieur, il allume un projecteur branché sur une batterie. Comme je le soupçonnais, notre enlèvement n'est pas improvisé. Ce lieu a été préparé pour nous recevoir. Je découvre une salle en béton de grandes dimensions, avec une ouverture d'un mètre de haut partant du sol, qui donne accès à une sorte de hangar. J'ai déjà vu une photo d'un endroit similaire dans un article. C'est un stand de tir militaire. Il est certainement désaffecté, car la plupart de ses aménagements ont été retirés.

Les murs et le sol d'un des coins de la salle sont protégés par des grandes feuilles de plastique collées à l'aide du même ruban adhésif que celui qui obstrue nos bouches. C'est là que l'homme au couteau nous emmène. Je ne comprends l'utilité de cette installation qu'une fois attachée à un tuyau par un autre collier de nylon. Elle sert à protéger les parois des projections de sang. Ces hommes vont nous exécuter. J'ai envie de hurler, mais la bande adhésive m'en empêche.

52

Alaric eut beaucoup de mal à convaincre Gouirand de la nécessité de cette intervention. Elle ne comprit pas tout de suite pourquoi une affaire classée d'Orléans l'amenait à réclamer des moyens pour secourir deux femmes à Cormeilles-en-Parisis. Un détail emporta son consentement : le fait que Cléophée étudie le paysage à Versailles. Ce seul fait semblait rendre la jeune fille particulièrement vulnérable à ses yeux. Dès lors, elle accepta sans condition les demandes de son chef de groupe.

Cléophée devait passer par Paris pour emprunter la ligne qui desservait Cormeilles. En partant juste après les cours, elle devait arriver à destination à 18 h 50. Il était plus de 18 h quand les voitures banalisées quittèrent l'hôtel de police. Le temps qui leur restait aurait suffi pendant la journée, mais les heures de pointe ne laissaient guère d'espoir d'arriver à l'heure.

Ce fut une course épuisante. Pascal, du groupe Osso, conduisait la première voiture. Gyrophare allumé, prêt à prendre tous les risques, il fonçait droit devant lui, freinant au dernier moment quand il rencontrait un obstacle. Plusieurs fois, il fallut emprunter des détours afin d'éviter des embouteillages ou des ralentissements. Dans les véhicules, les passagers consultaient les sites d'information routière pour anticiper les difficultés et trouver les meilleures alternatives. On faillit se perdre dans les quartiers périphériques d'Argenteuil, mais Clémentine prit la tête du convoi et retrouva le bon chemin.

Ils arrivèrent à la gare de Cormeilles à 18 h 58. Osso déploya son groupe de manière à couvrir toutes les issues, pendant que les policiers de la crim' attendaient à l'extérieur. Sur le parking, Alaric remarqua un vieil homme dans une Citroën Saxo. Il le désigna à Clémentine. À deux, ils s'en approchèrent, une main sur l'arme de service. L'homme ouvrit sa vitre et leva les bras avant qu'ils le lui demandent.

— Qu'est-ce que vous voulez ? J'ai rien fait, j'attends juste quelqu'un.
— Monsieur Duval ?
Abasourdi, le père de Karine les regarda pour la première fois.
— Oui.
— Nous sommes de la brigade criminelle de Versailles. Nous savons que vous attendez votre fille et votre petite-fille. Le train est reparti, n'est-ce pas ?
— Il y a deux minutes.
— Alors on a peut-être encore une chance.

Les policiers de la BRI revinrent quelques minutes plus tard. Osso était contrarié.
— On les a ratées de peu. Un témoin a vu un mec qui menaçait la gamine avec un couteau. Il a emmené la mère et la fille par le passage souterrain. Tout ce que le témoin a pu nous dire, c'est qu'ils avaient filé dans une grande voiture noire.
— La poisse.
— Désolé, mec.
On était parti pour une de ces grandes alertes qui ne mènent à rien : signalement des disparues, barrages, appel à témoins, la routine de l'impuissance.

* *
*

Cléophée essaie d'attirer mon attention sans éveiller celle de nos ravisseurs. Dès que je la regarde, elle sort la langue du ruban adhésif. Elle a dû humidifier ses lèvres quand elle a parlé à l'homme au couteau. Et dire que j'ai cru qu'elle essayait de le convaincre ! Elle a déjà réussi à détacher la moitié de la bande. Elle me fait signe d'essayer moi aussi. Je me mets à contorsionner ma bouche, et l'adhésif commence à céder. Elle murmure :
— On peut pas se laisser faire, maman.
Elle a raison, ma grande. Je me demande où elle trouve ce courage.
— Il faut qu'on se détache.
Ça tombe bien : ils ne nous regardent pas. Ils se sont servi une bière, et passent leur temps à regarder leur montre. J'attaque le collier de serrage qui enserre mes mains à coups de dents. Cléophée fait comme moi. Le plastique est solide, mais nous finirons par en venir à bout.

Mais l'homme au couteau se retourne sans que je l'anticipe. J'ai encore mon collier entre les dents. Il crie :

— Les salopes !

Il ramasse un manche à balai qui traîne par terre et le lève sur moi. J'ai tout juste le temps de protéger mon visage. Les coups pleuvent sur ma tête et mon dos. Je hurle, et Cléophée aussi. L'homme la menace, mais elle parvient à esquiver. Elle s'en tire sans dommage. Je ne peux pas en dire autant : j'ai une blessure au crâne et je ne sens plus mon épaule.

— Laisse, JC, je m'en occupe, dit l'autre homme.

« JC » crache par terre et jette le manche loin de lui. Il n'aime pas ce qu'il fait. La proposition de son complice le soulage. Il a le visage fermé et le regard torve. Numéro Deux va chercher des colliers de serrage dans un carton et nous en ajoute trois à chacune. Il s'adresse à moi :

— Mange ça, la pute.

Cléophée réagit :

— Vous rigolerez moins quand le capitaine Autier vous attrapera.

Je ne sais pas où elle est allée chercher ce nom. Cela ressemble à du bluff, mais JC mord à l'hameçon. Il la prend par la veste et lui crie :

— Répète ce que t'as dit.

— Il est venu me voir cet après-midi à mon école. Il cherchait ma mère. Il m'a dit de l'appeler à la brigade criminelle de Versailles.

Il la lâche et lève les mains. J'ai peur qu'il l'étrangle ou la frappe, mais il se détourne d'elle.

— Putain, Autier. Il manquait plus que celui-là, dit le deuxième homme. *Il* nous a pas dit ça.

Je dresse l'oreille. La façon dont il a prononcé ce « il » le désigne comme quelqu'un d'important.

— Parce que ça aurait changé quelque chose pour toi ? dit JC.

— J'aurais bien aimé savoir avant. C'était censé être facile. On a quand même sur le dos le mec qui a trouvé les gamins des Carville.

Je saisis l'occasion :

— Si vous nous tuez, Autier vous ratera pas.

Ma remarque met le feu. JC serre les dents et les poings. Il me parle à un centimètre de mon visage. Je sens son haleine chargée d'alcool.

— Ouais, eh ben, je vais te faire plaisir : nous, on te touchera pas. C'est *lui* qui va te refroidir. Il devrait pas tarder, d'ailleurs.

La mention de celui qui va venir réduit Numéro Deux au silence. « Il » lui inspire une véritable terreur.

* *
*

Cormeilles, 19 h 45. Toujours rien. Depuis le parking de la gare, Alaric coordonnait les recherches. L'appel à témoins avait donné lieu à quelques signalements, mais rien de vraiment utile. Clémentine lui tendit son téléphone.

— C'est Osmane. Il n'arrive pas à t'avoir, ta ligne est toujours occupée.

Alaric écourta sa conversation avec le commissariat d'Argenteuil.

— Oui, Osmane, je t'écoute.

— Tu vas aimer. J'ai reçu des réponses d'opérateurs. Le numéro donné par la nounou appartient à un certain Jean-Charles David. Et tiens-toi bien : il a borné près de la gare de Cormeilles à 18 h 43.

— T'as raison : ça me plaît beaucoup. La suite ?

— Un relais à côté de la forêt de Saint-Germain, à partir de 19 h 15. Depuis, il a pas bougé.

— C'est de l'or en barre, ton info. Je crois que je vais devoir te laisser.

— Et comment !

Alaric rendit son téléphone à Clémentine.

— On s'en va. On rameute tout le monde.

— Quoi, on laisse tomber ?

— Non, on passe à l'action.

* *
*

Les deux hommes deviennent nerveux. Ils font les cent pas, consultent leur montre, sortent pour guetter l'arrivée de celui qu'ils attendent. Tout mon corps est tendu. Cléophée pleure en silence. J'aimerais la serrer contre moi, mais nos liens ne le permettent pas.

— Putain, il devrait être là, dit JC.

— Moi, je crois qu'il nous lâche, dit Numéro Deux.

— Arrête.

— Il a quoi ? Une demi-heure de retard ? Sérieux ? Ça lui ressemble pas.

— Qu'est-ce que tu veux qu'on fasse ?

— On a pas le choix.

— Quoi ?

— Faut qu'on fasse le boulot nous-mêmes.

— T'es complètement cinglé !

Je voudrais lui hurler : « Oui, t'es cinglé, ne fais pas ça », mais j'ai trop peur pour tenter quoi que ce soit.

— On peut pas les laisser en vie. Elles nous connaissent.

— J'ai une autre idée : on les enferme ici, et on va lui demander.

— T'es con, ou quoi ? S'il nous lâche, c'est qu'il sait des choses qu'on sait pas. Il pense qu'on est cuits.

— J'ai pas envie de faire ça. Je suis pas comme toi, j'ai pas déjà un mort sur la conscience, moi.

Numéro Deux le prend mal.

— Qu'est-ce que ça veut dire, ça ? Tu crois que tes petites affaires, ça vaut moins que les miennes ? On est mouillés tous les deux, mec.

JC s'approche de son complice. Ils s'affrontent du regard. Numéro Deux est plus petit et de constitution moins puissante. Il ne fait pas le poids. JC le pousse. L'autre riposte. Il ne supporte pas qu'on le touche.

— Ce qui est fait est fait, mais je veux pas aggraver mon cas, dit JC. Je buterai pas ces gonzesses, je te dis.

À partir de cet instant, tout se passe très vite. J'aperçois un éclair sous les vêtements de Numéro Deux. JC porte les mains à sa poitrine, mais il est trop tard : le sang jaillit déjà. Numéro Deux lui porte encore plusieurs coups dans la poitrine et l'abdomen. JC s'écroule.

Cléophée pousse un cri aigu, tandis que je reste pétrifiée.

— Devinez qui aura tué ce pauvre JC en essayant de se défendre ? dit le tueur. C'est vous !

* *
*

Patrick avait repéré le seul bâtiment abandonné de la zone couverte par l'antenne-relais : un ancien stand de tir militaire, à l'orée de la forêt. Phares éteints, les trois voitures s'arrêtèrent à deux cents mètres de là. Les membres du groupe Osso complétèrent leur équipement : uniformes noirs, gilets tactiques pare-balles, cagoules, casques à visière, boucliers et fusils d'assaut. Dès qu'ils furent prêts, ils se mirent à courir en direction du stand de tir. La surprise était leur meilleur atout. Avant que leur cible prenne conscience de l'attaque, elle était déjà maîtrisée.

Il faisait nuit, et un froid humide se répandait sous les arbres. Alaric attendit dehors, alors que Clémentine et les trois autres s'étaient réfugiés dans la Golf. Il tendit l'oreille, espérant entendre quelques échos de l'opération. Il aurait voulu s'approcher, mais il savait que cela risquait de gêner Osso.

Lacérant le silence de la forêt, deux coups de feu retentirent.

* *
*

Le tueur commence par arracher les feuilles de plastique fixées aux murs. Dans ma panique et mon désespoir, je comprends qu'il accepte désormais que notre sang laisse des traces. Cléophée se met à tirer de toutes ses forces sur le tuyau qui nous retient. Même si cela me semble désespéré, je fais comme elle.

Sans nous accorder la moindre attention, l'homme range minutieusement son matériel dans le carton et prépare son départ, pendant que son complice repose dans une flaque de sang. Quand il a terminé, il reprend son couteau.

— Un policier ripou enlève deux nanas pour les exécuter. Il en refroidit une, mais au moment où il va s'occuper de la deuxième, elle arrive à lui arracher son couteau et à le poignarder, avant de mourir de ses blessures. Vous en pensez quoi, les filles ?

Cet idiot nous a présenté son plan. Nous ferons tout pour l'en empêcher. Je suis prête à me laisser poignarder, si cela offre la moindre chance à Cléophée. Il s'avance vers nous, le couteau à la main. Cléophée se prépare. Elle est accroupie devant moi, le corps tendu comme un arc. Elle tremble comme une feuille. L'homme n'est plus qu'à deux pas d'elle.

Encore une fois, tout va très vite. La porte s'ouvre brutalement. Je pense aussitôt que l'inconnu que nos ravisseurs attendaient a fini par les rejoindre. Une silhouette habillée de noir apparaît sur le seuil et deux coups de feu résonnent dans la salle. Numéro Deux accomplit encore un pas, son couteau devant lui. Je ne comprends pas comment il peut encore tenir debout. Il a une blessure à la tête et une autre dans le dos. Il tombe, et la lame s'enfonce dans le corps de Cléophée. D'autres hommes en noir investissent la salle, mais il est trop tard. Ma petite fille s'écroule. J'entends un hurlement à glacer le sang.

Juste avant de m'évanouir, je réalise qu'il provient de ma propre gorge.

53

Mercredi 3 avril

La journée de travail ne commença qu'à 10 h. Après sa nuit très écourtée, Alaric se tint à l'écart de la tempête, évitant d'écouter la radio, de regarder la télévision ou de consulter internet. L'affaire Carville-Dioux-Maréchal-Duval avait tout le potentiel d'un Grand Scandale Français, mais les remous politiques ne le concernaient pas. Quant aux journalistes, ils devaient se frotter les mains. Après plusieurs mois consacrés à la crise des Gilets Jaunes, ils disposaient enfin d'un sujet à même de lui ravir la *une*.

L'enquête n'était pas achevée. Le donneur d'ordre devait encore tomber. Il agissait dans l'ombre, probablement au plus haut niveau de la hiérarchie policière. Ancien du SAC, il possédait de nombreux soutiens et des moyens sans limites. Il pouvait détourner des enquêtes judiciaires à son profit, et obtenir le dépaysement d'une affaire. D'après le témoignage de Karine Duval, il aurait dû se rendre au stand de tir désaffecté pour exécuter lui-même ses victimes.

— *Hero of the day, once again*[22].

Éric Rincy était à l'heure. Alaric avait décidé de ne plus le tenir à l'écart. Il l'attendait à la terrasse du tabac Le Royal, à côté du tribunal de grande instance.

— On cause de moi dans le poste, c'est ça ?

— Tu l'as dit. Et moi, ton ami, j'apprends ce qui s'est passé en lisant mes confrères.

— On va réparer ça. Assieds-toi. Un café ?

Rincy prit place juste à côté de lui. Il ne voulait pas partager les informations avec les autres consommateurs.

---

22. Héros du jour, encore une fois..

— Un jour tu voles au secours des orphelins, le lendemain tu sauves la mère et sa fille. Je dois t'appeler Chevalier Autier ?

— Tu me féliciteras quand j'aurai la tête du type qui a organisé tout ça sur mon bureau.

— Si j'ai bien compris, tu t'attaques à la *cosa nostra* française.

— C'est presque ça. Tu veux toute l'histoire ?

— Je suis venu pour ça, *my friend.*

— Prends des notes, ça va être long.

Éric tapota sur son téléphone.

— J'ai ma secrétaire personnelle.

Alaric commença le récit d'une longue cavale, depuis un certain jour d'avril 1978. C'était la première fois qu'il avait l'occasion de dérouler toute l'histoire, en reliant le meurtre de Dioux à celui de Maréchal, et ce dernier au massacre commis par Tibaudier. Il manquait encore bien des preuves et des liens, mais cela tenait la route. Rincy arrêta l'enregistrement et se pencha vers lui :

— Et Robert Autier, on en parle ?

Alaric n'en croyait pas ses oreilles.

— Comment tu as appris ça ?

— Par recoupement. Ton père s'est suicidé en 1978. Tibaudier t'a fait entrer dans l'affaire Carville.

— Je veux pas que tu en parles.

— Si j'ai fait le lien, d'autres le feront aussi.

— Pas maintenant. Son nom apparaît nulle part. Si tu sors l'info, mon enquête est foutue.

— D'accord, d'accord, je le garde pour moi. Mais je pense que tu devrais au moins envisager de le révéler quand tu en sauras plus. Si tu m'en parles, tu sais que je présenterai les choses correctement.

— On verra. Pour l'instant, j'ai d'autres chats à fouetter.

— J'enquêterai de mon côté. Je serai prêt quand tu voudras lâcher la bombe.

— C'est ce que je voulais savoir.

Les photographes eurent largement le temps de lui tirer le portrait devant le 19 avenue de Paris. Un journaliste de télévision lui posa une question à laquelle il accepta de répondre :

— Monsieur Autier, qu'est-ce que ça fait de boucler une enquête ?

Il prit soin de regarder fixement la caméra :

— Elle n'est pas bouclée. Nous cherchons encore le suspect principal. Nous espérons avoir bientôt de bonnes nouvelles à vous donner.

Cette révélation déclencha une tempête de questions supplémentaires, qu'Alaric refusa d'écouter. Il était près de 10 h ; la chasse allait reprendre. La conversation avec Éric avait eu sur lui un effet inattendu : il éprouvait désormais une puissante colère à l'égard de celui qui était à l'origine des trois affaires. Si cet homme n'avait pas tué Dioux, Robert Autier aurait pu être encore en vie. Il salua l'adjoint de sécurité qui surveillait l'entrée et passa la porte cochère.

Dans les bureaux, il trouva Clémentine, Osmane, Victoria et Patrick. Plusieurs d'entre eux montraient des signes de fatigue. L'enquête se poursuivait depuis une semaine, avec des journées prolongées et un samedi. Les changements de direction avaient été constants, et ce n'était pas fini. Alaric savait qu'il ne pouvait continuer longtemps ainsi. Il réunit ceux qui se trouvaient déjà là dans la salle de repos, après avoir lui-même préparé le café. Il ne parla que quand il sentit que la plupart étaient disposés à écouter :

— Hier, on a sauvé la vie à deux autres innocentes. Je suis sûr que ça fera du bien à notre karma. Mais si je fais le compte, on a six morts depuis un mois, sans parler de Tibaudier, qui est encore en réa. J'aimerais pouvoir vous dire que c'est terminé, mais celui qui est responsable de cette merde court toujours. Ce que je veux aujourd'hui, c'est qu'on trouve qui c'est et qu'on sache si on a des preuves contre lui.

Clémentine l'interrompit.

— Tu peux nous dire si tu as quelqu'un en tête ?

— Personne, Clém. Tout ce que je sais, c'est qu'il est de chez nous. On le connaît peut-être, mais pas forcément. En tout cas, il flotte très au-dessus de nos petites personnes.

— Autrement dit, tu veux t'attaquer à un de nos grands chefs ?

— Je veux serrer un criminel. Ça devrait suffire.

— Je voulais juste que tout le monde en soit conscient.

— Ceux que ça dérange peuvent encore se mettre en arrêt maladie.

Une fois de plus, Victoria fut la seule à réagir :

— On fait notre boulot. S'ils en veulent pas là-haut, c'est plus notre affaire.

Pendant qu'elle parlait, Joseph entra dans la pièce. Il s'assit après s'être excusé à voix basse.

— De toute façon, c'est la juge Cornil qui sera en première ligne. Tant qu'elle nous soutient, on continue. Vous connaissez déjà notre premier élément : la fameuse liste de chasseurs. Tiens, Victoria, tu continues à l'exploiter. Tu trouveras peut-être un grand flic dessus. Osmane, tu t'occupes des scellés de l'affaire Dioux et des fadettes de Jean-Charles David. Patrick, tu te penches sur le téléphone et le matériel informatique de Karine Duval. Joseph, tu creuses les profils de Nicolas Camy-Collah et d'Eudes Coulange. Je parie que ces deux-là nous surprendront. Clémentine, tu essaies de rencontrer la veuve du flic qui s'est soi-disant suicidé. Je me charge du reste : la mort de Vincent Maréchal, le profil des deux flics d'hier et peut-être le « suicide » de notre ami Tibaudier, qu'on finirait presque par trouver sympathique.

* *
*

Je n'ai jamais aimé les chambres d'hôpital. Elles me rappellent l'agonie de ma mère, les opérations que j'ai subies, mon accouchement difficile. Les murs blancs, les lits d'acier et les odeurs chimiques ressuscitent ces souvenirs, comme si mes fantômes préféraient cet environnement aseptisé aux résidences lugubres qu'on leur attribue généralement.

Je me réveille à 7 h – ou du moins je décide que ce réveil-là sera le bon, après une longue suite d'interruptions de sommeil. Une fois de plus, je regarde à ma droite, en direction du lit voisin. Je guette un mouvement des draps, révélateur de la respiration de Cléophée. Les médecins ont eu beau m'assurer que l'opération s'était bien passée, je ne peux chasser la peur gravée dans mes entrailles par la journée d'hier. Le couteau n'a atteint aucun organe vital, disent-ils. Mon esprit fabrique les inquiétudes à la chaîne : qu'est-ce qu'un organe vital ? Est-on sûr que les points tiendront ? Et s'ils étaient passés à côté d'une lésion cachée ? Angoisses irrationnelles, que seule une mère peut comprendre.

Elle a bougé. Non seulement elle respire, mais elle se retourne lentement vers moi. Son visage apparaît enfin, son beau visage aux traits enfantins, pâle de tout ce qu'elle a vécu ces dernières heures. Elle ouvre les paupières et ses yeux se raccordent aux miens. Elle me sourit, et mon cœur entre en fusion.

Nous restons ainsi pendant de longs instants, accrochées par le regard. C'est tellement fort que j'en pleure. J'aimerais ne pas lui montrer mon émotion, mais elle pleure aussi. Je me lève d'un bond, et je me précipite sur elle. Doucement, je la serre dans mes bras, en veillant à ne pas toucher son ventre. Ma fille est vivante, et je l'ai retrouvée. Je ne laisserai plus jamais se distendre le lien qui nous unit.

La routine hospitalière se met en marche. Je finis de m'habiller quand une infirmière aux cheveux flamboyants pousse la porte, traînant derrière elle une desserte chargée de nos plateaux de petit déjeuner. Nous mangeons côte à côte, assises sur son lit. Nous nous amusons de la fadeur industrielle du pain et de la confiture en barquettes. Nous rions si fort qu'un des policiers chargés de notre protection jette un œil dans la chambre.

Je me rappelle alors notre statut de victimes et de témoins, et je vois défiler à grande vitesse quelques images de ce qui nous est arrivé. Hier soir, après l'opération de Cléophée, un capitaine de la criminelle nous a rendu visite. Il ne cherchait pas à nous interroger, seulement à s'assurer que ma fille allait bien. C'est à lui que nous devons ces policiers qui stationnent devant la porte. Tant que le commanditaire de notre enlèvement n'aura pas été arrêté, nous sommes considérées comme des personnes menacées.

Nous avons décidé, Cléophée et moi, de séjourner quelque temps chez mon père. Je ne suis pas sûre qu'il appréciera la présence de ces deux cerbères au seuil de sa maison, mais il devra bien s'y faire. J'anticipe cette réclusion familiale forcée avec un grand plaisir. Il faudra seulement que j'aille chercher à mon appartement les affaires qui m'ont manqué ces derniers jours. Je demanderai à un des policiers de m'accompagner.

L'occasion arrive plus vite que je l'espérais. Une autre infirmière entre pendant que sa collègue débarrasse les plateaux. Elle annonce que Cléophée sortira de l'hôpital en début d'après-midi, après avoir subi quelques examens. Comme ma présence n'est pas souhaitée, j'en profite pour m'absenter. En voiture, un aller-retour à Montmartre ne devrait pas nous prendre plus d'une heure et demie. Je négocie avec l'homme qui nous a jeté un regard indiscret. Après un coup de fil à son supérieur, il me donne son accord.

Quelques minutes plus tard, nous roulons en bord de Seine. J'ai plaisir à traverser Paris. J'ouvre la vitre sans demander au policier si cela le dérange. J'aime sentir l'air frais qui me fouette le visage. Après un voyage sans obstacle, nous descendons dans mon parking souterrain. Je me demande si je reverrai mon appartement dans l'état où je l'ai laissé. J'ai écrit plusieurs articles sur les propriétaires qui retrouvaient leur bien squatté par des inconnus en leur absence. Comparé à ce que je viens de vivre, ce serait une bien petite épreuve.

J'ai l'impression de rentrer d'un très long voyage. Dans la cage d'escalier, je croise ma voisine Patricia. Elle est de bonne humeur. Elle me sourit et me demande si ça va. Elle doit penser que le monsieur moustachu qui m'accompagne est mon nouveau copain. J'arrive à mon étage. Ma main tremble un peu quand j'introduis la clé dans la serrure. Je me rappelle mon dernier passage dans cet appartement, la peur que j'ai ressentie en découvrant que les traces du cambriolage avaient été effacées. Je ne sais pas si je vais rester ici.

Aucune surprise ne m'attend à l'intérieur. J'ai laissé mon logement propre et bien ordonné, et c'est ainsi que je le retrouve. Je me sens gênée par sa perfection, par son apparence d'appartement-témoin, de décor de cinéma. La vie, ce n'est pas ça. La vie, c'est le désordre, les rires, les amis qui vous rendent visite et laissent les lieux sens dessus dessous.

Et Cléophée qui ne range pas sa chambre.

Je prépare une valise de vêtements et d'affaires diverses. Le policier me demande s'il peut fumer. Personne n'a jamais fumé chez moi. Je lui dis oui. Le temps d'emporter un sac d'ordures et de vérifier s'il n'y a rien qui traîne dans le frigo, nous sommes déjà repartis.

Je jette mon sac dans la poubelle de l'immeuble. Au moment où je m'apprête à redescendre dans le parking, je pense au courrier. Je ne l'ai pas relevé depuis plus de quinze jours. Ma boîte doit être pleine. En effet, j'aperçois une enveloppe que le facteur n'a pas réussi à introduire en entier. J'ouvre la boîte et je retire tout ce qu'elle contient. En réalité, une seule lettre occupe la plus grande partie de l'espace. L'enveloppe est blanche, et mes coordonnées sont écrites à la main. Je n'attends pas ; je l'ouvre hâtivement. Elle contient un gros paquet de feuilles reliées par des anneaux en plastique. Je lis la page de couverture :

LE SANG DE NOS PÈRES

Vincent Maréchal

Je comprends tout de suite. Ce que je tiens est le manuscrit du livre mystérieux de Vincent, celui que cherchait le policier. Un mot l'accompagne :

Ma chère Karine,

Tu t'étonneras certainement de recevoir cette lettre. J'aurais pu te parler de tout cela en face à face, mais le courage m'a manqué. Je ne pouvais t'avouer que je t'ai caché tant de secrets, à toi qui as toujours fait preuve envers moi d'une loyauté sans faille.
Tant qu'on est jeune, on pense qu'on peut renier ses attachements et se libérer du passé. Mais quand l'âge vient, les fantômes s'évadent de la prison où on les tenait enfermés et vous tourmentent jusqu'à ce que vous en perdiez la raison. Je n'ai jamais oublié cette nuit du 16 avril 1978 où ma vie a basculé. En me taisant à l'époque, j'ignorais que la culpabilité ne me laisserait jamais tranquille. Ces derniers temps, elle m'est devenue insupportable. J'ai donc décidé d'écrire le récit de ce qui nous est arrivé, sans omettre ma propre responsabilité dans cette épouvantable tragédie.
J'espère que tu me conserveras un peu de ton estime après avoir lu ce manuscrit. Nul doute que la presse me traînera dans la boue, et qu'il ne restera plus grand-chose de mon honneur après la publication de ce livre. Ma conscience est à ce prix. J'espère seulement que celui par qui tout est arrivé subira autant que moi les conséquences de ces révélations. Tu verras d'ailleurs que j'ai conservé son nom, alors que ceux des autres ont été remplacés par leurs initiales.
J'enverrai ce manuscrit à mon éditeur dès que j'aurai reçu ton retour et celui d'un vieil ami qui, comme moi, a vu son existence brisée par ce triste fait divers.
Je te prie de croire, chère Karine, en ma sincère amitié à ton égard.

Vincent Maréchal

54

Patrick et Victoria entrèrent en même temps dans le bureau d'Alaric. Leurs visages exprimaient la même joie gourmande. Ils avaient trouvé quelque chose.

— Victoria, toi d'abord, dit Alaric.

— J'ai un nom qui matche. Tu n'en reviendras pas. C'est Robert Gaillot.

— Rafraîchis-moi la mémoire.

— Le directeur de cabinet du préfet de police de Paris. Il est dans la liste, et ses initiales sont RG, comme sur la cartouche.

Patrick n'en pouvait plus d'attendre. Il présenta sa tablette. Alaric et Victoria se penchèrent pour regarder. Une vidéo venait de démarrer. La scène se passait sur une grande avenue. Des voitures banalisées étaient garées le long de la chaussée. Une descente de police était en cours dans un restaurant. Il y avait plus à entendre qu'à voir : des cris, ordres lancés par les policiers ou protestations des consommateurs. À droite de l'image, une femme filmait l'opération avec son téléphone.

Trois hommes surgirent du restaurant : un policier traînant un individu menotté et un autre, qu'Alaric reconnut comme Jean-Charles David, le policier poignardé par son collègue. David se dirigea vers l'une des voitures, une grosse Peugeot rutilante. La portière arrière droite s'ouvrit et un sexagénaire en sortit. Cheveux gris, bien habillé : une huile. Le policier commenta l'assaut : « On ne l'a pas trouvée. » Il remarqua ensuite la présence de la femme. Il se dirigea vers elle, lui arracha son téléphone et le piétina. Patrick reprit la tablette.

— J'ai déniché cette vidéo sur le mobile de Karine Duval. La voiture appartient à l'état-major de la préfecture de police de Paris. J'ai cherché dans l'organigramme, et je suis tombé sur cette photo.

Il manipula la tablette et la présenta une deuxième fois à Alaric et Victoria. La photo montrait un homme en uniforme d'apparat, portant un képi de préfet et saluant d'une main gantée de blanc. Patrick afficha ensuite un agrandissement issu de la vidéo. La ressemblance des deux hommes était frappante.

— Gaillot est né en 1957, dit le geek du groupe. Il avait 21 ans en 1978.

— Plausible, dit Alaric.

À son tour, Joseph entra dans le bureau. Il fut surpris d'y trouver les deux autres.

— J'ai appris des choses sur Eudes Coulange, dit-il. Il s'est mis récemment à la chasse. Son nom est cité dans un magazine spécialisé. Il a participé récemment à une chasse à courre organisée par un préfet, le numéro deux de la préfecture de police de...

— Robert Gaillot, dirent ensemble Patrick et Victoria.

— Quoi, vous savez déjà ?

— C'est pas une piste, c'est une autoroute, dit Alaric.

Il ne put s'empêcher de penser que même avec une autoroute, un préfet finissait rarement en prison.

Tout au long de la matinée, les bonnes nouvelles se succédèrent. Osmane déclara qu'il avait retrouvé le scellé de l'arme du crime. Foltier avait fait en sorte qu'il ne disparaisse pas des caves du tribunal de grande instance d'Orléans en le faisant classer au mauvais endroit, parmi les archives d'une autre affaire. Clémentine téléphona pour raconter l'histoire du policier suicidaire, un pauvre type que l'intervention d'un hiérarchique avait sauvé de la mise à pied suite à des vols de drogue dans des saisies.

Juste avant midi, Alaric reçut un coup de fil qui chatouilla immédiatement sa curiosité. Le nom de Richard Peresse s'affichait sur l'écran.

— Autier.

Il s'attendait, sinon à des félicitations, du moins à une remarque acerbe.

— Tu es seul ?

— Oui. Je m'isole, si c'est important.

— Il vaudrait mieux.

Alaric ferma sa porte avec fracas.

— Voilà.

— Je pense qu'il est temps que je te mette au courant. Tu t'es jamais demandé pourquoi on t'a transmis une procédure incomplète ?

— Je pensais que c'était par vengeance.

— On a reçu des ordres. Ça venait de très haut.

— Qu'est-ce que vous deviez nous cacher ?

— La femme de Carville, Gladis.

Alaric se rappela les mots de Tibaudier : « C'est marrant, personne se souvient du prénom de cette pauvre femme. »

— Oui ?

— Un des premiers PV dit qu'elle n'avait plus ses parents. C'est faux. Elle avait encore son père.

Alaric sentit un frisson lui parcourir le dos.

— Robert Gaillot.

— Tu savais ?

— Je viens de le deviner.

— Gladis était sa fille cachée. Il s'occupait beaucoup d'elle, mais il ne l'a jamais reconnue.

— La partie de chasse.

— Quoi ?

— Il l'a emmenée avec lui chez Étienne Carville, le père de Jérôme. La cartouche avec les initiales RG gravées dessus, c'était un souvenir. Quelque chose s'est passé pendant la chasse, et le résultat final a été un mariage.

Il feuilleta hâtivement les procès-verbaux envoyés par les gendarmes. Celui qu'il cherchait faisait partie des premiers. Gladis Carville, née Capelle, mariée à Jérôme Carville le 8 décembre 2005. Le 812 gravé sur la cartouche, c'était le 8/12.

— Il y a aussi le chien abattu. Gaillot l'avait laissé en pension à sa fille.

— Tibaudier m'avait parlé de cet animal. J'avais pas compris.

— Apparemment, il y tenait beaucoup.

— Je te remercie beaucoup pour ces infos, mais qu'est-ce qui t'a décidé à m'en parler ?

— Quand j'ai su ce qui était arrivé hier soir, j'ai tout de suite pensé à toi. Il fallait que tu saches. J'ai... un peu une dette envers toi. Une sorte de remords, si tu veux. Mais je ne t'ai rien dit, c'est d'accord ?

Alaric se souvint de l'enquête que le gendarme avait menée sur lui.

— Cette conversation n'a jamais eu lieu, mais merci. C'est la deuxième fois que tu me files un coup de main. Je m'en souviendrai.

— J'espère bien.

Quand il eut raccroché, Alaric réalisa que Peresse tenait depuis le début le mobile des deux meurtres. Tibaudier ne visait pas le député Carville, mais la fille du préfet Gaillot et ses petits-enfants. Le *veto* de sa hiérarchie avait empêché le gendarme de boucler l'affaire.

Clémentine n'était pas encore rentrée quand il reçut un courriel d'un contact qu'il ne connaissait pas. Le message contenait une pièce jointe. Il se résumait à trois lignes :

Capitaine Autier,

J'ai trouvé un manuscrit dans ma boîte aux lettres. Il explique pourquoi j'ai vécu tout ça. Je vous transmets une copie numérique et je tiens l'original à votre disposition.

Mettez ce criminel en prison, sinon je le ferai publier.

Karine Duval

Alaric ouvrit le document. Le titre lui sauta immédiatement aux yeux. Il parcourut les pages, d'abord avec curiosité, ensuite en cherchant une information particulière. Il tomba enfin sur un passage qui répondait à ses interrogations :

« RA, imprimeur à Rambouillet, fut choisi pour diriger l'action. Membre du SAC depuis dix ans, il avait combattu les gauchistes pendant les événements de mai. Nous le considérions comme un aîné, une sorte de sous-officier. C'était un homme paisible – d'aucuns diraient un faible. Il éprouvait quelques difficultés à tenir la bride à notre impétuosité. Nous rêvions de casser du communiste, et nous lui demandions sans cesse de nous raconter ses souvenirs des émeutes qu'il avait combattues. Il s'y refusait toujours, et je soupçonne aujourd'hui qu'il ne commit guère d'actes de violence. »

Il sauta quelques pages, pour lire directement les paragraphes racontant ce qui s'était passé à Orléans. La plume de Maréchal le replongea dans l'ambiance de cette soirée fatale. Quatre hommes, cachés dans les toilettes de la permanence, attendaient l'arrivée du conseiller municipal. Ils connaissaient son emploi du temps. Ils avaient reçu des consignes : « Vous détruisez les locaux devant lui et vous le menacez en lui parlant de sa femme et de ses enfants. »

Au début, tout se passa comme prévu. Mais au lieu de les laisser faire, Georges Dioux tenta de les affronter. Face à quatre hommes bien bâtis, il n'avait aucune chance, mais il lutta comme un diable, se saisissant de tous les objets qui passaient à sa portée. Dans le petit local, les esprits s'échauffèrent. RA tenta de calmer ses troupes, mais la situation lui échappait.

Robert Gaillot, désigné par le manuscrit sous son vrai nom, avait déjà participé à plusieurs actions en se signalant par sa violence. Il lui était même arrivé de se battre avec d'autres membres du SAC. Susceptible, méprisant, souvent hargneux, il vouait une véritable haine à l'égard des communistes. Au cours de la bagarre, Dioux commit l'erreur de s'en prendre à lui. Gaillot reçut un coup, et cela déclencha chez lui une fureur incontrôlable. Il s'empara d'un épieu de chasse dont il ne se séparait jamais et se mit à frapper l'élu. Le texte décrivait dans les détails son assaut d'une sauvagerie absolue. En quelques secondes, il réduisit sa victime à une masse de chairs sanglantes.

Les trois autres étaient en état de choc. Le premier, RA recouvra ses esprits. Il fit sortir ses hommes par l'arrière-cour de l'immeuble. Maréchal relatait ensuite son propre retour à Paris, mais il décrivait également l'un de ses compagnons, CT, errant comme un damné dans les rues d'Orléans, refusant de rentrer avec les autres.

Le reste du document évoquait les conséquences du meurtre. Concernant les conséquences judiciaires, le groupe n'avait aucune inquiétude, car, comme le disait le Général, « l'intendance suivrait ». Mais l'opération ratée marqua durablement les trois témoins, surtout RA et CT. Le suicide du premier était mentionné comme une suite de ce qui s'était passé. Quant à CT, il s'engagea dans l'armée et partit en Afrique, avant d'intégrer la DGSE nouvellement créée.

Maréchal consacrait ensuite plusieurs chapitres à Robert Gaillot, décrivant son ascension fulgurante dans la police et les diverses affaires politiques auxquelles il avait été mêlé. Chacune de ses affirmations s'appuyait sur des sources sérieuses – archives, enquêtes journalistiques, documents officiels. Le directeur de cabinet du préfet de police n'avait jamais cessé de « casser du rouge », réprimant dans le sang des manifestations syndicales, participant à des actions de surveillance de personnalités de gauche ou procédant à des arrestations préventives de militants soupçonnés de préparer des actions terroristes.

Alaric était encore en train de lire quand Clémentine revint de son audition. Elle remarqua tout de suite que la situation avait évolué en son absence.

— Tu as trouvé.

— On pourrait sortir l'affaire.

— Mais…

— Le suspect est un préfet.

— Ouille.

— J'appelle Cornil. Je t'attendais. Je veux un témoin.

Il empoigna son téléphone. Il caressa un instant l'idée d'enregistrer la conversation. À quoi bon ? Il sélectionna le nom de la juge d'instruction dans sa liste de contacts. Il activa le haut-parleur dès qu'elle répondit.

— Monsieur Autier.

— J'ai un nom, Madame Cornil.

— On arrête tout.

— Pardon ?

— L'instruction Dioux va être refermée. Je ne veux pas entendre vos hypothèses.

— Mais il ne s'agit pas que de Dioux. Deux policiers sont morts en essayant de tuer Karine Duval et sa fille.

— Je ne serai pas chargée de cette instruction.

— Et Vincent Maréchal ? Et Charles TIbaudier ?

— Un accident et un suicide.

— Vous savez bien que c'est faux.

— Je suis mère et grand-mère, Autier, vous ne savez pas ce que c'est. Ils connaissent l'école de mes petits-enfants.

— Ils vous ont menacée ?

— Cela ne se passe jamais ainsi. Il y a juste des insinuations. Ils vous font comprendre qu'ils peuvent aller plus loin.

— Alors c'est encore comme ça aujourd'hui ? Trente-sept ans après la dissolution du SAC ?

— Plus que jamais, Autier, plus que jamais. Vous vous attaquez à bien plus puissant que vous. Dans la vraie vie, David est toujours écrasé par Goliath. Nous ne sommes que des petits rouages de l'État, ne l'oubliez pas. On n'a jamais vu un rouage tourner mieux que la machine dont il fait partie.

— Ça ne vous gêne donc pas de laisser courir un meurtrier ?

— Réveillez-vous, Autier. Que la chose nous plaise ou non, cela se passe tous les jours. Vous avez fait votre travail. Vous avez sauvé des vies. Deux enfants grandiront. Quelqu'un a une dette envers vous. Il faudra vous en contenter.

Elle raccrocha. Le message était sans équivoque. Il regarda son adjointe.

— Tu t'y attendais, dit-elle.

— J'avais encore un espoir. Il y a bien eu le juge Renaud.

— « Dit le shérif ». C'était une autre époque.

— Qu'est-ce que je vais dire à Karine Duval et à Roland Foltier ?

— La vérité, je pense. Que le capitaine Autier peut beaucoup, mais qu'il a ses limites.

Alaric sentit la fatigue l'envahir. Une phrase de Cornil tournait dans sa tête : « Quelqu'un a une dette envers vous. » Il ne lui trouvait qu'un seul sens : le sauvetage des enfants l'avait protégé des représailles, quand il avait obtenu la réouverture de l'instruction sur le meurtre de Dioux.

Plus tard, alors qu'il s'apprêtait à quitter le bureau, Osmane vint l'avertir : Tibaudier venait de décéder à l'hôpital Lariboisière. Encore un qui ne parlerait pas.

55

Samedi 6 avril

Pour la troisième fois, Alaric tâta le paquet qu'il transportait dans sa besace. Il ne fallait pas que cela devienne un tic. Il attendait Cynthia devant l'église de Montfort-l'Amaury. Elle lui avait assuré que cette sortie n'aurait pas les mêmes effets sur elle que la précédente, mais il conservait un petit doute. Il avait décidé de prendre les choses comme elles viendraient, sans chercher à prévoir la minute suivante. Il n'avait qu'une seule certitude : la présence de cette femme le plongeait dans un état qui ressemblait beaucoup au bonheur.

Montfort-l'Amaury faisait partie des lieux qui conservaient le souvenir de Robert Boulin. Le 29 octobre 1979, un témoin l'avait vu passer dans une Peugeot 305, accompagné de deux costauds d'aspect sinistre. Le lendemain, on l'avait retrouvé mort quelques kilomètres plus loin, dans l'étang Rompu, à Saint-Léger-en-Yvelines. Quand Cynthia avait avoué ne pas connaître cette ville, Alaric avait saisi l'occasion.

Dans une rue qui descendait, une femme très couverte agita le bras. Aussitôt, il sentit une chaleur envahir sa poitrine. Il résista à l'envie de courir la rejoindre pour la serrer plus vite dans ses bras. Leur étreinte se prolongea longtemps, jusqu'à ce qu'un automobiliste fatigué d'attendre effleure son klaxon. Ils quittèrent la chaussée en se donnant la main.

— Comment tu te sens ? dit Alaric.

Elle sourit.

— Ça va, ça va, je suis déjà sortie de chez moi.

Elle portait une lourde superposition de vêtements de laine dans plusieurs teintes de bleu. Alaric l'avait prévenue : le rendez-vous aurait lieu à la terrasse d'un café. À cette heure-là, seuls quelques jeunes héritiers occupaient les tables extérieures, bravant la fraîcheur de ce début d'automne. Alaric choisit l'emplacement le plus isolé qu'il put trouver.

— Tu es resplendissante.

Son maquillage se limitait à un trait au-dessus des yeux et un peu de rouge à lèvres.

— Merci.

Elle tourna légèrement la tête, de façon à ne pas exposer sa cicatrice à son regard. Il regarda sa montre. Un quart d'heure avant le rendez-vous. Il sortit le paquet, couvert d'un papier de riz aux couleurs pastel et le lui offrit sans cérémonie.

— C'est pour moi ? dit-elle.

— Peut-être.

Elle déballa délicatement le cadeau, préservant l'emballage. Un cube noir apparut, orné de caractères japonais rouges.

— Ne me dis pas que c'est ce que je pense.

— Ouvre.

Elle obéit. Au milieu d'un écrin de velours reposait un bol reconstitué par la technique du *kintsugi*. Le faible soleil fit briller ses jointures en or.

— Tu es fou.

Elle était émue. Ses yeux se gonflèrent de larmes. Alaric rapprocha sa chaise pour l'embrasser.

— En souvenir d'un certain soir à Saint-Germain.

— Une soirée ratée, tu veux dire.

— Pas si ratée que ça. On est toujours là.

Elle ne trouva rien à dire. Avec une douceur infinie, elle souleva le bol et le regarda sous tous les angles. L'artisan avait bien travaillé.

— Merci.

Elle baissa la tête. D'un doigt, il releva son menton.

— Tu sais que je suis sincère.

Elle opina. En haut de la place, une autre femme descendait vers eux. Cynthia rangea le cadeau dans son sac et se servit d'un mouchoir en papier pour éponger ses larmes sans effacer son *eye-liner*. Elle avait terminé quand Karine Duval arriva à leur hauteur. Alaric se leva pour l'accueillir.

— Bonjour, Karine. Je vous présente Cynthia Saquet, de l'ONG *Public Justice*.

Cynthia se leva à son tour et serra la main de Karine.

— Vous êtes ensemble ? demanda cette dernière.

— Oui, dit Alaric.

La nouvelle arrivée s'assit à leur table. Alaric continua :

— Alors, qu'est-ce que vous avez décidé ? Vous le publiez, ou non ?

— J'en ai discuté avec mon père et ma fille, mais on n'est pas encore sûrs de vouloir mener cette croisade.

— C'est ainsi depuis si longtemps, dans ce pays, dit Cynthia. Je ne vais pas essayer de vous influencer, mais je peux vous dire que nous avons les moyens de relayer votre combat. Si vous choisissez de vous lancer dans la bataille, ce sera long et difficile, mais vous ne serez pas seule.

— Je ne comprends toujours pas pourquoi cet homme nous a fait tout ça. Nous n'étions pas une si grande menace pour lui.

— Lui non plus n'est pas seul. Il fait partie d'un système qui le protège et qu'il doit protéger. C'est à ce système qu'il faut s'attaquer.

— Je vais être honnête avec vous : ça me fait peur. Nous avons failli mourir, ma fille et moi.

— À vous de voir si vous avez le courage d'affronter ce risque à nouveau. Personne ne vous jugera si vous y renoncez.

— J'ai besoin de temps. Pour le moment, je profite de chaque journée comme si elle était la dernière. J'ai retrouvé ma fille et mon père. C'est un cadeau qui n'a pas de prix.

Alaric n'était pas loin de partager son état d'esprit. Il avait retrouvé l'histoire de son père et il profitait de la présence d'une femme exceptionnelle.

Cynthia tendit une carte à Karine.

— Si vous vous décidez, voici la personne à contacter. Elle vous guidera dans les démarches.

— Vous savez que ce monstre va partir à la retraite ? J'ai entendu ça à la radio en venant.

Cette information laissa le policier songeur. Quelqu'un, au plus haut niveau de l'État, avait donc jugé que Gaillot devenait gênant. À défaut de finir sa vie en prison, cet homme allait perdre sa capacité de nuire. Ainsi s'achèverait une belle carrière de serviteur de la République et d'exécuteur de ses basses œuvres. Au moins, Léandre et Daphné conserveraient leur grand-père.

Remerciements

Les remerciements sont un exercice convenu, un appendice trop souvent inutile après que le mot « fin » a fait sortir de la salle les polardeux les plus passionnés. J'ai donc conscience de m'adresser à une minorité de lecteurs intéressés par la fabrication de l'objet qu'ils tiennent entre leurs mains. C'est dans cet esprit que je rédige ces lignes : laisser à ceux qui sont restés avec moi un témoignage de mes dettes envers quelques personnes, afin de montrer qu'un auteur n'écrit jamais seul.

Le premier de mes aides de camp est toujours Frank Martin. Grâce à cet ancien policier, les idées issues de mon imagination et de ma documentation s'incarnent dans une expérience et prennent une dimension infiniment plus réaliste. L'apport de Frank est indispensable, car il me permet de comprendre les contraintes pesant sur l'action des enquêteurs et la façon dont de véritables policiers y feraient face. Là où l'auteur débutant voudrait tracer une ligne droite, Frank montre les détours et les obstacles que la réalité placerait entre l'origine et la destination.

La deuxième personne à qui je dois des remerciements est ma consœur Karine Carville, qui a gracieusement accepté de prêter son prénom et son nom à deux de mes victimes. Il est vrai qu'elle appartient elle aussi à la catégorie des auteurs de polars, confrérie étrange aimant raconter les histoires les plus sordides. En tout cas, qu'elle soit rassurée : je ne lui veux que du bien ! Pour le prouver, je vous invite à visiter son site : karinecarville.com, et d'y découvrir ses romans.

Mon troisième merci va à Émilie Resse, dont l'inépuisable passion pour le thriller et le polar forme les goûts d'une vaste communauté de lecteurs et d'auteurs. Chroniqueuse, bêta-lectrice, administratrice du groupe Facebook *Thrillers et vous*, organisatrice de salons, éditrice occasionnelle, elle offre sans lésiner son temps et son énergie à notre genre littéraire. Cette fois, ma gratitude s'adresse davantage à la bêta-lectrice qui a relu *Le sang de nos pères*, mais j'ai toujours pu compter sur son soutien et sur son regard bienveillant.

Rébecca Greenberg, autrice et correctrice de haute valeur, a relu et corrigé ce livre. À ceux qui croient que son travail s'est limité à éliminer une longue liste d'erreurs, je réponds qu'elle représente la seule éditrice (au sens anglo-saxon) que ce roman ait connue. Je sais que sa modestie l'empêchera de le reconnaître, mais Rébecca possède le talent rare de savoir transformer quelques milliers de mots en un vrai livre.

D'autres méritent quelques coups de chapeau. Isabelle Cérélis, mon autre bêta-lectrice, qui a contribué elle aussi à rendre ce roman meilleur. Adeline Longuespé, testeuse et chroniqueuse (testing-girl-avis.com), qui fait partie de ces lectrices fidèles dont le soutien me donne l'envie de continuer. Enfin, Rachel, mon épouse, qui doit déjà supporter au quotidien mes divagations et mes longues soirées d'écriture, et qui accepte gracieusement de mettre au service de mes livres sa parfaite maîtrise de la cohérence littéraire.

Du même auteur :

Incandescent, comme l'incendie d'un entrepôt entre Argenteuil et Cergy. Incandescent, comme le cadavre d'un pendu que les flammes vont anéantir. Incandescent, comme la haine d'un chef envers son meilleur enquêteur. Incandescent, comme la jalousie, comme le désir, comme la brûlure d'un viol. Incandescent, comme la passion du policier poursuivant inlassablement la vérité.

Le capitaine Alaric Autier, chef de groupe à la crim' de Ver sailles, tente de résoudre deux affaires, alors que sa vie s'embrase, et que son patron cherche à le réduire en cendres. Entre les trahisons et les solidarités inattendues, il marche sur un fil au-dessus du brasier. Au risque de tout perdre : son couple, son travail et sa santé mentale.

Disponible sur Amazon.fr

Deux pêcheurs autour d'un cadavre, la forêt de Rambouillet pour seul témoin. La victime n'est pas une jeune femme ordinaire, mais la fille d'un politicien sulfureux. Son corps a été littéralement broyé. Par quoi ? Par qui ? Pourquoi ? C'est ce que le groupe de la crim' mené par Alaric Autier va tenter de comprendre, en huit journées d'une enquête sous haute pression. Entre mensonges et coups bas, on dirait que tout le monde a quelque chose à cacher, dans cette affaire où les existences et les destins menacent de s'effondrer.

Disponible sur Amazon.fr

Lucie n'a pas envie d'apprendre à manipuler l'ousia. Les vieilles histoires d'héritage et de magie ne l'intéressent pas. Mais quand son père disparaît et qu'on l'accuse de trahison, elle n'hésite pas à partir à sa recherche dans les Cantons de Feu, utilisant ses pouvoirs ancestraux pour échapper à la mort.

Quand, enfin, elle entre à l'école ousiale, sa ville est emprisonnée derrière un mur de feu et occupée par une armée ennemie. Seule et sans appui, elle doit retrouver ses parents, avant que Gaïus le tyran arrive à ses fins.

Après la libération de la ville, elle accompagne une expédition miliaire qui poursuit les monstrueux pyrieghs dans le pays des Renonçants.

Le cycle de Lucie Acamas se déroule dans un univers dominé par une forme d'énergie appelée l'ousia. Il raconte les aventures d'une jeune fille, héritière des pouvoirs de ses ancêtres, qui combat des ennemis qui cherchent à utiliser les secrets de l'ousia pour conquérir le pouvoir.

Disponible sur Amazon.fr

Pour finir

Vous avez aimé Le sang de nos pères ?

Faites-le savoir en écrivant un commentaire. Utilisez sur cette adresse, qui vous mènera directement à la page concernée :

http://www.guymorant.com/lsdnp

Soyez parmi les premiers à être informés de mes futures parutions

Inscrivez-vous sur ma liste de diffusion (garantie sans spam) :

http://eepurl.com/3eC9v

Des questions ? Des opinions ? Des erreurs ?

Aidez-moi à rendre ce livre encore meilleur en me signalant les erreurs qui ont pu échapper à ma vigilance et à celle de ma relectrice. Vous pouvez aussi m'envoyer un petit courriel pour me poser des questions ou me dire ce que vous pensez. Je me ferai un plaisir de vous répondre :

courrier@guymorant.com

Merci et à bientôt.

Guy Morant
www.guymorant.com

Printed in Great Britain
by Amazon

42621462R00228